- 本书为湖南省哲学社会科学基金项目成果（2010YBA099）
- 本书受湖南科技大学学术著作出版资助
- 本书受湖南科技大学"中国语言文学"省级重点学科建设经费资助
- 本书受湖南科技大学"湖南省汉语方言与文化科技融合研究基地"建设经费资助

中国现代小说叙事演变论

1917—1949

刘郁琪 著

The Narrative Evolution of
Chinese Modern Novels (1917—1949)

中国社会科学出版社

图书在版编目（CIP）数据

中国现代小说叙事演变论：1917—1949／刘郁琪著. —北京：中国社会科学出版社，2017.10
ISBN 978-7-5203-0685-0

Ⅰ.①中… Ⅱ.①刘… Ⅲ.①小说研究—中国—现代 Ⅳ.①I207.42

中国版本图书馆 CIP 数据核字（2017）第 163659 号

出 版 人	赵剑英	
责任编辑	宋燕鹏	
责任校对	郝阳洋	
责任印制	李寡寡	

出　　版	中国社会科学出版社	
社　　址	北京鼓楼西大街甲 158 号	
邮　　编	100720	
网　　址	http：//www.csspw.cn	
发 行 部	010-84083685	
门 市 部	010-84029450	
经　　销	新华书店及其他书店	
印　　刷	北京明恒达印务有限公司	
装　　订	廊坊市广阳区广增装订厂	
版　　次	2017 年 10 月第 1 版	
印　　次	2017 年 10 月第 1 次印刷	
开　　本	710×1000　1/16	
印　　张	20.25	
插　　页	2	
字　　数	336 千字	
定　　价	85.00 元	

凡购买中国社会科学出版社图书，如有质量问题请与本社营销中心联系调换
电话：010-84083683
版权所有　侵权必究

序

刘郁琪是一位敏于思考的年轻学者，他常常试图深入探讨一些问题，在探讨的过程中又不断发现问题，并力求解答这些问题，这确实是治学的重要素质。

刘郁琪对中国现代小说的叙事演变感兴趣，并进行思考，有许多自己的看法。

20世纪初，由于各种力量的推动，中国小说进入新的发展时期，小说叙事发生了重大变化，从其演变过程可以看到当时人们对世界的认知水平。

小说叙事的变化不仅仅是组织故事方式的变化，其中包含了更多的目的和关系。

文学叙事的改变，实际上也反映了社会生活的改变。这个时期的中国社会发生了重大的变化，传统的社会系统受到现代思想生活的影响发生了改变，文学也按照这样的变化对社会生活重新组织，也就是重新叙述。

进入20世纪后，中国小说出现了诸多现代的元素，比如科学、民主、自由、平等、人权、阶级、斗争、革命等思想。这些现代思想文化对中国社会的影响非常大，许多思想主要就是通过小说叙事传达的。

小说向中国读者展现了现代的思想观念和生活方式。这些现代元素在中国传统小说中是看不到的。小说所展现的现代生活方式让读者感到惊讶，他们也试图将现代生活叙事转化为实际需求，并以此组织自己的生活。

用现代叙事对社会生活进行重新组织是相当有效的。这个时期，中国城市迅速兴起，市民社会日渐壮大，市民成为小说最重要的读者群。在这样的条件下，通俗的白话文成为小说叙事的重要载体。用白话文进行叙事，小说更容易进入市民社会，也有更多的人接受小说，以白话文作为小说叙事的媒介也成为必然。白话文的流行,并不在于它刻意地反叛传统,而在于社会现实的直接需要。白话文在小说叙事中占据了重要的地位,尽管有人感觉到这种变化是有问题的,但是社会的需要并不因为这些问题而受到阻碍,小说却因为通俗的叙事媒介而与社会更为贴近。

在广泛的社会需求下,小说的叙事结构发生了变化,小说用更为通俗、日常的讲故事的方式将社会生活组织起来。这些生活主要是市民社会日常化的生活,日常化的结构方式进入世俗的小说之中。

许多接受了现代思想、向往新生活的知识分子投入小说的写作之中,他们用现代方式进行表述,力图获得更多的读者,让读者感悟生活,接受新的生活。现代小说的思想内容用新的叙事方式进行组织,才能够有效地表现出来,小说也因此呈现出它的力量,其社会功能也更为强大。

中国小说叙事的现代演变与社会思想的变化是一致的,对其进行研究,从中分析提取其特征是非常重要的;同时还要注意由这些叙事方式所组织的文学以及文化对社会产生的影响,这是互动的关系,从这里可以看到小说叙事变化所带来的社会影响力。

刘郁琪的这部专著选择了一些重要的范例进行分析,从中可以获得许多启示,也非常期望他在不断的探索中发现中国现代小说叙事演变所带来的理论意义。

苏桂宁
2016 年 5 月

目 录

绪 论 …………………………………………………………………… 1

第一章 现代小说启蒙叙事的开创与自反
　　——鲁迅小说的叙事模式及其启蒙意蕴 …………………… 5

第一节 "围观体"故事及其"忧愤深广"
　　——也论鲁迅小说中的"看/被看" ……………………… 6
　一 围观体场景的普遍存在及其基本类型 ……………………… 6
　二 围观体故事中的生命体验及启蒙主体的生成机制 ……… 11
　三 围观体故事中叙述者——启蒙主体的复杂性与
　　　双声性 ……………………………………………………… 17

第二节 "还乡体"模式与现代性体验的呈现
　　——也论鲁迅小说中的"离去—归来—离去" ………… 21
　一 "离去—归来—离去"的发现及其意涵 ………………… 22
　二 启蒙现代性体验的呈现 …………………………………… 26
　三 被旧营垒同化的可能与反抗绝望 ………………………… 30

第三节 "格式的特别"与文化再造的自觉
　　——也论鲁迅小说叙述形式的启蒙意蕴 ………………… 35
　一 视角更新与个性解放 ……………………………………… 35
　二 流程转换与现代结构 ……………………………………… 40
　三 白话写作与风格熔铸 ……………………………………… 44

第二章 五四启蒙小说叙事的两种基本模式
　　——人生派与浪漫派小说的叙事比较 …………………… 49

第一节 故事题材上的城乡分殊与互文 …………………… 51

　　　　一　侨寓体验与城乡故事的分殊及统一 ……………… 51
　　　　二　人生派小说中的知识者题材及其城市想象 ………… 55
　　　　三　浪漫派小说中的故乡与劳工者形象 ………………… 59
　　第二节　叙述风格上的主客分离与互渗 …………………… 64
　　　　一　浪漫派的主观抒情 …………………………………… 65
　　　　二　人生派的客观冷静 …………………………………… 71
　　　　三　主客分殊背后的相同与互溶 ………………………… 80
　　第三节　思想主题上的内外分野与互补 …………………… 85
　　　　一　外在人生病态的描写与国民劣根性批判 …………… 86
　　　　二　"内心的要求"及其压抑 …………………………… 91
　　　　三　"时代病"/社会悲剧：对当下现实社会的批判 …… 96

第三章　一个被遮蔽的现代小说叙事传统
　　　　——五四古典派小说的存在及其叙事 ………………… 103
　　第一节　为古典派正名：一个被遮蔽的叙事传统 ………… 104
　　　　一　"一脉双流"之小说史叙述格局的形成与局限 …… 104
　　　　二　系统线索的重新清理 ………………………………… 112
　　　　三　"古典派"的成立及其含义 ………………………… 118
　　第二节　古典叙事风格的文本呈现 ………………………… 122
　　　　一　故事：古典氛围的营造 ……………………………… 122
　　　　二　叙述：古典风格的显现 ……………………………… 128
　　　　三　主题：古典意蕴的流露 ……………………………… 136
　　第三节　与五四启蒙小说叙事主流之关系 ………………… 142
　　　　一　五四启蒙文学的有机组成部分 ……………………… 142
　　　　二　对五四的疏离 ………………………………………… 146
　　　　三　京派小说叙事风格的开启 …………………………… 151

第四章　左翼小说革命叙事的兴起与别创
　　　　——从普罗小说到七月小说的叙事流变 ……………… 157
　　第一节　从"文学革命"到"革命文学"的叙事转变
　　　　——"革命罗曼蒂克"小说的叙事解读 ……………… 158
　　　　一　"革命"故事的进入 ………………………………… 159

二　浪漫叙述的改造 …………………………………… 164
　　三　"集体"观念的重塑 ………………………………… 169

第二节　"左联"小说叙事模式的正格与变体
　　——茅盾、张天翼、萧红小说综论 ………………… 174
　　一　阶级化图景的全景性勾勒及其变体 ……………… 175
　　二　革命现实主义风格的确立与变奏 ………………… 181
　　三　人性欲望的阶级化及其社会批判主题的分化 …… 185

第三节　主流模式的疏离与非主流叙事的别创
　　——"七月派"作家路翎小说的叙事分析 ………… 191
　　一　现实阶级生活的"复杂化"还原 ………………… 192
　　二　革命现实主义的"体验化"变革 ………………… 197
　　三　人性欲望与阶级性的"含混化"再置 …………… 207

第五章　革命背景下的非左翼小说叙事
　　——非左翼和左翼小说的叙事比较 ………………… 215

第一节　京派：别一种乡村叙事的开创
　　——沈从文小说的乡村叙事及其与左翼小说之比较 … 215
　　一　田园牧歌与阶级冲突的故事分野 ………………… 216
　　二　古典抒情与客观现实风格的差异 ………………… 222
　　三　人性化与阶级化价值主题的差异 ………………… 229

第二节　海派：非阶级化的都市书写
　　——20世纪30年代海派和左翼小说都市叙事比较 … 234
　　一　都市世俗生活与都市阶级斗争故事的分野 ……… 235
　　二　现代主义与现实主义叙述风格的分化及流变 …… 241
　　三　唯欲望化与去欲望化的价值主题分野 …………… 247

第三节　独立作家：革命图景下的启蒙坚守与超越
　　——20世纪三四十年代民主主义作家小说叙事论 … 253
　　一　启蒙主义故事结构模式的承继与革命化位移 …… 254
　　二　启蒙性叙述话语方式的承继与革命化创新 ……… 260
　　三　价值主题的革命化以及对启蒙主义的承继与深化 … 266

第六章　现代革命小说叙事模式的新创造
　　——毛泽东《讲话》与解放区小说叙事 ……………………… 273

第一节　毛泽东文艺叙事思想述略
　　——以1942年《在延安文艺座谈会上的讲话》为中心 ……… 274
　　一　毛泽东的文艺故事思想：阶级化和斗争化 …………… 274
　　二　毛泽东的文艺叙述思想：民族化与民间化 …………… 278
　　三　毛泽东的意义调度思想：阶级性与歌颂性 …………… 282

第二节　《讲话》对解放区小说叙事的形塑
　　——以丁玲的"转变"和赵树理的"发现"为例…………… 286
　　一　丁玲等亭子间作家小说叙事模式的转变 ……………… 286
　　二　赵树理等本土作家小说叙事模式的发现 ……………… 290
　　三　形塑的反抗与叙事裂缝的存在 ………………………… 293

第三节　解放区小说与左翼小说叙事之比较 ……………………… 296
　　一　二元对立故事结构模式的由潜及显、由隐及明 ……… 296
　　二　叙述话语由精英化转向民间化、大众化 ……………… 300
　　三　意义调度的单一化、明朗化、乐观化 ………………… 304

结　语 ……………………………………………………………………… 309

后　记 ……………………………………………………………………… 313

绪　论

　　本书所谓中国现代小说，主要指五四新文学革命后出现的用现代白话文所写的新小说。它上起五四新文学革命和新文化运动，下迄1949年第一次全国文代会召开或中华人民共和国成立。

　　有关中国现代小说和文学史的研究，长期以来主要存在两种范式。一是由20世纪50年代王瑶《中国新文学史稿》所开创的主流范式，其根据政治意识形态所排定的"鲁郭茅巴老曹"的小说座次，影响甚为深远。另一范式为海外学者夏志清的《中国现代小说史》所开创，其以"优美作品之发现和评审"为理念，以利维斯的《大传统》和新批评学派细读法为方法，以普世价值的表达为准绳，发现了钱锺书、张爱玲、沈从文等作家，清理出一条与主流研究范式完全不同的写作现代小说史的道路。夏志清《中国现代小说史》的繁体版于20世纪80年代后传入中国大陆，对王瑶版的小说史叙述格局产生了强烈冲击，并引发了"重写文学史"的讨论。此后，两种写作范式开始相互融合调适，产生了多种文学史和小说史著作，其中较为重要的成果主要有：《中国现代小说流派史》（严家炎著，人民文学出版社1989年版）、《中国现代小说史》（杨义著，三卷本，1987年后陆续出版）、《中国现代文学三十年》（钱理群等著，上海文艺出版社1987年初版）。这三本试图综融思想内容和文本审美批评两种分析方法、资料丰富翔实的小说史和文学史著作，拓展、丰富了现代文学和小说史的内容，笼罩性地影响了此后大部分的中国现代小说史写作。

　　伴随着"重写文学史"的热潮，还出现了一种以西方叙事学理论为主要参照的小说史写作新视角：从叙事的角度重新考察和梳理小说的发展。最为突出的成果有陈平原的《中国小说叙事模式的转变》（北京大学博士论文1987年）和程文超的《中国当代小说叙事演变史》（中国社会科学出版社2006年版）。这两本著作分别对中国近代和当代小说的叙事演变作了详尽的梳理，颇具启发性。笔者非常认同这种做法，认为除了思想内容视角和审美批评视角外，小说研究完全可以而且应该从叙事的角度切入，因为，小说说到底就是一门叙事的艺术。鉴于陈著和程著分别聚焦于近代和当代小说，对现代小说部分未予充分关注。因此有必要写作一部以1917—1949年的中国现代小说为对象的相对完整系统的叙事演变史论，一方面弥补现代小说没有叙事史的缺陷，另一方面也把陈著和程著连接贯通起来，从而可以形成一个完整的中国现当代小说叙事演变史研究的系列。

罗兰·巴特说："叙述的分析迫不得已要采用演绎的方法，叙述的分析不得不首先假设一个描述的模式，然后从这个模式出发逐步深入到诸种类，诸种类既是模式的一部分又与模式有差别。"[①] 事实上，不同的理论家，已从不同的角度假设了许多这类描述的模式：大卫·波德维尔将叙事分成"故事世界""情节结构""叙述"三个层次[②]；米克·巴尔将叙事分成文本、故事、叙述三个层次；热奈特将叙事分成故事、叙述话语、叙述行为三个层次；申丹则认为分成故事、话语两个层次，更为恰当[③]。笔者认为这些划分各有道理，但都不甚准确。我们不妨遵照中国传统所谓"言""象""意"的方式，将叙事文本分成叙事对象—故事、叙事方式—话语、叙事主题—意蕴三个基本层次。而这三个基本层次内部，则可以按照叙事学的已有成果和思路继续细分出更小的层面。具体说来，"故事"可以分成人物关系结构、情节序列组织、环境空间设置等层面；"叙述"则可分成叙述情境、叙述流程、叙述言语等内容；而意义调度则可从价值轴线设定、价值场域布控、价值意向呈现等方面入手。有了这些相对统一和固定的观察"点"和"面"，就既可以共时性地总结某个时期（例如中国现代）小说叙事的总体特征，又可以历时性地梳理这一具体时段中小说叙事演变的轨迹。

笔者清醒地知道，叙事不仅仅是经典叙事学所认为的那样是与外在社会历史语境毫无关联的形式结构，而是形式结构、伦理意涵、文化精

---

① [法]罗兰·巴特：《叙事作品结构分析导论》，见伍蠡甫、胡经之编《西方文艺理论名著选编》下卷，北京大学出版社1987年版，第474页。

② [美]大卫·波德维尔：《电影诗学》，张锦译，广西师范大学出版社2010年版，第107页。

③ 申丹：《叙述学与小说文体学研究》，北京大学出版社1998年版，第13—19页。

神的综合体，对小说叙事演变的分析，除了要看到形式结构的变化外，更应看到促成这种演变的各种内外因素，以及这种形式结构演变后面所隐含的伦理意涵和文化精神的变迁。具体到中国现代小说叙事而言，其内在的演变逻辑，至少包括"一本三源"四个方面："一本"是指文本层面自身的特征和流变轨迹；"三源"分别指（1）文本所处时代的社会历史文化发展逻辑，（2）中国传统叙事的影响，（3）西方叙事的影响。分析中国现代小说叙事史，必须时刻注意把握这一"一本三源"的四个方面。为方便起见，笔者将其分解为三个相辅相成的问题：一、中国现代小说各思潮流派自身的叙事特点是什么？二、各思潮流派之间在叙事上有何逻辑联系？或者说从叙事角度看其相互间的演变逻辑是什么？三、这种特点和演变与当时社会情势以及中西两个叙事传统的影响又有何关系？

本书便以回答上述三个问题为宗旨，集中探讨1917—1949年间中国现代小说的各种叙事现象及其流变轨迹。具体说来，全书共分六章：

第一章主要分析鲁迅小说的叙事模式及其启蒙意蕴。鲁迅是中国现代小说之父，也是最重要的五四启蒙思想家。本章主要分析其小说在叙事上的三个显著特点，以及这些特点背后的启蒙主义意蕴：一是"围观体"故事结构的启蒙意蕴及其"忧愤深广"——也论鲁迅小说中的"看/被看"；二是"还乡"体模式的开创与现代性体验的呈现——也论鲁迅小说中的"离去—归来—离去"；三是"格式的特别"与文化再造的自觉——也论鲁迅小说叙述形式的启蒙意蕴。

第二章主要以通常认为的"人生派"小说和"浪漫派"小说为分析对象，将二者视作五四启蒙叙事的两种基本模式，并对其叙事异同加以详细辨析。具体分为三个方面：一是故事题材上的城乡分殊与互文，二是叙述风格上的主客分离与互渗，三是思想主题上的内外分野与互补。

第三章一个被遮蔽的现代小说叙事传统，主要以废名、许地山等人的五四小说为对象，首先从资料考辨的角度认定这些小说可以构成一个"古典派"的传统，其次从小说叙事的层面，确认其属于"古典"风格，第三则分析这一"古典"风格与五四启蒙叙事之间的文化关联，以确定其在现代小说叙事中的特殊地位。

第四章主要以20世纪20年代末兴起、一直绵延至1949年的现代左翼小说为对象，分析了二十余年间所出现过的三个阶段或曰三种类型的左翼小说各自的叙事特征，以及它们前后之间的演变轨迹。具体而言，首先以最早的革命文学形态"革命罗曼蒂克"小说为对象，分析革命小说叙事的兴起，重点阐释从"文学革命"到"革命文学"的转变在叙事上的具体体现；然后以茅盾、张天翼、萧红等人的小说为例，阐述作为左翼小说主流的"左联"小说的"正格"及其两种变体在叙事上的特征；最后分析七月派对左翼主流小说叙事的批评及其对新的非主流叙事模式的别创。

第五章主要以比较为视角，将三四十年代的非左翼小说与左翼小说对举分析，以厘清二者叙事的异同，并更好地厘清现代小说叙事的版图结构和演变脉络。首先是京派乡村叙事与左翼小说之比较，其次是海派和左翼小说都市叙事的比较，最后是对民主主义作家小说叙事与左翼革命叙事之关系的分析，着力阐释其如何在革命图景下对五四启蒙立场进行坚守与超越。

第六章主要以毛泽东《讲话》和解放区小说叙事为分析对象。解放区小说叙事的崛起，既是现代左翼小说的顺势演进，也是现代小说向当代小说叙事演变的桥梁。这一切与毛泽东的《讲话》不无关系。故首先阐释毛泽东《讲话》的叙事学思想，然后从文本角度分析《讲话》的叙事学思想对解放区小说叙事的具体影响。最后把解放区小说和左翼小说的叙事进行对比分析，着力阐述二者之间在表面的"连续"背后，实质上的"断裂"关系。

结语部分对中国现代小说叙事的内在谱系逻辑及其现代性意义、历史价值进行了简单总结。

第一章　现代小说启蒙叙事的开创与自反

——鲁迅小说的叙事模式及其启蒙意蕴

中国古典小说叙事的现代转型，自清末民初的"小说界革命"始。当时所谓新小说、谴责小说、鸳鸯蝴蝶派小说和翻译小说，都已具有不少新的现代质素。但真正现代意义上的小说叙事的兴起，还是五四新文学革命之后。1918年，鲁迅在钱玄同等人的劝说下，从抄古碑的孤寂生活中，走入新文学革命的阵营，写下《狂人日记》。此后便"一发而不可收"[①]，相继写出了《呐喊》《彷徨》中的25篇小说，直到20世纪30年代还有小说集《故事新编》的出版。这些小说，无论叙事观念，故事结构，抑或叙述话语，都表现出完全现代的特质。它们是中西两大小说叙事传统碰撞结合后诞生的"第一个健康的婴儿"，也是中国现代小说叙事传统的"长房长子"。有人盛赞："中国现代小说在鲁迅手中开始，又在鲁迅手中成熟，这在历史上是一种并不多见的现象。"[②]

但鲁迅写小说，并非纯粹为了艺术："说到为什么做小说罢，我仍抱着十多年前的启蒙主义，以为必须是为人生，而且要改良这人生。……所以我的取材，多采自病态社会的不幸的人们中，意思是在揭出病苦，引起疗救的注意。"[③] 他清楚地知道："在中国，小说不算文学，做小说的也决不能称为文学家，所以并没有人想在这一条道路上出世。我也并没有要将小说抬进'文苑'里去的意思，不过想利用他的力量，来改良社会。"[④] 也因此，有论者中肯地指出，"他是具有以小说

[①] 鲁迅：《呐喊·自序》，《鲁迅全集》第1卷，人民文学出版社2005年版，第441页。
[②] 严家炎：《〈呐喊〉〈彷徨〉的历史地位》，《世纪的足音》，作家出版社1996年版，第64页。
[③] 鲁迅：《南腔北调集·我怎么做起小说来》，《鲁迅全集》第4卷，人民文学出版社2005年版，第526页。
[④] 同上书，第525页。

参与历史发展的自觉性的,他把自己撰写的小说当做整个进步潮流的一翼"①。这种启蒙主义的文学观念,内在决定了鲁迅小说叙事的审美特质。本章的目的便在考察鲁迅的这种启蒙主义观念,是如何化为具体的小说叙事实践的。换言之,鲁迅小说究竟包含什么样的启蒙主义思想,它又是通过什么样的叙事形式实现的?

第一节 "围观体"故事及其"忧愤深广"
——也论鲁迅小说中的"看/被看"

鲁迅的启蒙主义观念,集中表现为国民性问题的探讨和国民劣根性的批判。许寿裳回忆,鲁迅在日本留学时经常讨论这么"三个相关的大问题":"一 怎样才是最理想的人性?二 中国国民性中最缺乏的是什么?三 它的病根何在?"②鲁迅弃医从文,也是因为文艺更能改造国民的精神,"凡是愚弱的国民,即使体格如何健全,如何茁壮,也只能做毫无意义的示众的材料和看客,病死多少是不必以为不幸的。所以我们的第一要著,是在改变他们的精神,而善于改变精神的是,我那时以为当然要推文艺,于是想提倡文艺运动了。"③正是在这种启蒙主义的问题视域中,鲁迅对传统与现实两个维度的中国展开批判,并表现出前所未有的思想深度。就小说解读而言,泛泛地讨论鲁迅启蒙思想的深刻,没有太强的说服力。更切合小说实际的问题在于,鲁迅有关国民性批判的启蒙主义思想,究竟是通过何种具体的小说形式传达出来的。笔者以为,以"看/被看"为核心的围观体叙事结构,正是鲁迅为其启蒙主义的思想主题而找到的一种独特而有效的小说表现方式。

一 围观体场景的普遍存在及其基本类型

一个作家的成名作或处女作,往往蕴含其创作生命的许多甚至是全部密码。《狂人日记》作为鲁迅的第一篇现代白话小说,就是这样一篇

---

① 杨义:《中国现代小说史》(上),《杨义文存》第2卷,人民出版社1998年版,第163页。
② 许寿裳:《亡友鲁迅印象记》,人民文学出版社1953年版,第19页。
③ 鲁迅:《呐喊·自序》,《鲁迅全集》第1卷,人民文学出版社2005年版,第439页。

在鲁迅小说创作史上具有"总序言"意义的作品。① 小说讲述了一个农村知识者发疯的故事，不仅预示了此后鲁迅小说中不断出现的农民和知识者两大题材，而且隐含着关注这两大题材时的基本视角和深层结构。从题材来说，描写知识分子的故事，古已有之。例如《儒林外史》，便是以古代的"士"为主要描写对象。但鲁迅笔下的知识分子，不单有传统意义上的士大夫，更有现代转型过程中的各类"新的智识者"，杨义将之概括为"三代五类"。② 中国是一个农业大国，但在漫长的历史中，除了《诗经》中的"坎坎伐檀兮"，唐诗中的"锄禾日当午"，白居易的"卖炭翁"等寥寥几篇之外，很少有真正描写农村、表现农民的小说。恰如鲁迅自己所说："古之小说，主角是勇将策士，侠盗赃官，妖怪神仙，佳人才子，后来则有妓女嫖客，无赖奴才之流。"③ 鲁迅的小说，算是第一个把眼光下移，将农村和农民真正纳入表现视野的。鲁迅之后，知识分子和农民成了中国现代小说两大基本的题材类型。在国民性批判这一启蒙立场的主导下，无论是表现农民还是知识分子，鲁迅都不是一般性地表现其物质生活的贫困，而是从精神角度开掘其病苦。④ "狂人"的痛苦，便不在于物质条件的不能得到满足，而在于精神上的恐惧和不安。这种精神上的恐惧和不安，主要通过狂人与他周边人物的紧张关系得以呈现。小说中，狂人作为一个独异的个体，始终笼罩在周边人的"眼光"之下，感到一种随时可能"被吃"的焦虑。换言之，周边的所有人物，仿佛一个"圆圈"，将他围困于其中。这样，周边人物和狂人之间，实际上构成了一种围困与被围困的关系，它以直观的"看与被看"的方式组织起来，但本质上则是一种吃/被吃的关系。

若把《狂人日记》这种以个体与群体的对立为根本，由看与被看的方式组织起来，在本质上为吃/被吃关系的模式称之为"围观体"，

---

① 茅盾：《论鲁迅的小说》，《茅盾全集》第 24 卷，人民文学出版社 1996 年版，第 431 页。
② 杨义：《中国现代小说史》（上），《杨义文存》第二卷，人民出版社 1998 年版，第 183—187 页。
③ 鲁迅：《南腔北调集·〈总退却〉序》，《鲁迅全集》第 4 卷，人民文学出版社 2005 年版，第 638 页。
④ 钱理群等：《中国现代文学三十年》（修订本），北京大学出版社 1998 年版，第 30—31 页。

那这种模式几乎作为一种原型而存在于鲁迅此后所有的小说之中——值得补充的是，这种围与被围，除了表现为看/被看之外，也可以表现为说/被说、忆/被忆，甚至其他多种形式。首先，它构成了鲁迅几乎每一篇小说的基本结构，只是显隐程度各不相同而已。最为明显的莫过于《示众》。正如有论者分析的，这篇小说只有一个场面：看犯人；所有人物都只有一个动作："看"；人物之间也只有一种关系：一面"看别人"，一面"被别人看"，由此构成了"看/被看"的二元对立。① 不过，就整体而言，这是一篇主要聚焦围观者，而被围观者被最大限度淡化的小说。也有些小说，主要描写被围观者，而围观者的面目则模糊不清。例如《幸福的家庭》，被围困者的体验被细致地叙述出来，而围观者则被最大限度地隐去。除了《示众》《幸福的家庭》这两种极端的情形，其他小说则像《狂人日记》一样，几乎都会同时出现围观者和被围观者的形象。整体性的基本结构之外，围观体模式也是鲁迅结构具体小说场景的基本方法。例如《阿Q正传》就与《狂人日记》一样，不仅在整体上表现为"围观体"的结构——未庄的所有人都构成了阿Q的对立面，将其围困其中；而且在叙事的实际进程中，也不断地出现主人公被大家的眼光所包围、被谈论和嘲笑的围观体场景。

不论是作为整体性的结构逻辑，还是细节性的描绘方法，在鲁迅小说的围观体模式中，被围观者总是少数，通常是个人，而围观者则是多数，往往是一群。但真正决定鲁迅小说思想内涵和审美意蕴的，并非围观者与被围观者人数多寡的对比，而是被围者的身份特性以及他与围观者之间永远对立或隔膜的关系设置。钱理群等人认为，鲁迅小说可按照"被看者"的不同分成两类。一类发生在被侮辱、被损害的弱小、卑下者与群众之间。如《祝福》，祥林嫂无疑是这个世界中最为不幸的人了，但祥林嫂的不幸并没有引起真正的理解与同情，仅得到众人的围观，并通过"看（听）"的行为，转化为可供消遣的故事。另一类发生在先驱、先觉者与群众之间。如《药》，夏瑜作为革命者，是为大家包括群众的前途而奋斗，这是先驱者的形象，但就是这样一位先驱者的被

---

① 钱理群等：《中国现代文学三十年》（修订本），北京大学出版社1998年版，第30—31页。

杀，却被大家转换为可看的"戏"，乃至被吃的对象。① 这种分类极有启发，但不能完全涵括鲁迅的全部小说。比如《示众》，我们知道一个被看者的存在，但他的形象、面貌却模糊不清，说不上是被侮辱者，也说不上是先驱者。而《社戏》里的坐船看戏，戏的内容都看不清楚，也就无所谓先驱者抑或弱小者。此外，如《兄弟》《高老夫子》《端午节》等小说，处于视线焦点位置的被看者，表面看都是"正人君子"，被众人视作理想化身和道德楷模，而事实上却是"伪君子"。因此，鲁迅小说中的围观体模式，至少都有四种类型。虽然围观者永远是群众，而且永远站在被围观者的对立面，但被围观者除了弱势者和先驱者之外，也可能是身份不明和模糊不清的无名者，或者假正人君子之类的伪善者。

不同的围观体类型，所表达的思想意蕴自然各有不同。第一种即发生在弱势者和群众之间的那种类型，除了《祝福》之外，还包括《孔乙己》《明天》《白光》《阿Q正传》等。这类小说中，被围观的对象处于被侮辱、被损害的弱势地位，生活在痛苦和不幸之中，作为生活在被围观者身边的群众，本应表示同情和伸出援手，却在别人的痛苦面前毫无所感，甚至还兴高采烈地参与害人的游戏。因此，这类小说一方面是要揭示底层人民的痛苦和不幸，另一方面则是要批判群众作为看客的麻木和"人性的残忍"②。第二种类型发生在先驱者和群众之间，这包括《狂人日记》《药》《伤逝》《孤独者》《在酒楼上》《幸福的家庭》《长明灯》，以及《故事新编》中的大部分小说。这些小说中的被围观者是先驱者，他们或直接或间接地在为围观者们的利益而奋斗，但奋斗者却被奋斗的受益者们曲解、误会，甚至吃掉。这里显然既有对先驱者之孤独和悲哀体验的传达，也有对群众愚昧无知的批判和鞭挞。第三种类型中，被围观者是身份不明的无名者，例如《社戏》《示众》等。被围观的对象，是什么并不清楚，甚至也觉得并不怎么好看，但群众仍然看得兴致勃勃。这里要批判的显然是群众的"无聊"。这种"无聊"，鲁迅曾在散文诗《复仇》中予以更深刻地揭露。诗中两个身份不明的

---

① 钱理群等：《中国现代文学三十年》（修订本），北京大学出版社1998年版，第31—32页。
② 同上书，第32页。

裸体人，捏着利刃，对立于广漠的旷野之上，路人不仅不上前劝解，反而等着好戏开场，结果大失所望，悻悻而去。鲁迅后来说："我在《野草》中，曾记一男一女，持刀对立旷野中，无聊人竟随而往，以为必有事件，慰其无聊，而二人从此毫无动作，以至无聊人仍然无聊，至于老死，题为《复仇》，亦是此意。"① 第四种类型，发生在伪善者和群众之间，包括《肥皂》《弟兄》《高老夫子》《端午节》等。这类小说中，被围观者往往具有"正人君子"的身份，而且被周边群众视为道德的楷模、人格的榜样、学问的代表，而事实上却是一些自私自利、胆小怯弱、胸无点墨、爱好女色之徒。这类小说除了表达群众只看事情表面、不辨深层是非的无知之外，更主要的是批判假正人君子之流的虚伪和可笑。

不难体会，上述四种类型中，除第三种之外，在思想主题上基本上都具有双重意蕴。一方面是对中国国民生活状态的暴露和揭示，比如弱势者的痛苦（第一种类型），先驱者的悲哀（第二种类型），伪善者的可笑（第四种类型）；另一方面则是对中国国民劣根性的嘲讽与批判，如群众的麻木（第一种类型）、愚昧（第二种类型）、无聊（第三种类型）、无知（第四种类型）。两面合起来，便是鲁迅启蒙主义思想的完整表现。关于第一个方面，鲁迅曾夫子自道："偶然得到一个可写文章的机会，我便将所谓上流社会的堕落和下层社会的不幸，陆续用短篇小说的形式发表出来了。"② "所以我的取材，多采自病态社会的不幸的人们中，意思是在揭出病苦，引起疗救的注意。"③ 而第二个方面，鲁迅亦曾有过痛彻的说法："群众——尤其是中国的，永远是戏剧的看客。牺牲上场，如果显得慷慨，他们就看了悲壮剧；如果显得觳觫，他们就看了滑稽剧。北京的羊肉铺前常有几个人张嘴看剥羊，仿佛颇愉快，人们的牺牲能给予他们的益处，也不过如此。而况事后走不几步，他们把这一点愉快也就忘却了。对于这样的群众没有办法，只有使他们无戏可

---

① 鲁迅：《书信（1934—1935）·致郑振铎》，《鲁迅全集》第13卷，人民文学出版社2005年版，第105页。
② 鲁迅：《集外集拾遗·英译本〈短篇小说选集〉自序》，《鲁迅全集》第7卷，人民文学出版社2005年版，第411页。
③ 鲁迅：《南腔北调集·我怎么做起小说来》，《鲁迅全集》第4卷，人民文学出版社2005年版，第526页。

看倒是疗救。"①

尽管每种类型，几乎都有双重意蕴，但由于叙述视角的不同，同一类型内部各篇小说所要强调的意蕴重心，也还是各有不同。从逻辑上来说，无论哪种类型，叙述者不仅可以站在故事之外同时打量围观者和被围观者，而且可以附身于作为故事人物的围观者或被围观者身上——附身于被围观者，呈现其内心并以其眼光来反观围观者，或者附身于围观者，书写其心理并从其眼光来观看被围观者，还可以在三种视角方式之间不断变化。这些不同的视角设置或者变化，自然会引起小说情感基调的变化，从而产生不同的审美意蕴效果。例如《祝福》《孔乙己》《白光》《明天》都属于第一种类型，其中的主人公都是失势的弱小者，但《祝福》和《孔乙己》中的叙述者主要附身于围观者身上，因此重心在对群众作为看客的麻木的批判之上，而《白光》《明天》的视角人物主要是被围观者，因此表现底层者的痛苦和不幸的意味就更为明显。而同为第一种类型的《阿Q正传》，叙述者有时通过未庄人群的眼睛看阿Q，有时又通过阿Q的眼睛来看未庄的人，有时还站在更高的角度俯瞰打量整个未庄的人和阿Q的关系，因此两方面的意味都非常强烈。再如第二种类型中，《药》中的先驱者夏瑜并未成为视角人物，因此对群众的看客本质的批判就更为明显，而《狂人日记》《在酒楼上》《孤独者》以及《故事新编》中的大部分小说，先驱者大都获得了视角人物的特权，因此，先驱者走投无路的孤独和悲哀也就表现得尤为强烈。而《伤逝》，视角人物虽然是"我"（涓生）而非"先驱者"的子君，但由于"我"在回忆中大量复述子君的情形，因此既表现出"我"强烈的虚伪与悔恨，也表现出子君作为先驱者的浓重的寂寞和悲哀。至于第三、四种类型，鲁迅分别将视角重心设置在围观者和被围观者身上，因此小说的意蕴重心也就分别表现为对群众的无聊心理和伪善者的虚伪可笑的揭示和批判之上。

二　围观体故事中的生命体验及启蒙主体的生成机制

从文学史的角度来说，鲁迅这类具有浓厚启蒙主义色彩的围观体故事，是不曾出现过的。在中国古典小说中，有视角不断转换的"只见"

---

① 鲁迅：《坟·娜拉走后怎样》，《鲁迅全集》第1卷，人民文学出版社2005年版，第170—171页。

等,却没有真正的围观体场景。这与鲁迅独特的个体意识和艺术思维有关。"鲁迅从来不孤立地观察、描写'人',而是把'人'置于与他人(社会)的'关系'(首先是'思想关系')中来观察与表现。……他总是要在他的悲剧主人公的周围,设置一群'无主名无意识的杀人团',构成一种社会环境、氛围,或者说,把他的主人公置于'社会'(群众)的'众目睽睽'之中,在与'社会'(群众)的'关系'中来展现他的悲剧性格和命运,从而形成'看/被看'的叙述模式。"[①] 但这种浸透着浓厚启蒙主义意味的艺术思维,又是如何形成的呢?它为何会成为鲁迅结构小说时最普遍而持久的思维方式?沿着鲁迅个体生命的轨迹上溯,可以发现一个与此种思维方式极为相关的"原型"性画面,那就是"幻灯片事件"。这是鲁迅在日本留学——准确点说是在仙台学医时发生的一件事,在《呐喊·自序》中有着清楚的讲述:

> 有一回,我竟在画片上忽然会见我久违的许多中国人了,一个绑在中间,许多站在左右,一样是强壮的体格,而显出麻木的神情。据解说,则绑着的是替俄国做了军事上的侦探,正要被日本砍下头颅来示众,而围着的便是来赏鉴这示众的盛举的人们。……从那一回以后,我便觉得医学并非一件紧要事,凡是愚弱的国民,即使体格如何健全,如何茁壮,也只能做毫无意义的示众的材料和看客,病死多少是不必以为不幸的。[②]

就结构而言,这与鲁迅小说中反复出现的围观体场景确实如出一辙。《呐喊·自序》之外,鲁迅至少还在《藤野先生》《俄文版〈阿Q正传〉序及著者自叙传略》里不同程度地提到过这一事件。这种反复提及表明,这一事件对鲁迅来说确实有非同凡响的意义。李欧梵等人认为,这一事件缺乏实证,有可能出于杜撰。对此,王德威说:"值得我们注意的,不是幻灯的有无,而是鲁迅'无中生有',以幻代真的能力,他从文字幻象凝聚毕生执念的才华。不仅此也,鲁迅看砍头幻灯的自述,原就是他回顾创作之路,为自己、也为读者'追加'的一个起

[①] 钱理群:《走进当代的鲁迅》,北京大学出版社1999年版,第174页。
[②] 鲁迅:《呐喊·自序》,《鲁迅全集》第1卷,人民文学出版社2005年版,第438页。

点,'后设'的一个开头。"① 虽然虚构与否,都不影响我们的分析,但从当时具体的时代背景,以及鲁迅向来严谨的文学态度来看,我们更倾向相信这是实际发生过的事件。那么,一个极为偶然的事件,为何会对鲁迅产生这么大的影响,以至于突然改变人生选择,并成为一种最深层的精神"执念"而在其文学创作中反复出现?

按弗洛伊德精神分析的说法,这恐怕与鲁迅的童年记忆有关。鲁迅的童年记忆中,至少有两大创伤性经验,一是爷爷卷入"科场弊案"而举家被抄,二是父亲久病不愈并被中医所误。"科场"弊案让周家家道中落,也让早年的鲁迅体会到了什么是世态炎凉。他后来回忆说:"有谁从小康人家而坠入困顿的么,我以为在这途路中,大概可以看见世人的真面目。"② 对中国稍有了解的人,当不难能体会一个曾经的钟鸣鼎食之家,突然举家被抄时,将如何成为众人围观(注视、议论、嘲讽)的中心,人们是如何地由仰视骤然变为蔑视,是如何地冷漠、麻木乃至落井下石。而年幼的鲁迅,又曾是如何地承受人们的视线,如何地担惊受怕,如何地孤立无助。父亲的多病,加剧了周家的衰败,也使鲁迅更为敏感,"我有四年多,曾经常常,——几乎是每天,出入于质铺和药店里,年纪可是忘却了,总之是药店的柜台正和我一样高,质铺的是比我高一倍,我从一倍高的柜台外送上衣服或首饰去,在侮蔑里接了钱,再到一样高的柜台上给我久病的父亲去买药"③。用眼镜的横边看人,是当铺和药铺的师爷们常见的眼神,鲁迅却格外觉到一种"侮蔑"之感。这种纯属鲁迅个人的创伤性体验,随着他后来的"逃异地,走异路",也就被逐渐压抑而淡忘了。但"幻灯片事件"的发生,突然激活了他被压抑的昔日体验。这一事件中看客们的表现,与鲁迅早期经验中对人性麻木、冷漠、残忍的体验是那么的契合,但它又超越了个人经验而具有国民性改造的高度。换言之,这一事件为个体性的童年记忆找到了一个升华为国民性问题的通道,这肯定让鲁迅在潜意识中兴奋不已。也因此,它被凝结成一种原型性的母题意象,并成为他此后小说中的第一种围观体类型。

---

① 王德威:《想像中国的方法:历史·小说·叙事》,生活·读书·新知三联书店 2003 年版,第 136 页。
② 鲁迅:《呐喊·自序》,《鲁迅全集》第 1 卷,人民文学出版社 2005 年版,第 437 页。
③ 同上。

"幻灯片事件"不仅激活了鲁迅童年记忆中的创伤性经验,并升华出围观体叙事的第一种类型,而且激活了他儿童时期"看戏"的经验,并提炼出围观体叙事的第三种类型——批判人们看戏的热情和看客的无聊。鲁迅童年时代的看戏经验,在小说《社戏》以及散文《五猖会》《无常》中都曾提到。《五猖会》细致地记述了作者小时候对"迎神赛会"的期盼和热情,"孩子们所盼望的,过年过节之外,大概要数迎神赛会的时候了。……我常存着这样的一个希望:这一次所见的赛会,比前一次繁盛些。可是结果总是一个'差不多'……"① 作为儿童,对"看"似乎有着一种本能的兴趣,虽然总是"差不多",还是希望看。事实上,儿童看戏,更多的是看热闹,"然而记得有一回,也亲见过较盛的赛会。开首是一个孩子骑马先来,称为'塘报';过了许久,'高照'到了,长竹竿揭起一条很长的旗,一个汗流浃背的胖大汉用两手托着;他高兴的时候,就肯将竿头放在头顶或牙齿上,甚而至于鼻尖。其次是所谓'高跷''抬阁''马头'了;还有扮犯人的,红衣枷锁,内中也有孩子"②。这明显不是对赛会内容本身之情节逻辑的整体性理解,而仅仅是从儿童角度对一些新奇点的碎片化的记述。类似的情景在《无常》一篇中也有表现,"他不但活泼而诙谐,单是那浑身雪白这一点,在红红绿绿中就'鹤立鸡群'之概"。所以,"只要望见一顶白纸的高帽子和他手里的破芭蕉扇的影子,大家就都有些紧张,而且高兴起来了"③。这里仍然没有对"戏"的具体内容的详细描绘,只是浮在表面的面影不清的几个闪光点的连缀,与其说是在看戏,不如说是好玩。这种想看却看不清,看不清而仍然要看的情形,在《社戏》中更为明显。"我不喝水,支撑着仍然看,也说不出见了些什么,只觉得戏子的脸都渐渐的有些稀奇了,那五官渐不明显,似乎融成一片的再没有什么高低。年纪小的几个都打呵欠了,大的也各管自己谈话。忽而一个红衫的小丑被绑在台柱子上,给一个花白胡子的用马鞭打起来了,大家才又

---

① 鲁迅:《朝花夕拾·五猖会》,《鲁迅全集》第 2 卷,人民文学出版社 2005 年版,第 269 页。
② 同上书,第 270 页。
③ 鲁迅:《朝花夕拾·无常》,《鲁迅全集》第 2 卷,人民文学出版社 2005 年版,第 276 页。

振作精神的笑着看。在这一夜里,我以为这实在要算是最好的一折。"①

但小时候看戏的热情,长大后却转变成对看戏的反感。小说《社戏》,主要叙述小时候看戏的快乐,却不直接从儿时看戏的快乐说起,而是从成年后两次看戏的"恶感"开头:"我在倒数上去的二十年中,只看过两回中国戏,前十年是绝不看,因为没有看戏的意思和机会,那两回全在后十年,然而都没有看出什么来就走了。"② 接着详细叙述两次看戏的经历。第一次是民国元年初到北京的时候,受朋友蛊惑"兴致勃勃"而去,却因太吵而又没有座位走出来了。"后来我每一想到,便很以为奇怪,似乎这戏太不好,——否则便是我近来在戏台下不适于生存了。"③ 第二次"本是对于劝募人聊以塞责",才买了票去看,又因久等所谓"叫天"出场而心情烦躁,"我向来没有这样忍耐的等待过什么事物","忽而使我省悟到在这里不适于生存了",于是挤出大门,"这一夜,就是我对于中国戏告了别的一夜,此后再没有想到他,即使偶而经过戏园,我们也漠不相关,精神上早已一在天之南一在地之北了"④。所谓太吵,没有位置,不愿久等,戏不太好,显然都不是鲁迅对戏起反感的真正原因。因为小说接下来叙述的儿时经验,似乎与此无异,却看得兴致勃勃。根本的理由是"没有看戏的意思","我近来在戏台下不适于生存了",与看戏"精神上早已一在天之南一在地之北了"。为何会有如此转变呢?同样与"幻灯片事件"有关。鲁迅写《社戏》的时候是1922年10月,所谓"倒数上去的二十年",刚好是1902年,也就是鲁迅去日本留学的时间。正是在日本留学期间发生的"幻灯片事件",让他体会到了"看戏"的无聊。他在《藤野先生》中叙完此次事件后说,"此后回到中国来,我看见那些闲看枪毙犯人的人们,他们也何尝不酒醉似的喝彩,——呜呼,无法可想!但在那时那地,我的意见却变化了"⑤。在看客们眼中,所谓杀人不过是看戏,看戏的人从来不分是非曲直,不管看没看懂,看没看清,该不该看,都趋之若

---

① 鲁迅:《呐喊·社戏》,《鲁迅全集》第1卷,人民文学出版社2005年版,第594页。
② 同上书,第587页。
③ 同上书,第587—588页。
④ 同上书,第588—589页。
⑤ 鲁迅:《朝花夕拾·藤野先生》,《鲁迅全集》第2卷,人民文学出版社2005年版,第317页。

鹜。这是鲁迅"没有看戏的意思",觉得自己"不适于在戏台下生存了"的开始。如果说,看戏的热情,从童年的视角观之尚可以理解,自成年后的眼光观之,那就只是无聊而已。也因此,当他用童年眼光去回忆看戏经历时,是快乐的、有趣的,而一旦转为成人视角,或转为对成年人的描绘,则不免有嘲讽的味道。"我还记得自己坐在这一种戏台下的船上的情形,看客的心情和普通是两样的。平常愈夜深愈懒散,这时却愈起劲。"①

如果说第一、三种围观体类型的体验,在鲁迅的童年时期就已存在,不过借着"幻灯片"事件找到了一个"升华"的出口。那么,围观体的第二、四种类型中对先驱者悲哀、正人君子伪善的体验,则是鲁迅以"幻灯片事件"为原型,对"后幻灯片时代"自身都市生命经验的一种选择性浓缩和凝练。"幻灯片事件"之后,鲁迅弃医从文,并以先觉者的身份筹办杂志《新生》,结果却无疾而终。"我感到未尝经验的无聊,是自此以后的事。我当初是不知其所以然的;后来想,凡有一人的主张,得了赞和,是促其前进的,得了反对,是促其奋斗的,独有叫喊于生人中,而生人并无反应,既非赞同,也非反对,如置身毫无边际的荒原,无可措手的了,这是怎样的悲哀啊,我于是以我所感到者为寂寞。这寂寞又一天一天的长大起来,如大毒蛇,缠住了我的灵魂了。"② 先驱者的寂寞与悲哀,或者说梦醒了却无路可走的悲怆,从此便与鲁迅结下不解之缘。让鲁迅更感悲怆的是,作为率先觉醒的先驱者,不仅可能不被人理解,还有可能被视为"狂人""被杀"甚或"被吃"。如革命先觉者徐锡麟和秋瑾却被反革命的人所杀。第一篇白话小说《狂人日记》,除了交织着鲁迅童年时期作为被迫害者家属的心灵创痛之外,更潜隐着青年鲁迅所曾体验到的作为先驱者的那种落寞与悲哀。正如蓝棣之所说,"过去我们总争论这位狂人到底是精神病人还是战士,其实,他是一位长久精神压抑的战士的形象,这个形象中自然有刺杀巡抚而被杀的战士——真实人物徐锡麟的影子,但其内核,看来是作者自己当初的'慷慨激昂',是自己的慷慨激昂才使他得以认识徐锡

---

① 鲁迅:《朝花夕拾·无常》,《鲁迅全集》第2卷,人民文学出版社2005年版,第280页。
② 鲁迅:《呐喊·自序》,《鲁迅全集》第1卷,人民文学出版社2005年版,第439页。

麟的价值。……鲁迅之所以能够找到'狂人日记'这一形式，其内在的，没有察觉的原因是他实在麻木和压抑得太长久太厉害了。要不是时代向他提供了一个发散升华的历史机会，他会真正地成为狂人的"[1]。五四尤其是1927年之后，鲁迅曾备遭误解和攻击，这让他更感先驱者的孤独和悲哀。《故事新编》，便几乎全是这种体验的呈现。而这种体验，正是通过"幻灯片事件"式的围观体结构表达出来的——青年时期之后的鲁迅，一直侧身于文化界，身边全是所谓"正人君子之流"，对他们的虚伪和可笑，自有深刻了解。这种了解，在鲁迅返身回顾"幻灯片事件"时，同样找到向艺术升华的渠道，从而衍生出围观体的第四种类型。

要而言之，鲁迅小说中的四类围观体故事，有着一个最基本的结构原型，那就是"幻灯片事件"。这一事件，让鲁迅的个人经验突然找到了和时代思想的结合点。它就像一盏灯，照亮了鲁迅早期的创伤性记忆和看戏的经验，并升华成对中国人人性中的冷漠、麻木，以及喜欢看戏的无聊这两大国民劣根性的批判。它也像一块磁铁，吸附整合着鲁迅青年之后的都市生命阅历，并凝结成对先驱者的落寞和悲哀、对假正人君子的伪善和可笑的嘲讽这两大思想主题。换言之，正是通过"幻灯片事件"，鲁迅将个人性的生命经验和时代性的启蒙主义主题有效地结合起来。从个体性的生命经验出发，联结上时代启蒙的大主题，这是鲁迅的高明处，也是鲁迅的伟大处。同时代的许多启蒙主义者，作品中同样有启蒙主义的思想主题，却因为不能结合切身的生命体验，而只能成为概念式的图解。作为小说，必须既是时代的，又是个人的，才能真正打动人。就此而言，鲁迅在五四小说界的位置，确实无人可以替代。

三 围观体故事中叙述者——启蒙主体的复杂性与双声性

以"幻灯片事件"为契机，鲁迅从童年记忆和都市阅历中，提炼出启蒙主义的主题及其小说呈现方式——围观体场景，这是鲁迅的伟大之处。鲁迅更为伟大的地方在于，他从一开始就对启蒙者自身的使命和命运有着超乎寻常的复杂化认识。这种复杂化的认识，在"幻灯片事件"中就已出现。继《呐喊·自序》之后，鲁迅在《藤野先生》中再一次提到了幻灯片事件：

---

[1] 蓝棣之：《现代文学经典：症候式分析》，清华大学出版社1998年版，第5—6页。

但我接着便有参观枪毙中国人的命运了。第二年添教霉菌学,细菌的形状是全用电影来显示的,一段落已完而还没有到下课的时候,便影几片时事的片子,自然都是日本战胜俄国的情形,但偏有中国人夹在里边,给俄国人做侦探,被日本军捕获,要枪毙了,围着看的也是一群中国人;在讲堂里的还有一个我。①

从语句的连贯性来说,这最后一句"在讲堂里的还有一个我",显得非常突兀,有一种将"我"突然推入围观体场景中的感觉。对此,日本研究者尾崎秀树指出:"这里重要的是,'在讲堂里的还有一个我的接受方式'。被枪毙的人、围观的看客,以及观看这个场面的我,这三部分在此构成了统一的视点。……重要的并不在于鲁迅看到幻灯事件改变了自己的看法,而是在于鲁迅由看幻灯而发现了一种关系,那就是他自己成为被枪毙的中国人,同时也成为看客,而自我本身的主体又无法消解于其中。幻灯事件因此而得以在鲁迅文学中占有象征性位置。"②这一事件后,"鲁迅改变了想法。他不得不改变。那就是这样一些问题,即鲁迅身上潜藏着与被枪毙的中国人的连带感,他意识到自己身上也流淌着与那些围观并且喝彩的中国人相同的血。而对这些问题,他产生了一种冲动,不能不以抉心自食来与之对决"③。也就是说,"我"作为围观体场景的叙述者,突然感觉到了两种可能性:一是变成被围观者/被杀掉的可能性,一是同化成围观者/间接的杀人者的可能性。前者"让"我感到必须变成坚定的启蒙者,不如此便不能拯救"我"们的命运。而后者则让"我"感到,作为启蒙者必须"抉心自食",否则就有可能变成杀人游戏的参与者,沦为杀人团的一部分。

参与启蒙却对启蒙者有可能"变质"抱有高度警惕,这是鲁迅不同于一般启蒙者的深刻和独到之处。鲁迅在其第一篇白话小说《狂人日记》中,就有这种自觉的警醒意识的流露。作为叙述者的狂人,不仅感到了世界的吃人,而且意识到了自己的可能吃人,并且流露出强烈

---

① 鲁迅:《朝花夕拾·藤野先生》,《鲁迅全集》第2卷,人民文学出版社2005年版,第317页。

② 转引自[日]伊藤虎丸《鲁迅与终末论——近代现实主义的成立》,生活·读书·新知三联书店2008年版,第238页。

③ 同上书,第239页。

的愧疚感:"四千年来时时吃人的地方,今天才明白,我也在其中混了多年;大哥正管着家务,妹子恰恰死了,他未必不和在饭菜里,暗暗给我们吃。我未必无意之中,不吃了我妹子的几片肉,现在也轮到我自己……有了四千年吃人履历的我,当初虽然不知道,现在明白,难见真的人!"①"未必"没吃,不代表就真的吃过,但狂人还是深感"难见真的人"。这种深刻的自省意识,确乃空谷足音。而启蒙者可能吃人的担忧,也并非多余。事实上,在鲁迅的围观体小说中,就有对启蒙者沦为看客甚至杀人者的叙述。《祝福》里祥林嫂的死,和"我"就不是完全没有关系。"我"以启蒙者的口吻叙述别人如何作为麻木残忍的看客迫害祥林嫂时,却同样以看客的身份在祥林嫂的痛苦上撒了一把盐,从而加速祥林嫂的死去。就此而言,"我"与其他看客有何不同呢?《一件小事》中的"我"也是如此,一开头以愤世嫉俗的启蒙者形象出场,却在老妇人被撞倒的事件中沦为袖手旁观的看客。而《伤逝》中的"我"(涓生),就不仅是子君悲剧的看客,也是这一悲剧的手造者。涓生以启蒙者的形象,唤醒了子君的个性意识,"我是我自己的,谁也不能干涉我",子君也因而不顾家庭阻挠和涓生同居。而当子君落入俗世生活的纠缠时,涓生除了居高临下地认为她"俗"之外,没有任何挽救的举动。汪晖说:"具有讽刺意味的是,爱情、觉醒这类'希望因素'乃是先觉者得以自立并据以批判社会生活的基点,恰恰在'希望'自身的现实延伸中遭到怀疑。这种指向这一价值理想的现实承担者自身:'我'真的是一个无所畏惧的觉醒者抑或只是一个在幻想中存在的觉醒者?!"② 当涓生向"幻想中存在的觉醒者"转变时,就已背离他原先的启蒙者形象。而第四种类型的围观体小说,如《高老夫子》《弟兄》《端午节》《肥皂》等,则可视为是对有可能承担启蒙任务的启蒙者之虚伪性的批判。如果说《狂人日记》《祝福》《一件小事》《伤逝》中的"我",尽管沦为看客或者杀人者,但至少曾经或者还留有启蒙者的一面,那么高尔础、四铭、李沛君、方玄绰这些"假正人君子之流",从一开始就是完全变质了的启蒙者。

---

① 鲁迅:《呐喊·狂人日记》,《鲁迅全集》第1卷,人民文学出版社2005年版,第454页。
② 汪晖:《鲁迅小说的精神特征与"反抗绝望"的人生哲学》,王晓明主编:《二十世纪中国文学史论·上卷》(修订版),东方出版中心2003年版,第212—213页。

鲁迅小说对启蒙问题的复杂化认识，还表现为对启蒙者自身命运的担忧。作为启蒙者，即便不像《祝福》《一件小事》《伤逝》中的"我"那样懦弱，也不似高尔础、四铭、李沛君、方玄绰那样虚伪，而是真正的启蒙者，也不意味着启蒙就一定能成功。相反，就连启蒙者自身的命运，都有可能是危险而悲哀的。围观体小说的第二种类型，也即发生在先驱者和群众之间的那类故事中，先驱者们不为人理解甚至还被人所杀、所吃的落寞与悲哀，其实就是启蒙者的困境和悲哀。这种体验，除了来自对西方现代主义话语的接受——这些小说中充满着西方现代主义式的悲哀、孤独、痛苦、撕裂、焦灼之感，更主要来自鲁迅本人的切身遭际。从留日时期创办杂志的失败记忆，绍兴教书时学生的胡闹，辛亥革命后革命志士的被杀，到五四退潮后启蒙阵营的迅速分化，再到20世纪20年代末"革命文学"论争中被自己唤醒的青年们的批判，以及20年代30年代名为"左联"盟主，却不断受到来自"左联"内部的掣肘，作为启蒙者当然也是先驱者的鲁迅，对孤独和落寞的感受，可说是一步步在加深的。也因此，如果说在《狂人日记》和《药》中，先驱者的悲哀尚只是以潜隐的方式存在，重在批判看客们的残忍与无知，到《孤独者》《在酒楼上》（还包括散文《范爱农》）等小说，则重在表达先驱者梦醒了却无路可走的悲哀，而到《故事新编》里，先驱者就不仅是走投无路，还经常受到来自自己行为受益者们的调侃、奚落、嘲讽以至于背叛。

鲁迅围观体故事中对启蒙者可能变质、对先驱者命运之孤独和可悲的书写，构成鲁迅对启蒙艰难性和有效性的思考。这种思考，在一定程度上显现出鲁迅对启蒙及其效果的怀疑。而这种怀疑，在他最初参加新文化运动时就已有表露："假如一间铁屋子，是绝无窗户而万难破毁的，里面有许多熟睡的人们，不久都要闷死了，然而是从昏睡入死灭，并不感到就死的悲哀。现在你大嚷起来，惊起了较为清醒的几个人，使这不幸的少数者来受无可挽救的临终的苦楚，你倒以为对得起他们么？"[①] 与一般启蒙主义者的乐观和激情相反，鲁迅从一开始就显得较为悲观。但"我虽然自有我的确信，然而说到希望，却是不能抹杀的，因为希望是在于将来，因为希望是在于将来，决不能以我之必无的证

---

① 鲁迅：《呐喊·自序》，《鲁迅全集》第1卷，人民文学出版社2005年版，第441页。

明，来折服了他之所谓可有，于是我终于答应他也做文章了……"① 这种虽然怀疑却仍然参加的启蒙态度，使鲁迅小说具有了有如论者所说的"双声复调性"：一方面坚定地支持、呼唤启蒙，一方面又对启蒙抱以忧虑和犹疑。② 从文化的角度来说，前者是对西方启蒙主义观念的继承，代表了中国文化现代性追求的一面。后者与西方的现代主义相似，代表了某种与现代性对话或者反抗现代性的声音。有论者指出，现代性与反现代性并存，是整个中国现代文化现代性追求从一开始就存在的悖论。③ 就此而言，鲁迅是中国现代文学史上少数几位从一开始就捕捉到了这种悖论，而又第一个以小说的方式呈现这种悖论的作家。

第二节 "还乡体"模式与现代性体验的呈现
——也论鲁迅小说中的"离去—归来—离去"

1919年年底，鲁迅回到绍兴老家，卖掉旧房子，把母亲接到北京居住。这是鲁迅青年时代"走异路逃异地"之后第二次回乡。第一次是1907年，从日本留学归国之后，他在绍兴教书两年。夏志清认为，这第二次返乡对鲁迅的写作生涯"适逢其会"："如果鲁迅最初的三篇故事（无疑地都是以绍兴为背景）有任何代表性的话，他的故乡显然是他灵感的主要源泉"，"他第二次返乡，发现虽然辛亥革命表面上是成功了，故乡的一切显然并没有什么改变。他对于自己出生地的乡土之情，竟然演变成一种带有悲哀和愤慨的同情之心"，"在反映他二度返乡的作品——譬如《故乡》《祝福》《在酒楼上》——中鲁迅所运用的小说形式，要比其他未成熟的青年作家复杂得多。……鲁迅对于农村人物的懒散、迷信、残酷和虚伪深感悲愤；新思想无法改变他们，鲁迅因之摈弃了他的故乡，在象征的意义上也摈弃了中国传统的生活方式。然而，正与乔伊斯的情形一样，故乡同故乡的人物仍然是鲁迅作品的实质。"④ 这种评论是中肯的，因为"故乡及故乡的人物"，确实构成了鲁

---

① 鲁迅：《呐喊·自序》，《鲁迅全集》第1卷，人民文学出版社2005年版，第441页。
② 严家炎：《论鲁迅的复调小说》，上海教育出版社2002年版，第131—144页。
③ 程文超：《1903，前夜的涌动》，山东教育出版社1998年版，第2页。
④ [美]夏志清：《中国现代小说史》，复旦大学出版社2005年版，第25—26页。

迅小说"灵感的主要源泉"和"实质"。但是,鲁迅比"其他未成熟的青年作家复杂得多"的"小说形式",又是什么呢?如果说"鲁迅对于农村人物的懒散、迷信、残酷和虚伪深感悲愤",正是通过我们上节所述之"围观体"结构得以表达,那么,鲁迅由"对于自己出生地的乡土之情"演变而成的对"故乡"以至"中国传统生活方式"的"摒弃",又是通过何种小说形式得以呈现的呢?

一 "离去—归来—离去"的发现及其意涵

作为中国现代文学史上第一篇白话小说,《狂人日记》却有着一个突兀的文言文的开头:"某君昆仲,今隐其名,皆余昔日在中学时良友;分隔多年,消息渐阙。日前偶闻其一大病;适归故乡,迂道往访,则仅晤一人,言病者其弟也。劳君远道来视,然已早愈,赴某地候补矣。因大笑,出示日记二册,谓可见当日病状,不妨献诸旧友。持归阅一过,知所患盖'迫害狂'之类。语颇错杂无伦次,又多荒唐之言;亦不著月日,惟墨色字体不一,知非一时所书。间亦有略具联络者,今撮录一篇,以供医家研究。记中语误,一字不易;惟人名虽皆村人,不为世间所知,无关大体,然亦悉易去。至于书名,则本人愈后所题,不复改也。七年四月二日识。"[①] 这段文言文小序的意义,可以从多方面去解读。我们想说的是,这是一段故事内第一人称视角的叙事,叙述者"吾"作为故事人物,其行踪可按自然编年体的顺序做如此重述:吾多年前离开家乡(离去),日前因为某种机缘回乡(归来),看到或听到了一些事情,最后再次离开故乡(再离去)。1918 年,当鲁迅写下这篇文言小序时,肯定也没意识到,寥寥数语所勾勒的这个"吾""离去—归来—再离去"的模式,会成为他此后小说写作的一种潜在精神结构,甚或整个中国现代小说的一个原型性意象。

较早关注到鲁迅小说中"离去—归来—离去"模式的是钱理群等人。他们在《中国现代文学三十年》中认为,"离去—归来—再离去"是鲁迅小说的两大情节、结构模式之一。[②] 他们以《祝福》《故乡》《在酒楼上》《孤独者》这 4 篇小说为例指出,鲁迅小说往往会设计一

---

① 鲁迅:《呐喊·狂人日记》,《鲁迅全集》第 1 卷,人民文学出版社 2005 年版,第 444 页。

② 钱理群等:《中国现代文学三十年》(修订本),北京大学出版社 1998 年版,第 31 页。

个第一人称的叙述者,他多年前离开故乡到外地去发展,一个偶然的机会得以回乡,满怀对故乡的美好憧憬,结果却发现故乡不仅破败不堪,而且藏污纳垢,不得不重行离去。但小说往往从叙述者多年后的"归来"写起,至于第一次离去——多年前的离开家乡仅以潜文本的形式存在,第二次的重行离去也仅在文章末尾附带点出。小说的真正主体,则是叙述者回乡期间所见闻的他人故事。如果说,叙述者"我"的离去—归来—再离去本身就是一个故事,那它就像嵌套在小说主体故事上的一件外衣,并与之构成一种对话关系:"叙述者在讲述他人的故事(例如祥林嫂的故事,闰土的故事,吕纬甫、魏连殳的故事)的同时,也在讲述自己的故事,两者互相渗透、影响,构成了一个复调。"① 这确实是一个重大的发现,是运用结构主义、后结构主义以及叙事学理论重新解读鲁迅小说的重要收获。但问题在于,在鲁迅《呐喊》《彷徨》《故事新编》的全部33篇小说中,直接出现这个"我"还乡/去乡模式的,仅仅《狂人日记》《祝福》《故乡》《在酒楼上》《孤独者》5篇。钱理群等人所用的例证,也集中在后4篇上。既为模式,就应该具有广泛的概括性,其他那些没有直接出现这个"我"还乡故事的小说,又该如何纳入这个模式呢?

从逻辑上来说,这个"离去—归来—再离去"的还乡模式,最起码得具备两个要素:一是还乡的对象也即"乡"的存在——按一般的理解,这里的"乡"应该是叙述者早年生活的村镇世界,二是还乡主体也即还乡者"我"的存在。在《呐喊》《彷徨》的25篇小说中,符合"还乡对象"要求的村镇题材小说共15篇,而其中同时符合还乡主体要求的,就是上述《狂人日记》《祝福》《故乡》《在酒楼上》《孤独者》5篇。但笔者以为,其余10篇(包括第一人称的《孔乙己》和《社戏》,第三人称的《药》《明天》《风波》《阿Q正传》《白光》《肥皂》《长明灯》《离婚》),虽未明确出现还乡者"我"的故事,仍可归为还乡模式的类型。这是因为作者在创作这些小说时,正乔寓北京,至少在精神上肯定经历了一个"离去—归来—再离去"的过程:作为作者的鲁迅多年前便已离开故乡,而为写这个故乡的故事,他不得不将整

---

① 钱理群等:《中国现代文学三十年》(修订本),北京大学出版社1998年版,第32—33页。

个精神拉回故乡去,写完后终于又从故乡的氛围回到北京的现实之中。也就是说,从精神或写作思维的角度来说,这个还乡模式在所有村镇题材的小说中都必然存在,只是在实际的小说写作过程中,根据不同的审美需要,有些化为小说中的直接故事保留下来,有些则被省略掉了。事实上,即便在这10篇小说的现有故事之上,添上一个"我"回乡的框架,也丝毫不会损伤小说原来的故事。比如《药》就可改写为:"我"因为某种原因,回到故乡去,结果看到或听到了现在这个人血馒头的故事,我深感震惊,觉得必须离开故乡,于是重行离去。因此,"我"还乡的故事,在文本中是否实际出现并不重要,重要的是它作为一种精神机制是否确实存在。

但这一模式中叙述者归来和重行离去的"故乡",真的仅仅是地理意义上的农村乡镇吗?若然,那他离去之后的理想之地就应该是与其相对的都市。《呐喊》《彷徨》中,非乡土题材的小说共10篇,包括《一件小事》《头发的故事》《兔和猫》《鸭的喜剧》《伤逝》《端午节》《幸福的家庭》《示众》《高老夫子》《弟兄》。这些小说中,都市的面影并不明显,说它们是都市小说或许勉强,但故事发生在非乡土的都市,却是不容置疑的事实。细读这些都市故事,却不难发现无论是环境空间,还是故事本身,同样是让人不堪忍受的:"首善之区的西城的一条马路上,这时候什么扰攘也没有。火焰焰的太阳虽然还未直照,但路上的沙土仿佛已是闪烁地生光;酷热满和在空气里面,到处发挥着盛夏的威力。许多狗都拖出舌头来,连树上的乌老鸦也张着嘴喘气,——但是,自然也有例外的。远处隐隐有两个铜盏相击的声音,使人忆起酸梅汤,依稀感到凉意,可是那懒懒的单调的金属音的间作,却使那寂静更其深远了。只有脚步声,车夫默默地前奔,似乎想赶紧逃出头上的烈日。"[①] 这种令人窒息、了无生气的城市景观,与鲁迅笔下的乡村几无差异:"从篷隙向外一望,苍黄的天底下,远近横着几个萧索的荒村,没有一些活气。我的心禁不住悲凉起来了。"[②] 都市与乡村生活的同质同构,在《阿Q正传》的结尾更为明显:"至于舆论,在未庄是无异议,自然都说阿Q坏,被枪毙便是他的坏的证据:不坏又何至于被枪

[①] 鲁迅:《彷徨·示众》,《鲁迅全集》第2卷,人民文学出版社2005年版,第70页。
[②] 鲁迅:《呐喊·故乡》,《鲁迅全集》第1卷,人民文学出版社2005年版,第501页。

毙呢？而城里的舆论却不佳，他们多半不满足，以为枪毙并无杀头这般好看；而且那是怎样的一个可笑的死囚呵，游了那么久的街，竟没有唱一句戏：他们白跟一趟了。"① 这说明无论在乡村，还是城市，大家关注的均非事件本身的是非曲直，而是好看与否的无聊和愚昧。无论是环境空间，还是人们的精神实质，都市均构不成与乡村异质的"理想""舒适"之所。它甚至也是一个让人感到迷茫、堕落，甚至绝望的地方："我从乡下跑到京城里，一转眼已经六年了。其间耳闻目睹的所谓国家大事，算起来也很不少；但在我心里，都不留什么痕迹，倘要我寻出这些事的影响来说，便只是增长了我的坏脾气，——老实说，便是教我一天比一天的看不起人。"② 因此，鲁迅笔下的乡村与都市，都是"万难破毁的铁屋子"的一部分。乡村小说末尾那个决然离去的意象中，所要"去"的理想之地，肯定不是都市。

那"我"再次离开之后所要奔"去"的理想之境，又是什么呢？是一个存在于未来的理想人国。这个理想人国是鲁迅挣脱传统话语之后，在西方话语的滋养和刺激下，结合自身的生命体验设计和构想出来的一个乌托邦。在这个乌托邦般的理想人国里，现存乡村和都市中那些麻木、愚昧、无聊、无知的看客将不复存在，弱小者将不再受到侮辱和损害，先驱者将不再感到寂寞和悲哀，"正人君子之流"将不再伪善和可笑。事实上，鲁迅正是从这个理想人国出发，返身观照中国的传统和现实，然后发现了无论乡村还是都市，都不过是"万难破毁的铁屋子"的一部分，因此觉得必须打破并逃离这个"铁屋子"。倘若"故乡"并非狭隘的地理意义上的乡村，而是精神意义上的整个中国文化（包括传统与现实），那鲁迅挣脱传统建构理想人国的过程就是一个精神上"离乡"的过程，而他从这个理想人国出发返身观照中国传统与现实则可视为对精神故乡的"归来"，最终的逃离则是对精神故乡的"再离去"。在此意义上，所谓"离去—归来—再离去"的还乡体模式，就不再是5篇实际出现了叙述者还乡故事的小说的专利，也不再是15篇以村镇生活为素材的乡村小说的特有品，而是整个《呐喊》《彷徨》中

---

① 鲁迅：《呐喊·阿Q正传》，《鲁迅全集》第1卷，人民文学出版社2005年版，第552页。
② 鲁迅：《呐喊·一件小事》，《鲁迅全集》第1卷，人民文学出版社2005年版，第481页。

25篇小说的共同特征。即便《故事新编》中8篇历史题材的小说，亦可看作这一模式的产物。鲁迅用新的眼光重新审视古老故事，实是一种精神上的"归来"。看见的仍是先知者的困境和群氓的愚昧，因而以"油滑"的态度与之拉开距离，则是精神上的"离去"。

　　值得说明的是，鲁迅小说中这个据以还乡的"理想人国"，是以潜文本的形式存在的，它在小说文本的表层并没有完整和正面的呈现。王德威曾在分析鲁迅小说中的"砍头"与"断头"意象时指出，鲁迅小说中存在一种"对整合的生命道统及其符号体系之憧憬"，"但是这一憧憬在鲁迅创作意念里，只能以否定的形式表露。换句话说，鲁迅越是渴求一统的、贯串的意义体现，便越趋于夸张笔下人间的缺憾与断裂；他越向往完整真实的叙述，便越感到意符与意旨、语言与世界的罅隙"①。"憧憬"的"否定的形式表露"，其实与周作人论"人的文学"时所谓"侧面的表现"是同一意思。在这一类型的文学中，"理想生活"以潜隐的方式存在，表层则是"非人的生活"。正是通过"与理想生活的比较"，"非人生活"之非得以显现。② 此外，这个理想人国虽存在于未来，却不存在于幻想之中。作为一种憧憬，一种希望，它需要个体努力去"走"才会实现："这正如地上的路，其实地上本没有路，走的人多了，也便成了路。"③

　　二　启蒙现代性体验的呈现

　　无论是从实在，还是象征的意义上，鲁迅小说这种"离去—归来—再离去"的还乡体结构或者思维模式，在中外文学史上都不曾出现过。西方文学中，最早以"故乡"为核心展开的故事，应是《荷马史诗》。但这部史诗只有"离去—归来"，第一部《奥德赛》写离开故乡之后的战斗，第二部《伊利亚特》写回家途中的遭遇。也就是说，故事仅发生在"离去"与"归来"之间，总体上属于离家在外漂泊奋斗的故事。后来的流浪汉小说与此类似，主要书写主人公们离家在外的冒险和闯荡，重在强调他们在异域空间中的个人能力、勇气和奋斗精神。最后或许也会提到回乡，但鲁迅式的重回到家后的经验叙述付诸阙如。因此，

---

① 王德威：《想像中国的方法：历史·小说·叙事》，生活·读书·新知三联书店2003年版，第139页。
② 周作人：《人的文学》，《新青年》1918年12月第5卷第6号，署名作人。
③ 鲁迅：《呐喊·故乡》，《鲁迅全集》第1卷，人民文学出版社2005年版，第510页。

无论是故事结构，还是精神实质，鲁迅小说都与之完全不同。中国古代，与鲁迅小说模式相似的是所谓"衣锦还乡"的故事。这类故事往往以一个穷书生为主人公，在别人往往是美女的资助下，上京赶考，历尽艰辛，高中状元，最后封妻荫子，荣归故里。这类故事似乎也隐含着一个"离去—归来—再离去"的结构，因为它会讲到主人公在家乡时的艰难，离家后赶考的艰辛，会讲到高中后的荣耀，荣归故里的风光，甚至还会讲到挈妇将雏离家入朝的美好。但鲁迅小说的还乡体模式，与此有着本质的不同。鲁迅重在叙述"归来—再离去"的一段，古代则重在"离去—归来"的一段。鲁迅重在表达重回故乡后与故乡的疏离感，古代则强调主人公回乡后的风光与和乐——尽管过去在故乡曾尝尽艰辛，此时却一点也体会不到故乡生活的"不对头"。鲁迅小说最后的离去，是因为不忍故乡的破败，而古代故事中则是因为要入朝任职。

中国古典故事中的衣锦还乡者为什么发现不了故乡的破败，体会不到与故乡的疏离感呢？刘再复曾说，中国传统知识分子那种"理""势"相分离的观点，使他们很难从内部去发现自身的弱点。所谓"势"，是指政治上的具体制度、人事关系与政治态势等，是属于具体实践的问题，"理"则是指存在于"势"背后并支撑制约着它的理想模型、意识形态和文化价值观念，也即文武周公孔孟等圣人制定的万古不易的真理，"势"可能吻合于"理"，也可能发生偏差。"知识者即所谓'士'阶层的全部使命就是防止'势'对'理'的偏离，并且在偏离发生的时候挺身出来纠正它。持着这种'理''势'相分离的观点，中国古代读书人几乎没有对自己认同的文化理论体系与价值观念体系以及理论模式进行反省的习惯和能力。……他们对'理'的近乎盲从的相信和不加反省的认同，使历代知识分子的努力只能被限制在维护传统秩序的'纲纪世界'的范围内。"① 中国古典故事中的读书人所身处的那个世界，就是一个由"文武周公孔孟等圣人制定的万古不易的真理"所支撑和建构起来的世界，"理""势"之间是高度吻合的。而读书人所读之书，考试所考之学，也就是这些与现存之"势"高度吻合的"理"。对这些"理"，他们既然有着"近乎盲从的相信和不加反省的认同"，自然也就无法发现由这些"理"所支撑起来的"势"的不对。而

---

① 刘再复、林岗：《传统与中国人》，安徽文艺出版社1999年版，第24页。

且，京城与乡村世界是高度同构的，因为都是依据同一儒家之"理"而建构起来的，二者之间并不存在异质性，因此，即便是在京城的阅历，也无法给予读书人一种新的眼光，让他发现故乡社会的不是。

法国思想家福柯在《词与物》的前言中曾以博尔赫斯引自"中国某部百科全书"的"奇怪""分类"法为例，用以说明西方文化的思维和边界问题。[①] 确实，不从外部获得一种不同的参照系，是很难反思文化内部的问题的。换言之，必须获得一种新的异质性的眼光，才能真正发现原有文化的局限与不是。中国历史上，曾有两次大的外来文化的进入：一是魏晋及之后的佛教来华，二是鸦片战争后的西学东渐。但佛教中的许多观念，与中国传统儒教和道家思想有着内在关联，外来却非完全异质。只有鸦片战争后的西方文化，对中国传统来说才是完全异质的。无论知识结构，还是思维方式；无论时间观，还是世界观；无论人生观，还是价值观，西方文化似乎都与中国传统大为不同。正是这种不同，让中国人看到了自己文化的边界，并在新的层面上重新认识自己。有论者指出，"鸦片战争一方面给中国人民带来了灾难，另一方面又给中华民族带来一个巨大的政治、经济和文化的参照系"。"获得这个参照系等于具备了自我观照的时代镜子，也就是获得了自我观照的文化条件。具备了这种条件，中华民族就在新的层面上开始认识自己。"[②] 以西方这个新参照系自我观照的结果，便是发现了自己文化的不是，于是产生了近代以来一波接一波的针对中国传统文化的批判浪潮。

鲁迅正是在近代西学东渐的大潮中，通过对西方文学、文化的学习而获得了一种新的异质化眼光，从而走上中国传统文化批判之路的。在《呐喊·自序》中，鲁迅将自己对西学道路的选择称为"逃异地，走异路"，并记录了自己接触"异质"的西学之后，而对原有知识信念的动摇："终于到N进了K学堂了，在这学堂里，我才知道世上还有所谓格致，算学，地理，历史，绘图和体操。生理学并不教，但我们却看到些木版的《全体新论》和《化学卫生论》之类了。我还记得先前的议论和方药，和现在所知道的比较起来，便渐渐的悟得中医不过是一种有意或无意的骗子，同时又很起了对于被骗的病人和他的家庭的同情；而且

---

① [法] 福柯：《词与物·前言》，莫伟民译，上海三联书店2001年版，第1—14页。
② 刘再复、林岗：《传统与中国人》，安徽文艺出版社1999年版，第4—5页。

从译出的历史上,又知道了日本维新是大半发端于西方西学的事实。"①日本学者伊藤虎丸在论述鲁迅早期思想的时候,也特别强调"异质性"这一关键词。"对欧洲异质性产生鲜活的惊奇和憧憬,并且要把这种异质性原汁原味地端给中国人的志向,是鲁迅在这一时期文学活动中的一个显著特征。"这个完全异质的精神原理便是在尼采等人身上发现的、中国前所未有的"人"。②"然欧美之强,莫不以是(物质文明)炫天下者,则根柢在人。""是故将生存两间,角逐列国是务,其首在立人,人立而后凡事举。"如何立人呢?"必尊个性而张精神""掊物质而张灵明"。伊藤虎丸认为,早年的鲁迅,"强烈地感受到欧洲对中国来说是'异质'的东西"③。"可以说,他留学时代以评论和翻译为内容的最初的文学运动,其主题就是要尽可能把欧洲近代文学的异质性原样呈现给中国人。"④

异质眼光的获得,是鲁迅与中国古代故事中衣锦还乡者的本质区别,也是他小说"离去—归来—再离去"这一还乡体模式产生的根本依据。倘若不是异质眼光的获得他就不能在"归来"之时发现"故乡"(在象征的意义上就是整个传统中国)的悲哀和荒谬,并产生不得不"再离去"的冲动。但值得指出的是,异质性思想虽为作者提供了批判"故乡"的眼光,为他以还乡者身份归来时,提供了诊断"故乡"生活(包括城市与乡村)病态的知识和思想支持,甚至也在理想的意义上为他提供了灵魂的栖息地,但故乡毕竟是自己所来自的地方,故乡的许多东西早已化为血脉流淌在自己身上,完全无所依恋绝无可能,也因此,当故乡在异质性眼光的观照下显现出"吃人"的本质而不能给人以身心的庇护,并不得不与之告别时,他还是感到了一种无家可归的惶惑感。鲁迅借"我"之口如此感慨,"觉得北方固不是我的旧乡,但南来又只能算一个客子,无论那边的干雪怎样纷飞,这里的柔雪又怎样的依恋,于我都没有什么关系了"⑤。汪晖说:"这种无家可归的惶惑感体现

---

① 鲁迅:《呐喊·自序》,《鲁迅全集》第 1 卷,人民文学出版社 2005 年版,第 438 页。
② [日]伊藤虎丸:《鲁迅与终末论——近代现实主义的成立》,生活·读书·新知三联书店 2008 年版,第 55 页。
③ 同上书,第 84 页。
④ 同上书,第 85 页。
⑤ 鲁迅:《彷徨·在酒楼上》,《鲁迅全集》第 2 卷,人民文学出版社 2005 年版,第 25 页。

的正是现代知识者在中国现实中找不到自己的位置的感觉,他们疏离了自己的'故乡',却又对自身的归宿感到忧虑。他们与乡土中国的关系可归结为'在'而不'属于'。"① 在乡土中国,新的异质性思想只能存在于未来,尚有待时间才能化为现实。因此,在现实生活中,异质性思想的拥抱者只能是孤独的,他只能生活在别处。

鲁迅通过"离去—归来—再离去"的小说模式,而传达出来的这种因异质理想的拥抱而在现实中找不到归宿的惶惑感,或者有家却回不去的无根感,注定只能生活在别处的漂泊感,是鲁迅个人的,也是整个时代的。它是中国现代性进程中的一种现代性体验,是古典社会中所不可能出现的。所谓现代性进程,就是在现代性理想的烛照诱惑下不断前行的过程。因为这种现代性理想,是与现实完全异质的东西,因此,任何具有这种理想的人,都必然会用其作为观照现实的眼光,并发现现实的破败,产生与现实的隔膜,从而感到一种无家可归之感。中国文化自晚清以来在西方的冲击下踏入对现代性的追求起,这种体验就伴随着每一个受过现代性教育,具有现代性精神追求的人。鲁迅的高明,在于他率先敏锐感到并以小说的形式呈现了这一体验。鲁迅小说之后,如差不多同时的"人生派"与"浪漫派"小说,20世纪三四十年代巴金的《憩园》、师陀的《果园城记》,乃至80年代的某些"寻根小说",也会以类似的模式表达这种体验。事实上,只要中国现代性追求的步伐不停止,这种体验就不会消失,类似模式的小说也就会继续出现。

三 被旧营垒同化的可能与反抗绝望

鲁迅的高明还不仅在于,以小说的形式敏锐感觉并捕捉到了拥有异质理想的人用异质的眼光来观照现实的病苦,然后又怀揣着对异质思想的确信决绝地离去之后注定落入一种无地彷徨的孤独之中的这种现代性体验,更在于他超越了一般的启蒙者而超前性地思索着人受异质思想的召唤而决绝地离去之后,在无地彷徨的孤独感的蚕食中有可能出现的各种命运可能性。1923年12月26日,他在北京女子高等师范学校文艺会上作了题为《娜拉走后怎样》的演讲。其中就说,娜拉式的女性觉醒之后,恐怕最后只有这么几种结局:

---

① 汪晖:《鲁迅小说的精神特征与"反抗绝望"的人生哲学》,载王晓明主编《二十世纪中国文学史论·上卷》(修订版),东方出版中心2003年版,第206页。

但从事理上推想起来,娜拉或者也实在只有两条路:不是堕落,就是回来。因为如果是一匹小鸟,则笼子里固然不自由,而一出笼门,外面便又有鹰,有猫,以及别的什么东西之类;倘使已经关得麻痹了翅子,忘却了飞翔,也诚然是无路可以走。还有一条,就是饿死了,但饿死已经离开了生活,更无所谓问题,所以也不是什么路。①

当大家都在为娜拉的出走而狂热的时候,鲁迅却在冷静地思考娜拉走后的命运。这里至少讲出了三种可能性:死亡、堕落、回来。至于原因,鲁迅以为是"钱":"她除了觉醒的心以外,还带了什么去?倘只有一条像诸君一样的紫红的绒绳的围巾,那可是无论宽到二尺或三尺,也完全不中用。她还须更富有,提包里有准备,直白地说,就是要有钱。梦是好的;否则,钱是要紧的。""钱,高雅地说罢,就是经济,是最要紧的了。自由固不是钱所能买到的,但能够为钱而卖掉。人类有一个大缺点,就是常常要饥饿。为补救这缺点起见,为准备不做傀儡起见,在目下的社会里,经济权就见得最要紧了。"② 追求个性解放或者说要真的"离去",就必须有物质保障作为基础。就此而言,鲁迅应该是最早关注到个性解放和物质基础之间相互关系的人。

死亡、堕落或者回来,这三种可能的命运,其实何止新女性而已?所有因异质思想的召唤而试图"离去"现实的觉醒者或先驱者,都有可能面临。鲁迅小说中就存在不少这种"离去"之后却又重行回归的"娜拉"。这又不得不说到《狂人日记》,狂人作为一个"旧文化"的反叛者,确实说了许多振聋发聩的异端性话语。但这个曾经的先驱者,最后却被旧营垒所同化,"赴某地候补矣"。这说明,鲁迅从一开始写小说,就清醒地看到了"离去者"有可能重行回归的命运。而《在酒楼上》《孤独者》中的吕纬甫、魏连殳(也包括散文中的范爱农),更是这种"离去"之后重又回归的典型人物。吕纬甫"当年敏捷精悍",

---

① 鲁迅:《坟·娜拉走后怎样》,《鲁迅全集》第1卷,人民文学出版社2005年版,第166页。

② 同上。

现在"却变得格外迂缓",凡事"敷敷衍衍""模模糊糊"。曾经"同到城隍庙里去拔神像的胡子","连日议论些改革的方法以至于打起来",现在却做起无聊的迷信之类的事。先前教 ABCD,现在却教起"子曰诗云"乃至《女儿经》了。用他自己的话说就是,"我在少年时,看见蜂子或蝇子停在一个地方,给什么来一吓,即刻飞去了,但是飞了一个小圈子,便又回来停在原地点,便以为这实在很可笑,也可怜。可不料现在我自己飞回来了,不过绕了一点小圈子"①。魏连殳当初也是一个不与流俗为伍的先觉者,现在却变得日益世俗,"我已经躬行我先前所憎恶,所反对的一切,拒斥我先前所崇仰,所主张的一切了"②。何以如此?除了习惯势力的强大外,更主要还是鲁迅上述所说的"经济"。魏连殳是"连买邮票的钱也没有了"。为了生存,为了糊口,吕纬甫、魏连殳们不得不与现实妥协,重新"回来"。"经济"也是困扰《幸福的家庭》里的先觉者的主要问题。而《伤逝》里涓生和子君的爱情,则因"经济"而陷入绝境。"人必生活着,爱才有所附丽",这是涓生从子君的悲剧中得出的结论。子君觉醒了,但也像吕纬甫、魏连殳们一样重又回到原来的地方,而且死掉了。这种"梦醒了,却无路可走",因而不得不重行回来的困境,显示出鲁迅对启蒙艰难性的独到认识。这与一般启蒙主义者那种强烈而单纯的乐观主义,构成鲜明对比。如果说"离去—归来—再离去"并在再次离去中感到无家可归的彷徨,是所有现代人的现代性体验,也是所有启蒙者共同具有的启蒙式体验,那这种"梦醒了却无路可走",因而不得不重行回归的悲怆感,则是鲁迅个人深刻而伟大的体认。

鲁迅更为深刻也更为伟大之处则在于,即便体认到了启蒙的艰难,却仍然要参与启蒙,明知许多人都"回来"了,却仍然选择"离去"。鲁迅《呐喊·自序》中,朋友劝他参加启蒙运动,他以铁屋子的比喻提出了自己的"怀疑","假如一间铁屋子,是绝无窗户而万难破毁的,里面有许多熟睡的人们,不久都要闷死了,然而是从昏睡入死灭,并不感到就死的悲哀。现在你大嚷起来,惊起了较为清醒的几个人,使这不

---

① 鲁迅:《彷徨·在酒楼上》,《鲁迅全集》第 2 卷,人民文学出版社 2005 年版,第 27 页。

② 鲁迅:《彷徨·孤独者》,《鲁迅全集》第 2 卷,人民文学出版社 2005 年版,第 103 页。

幸的少数者来受无可挽救的临终的苦楚，你倒以为对得起他们么？"虽然怀疑，却仍然加入。"是的，我虽然自有我的确信，然而说到希望，却是不能抹杀的，因为希望是在于将来，决不可能以我之必无的证明，来折服了他之所谓有，于是我终于答应他也做文章了，这便是最初的一篇《狂人日记》。从此以后，便一发而不可收，每写些小说模样的文章，以敷衍朋友们的嘱托，积久了就有了十余篇。"① 我"确信"铁屋子难以打破，甚至可以"证明"希望"之必无"，但觉得"希望"还"是不能抹杀的"，于是"终于答应他也做文章"。这种明知可能是绝望，却仍然要在绝望中寻找希望的态度，就是鲁迅特有的"反抗绝望"的生命观念。这种观念在鲁迅第一篇白话小说《狂人日记》末尾狂人喊出的那句"没有吃过人的孩子，或者还有……救救孩子！"中便已有流露。狂人所谓"没有吃过人的孩子，或者还有"，其实就是已经没有了，但希望还有的意思。但无论有还是没有，绝望还是希望，都得满怀希望地去努力，去"救救孩子"！

这种绝望与希望交织，并在绝望中寻找希望的生命态度，在标题上就能看出"还乡"主题的小说《故乡》的结尾，表现得更为明显。"我"将要重行"离去"，却并不觉得"依恋"："老屋离我愈远了；故乡的山水也都渐渐远离了我，但我却并不感到怎样的依恋。我只觉得我四面有看不见的高墙，将我隔成孤身，使我非常气闷，那西瓜地上的银项圈的小英雄的影像，我本来十分清楚，现在却忽地模糊了，又使我非常悲哀。"② 从小说的叙境来看，这自然是写实，但也未必不可以视为象征。"故乡"就像一座让人气闷的老屋，让人感觉必须"离去"，去追求一种新的生活，"我希望他们不再像我，又大家隔膜起来……他们应该有新的生活，为我们所未经生活过的"③。但是"离去"之后，这种"新的生活"就真的会出现吗？对此，鲁迅显然是"茫然"的。"我想到希望，忽然害怕起来了。闰土要香炉和烛台的时候，我还暗地里笑他，以为他总是崇拜偶像，什么时候都不忘却。现在我所谓希望，不也是我自己手制的偶像么？只是他的愿望切近，我的愿望茫远罢了。"因

---

① 鲁迅：《呐喊·自序》，《鲁迅全集》第 1 卷，人民文学出版社 2005 年版，第 441 页。
② 鲁迅：《呐喊·故乡》，《鲁迅全集》第 1 卷，人民文学出版社 2005 年版，第 510 页。
③ 同上。

为"希望",所以"离去",但希望不过是"自己手制的偶像","离去"也未必就会更好。但明知希望之不可靠,或者希望之虚无,还得继续怀抱希望走下去:"我在朦胧中,眼前展开一片海边碧绿的沙地来,上面深蓝的天空中挂着一轮金黄的圆月。我想:希望本是无所谓有,无所谓无的。这正如地上的路;其实地上本没有路,走的人多了,也便成了路。"① 希望与绝望就这么交织在一起,既不是简单地完全绝望,也不是简单地相信希望。还是汪晖说得好:"《呐喊》《彷徨》中的'回乡'主题最直接地表述了关于'希望与绝望'的思考,却常常不是被曲解为对'希望'的抽象肯定,便是被认为'与小说的主题不相干'。其原因正在于没有将作品中的两种对立因素作为一种悖论式的整体来理解。"②

鲁迅小说所显示出来的这种"反抗绝望"的精神,与西方后来的存在主义思潮有着某种相通之处。布林顿说:"存在主义者不相信上帝——实在不相信有善良的上帝;他们所见的世界为一处不甚愉快的所在,在此世界中,人显然生于忧患,永不能拯拔。在这些坚决的悲观论者看来,进步学说乃是一派胡说。但他们仍要继续奋斗,他们要度一种真正道德的生活(当然不是一种维多利亚时代式的故作矜持的道德生活,而是一种艺术化的道德的生活),要言之,他们要存在,因为存在乃人类之事。"③ 鲁迅在新的异质性思想的武装下,所见的世界也正如存在主义者所见的那样,是"一处不甚愉快的所在,在此世界中,人显然生于忧患,永不能拯拔"。但是鲁迅也如存在主义者一样,虽然"悲观",却"仍要继续奋斗",因为他也"要存在","要度一种真正道德的生活"。但鲁迅比存在主义者更进一步,他认为所谓悲观,所谓相信,所谓绝望,所谓希望,其实都是虚妄的。他引裴多菲的话说:"绝望之为虚妄,正与希望相同!"④

---

① 鲁迅:《呐喊·故乡》,《鲁迅全集》第1卷,人民文学出版社2005年版,第510页。
② 汪晖:《鲁迅小说的精神特征与"反抗绝望"的人生哲学》,王晓明主编:《二十世纪中国文学史论·上卷》(修订版),东方出版中心2003年版,第201页。
③ [美]布林顿:《西方近代思想史》,王德昭译,华东师范大学出版社2005年版,第275页。
④ 鲁迅:《野草·希望》,《鲁迅全集》第2卷,人民文学出版社2005年版,第182页。

第三节 "格式的特别"与文化再造的自觉
——也论鲁迅小说叙述形式的启蒙意蕴

鲁迅在《〈中国新文学大系〉小说二集序》里曾说:"在这里发表了创作的短篇小说的,是鲁迅。从一九一八年五月起,《狂人日记》,《孔乙己》,《药》等,陆续的出现了,算是显示了'文学革命'的实绩,又因那时的认为'表现的深切和格式的特别',颇激动了一部分青年读者的心。"[①] 鲁迅小说"表现的深切"以及"忧愤深广"已如上两节所述,那"格式的特别"又是什么呢?对此,茅盾曾说:"在中国新文坛上,鲁迅君常常是创造新形式的先锋;《呐喊》里的十多篇小说几乎一篇有一篇的新形式。而这些新形式又莫不给青年作者以极大的影响,必然有多数人跟上去试验。"[②] 鲁迅自道"格式的特别",是与中国传统小说相比较而言的。茅盾所谓"创造新形式的先锋",有与传统格式比较的味道,但更强调鲁迅小说内部格式技巧的多样性和多变性。本节不拟分析鲁迅小说内部格式技巧的变迁与多样化,而是将之作为一个整体,放在中国小说叙事转型的视野中,看这些格式技巧究竟有何特别,它们说明了什么,又意味着什么?

一 视角更新与个性解放

与中国传统小说相比,鲁迅小说格式的第一个特别之处,便是叙事视角的更新。这首先表现为第一人称视角的大量采用。《呐喊》《彷徨》总共 25 篇小说中,第一人称视角的就有 12 篇,几乎占了二分之一。而这类第一人称视角,在中国古代漫长的小说发展史中,不论是文言文的史传——笔记小说,还是白话文的话本——章回小说中,几乎都未曾真正出现过。话本小说中,有时似乎也能看到一个神采飞扬的叙述者"我",但那不是真正的第一人称视角,因为那个"我"并非故事内的人物,而是故事外的说书人的自我指称,它在本质上仍然属于第三人称

[①] 鲁迅:《〈中国新文学大系〉小说二集序》,《中国新文学大系·小说二集(影印本)》,上海文艺出版社 2003 年版,第 1 页。

[②] 茅盾:《读〈呐喊〉》,《茅盾全集》第 18 卷,人民文学出版社 1989 年版,第 398 页。

视角。现代形式理论早已指出，形式不仅是单纯技巧的体现，也是文化观念的传达。中国传统文化向来强调集体高于个体，重外在伦理关系的维持而轻个体内在心灵感受的倾听。在此观念中，个人的个性化声音与感受不仅很难得到表达，而且也不允许被表达。如在卧冰求鱼、烈女断臂的故事中，叙事者便只关心事情的戏剧性和道德价值，当事人个体心灵深处的痛苦，则完全视而不见，更不要说让当事人以第一人称的方式亲自出面诉说。此外，中国官场自古就流行所谓"帝王之术"，民间则信守"逢人只说三分话，未可全抛一片心"的传统。在此观念中，一个人若随便表露自己的内心世界，或者随意向人诉说自己的想法，不仅是不成熟的，而且也是危险的。只有"喜怒不形于色"，才是成熟和成功的标志。① 这种根深蒂固的"权谋""城府"观念，自然会让每个人都尽可能地隐藏起自己的内心世界。而强调含蓄和不直露的传统美学观念，则让每个个体羞于直接和大胆地谈论自己的心迹。如果使用抒情色彩和主观意味相对浓厚的第一人称视角，很有可能会被认为是对"乐而不淫，哀而不伤"的温柔敦厚美学观念的违背。

中国特有的传统文化观念，造成了第一人称视角在中国古典小说中普遍而持久的缺席。就此而言，鲁迅小说对第一人称叙述视角的大量采用，便具有文化革新和观念转型的创造性意义。鲁迅第一篇白话小说《狂人日记》，便是用的第一人称视角，而且存在两种类型。首先是文言小序中的第一人称旁观者视角。这个故事中的叙述者"余"，本身就是故事中人，但非故事的主人公，而是旁观者。它的重心在讲述"余"眼中的狂人的故事。这类第一人称旁观者视角，在《祝福》《孔乙己》《一件小事》《在酒楼上》《孤独者》中得到了延续，成为鲁迅第一人称小说中的主要视角。值得指出的是，这类第一人称旁观者视角中的"我"，与古代话本小说中"且听我慢慢说来"中的"我"是有区别的。按叙事学的说法，前者是"同故事叙述者"。因为他是故事中人，是站在故事之内叙述的。后者则是"异故事叙述者"。他并非故事中人，与故事本身毫不相干。他站在故事之外，像一个历史学家或演义学家，不过是别人故事的记录者或传播者。鲁迅的同故事叙述，相当于把

---

① 最典型的例子莫过于东晋著名政治家谢安得淝水之战捷报却强装淡定继续下棋，结果进门时却因兴奋被门槛刮掉了木屐上的屐齿而不自知。

古典故事中的故事外叙述者移到了故事之内，把别人故事的记录者变成了自己身边故事的见证者或曰旁观者。这种转变显然不是简单的形式技巧的变化。它首先意味着叙述者完全可以叙述自己身边的常人琐事。换言之，不是只有那些遥远的传奇或者宏大的历史故事才有讲述的价值，每个平凡的"我"个人身边的故事都是值得讲述的。这既有对"我"个人主体地位的凸显，也透露出五四平民文学的思想。此外，它意味着在讲述主人公的故事的同时，"我"的故事也可以同时展开，甚至让二者之间构成一种对话关系。这样，他就不像古典故事中异故事叙述者那样，自身故事无法展开，而只能以一个别人故事的记载者的形象出现。而在我的故事的展开中，"我"的内心自然也就得到了敞开和敞亮。这里不难看出五四提高个体地位，强调个性与心灵解放思想的显现。

《狂人日记》的白话主体部分，采用的则是第一人称的主人公视角。作为叙述者的"我"，不仅是故事中的人物，而且是最主要的人物，"我"讲述的就是"我"的故事。《故乡》《社戏》《伤逝》等小说，也是这类视角。这种视角有利于将个人内心的想法和盘托出，有利于表达个体对世界的主观性见解。这样，"我"就可以从集体的、历史的、整体性的观念中摆脱出来，而成为一个独特的个体心灵的发声者，这显然应和着五四将个体从集体中拯救出来以实现个人解放的思潮。就《狂人日记》而言，因为主人公"我"是个疯子或曰狂人，小说也因而更显出一种独特的审美意涵效果来："鲁迅所以用一个迫害狂患者作为这种思想'发见'的负载物，一方面固然因为揭示'礼仪之邦'尚是'食人民族'，是惊世骇俗的，难免被封建卫道士和蒙昧未化的人视为狂悖；另一方面又因为狂人具有不稳定的精神状态和逻辑紊乱的思维方式，便于作者打破时间和空间的界限，熔上下古今于一炉，聚东西南北于一幅，自然而又曲折地暗示出对历史和现实、社会和人生的丰富而深刻的思考。"[①]

鲁迅小说对传统叙述视角的启蒙化转变，除了两类第一人称视角的开创之外，还表现为第三人称视角的去全知化。中国古典小说基本上都是第三人称全知全能的叙事视角。这类视角中，叙述者站在故事之外，

[①] 杨义：《中国现代小说史》（上），《杨义文存》第 2 卷，人民出版社 1998 年版，第 164 页。

对每一件事情的来龙去脉，对每一个人物的喜怒哀乐，都了如指掌，可以自由地讲述任何时间任何地点发生的任何事情，也可以自由地进入任何人物任何时刻的内心世界。除了12篇第一人称视角的小说，鲁迅的其他21篇小说均为第三人称叙事视角。但鲁迅的第三人称视角与传统的第三人称视角显然不同。鲁迅小说中，故事外的第三人称大都表现为限知或者纯客观的视角，很少全知全能的时候。例如《离婚》，一开始就是纯客观的视角，叙述者像摄像机一样客观记录船中各人物的对话，不进入任何人物的内心世界。但慢慢地，尤其是到第二个场景即慰老爷家客厅时，爱姑逐渐成为限知人物，叙述者进入她的内心，甚至隐藏于其后观察整个场景。小说最后，视角重新回到开头的那种纯客观视角。《幸福的家庭》，则采取完全的第三人称限知视角的方式，叙述者自始至终隐身于主人公身上，叙述他的内心，并用他的眼光观察感受外部世界。鲁迅小说第三人称视角的去全知化，同样隐含着时代转变的信息。第一，传统的全知视角事实上是一种"上帝"或"神"的视角，因为只有上帝或神才能无所不知，这不符合五四所倡导的科学精神，因为神并不存在。相比而言，鲁迅小说这种纯客观的视角，显然更符合生活的真实，也更有说服力。其次，传统小说中的全知叙述者，总是以权威的形式出现，相对故事人物，他总是表现出一种"世事洞明皆学问，人情练达即文章"的心理优越感，因而经常站出来对故事人物进行居高临下的道德臧否和伦理干预。这与五四倡导的民主精神，显然也不相符。相对而言，鲁迅小说中的限知视角，采取对故事人物予以同情地理解的态度，就要平等和民主得多，也更具有情感和情绪的感染力。

鲁迅与传统第三人称全知视角最为接近的小说是《阿Q正传》。小说第一章《序》中对小说写作缘由的交代，就是传统话本小说常用的元叙事的做法。正文采用"章"的方式，且给每章都冠上标题，最后一章还径直名为"大团圆"，这都是对传统章回小说的模仿。小说正文中，叙述者不时站出来强调自己的说书人身份，例如"我们不能知道这晚上阿Q在什么时候才打鼾"。此外，叙述者除了对阿Q的内心进行描写之外，有时也进入其他人物的内心世界，尤其是他还不时像传统说书者那样做一些直接的干预和议论。但即便如此，《阿Q正传》也不是对旧式第三人称全知视角的真正继承，他仍然对之做了许多启蒙化的改造。首先，就"序"来说，传统小说在介绍写作缘起时，总摆出客观的、写历史的架势，即便是唐人传奇，本是子虚乌有的事，也要说得言之凿凿。鲁迅这里却反其道而行之，一副故意要说成是野史的样子，鲁迅其实是想表明，阿Q究竟是哪里人，姓甚名谁都不重要，重要的是他是中国人，因为他是要刻画一个中国人的典型，太过具体，反而掩盖了所要表达的意思。其次，虽分章，但章的名称既不对称，而且与章下面的内容有时还构成一种反讽，如最后一章"大团圆"，就是如此。第三，有全知视角，但限知化更为明显。一方面，叙述者会全知式地深入阿Q以外的其他群众的内心中去。例如阿Q讲自己是在举人老爷家里帮忙时，听众的"肃然"，以及他不高兴在举人家帮忙做时，听众的"叹息而且快意"，便是叙述者站在听众角度叙述出来的。另一方面，叙述者最主要的还是进入阿Q的内心，有时甚至寄居在他体内，用他的心灵或眼光来体验和观察其他人物。如他向吴妈表白之后周边女人们的变化，就显然是从阿Q的视角出发的。以阿Q为主要限知人物，有利于对阿Q病态心理的充分呈现，对群众心理的进入，可以更好地展示出群众作为看客的麻木、愚昧心理。而对二者心理的轮番进入——虽然在比例上不是很对等，则可以将被看者内心和看客之间想法的同质性（都是愚昧麻木的）更好地表现出来，从而服务于国民劣根性批判的启蒙主义主题。最后，与传统小说最为相似的叙述者干预，其实也注入了浓厚的启蒙主义意蕴。第四章"恋爱悲剧"开始，在说了阿Q的精神胜利法后，叙述者如此议论："他是永远得意的，这或者也是中国精神文明冠于全球的一个证据了。"阿Q摸了小尼姑，晚上睡不着，叙述者再发感叹："即此一端，我们便可以知道女人是害人的东西。中国的男人，大半可以做圣贤，可惜全被女人毁掉了。商是妲己闹亡的，周是褒姒弄坏的；秦……虽然是史无明文，我们也假定他因为女人，大约未必十分错，而董卓可是确给貂蝉害死了。"这里的议论，明显充满嘲讽的意味，与传统小说中道德说教时一本正经的严肃态度并不相同。如果说，传统的叙述者干预，出示的是一个当时主流意识形态卫道者的面目，这里却是一个新的时代启蒙者的形象。

小说理论家卢伯克曾说，"在整个复杂的小说写作技巧中，视点

（叙述者与他所讲的故事之间的关系）起着决定性的作用。"① 确实，视角的转换或改变，会直接引起审美效果的变化。但视角的转换或改变，除了是审美效果变化的原因，也是文化观念发生改变的表征和结果。鲁迅小说对第一人称视角的开创性使用，对传统第三人称视角的去全知化改造，便与五四个性解放和鲁迅自己的国民性批判主题互为表里。换言之，鲁迅对小说视角的自觉革新，其实是对人的文化、情感、审美体验的启蒙化重塑，背后仍然负载着文化启蒙与文化再造的使命。

二 流程转换与现代结构

就叙述而言，鲁迅小说格式的另一特别之处，是摒弃了传统小说的线性体流程形态，而主要采取西方式的横截面体的形式。有关故事的流程形态，胡适曾将之分成"纵剖面体"和"横截面体"两种类型："一人的生活，一国的历史，一个社会的变迁，都有一个'纵剖面'和无数'横截面'。纵面看去，须从头看到尾，才可看见全部。横截面开一段，若截在要紧的所在，便可把这个'横截面'代表这个人，或这一国，或这一个社会。"② "纵剖面体"中，最重要的是时间的流动性和事件的自然连贯性。而横截面体中，时间基本处于静止状态，事情的空间性压倒时间性而成为首要的因素。中国传统小说，尤其是白话系统的话本章回体小说，就属于"纵剖面体"的形式。这种"纵剖面体"，也可称为线性叙事体，它按照故事本来发生的顺序从头至尾地讲述，有从发生到发展、到高潮、到结局、再到尾声的完整的情节过程，整体上构成一种首尾连贯的线性流程形态。从亚里士多德《诗学》对事件完整性的强调来看，这种形态在西方古典时代文学理论和作品中同样存在。但在西方现代小说中，这种线性化的纵剖面体却被横截面体所取代。

作为中国现代第一批白话小说，鲁迅小说的流程形态显然没有回归传统或者古典，而是直接走向了西方和现代。他几乎全部的小说，采用的都是西方现代小说那种横截面体的形式。最典型者莫过于《示众》，小说讲述的是一个炎热的夏天，人们在大街上争先恐后争看犯人的场景。小说几乎没有情节，因为其中的时间基本上是静止的，只有一个空

---

① [美]卢伯克：《小说美学经典三种·小说技巧》，上海文艺出版社1990年版，第180页。

② 胡适：《论短篇小说》，《新青年》1918年5月第4卷第5号，严家炎编：《二十世纪中国小说理论资料》（第二卷），北京大学出版社1997年版，第37页。

间性的动作"看"。若按传统小说的做法，那就应该按照时间顺序从犯人犯罪，结果被抓，大街上走过时如何被人围观，最后怎么抓进警察局，甚至最后是放了，还是判了刑，都应该有所交代。但鲁迅仅截取这个线性故事中的一段，也即在大街上走过如何引起众人围观这一段，便很好地达到了故事的效果。《幸福的家庭》也是只有一个空间化场景的小说，青年作者坐在家中构思小说，却总是被妻子的唠叨和抱怨打断。从这一个场景，我们可以管窥到作家全部生活的窘迫。若按胡适所指出的传统文言小说的滥调："某生，某处人，幼负异才……一日，游某园，遇一女郎，睨之，天人也……"① 小说就应该写成某作家，浙江绍兴人，后来，名满天下，却苦于生活……《示众》和《幸福的家庭》，都是"用最经济的文学手段，描写事实中最精彩的一段，或一方面，而能使人充分满意的文章"②，因而也是胡适所谓标准的"短篇小说"。

当然，不是所有的小说都像《示众》《幸福的家庭》，只有一个空间性的场景。但不管一篇小说有几个场景，总体上仍然是横截面体的。这是因为，每个场景的选取，都遵守同样的横截面的原则。因此，多个场景，也就是多个横截面而已，这与传统小说的纵剖面体仍有本质区别。这不是说传统的纵剖面体就没有选材的问题，事实上，它也是由各个场景连缀起来的。但一方面，古代小说中的场景内部，时间性仍然是存在的，很少只有空间性和时间完全静止的场景。这从它们的心理描写和环境描写，大都采取化静为动的方式就可以看出。另一方面，古典小说在处理各个场景的转换时，往往强调各个场景之间的逻辑性和连贯性。既注意情节转换时跌宕起伏的戏剧性，也强调环环相扣的严密性。若实在有断裂，它也会用"一夜无事""次日早晨"之类的时间路标对其连续性予以强调。而鲁迅横截面体的多场景小说，各场景之间的关系变得相当地跳跃。场景与场景之间的戏剧性和连贯性，大大降低。例如《狂人日记》，不过就是十三则日记的连缀。那将各个空间化的场景连缀起来的核心逻辑又是什么了呢？是人物性格及其命运。比如正是狂人的"狂"，将这十三则时间顺序都不明朗的日记片段，变成了一个富有

---

① 胡适：《论短篇小说》，《新青年》1918 年 5 月第 4 卷第 5 号，严家炎编：《二十世纪中国小说理论资料》（第二卷），北京大学出版社 1997 年版，第 37 页。

② 同上。

深层结构逻辑的整体。它们在情节的意义上是破碎的,但在表现人物性格这一点上却是统一的。也就是说,传统小说那种情节的逻辑性和连贯性被淡化之后,人物或者人物性格便成了鲁迅小说结构流程形态时的首要因素。如果说传统的纵剖面体小说是情节中心型的,那鲁迅的横截面体小说则是人物中心型或者性格中心型的。恰如西方小说由情节中心型向人物中心型的转变,表征着人的地位的上升一样,传统小说向鲁迅小说的变化,也是五四人的觉醒的表现。

人物性格及其命运既然已是鲁迅横截面体结构流程形态时的首要逻辑,那为了更好地表现人物性格及其命运,鲁迅还对横截面体的具体表现形式做了许多创造性的尝试。例如在叙事的节奏感上,鲁迅就创造出一种颇具特色的"重复叙事"方式。叙事学中,有关重复叙事的分析,大都放在叙事频率的讨论中进行。叙事频率讨论的"是事件在故事中出现的次数与它在文本中出现的次数的比例",可分为三种:一是"实叙",一件事情叙述一次;二是"复叙",发生一次的事件,叙述两次或两次以上;三是"概述",发生多次的事情,仅叙述一次。① 这里有必要指出的是,第一种"实叙"中有一个特殊情况,那就是相似事件的反复出现。如《许三观卖血记》里的卖血,每次都是真实发生的,虽然每次卖血在小说中也仅叙述一次,但多次卖血之间还是因为卖血事件本身的相似而形成了一种类似"复叙"的效果。这种重复主要发生在故事而非叙述层面上,不妨称之为"事件的重复"。而鲁迅小说中的"重复",除《祝福》中的祥林嫂对阿毛被狼叼走故事的反复讲述属于叙述频率范畴的"复叙"外,其他都属于这种类型。例如《离婚》前半段中,"船中的寂静"以及"潺潺的水声"便至少出现了四次:"全船都沉默了,只是看他们";"只有潺潺的船头激水声;船里很静寂";"船便在新的静寂中继续前进;水声有很听得出了,潺潺的";"船在继续的静寂中继续前进;独有念佛声却宏大起来;此外一切,都似乎陪着木叔和爱故一同浸在沉思里"。它们每次出现在喧嚣的众声杂谈之后,既是写实,也非常有力地衬托出爱姑内心的孤独和纠结。其他如《肥皂》中的"四铭又愤怒了""似橄榄非橄榄一样的说不清的香味""咯

---

① 赵炎秋:《文学批评实践教程》(修订版),中南大学出版社2007年版,第122—123页。

吱咯吱洗一遍"，《孔乙己》中的"笑声""店内外充满了快活的空气"，《风波》中九斤老太说的"一代不如一代"等等，都不止一次地出现在小说文本中，并对表现人物性格起着画龙点睛的作用。

此外，鲁迅小说还创造出一种独特的叠印嵌套型体式。鲁迅的许多小说中，往往存在表层和深层两个故事。表层故事讲述一些普通人日常生活中的小事，这是实写。深层故事与大的社会历史背景有关，一般为虚写。整体看来，既可以说是表层故事叠印在深层故事之上，也可以说是深层故事嵌套在表层故事之中。两个故事的这种叠印嵌套，使得看似琐碎的日常生活小事，能迅速获得一种超越日常性的提升，而宏大的社会历史命题则能摆脱其抽象性和空泛性而具有一种毛茸茸的日常生活气质，从而使整个小说显示出一种不同寻常的效果。对此，有学者论述得非常中肯："他的小说布局不是单版印刷，而是诸色叠印，把性格志趣相反的人物或含义相去颇远的情节、场面别具匠心地交织在一起，互相映照，互相生发。《药》把华老栓对嗣子痨疾施以迷信治疗的风俗故事，叠印在革命志士慷慨就义的基本底色上；《风波》把赵七爷报复七斤酒后失礼的私仇事件，叠印在张勋复辟的基本底色上；《幸福的家庭》把青年作者杜撰家庭乐园的创作迷途，叠印在经济拮据、嘈杂烦恼的家庭处境的基本底色上；《理水》把大禹踏勘山川、治水利民的大志伟行，叠印在文化山学者不顾民生艰危，空谈谬理，水利局同僚固守成法，又乘难渔利的基本底色上。这种布局把性质不同的情节之'线'和背景之'面'，同步叠现，引起'艺术发酵'，使那些司空见惯的生活琐事产生了令人拍案惊奇的社会意义和艺术效果。"[①]

相比传统，鲁迅小说的流程形态和体式结构，确实是一种主要取法西方的全新创造。这与他对西方小说的熟悉有关。早在清末民初，他就做过西方小说的翻译介绍工作，还与周作人合译出版过《域外小说集》。他后来在《我怎么做起小说来》里，忆起《狂人日记》的写作时就说："大约所仰仗的全在先前看过的百来篇外国作品和一点医学上的知识，此外的准备，一点也没有。"他还说，这"百来篇外国作品"倾向于"东欧"："因此所看的俄国，波兰以及巴尔干诸小国作家的东西

---

① 杨义：《中国现代小说史》（上），《杨义文存》第2卷，人民出版社1998年版，第196—197页。

就特别多。也曾热心的搜求印度，埃及的作品，但是得不到。记得当时最爱看的作者，是俄国的果戈理（N. Gogol）和波兰的显克微支（H. Sienkiewitz）。日本的，是夏目漱石和森鸥外。"而这些小说之所以比传统小说更吸引他，是因为其中的"叫喊"与"反抗"。① 抛开小说主题不论，仅从西方小说体式发展演变的角度来说，这些小说正好处于由传统的情节中心型向现代的人物中心型转变的时期，或者胡适所说的"横截面体"小说崛起并逐渐成为西方主流的时期。因此，鲁迅小说以它们为师，其流程形态自然就会与中国传统小说迥然不同。

三 白话写作与风格熔铸

鲁迅小说叙述层面的特别之处，还体现为鲁迅式的白话文风格的创造。文学，是语言的艺术。五四新文学革命便是从语言形式的变革入手的。在晚清白话文运动的基础上，五四继续力主废文言而张白话。在五四民主和科学观念的审视下，中国古典的文言，既不是民主的——只有少数人拥有，也不是科学的——一点也不精确严密。也因此，晚清裘廷梁等人以粗浅的进化论思维为武器，在中西比较中对文言文弊端的列举，对白话文"省日力""除骄气""免枉读""保圣教""便幼学""炼心力""少弃才""便贫民"等八益的论证②，在胡适的《文学改良刍议》《建设的文学革命论》，陈独秀的《文学革命论》等文章中继续得到肯定。而且，晚清有关白话文运动必要性的论证，在五四还被进一步转变为实践性的行动。五四的白话文运动，不仅要在理论上进行呼吁，更要在行动上实践，并在实践中充分借鉴中西文化资源，以创造出全新的"文学的国语"与"国语的文学"③。在此意义上，鲁迅小说确实做出了表率。《狂人日记》被称为第一篇中国现代小说，除了内容上的现代，更在其首先使用了白话。但鲁迅小说的白话，从一开始就不仅仅是在日常语言的意义上，而且是在文学语言的意义上，广泛借鉴古今中外的多种文学语言资源，熔现实主义、象征主义、浪漫主义、表现主义甚至现代主义等多种潮流的语言于一炉，并自成一种既有传统文言的

---

① 鲁迅：《南腔北调集·我怎么做起小说来》，《鲁迅全集》第4卷，人民文学出版社2005年版，第525页。
② 裘廷梁：《论白话为维新之本》，载郭绍虞主编《中国历代文论选》（一卷本），上海古籍出版社1979年版，第401页。
③ 胡适：《建设的文学革命论》，《新青年》1918年4月第4卷第4号。

简练，又有欧式语言的精确，还有口头语言的活泼的语言风格。这为中国现代小说语言的发展，提供了一个极高的起点，也提供了一个难得的典范。

鲁迅小说语言最基本的风格是现实主义。现实主义本是一种创作方法，所谓现实主义"即按照生活的本来面目再现生活，塑造典型"，强调"对人物和事件的如实描绘"，往往要求"客观的叙述、冷静的刻划和细腻的描绘"[①]。也因此，现实主义的作品，在语言上通常具有"真实""客观""冷静""细腻"的特点。而这正是鲁迅小说集《呐喊》《彷徨》的基本语言风格。例如《狂人日记》中，对狂人作为被迫害狂患者的病态心理和疯行疯状的描绘，就具有一种"医学化"的真实、客观、冷静和细腻之感。有论者甚至认为，这与作者学过医，照顾过精神病人不无关系，"作者早年曾治医学，一年半以前又照管过因神经错乱由山西逃至北京的姨表兄弟，因此他运用现实主义的笔法来刻画狂人不稳定的精神状态和无逻辑的心理状态时，贴切逼真，得心应手"[②]。但鲁迅在整体上接受现实主义语言细腻风格的同时，又对其做了传统化的改造。与一般的现实主义作品的语言——如巴尔扎克等人的小说，不仅细腻，而且细致，甚至追求一种事无巨细均详尽描绘的油画般的效果相反，鲁迅强调一种有如中国传统国画、素描那样的简练风格。他说："要极省俭的画出一个人的特点，最好是画他的眼睛。我以为这话是极对的，倘若画了全副的头发，即使细得逼真，也毫无意思。"[③] "所以我力避行文的唠叨，只要觉得够将意思传给别人了，就宁可什么陪衬拖带也没有。中国旧戏上，没有背景，新年卖给孩子看的花纸上，只有主要的几个人（但现在的花纸却多有背景了），我深信对于我的目的，这方法是适宜的，所以我不去描写风月，对话也决不说到一大篇。"[④] 他还说："我做完之后，总要看两遍，自己觉得拗口的，就增删几个字，一定要它读得顺口；没有相宜的白话，宁可引古语，希望总有人会懂，只

[①] 徐道翔、张晨辉主编：《文学词典》，学苑出版社1999年版，第513页。
[②] 杨义：《中国现代小说史》（上），《杨义文存》第2卷，人民出版社1998年版，第164页。
[③] 鲁迅：《南腔北调集·我怎么做起小说来》，《鲁迅全集》第4卷，人民文学出版社2005年版，第527页。
[④] 同上书，第526页。

有自己懂得或连自己也不懂的生造出来的字句,是不大用的。"① 这就不难理解,鲁迅小说的语言,何以具有魏晋文风那种短俏有力的特点。

象征主义也是鲁迅小说语言的重要特色。鲁迅的许多小说语言,表面看是现实主义的,而且非常符合现实主义的真实、客观、冷静、细腻的特点,但从深层来看,却又具有象征的意味。设若单纯从现实主义的角度,而不加上象征主义的眼光,就很难真正体会鲁迅小说的深刻意蕴。例如《狂人日记》的语言,首先是现实主义的,它对狂人病态心理与疯言疯行的描述,具有医学般的客观准确性。但它同时又是象征主义的,有学者就认为,狂人其实"并非一般的典型性格,它是象征性的,是整个'五四'时代先驱者愤激思潮的艺术象征"②。狂人的遭遇其实象征着在一个专制的"吃人"的世界里,真理的言说者往往会被视为狂人或疯子。也因此,狂人所说的"凡事都须研究,才会明白","从来如此,就对么",一部二十四史,看来看去只看见两个字"吃人"等语言,也都具有象征的意义,若仅仅视作现实主义意义上的疯言疯语,那就无法体会小说的真正用意。此外,文言小序与白话正文也都具有各自的象征意义,前者象征传统,后者象征现代。在文言小序中嵌入白话主体的结构方式,则象征着狂人作为真理言说者的形象,只能在一个文言也即传统包围的世界里出现。而他最后的"赴某地候补矣",也不单是现实意义上的病好了,而是象征着先觉者终被旧营垒同化的悲剧性结局。

象征在鲁迅的其他小说中也不时出现。有论者认为,小说《药》中"两个青年的姓氏(华夏是中国的雅称),就代表了中国希望和绝望的两面,华饮血后仍然活不了,正象征了封建传统的死亡,这个传统,在革命性的变动中更无复活的可能了。……老女人的哭泣,出于她内心对天意不仁的绝望,也成了作者对革命意义和前途的一种象征式的疑虑。那笔直不动的乌鸦,谜样地静肃,对老女人的哭泣毫无反应:这一幕凄凉的景象,配以乌鸦的戏剧讽刺性,可说是中国现代小说创作的一

---

① 鲁迅:《南腔北调集·我怎么做起小说来》,《鲁迅全集》第4卷,人民文学出版社 2005年版,第526—527页。

② 杨义:《中国现代小说史》(上),《杨义文存》第2卷,人民出版社1998年版,第167页。

个高峰"①。"华""夏"两家象征着中国,"华""夏"的悲剧象征着整个中国的悲剧之外,"病"与"药"的说法也是具有象征意味的——它们分别象征着"中国的问题"及其"解决之道"。华小栓生病,却迷信人血馒头可以治好,这证明中国的"病"其实在于"愚昧"。人血馒头显然不是"药",治不好中国的"病",因此必须寻找新的"药"。此外,夏志清认为"鲁迅最成功的作品"《肥皂》中,在表面的讽刺故事背后,也"有一个精妙的象征,女乞丐的肮脏破烂衣裳,和四铭想象中她洗干净了的赤裸身体,一方面代表四铭表面上赞扬的破旧的道学正统,另一方面则代表四铭受不住而做的贪淫的白日梦。而四铭自己的淫念和他的自命道学,也暴露出他的真面目"②。温儒敏则指出,"肥皂"本身便是某种女性身体/贪淫欲念的象征物③。不理解这一点,就无法真正理解四铭潜意识中的冲动及其表层意识中的假道学。

鲁迅小说的语言有时还呈现出浪漫主义、现代主义甚至后现代主义等多种风格。比如《伤逝》的语言,就属于表现而非再现,并具有明显的浪漫主义色彩。"如果我能够,我要写下我的悔恨与悲哀,为子君,为自己",这类极具主观抒情意味的句子,在小说多有出现。《故事新编》中的语言,则更多呈现出现代甚至后现代的味道。如小说中错时语言的运用就集中体现了这一点。所谓错时语言,是指叙述者叙述故事或者人物讲话时,故意违背故事设定的社会历史语境,而运用另一与此毫不相干的社会历史时空中的语言进行叙述或者发言,从而造成一种时空错位的喜剧性效果。《理水》中文化山上的学者们,开口 OK,闭口莎士比亚,相互见面则说"古貌林"(英文 Good morning)"好杜有图"(英文 How do you do),《奔月》中的嫦娥则抱怨"又是乌鸦的炸酱面,又是乌鸦的炸酱面",《采薇》中首阳山下的小丙君则在村里"研究哲学",也"喜欢弄文学",并为村中人不懂"文学概论"气闷。诸如此类解构时空逻辑的语言,只有在后来的后现代文学中才会出现。例如 20 世纪 90 年代被普遍视为是后现代主义风格的周星驰电影《大话西游》中,就有唐僧唱英文歌曲的镜头。这也可以看出鲁迅小说语言

---

① [美] 夏志清:《中国现代小说史》,刘绍铭等译,复旦大学出版社 2005 年版,第 27—28 页。
② 同上书,第 34 页。
③ 温儒敏:《〈肥皂〉的精神分析读解》,《鲁迅研究动态》1989 年第 2 期。

的实验性和超前性。《故事新编》这类现代甚至后现代式的语言，是非再现而是表现的，自无疑义。甚至还有人认为，即便是《呐喊》《彷徨》也是表现而非再现的。"人们一般把鲁迅的《呐喊》《彷徨》与《故事新编》在创作方法上加以区别，以为前者是现实主义，后者是表现主义，但在我看来，前者同后者一样也是表现主义的，因为前者同后者一样大量运用了夸张、变形、象征等手法，具有同样突出的主观表意倾向和强烈的情绪色彩，只不过后者借助于历史人物和故事，前者借助于现实人物和事件。……可以说鲁迅小说叙述的主导方法是表现性的而非再现性的，具有明显的甚至直扑主旨的表意倾向。"[①] 说《呐喊》《彷徨》中有表现的因素，是对的，但说它们也像《故事新编》一样，纯是表现则有点过头。事实上，正是现实主义的再现和非现实主义的表现的有机结合，才构成了鲁迅小说语言独特的外冷内热的风格。

总而言之，鲁迅是第一个用现代白话来写作小说的人，也是第一个熔铸出自己独特语言风格的小说家。他的白话小说语言，既保留了传统中国文言的那种简练，又广泛吸收了西方现实主义、象征主义、浪漫主义、现代主义甚至后现代主义等多种文学思潮语言的营养，是一个非常庞杂而成功的语言创造。它们的出现，为五四白话文运动和新文学革命的成功，奠定了坚实的基础。但值得指出的是，鲁迅等人的五四小说率先使用的现代白话，并非五四白话文运动所宣称的那样"手口合一"。它们所建构的，事实上是一种以西化为参照系的书面语白话，恰如有论者所说："中国小说在受西洋小说刺激因而从文学结构的边缘向中心移动的过程中，主要不是吸取民间文学而是文人文学的养分，不是更口语化而是更书面化。"[②] 这也正是后来"革命文学"兴起后，何以要继续主张文艺大众化，甚至呼吁使用大众语的原因之一。

[①] 吴效刚:《现代小说：叙事形态与人本价值思想》，中国社会科学出版社 2008 年版，第 190 页。

[②] 陈平原:《中国小说叙事模式的转变》，北京大学出版社 2003 年版，第 283 页。

第二章　五四小说启蒙叙事的两种基本模式

——人生派与浪漫派小说的叙事比较

鲁迅是中国现代小说的开创者和集大成者。与鲁迅小说写作差不多同时，还有一大批现代白话小说作家也开始登上新文学的历史舞台。在五四强烈的启蒙主义情结下，这批作家率先所写的小说是所谓"问题小说"——鲁迅亦曾自称其小说是问题小说。例如他在谈到创作《狂人日记》的初衷时说，"偶然得到一个可写文章的机会，我便将所谓上流社会的堕落和下层社会的不幸，陆续用短篇小说的形式发表出来了。原意其实只不过想将这示给读者，提出一些问题而已……"[①] 但一般的"问题"小说，问题意识太过强烈，是纯粹理性思考的产物，较少个体特别经验的贯注和广阔社会阅历的投入，比较概念化，不像鲁迅小说对"问题"的表现那样，灌注了个体强烈的情感体验，并从一开始就找到了还乡/去乡这样非常具体的故事结构模式。也因此，问题小说"并不构成对一种小说文体的试验，而只是'五四'前后三四年间的一股小说'题材热'。当时几乎所有的新小说家都写过'问题小说'，主要作者有冰心、王统照、庐隐、许地山等，艺术倾向不尽相同，却汇成短期的一股创作潮流"[②]。"问题小说"构成了"一股创作潮流"，却"并不构成对一种小说文体的试验"，就审美和艺术水平而言，它实有继续完善发展的必要。

1921年后，文学研究会和创造社成立，早期的问题小说家纷纷加入这两个社团中的一个，问题小说也由此逐步演变成两种具有浓厚批判情结的小说类型。郑伯奇说："从来一般人认为中国的新文学运动的两

[①] 鲁迅《英译本〈短篇小说选集〉自序》，《鲁迅全集》第7卷，人民文学出版社1991年版，第389页。

[②] 钱理群等：《中国现代文学三十年》（修订本），北京大学出版社1998年版，第47页。

种最大的倾向是'人生派'和'艺术派',这差不多已经成了一种常识。但若加以更细的分析,所谓'人生派'实接近帝俄时代的写实派,而所谓'艺术派'实包含着浪漫主义以至表现派、未来派的各种倾向。这种倾向的混合并不是同时凑成的,这里自然有个先来后到,但这些倾向有个共同的地方所以能够杂居,确是不容否认的事。在这些倾向中比较长远而最有势力的当然是浪漫主义了。"① 也因为此,后来的许多文学史论著往往把新文学运动的两种最大倾向修正为"人生派"和"浪漫派",且将其分别与文学社团文学研究会和创造社对应起来。例如新时期以后影响深巨的《中国现代文学三十年》就秉承了此种思路:"'五四'时期以文学研究会为代表的现实主义和以创造社为代表的浪漫主义可以说双峰对峙,各有千秋,共同为新文学做出了巨大的贡献。"②

但社团主张与写作实践之间的关系往往是复杂的。这恰如鲁迅所说,"文学团体不是豆荚,夹在的里面的,始终都是豆"③。文学研究会的作家可能写出创造社那种浪漫主义的小说,创造社的作家也可能写出文学研究会那种现实主义的作品。即便文学研究会和创作社的作家,也完全可能写出既不是现实主义也不是浪漫主义的小说。而许多不属于文学研究会,也不属于创造社,而是另有所属甚至并无所属的作家,又完全可能不是现实主义,就是浪漫主义。有鉴于此,我们将继续沿用"人生派"和"浪漫派"的概念,但不会把它和社团归属相对应,主要将它们当作两种小说叙事类型,而非两种小说团体。本章便主要从叙事类型学而非小说社团学的角度,将两种风格或倾向的小说置于五四启蒙主义的视野中,既将其作为一个有机整体予以总体性观照,又将其相互比较和参照,以看出二者在叙事上的异同以及造成这种异同的原因。

---

① 郑伯奇:《中国新文学大系·小说三集·导言》,《中国新文学大系·小说三集(影印本)》,上海文艺出版社2003年版,第3页。

② 钱理群等:《中国现代文学三十年》(修订本),北京大学出版社1998年版,第17页。

③ 鲁迅:《中国新文学大系·小说二集·导言》,《中国新文学大系·小说二集(影印本)》,上海文艺出版社2003年版,第16页。

第一节　故事题材上的城乡分殊与互文

与鲁迅差不多同时登上新文学的历史舞台,并与鲁迅几乎同时活跃在文坛上的人生派和浪漫派小说家,在故事题材的选择上也与鲁迅一样,几乎全都以知识分子和农民为主。众所周知,传统的农村村镇,是农民存在的主要场所,相对现代的都市甚或异域他国,则是知识分子存在的集中场域。但任何一种社会空间都不会铁板一块,乡村村镇,除了农民,也有知识者,正如城市都会,除了知识者外,也有劳动工人——他们的前身就是农民。有趣的是,人生派和浪漫派小说虽然分别选择村镇农民和都市知识分子作为主要表现对象,但又都同时涉及村镇的知识分子和都市的劳动工人。如人生派小说的集大成者叶圣陶,主要写乡村故事,但除了写乡村农民的愚昧麻木,也写了乡村背景下现代知识者的颠顿可笑。浪漫派小说的代表郁达夫,其小说主要写都市,大都表现都市知识者的心灵苦闷,但也涉及了都市环境中由农村村民转变而来的底层劳动者的忧愁悲苦。这些小说中的有些农民和知识分子,甚至还穿行在传统村镇和现代都市之间,做着来回奔波的往复运动。两派小说都如此集中地采用城乡互涉甚至城乡穿行的方式来呈现农民和知识分子的生活,这除了小说题材学和小说环境学上的意义,是否隐含着更深广的小说美学和小说社会学的含义?

一　侨寓体验与城乡故事的分殊及统一

何谓侨寓? 1935 年,鲁迅在《中国新文学大系·小说二集·序》中曾说:"凡在北京用笔写出他的胸臆来的人们,无论他自称为用主观或客观,其实往往是乡土文学,从北京之方面来说,则是侨寓文学的作者。但这又非如勃兰兑斯(G. Broandes)所说的'侨民文学',侨寓的只是作者自己,却不是这作者所写的文章,因此也只见隐现着乡愁,很难有异域情调来开拓读者的心胸,或者眩耀他的眼界。"[①] 在几千年的社会历史发展中,中国一直是所谓农村社会,现代意义的城市或都市,

---

[①] 鲁迅:《中国新文学大系·小说二集·导言》,《中国新文学大系·小说二集(影印本)》,上海文艺出版社 2003 年版,第 9 页。

直至鸦片战争后才缓慢发展起来。正是由于中国这种特殊的社会发展过程，中国现代文学的第一代作家，几乎都是来自传统的农村或曰村镇世界。如人生派小说的代表作家叶绍钧，江苏苏州人，读完中学后在故乡做了10年的小学教师，直到1921年文学研究会成立，才移居上海。其他如蹇先艾来自贵州，许钦文来自浙江乡下……浪漫派小说的代表人物郁达夫，原籍浙江富阳，17岁赴日留学时，才算真正离开故乡。也就是说，他们从小都生活在农村或乡镇中，直到青年时代才离开农村，到都市甚或异域他国发展。因此，当他们执笔写小说的时候，虽然已经生活在都市中，但因为并非都市中长大的人，与都市世界仍有着许多的隔膜，算不上真正意义上的都市市民，甚至连"侨民"都不能算——真正完全理解并融入了都市生活的外来者才可称之为侨民，而只能是鲁迅所说的都市生活的"侨寓者"。

　　故乡或者说青少年时代的生活经历，往往是一个作家走上创作之路时首先动用的资源，甚至也常常是一个作家整个写作生涯中取之不尽的创作源泉。夏志清就曾认为，"如果鲁迅最初的三篇故事（无疑地都是以绍兴为背景）有任何代表性的话，他的故乡显然是他灵感的主要源泉"，"正与乔伊斯的情形一样，故乡同故乡的人物仍然是鲁迅作品的实质"[①]。对侨寓者们来说，他们虽然身处都市，但都市里却没有他们童年的记忆和气味。因此，当他们提起笔来写作的时候，最为熟悉的还是他们童年时代生活过的地方：农村以及农民们的生活。而且，即便从纯粹美学规律的角度来说，故乡农村的生活也非常适合成为侨寓者们写作的对象。因为众所周知，距离是产生审美的必要条件。而当侨寓者们提起笔来写作的时候，故乡的一切便在两重意义的距离上构成了他们写作时天然的审美对象。首先是时间意义上的距离，故乡连接的是自己生命中已然过去的那一部分，当初的喜怒哀乐早已成为往事，此时完全可以超越具体的人事牵扯而对故乡的人事做出更加超脱的观照。其次是空间意义上的距离，故乡农村和农民们的生活，并不因为自己的离开而消失，就在作者寓居都市写作的当下，故乡的故事仍然在继续。但因为自己已经跳出了农村，与之拉开了一段距离，因而可以相对超然地去叙述

[①] [美]夏志清：《中国现代小说史》，刘绍铭等译，复旦大学出版社2005年版，第25—26页。

那里发生的故事。这也正是中国现代第一代小说家大多可以称为乡土文学家的真正原因。

当然，都市生活的侨寓者们如果沿着自身的生命轨迹往后延伸，必然会触及自己青年以后乃至当下在都市社会的生活。如郁达夫赴日留学期间，曾在东京过过几年放浪形骸醇酒美人的生活，每天于读小说之暇，大半就在咖啡馆里找女孩子喝酒，谁也不愿意用功，谁也想不到将来会以小说吃饭，这一切后来都成了他初期小说的主要题材和情感来源。① 但作为都市生活的侨寓者，他们与真正的市民甚或侨民不同，他们尚未完全融入都市社会，并非这些都市的主人公，尚不能以主人公的身份体会都市的一切，除了自己的经历以及自己所属的知识者阶层的生活之外，对都市生活的广大方面也并不熟悉。因此，他们只能以自己为主人公，描写知识者阶层在都市社会的遭际与命运。因为找不到归宿感，加之物质生活的贫困，因而所写也大多带有"漂泊""悲苦"的意味。至于知识者以外的更广大的阶层，除了与自己前身同为农民，且在都市生活中同样落魄漂泊的底层劳工之外，并无真正的关注。这也可以顺便解释，为什么中国真正的都市文学，要从20世纪30年代的新感觉派小说和老舍的京味文学算起了。因为只有到那时，真正在都市土生土长的作家，或者真正能够融进现代都市生活、能用都市眼光观照现代都市生活的作家方才出现。

也就是说，侨寓者几乎构成了中国现代第一代小说家们共同的身份标记，而侨寓体验则成为他们创作时的共同心理机制。对他们来说，在逻辑上存在着两种可能的写作路径：一是书写过去的故乡——农村村镇生活，二是书写自己在当下都市中的流浪与漂泊历程，这样便产生了小说叙事的两种必然方式或者说类型。有趣的是，人生派和浪漫派两种风格的小说，似乎分别选择了一种作为自己小说叙事的主要领域。人生派往往侧重对传统农村农民生活的不倦挖掘，浪漫派则偏向对现代都市知识者命运的孜孜描绘。表现传统农村农民生活的人生派小说名篇包括叶圣陶《遗腹子》，王鲁彦《菊英的出嫁》《许是不至于罢》《阿长贼骨头》，彭家煌的《怂恿》《活鬼》《隔壁人家》《我们的犯罪》，台静农

---

① [美] 夏志清：《中国现代小说史》，刘绍铭等译，复旦大学出版社2005年版，第75页。

《烛焰》《拜堂》《蚯蚓们》《天二哥》《新坟》，许钦文的《疯妇》《石宕》《鼻涕阿二》，蹇先艾《水葬》，许杰《惨雾》《赌徒吉顺》《出嫁的前夜》等。因对乡土中国的集中展现和描绘，这些小说构成了中国第一个现代"乡土小说"的创作潮流。书写都市知识者的浪漫派小说名篇则有郭沫若的《牧羊哀话》《落叶》《叶罗提之墓》《圣者》《未央》《喀尔美罗姑娘》，郁达夫《茑萝行》《青烟》《薄奠》《沉沦》《过去》《迷羊》《银灰色的死》《茫茫夜》《南迁》，倪贻德《玄武湖之秋》《残夜》，陶晶孙《音乐会小曲》《木犀》，周全平《林中的烦恼》《楼头》，腾固的《壁画》《银杏之果》，王以仁《孤雁》，庐隐《或人的悲哀》《丽石的日记》《海滨故人》，淦女士的《隔绝》《慈母》《旅行》，陈翔鹤《茫然》《西风吹到了枕边》，陈炜谟《轻雾》，林如稷的《将过去》等。郭沫若、郁达夫等人，有时还将知识者的生活背景由现代扩展至古代，以借古讽今的方式表达现代都市中漂泊流离的知识分子的体验。如郭沫若的《函谷关》，郁达夫的《采石矶》，这类小说和鲁迅同一时期的《补天》《铸剑》等，一起开创了现代中国历史小说的先河。

人生派以书写农村村镇的农民为主，而浪漫派则以书写都市知识者的生活取胜。在城乡二元结构的中国，这在故事题材和环境空间上形成了对照互补的景观，展现了五四前后中国由农村到城市的广阔社会画面。但是不管两类小说在表面的题材上有多少侧重，二者在切入题材的视角上却是高度一致的，不是表现笔下人物们物质层面的"穷愁"，就是表现他们精神层面的"病苦"，抑或二者兼具。穷指主人公们经济或物质生活上的贫穷，愁指因经济贫穷而引发的思想情绪上的哀伤迷惘；病指主人公们身体心理上的羸弱残缺或麻木不仁；苦指主人公们身份地位的低下和由此导致的精神欺压和人格侮辱。例如浪漫派代表人物郁达夫的几乎全部小说，尤其是早期的几篇小说如《沉沦》《银灰色的死》《茫茫夜》等，几乎都是描写落魄文人的"穷愁""病苦"形象的。小说中的主人公们基本都为单身男子，腹中有才华，脑里有志向，身体上有病，口袋中没钱，他们孤独落寞，都会与美人遭遇，都会以死亡结局，表现出浓重的感伤情调。相比浪漫派，人生派虽然也会写到物质上的穷愁，但更多从精神角度描写乡村农民的病苦，如叶圣陶小说《遗腹子》中的文卿夫妇，就因重男轻女观念的毒害，最终弄得两人身心俱疲，并导致一死一疯的悲惨结局。

"穷愁病苦"，构成了人生派笔下的乡村农民和浪漫派小说中都市知识者们的共同特征。之所以如此，是因为两派作家都深受五四启蒙主义的影响。启蒙主义是一种具有强烈问题意识的主义，启蒙主义让他们对理想充满憧憬，而用这理想观照现实——传统农村和当下都市，发现都离所谓理想相距遥远，到处都是"问题"：作为故乡的农村是丑陋的，但都市又何尝不是——这也是两派小说其实均由问题小说发展而来的原因。从逻辑上来说，在审美的意义上回望打量故乡农村，或者都市生活，最起码有两种可能性，一是将其审丑化，一是将其审美化。但两派小说中人物们的"同质化"说明，他们不约而同地采取了第一种审丑化的方式。而以一种理想的人性眼光为标准，侧重于对偏离理想人性的病态/痛苦/颓废/灰色人生的呈现，正是周作人所谓"人的文学"的"侧面的"描写方法："用这人道主义为本，对于人生诸问题，加以记录研究的文字，便谓之人的文学。其中又可以分作两项，（一）是正面的，写这理想生活，或人间上达的可能性；（二）是侧面的，写人的平常生活，或非人的生活，都很可以供研究之用。这类著作，分量最多，也最重要。因为我们可以因此明白人生实在的情状，与理想生活比较出差异与改善的方法。"① 因为采用的是同一种方法，因此，两派小说虽在题材上构成了某种互文的关系，在环境空间上也形成了某种互补的格局，但在深层本质上却是高度同质同体化的。换言之，两派小说所描画出来的城乡两个世界，并不能构成一种实质意义上的对比，它们不过是同一理想烛照出来的同一病态世界的两个面向而已。两派小说合起来，则是一副横贯城乡的完整的病态中国形象。

二 人生派小说中的知识者题材及其城市想象

与鲁迅小说和问题小说的基本思路一致，人生派和浪漫派小说都秉承在理想的烛照下揭出现实的病苦，并在城乡互文及其一体化的意义上合谱出一个病态中国的完整形象。但两派作家将"问题"分别放置在"乡村"和"城市"之上，这种区别也仅是相对的。事实上，不仅两派小说在整体上构成了乡村/城市的互补和统一，即便同一派别内部也有着城乡两面的因素。就人生派作家来说，虽然以传统乡村和村镇为主要

---

① 周作人：《人的文学》，《新青年》1918年12月第5卷第6号，署名作人。

表现对象，农民自然成为这些文本的不二主角，但是，除了农民，他们也会书写知识分子的形象。如严既澄《不遇》讲的就是"我"表叔周公公这个"读书人"怀才不遇的故事，但他的不遇，不全是社会造成，而主要与他的旧式文人观念有关："社会真个虐待读书人么？……周公公的情形，也许是无数的举人和秀才一类人的现状……他确是用过许多的苦功的，可惜只读得一部《四书朱注》……原来旧式的士人举子的读书，都只知道以名利为目标……在许多的古人的诗文集中，也可以发现同样的语言和见解……在我年幼的时候，曾见过周公公托人去说媒，要讨一个他看中了的女子作'侧室'，被女子拒绝了，他便骂她没见识，不知尊敬士人，只配给'市侩'践踏……他因为考试落第，曾经被他的父亲毒打过好几次……读书人都鄙视富商为'市侩'，怪不得商业人也鄙视读书人……他的'将来'还会有什么希望么？……我的将来也是如此么？……人人都有自己的催眠药，恐怕我自己也有！账房关系重要，还是厨子和饼师的关系重要……读书人果真有实际的用处没有……昏天倒地的世界……"①

但周公公式的旧式文人在人生派小说中只是少数，更多的则是新式知识者的形象。这在叶圣陶那里体现得极为明显。就收在《中国新文学大系》中叶绍钧的五篇小说来看，除《孤独》是讲一个孤苦老头的凄凉晚景之外，其余四篇，均为反映现代知识分子生活的名篇。如《饭》中的吴先生、《演讲》中的演讲者、《一包东西》中的校长、《潘先生在难中》中的潘先生，都是新式知识分子的形象。他们或居乡村，或居城市与乡村之间的过渡地带——小镇。与一般的农民和传统的士大夫不同，他们大多是一些受过现代教育的人，从事的也是一些现代教育的事情，多以学校老师的形象出现。这些现代知识者形象的广泛出现，表明人生派的眼光虽然聚焦乡村，但并没有仅仅局限在传统农民身上。夏志清说"叶绍钧大部分的早期小说写的都是关于学生和老师的事。这些作品代表了一个献身教育者所热烈关切的事——传统上对儿童心理和儿童福利的冷淡，以及社会对于现代教育的漠视"②。叶圣陶本人就

---

① 茅盾：《中国新文学大系·小说一集》（影印本），上海文艺出版社2003年版，第354页。

② [美]夏志清：《中国现代小说史》，刘绍铭等译，复旦大学出版社2005年版，第45页。

是一个献身教育的现代知识分子,他关注这些知识分子,是为了看清传统,走向现代。这表明,他们并非没有对现代人生活乃至城市生活的想象。在此意义上,他们与浪漫派小说站到了同一视角之上。

与浪漫派小说中的知识者一样的是,这些乡村知识者表面上代表着现代/城市的维度——某种程度上隐喻着乡村之外的都市的形象,但在根本上也仍然是病态的,基本处于一种"灰色"的病态生活之中。如《饭》中吴先生为谋一份教职的惶惑、因上课买东西而迟到被抓后的失魂落魄、拿不到全部薪金不服气但又不敢出声的怯弱,以及学务委员的权谋奸诈,《演讲》中那位演讲者确定演讲内容时的市侩心态、演讲过程中那种空洞但自鸣得意的滑稽之态,《一包东西》中那位校长的内心盘算与惊慌失措,《潘先生在难中》潘先生行为的前后、内外不一致等,都写得很精彩。作者用一支不瘟不火的笔深入小市民智识分子的内心深处,描写他们在经历某件小事时患得患失的内心波澜,让人读来既可怜,又可笑。在某种意义上,1927年的长篇《倪焕之》或许是个例外,这是一个和后来的左翼青年作家柔石的《二月》互文的文本。它讲述的是一个充满现代教育理想的青年想改革却无能为力的故事。倪焕之与潘先生、吴先生等人不同,他有着一般现代知识者那种崇高伟岸的形象,他有着理想主义的激情,但在病态的社会面前他也同样无能为力,最终也只能是悲剧结局。因此,他们虽然在本质上构成了乡村的异质者,代表一种与传统乡村截然不同的理想成分,却构不成一种有力的改变性力量。说到底,还是一种灰色的生活。也难怪茅盾会说:"要是有人问道:第一个'十年'中反映着小市民智识分子的灰色生活的,是哪一位作家的作品呢?我的回答是叶绍钧!"[①] 现代知识者的灰色和病态,表明无论是城市还是农村,传统还是现代,都是一副穷愁潦倒的处境,从深层显现出中国社会城乡一体、士农互文的病态格局。

比乡村知识者更能体现人生派的城市想象,且更能明显体现中国城乡一体的病态格局的,是一些直接出现了城乡互涉结构的小说。这类小说中,主人公在城乡之间穿行与越界,从而在同一文本内部更直接地呈现出城乡一体及其高度同质化。叶圣陶《这也是一个人》,讲的是农村

[①] 茅盾:《〈中国新文学大系·小说一集〉导言》,《茅盾全集》第20卷,人民文学出版社1990年版,第479—480页。

妇女"非人的一生","人"的意识的缺乏,是此篇小说的核心命意。自我不觉悟,父亲周边人都不觉悟,面对伊的痛苦,大家有如鲁迅笔下的"看客"。所谓这也是一个人?——不是,不过是一条牛:"伊是一条牛,——一样地不该有自己的主见——如今用不着了,便该卖掉。"①小说的有趣在于,她不堪折磨,曾经做过反抗,而反抗的方式就是逃进城里。而且得到了城市主妇的照顾。"伊进了城,寻到一家荐头。荐头把伊荐到一家人家当佣妇。伊的新生活从此开始了:虽也是一天到晚地操作,却没下田耕作那么费力,又没人说伊,骂伊,打伊,便觉得眼前的境地非常舒服,永远不愿更换了。伊唯一的不快,就是夜半梦想时思念伊已死的孩子。"当伊家人找上门来要伊回去时,主妇以约期未满保护了伊,并且代伊草了呈子预备呈请县长替伊做主。在这里,城市及城市里人,似乎充当了救世主的角色,似乎代表了光明和现代,并构成了与乡村生活的强烈对照。但这仅仅是暂时性的现象,当主妇得知即便离婚伊父母也不可能收留伊后,只说一声"无可奈何",并在伊父亲第二次来时说,"这一番你只得回去了,否则你的家人就会打到这里来"。这说明,城市也并非一个理想之所,它在本质上与乡村是一致的。

潘训的《乡心》也是描写一个不堪家人歧视而逃到城里打工的人的故事。主人公阿贵虽然很想回家,却不愿回家。因为自己在城市尚没挣到足够让回家有面子的钱。这里,城里表面上好像也是避难之所,是挣钱的理想之地。事实上却并非如此。他在城里的生活非常辛苦,面对同乡好友"我想你还是回去好"的提议,他"面上立刻就微红起来",声音低微"颤抖":"我现在是不能回去。等我运气稍微好些,等我积蓄几个钱起来,再回去看看他们也不迟。"进城两年了,尚没有攒足回乡去的资本,即便再待下去恐怕也是徒然。城里,并非理想的所在。它与乡村一样,同样是痛苦的所在地。不同者,只在于,乡村里人人熟悉,城市里痛苦却只有自己知道。即便像阿贵这样偶然碰上个把"我"这样的熟人,那也可以像他一样爽约玩个失踪。此外,叶圣陶的《潘先生在难中》和《外国旗》都提到了大城市"上海";而且都是以乡村避难所的形象出现的。《外国旗》讲乡下一对名叫寿泉的夫妇,在战争

---

① 叶圣陶:《这也是一个人》,《叶圣陶作品新编》,人民文学出版社2011年版,第4页。

来临前的惶恐与焦虑。因积攒了点小钱,原想逃到上海去但毕竟没有逃,最后听信金大爷说外国旗有用,于是花重金向金大爷买了一面,最终还是被了兵祸。小说不止一次地提到"要逃到上海去","上海"似乎成为他逃脱苦难的代名词。但为什么没有逃到上海去呢?借用寿泉老婆的话其实就是,"上海地方不是我们住的"。"上海地方配我们住的么?只要二十块钱一担的米,就把他的心抖碎了。"也就是说,上海虽然不如乡下可能战乱,却到处都是乱的景象。而《潘先生在难中》开头对上海火车站以及下车后住旅馆的详细描绘,也足以证明,所谓都市,也并非一个好去处,它在根本上构不成乡村的对立面。

简言之,乡村及乡村农民的描写,构成了人生派小说的主体,但不代表它们就没有关于知识者和都市生活的叙述。叶圣陶作为乡土派的代表之一,同样写下了许多有关现代知识者和都市生活的小说。而且,在同样的问题意识的观照下,这些现代知识者和现代都市生活,与农民和农村一样,也是千疮百孔的。正如我们所要论及的,都市故事构不成沈从文文学世界中的独立存在,而仅仅是其"湘西故事"的补充一样,人生派文学中的知识者题材和都市故事,也只有和他们的乡村故事合起来,才能完整理解其中的意义。

三　浪漫派小说中的故乡与劳工者形象

正如人生派小说书写乡村时,会有意无意地带出他们的城市想象,从而呈现出他们内心深处有关都市和乡村几乎同样病态的观察结论,浪漫派小说虽然以都市生活为主,但也会自觉不自觉地写到农村故乡,并在城乡对位中完成有关中国城乡病态一体化的观照。

这集中体现在这些小说普遍存在的故乡想象之中。浪漫派大都写具有知识分子身份的青年主人公们在异乡都市中的流浪和漂泊故事。但流浪和漂泊本身,就已经意味着故乡的在场。也因此,这些书写都市知识者漂泊故事的小说,几乎都会有意无意地提到故乡(故乡的人,尤其是家庭妻子等,甚至是城市的同乡)。著名的《沉沦》用了差不多整整一节的篇幅来描写故乡:"他的故乡,是富春江上的一个小市,去杭州水程不过八九十里。这一条江水,发源安徽,贯流全浙,江形曲折,风景常新,唐朝有一个诗人赞这条江水说'一川如画'。他十四岁的时候,请了一位先生写了这四个字,贴在他的书斋里,因为他的书斋的小窗,是朝着江面的。虽则这书斋结构不大,然而风雨晦明,春秋朝夕的风景,也还抵得过滕王高阁。在这小小的书斋里过了十几个春秋,他才跟了他的哥哥到日本来留学。"从文本表层上看来,这个"富春江畔"的故乡,似乎表征着某种美好,是主人公情感上非常依恋的所在。但事实并非如此,因为故乡美丽的只有风景,其余则仍然是破败和不堪回首的:"他三岁的时候就丧了父亲,那时候他家里困苦得不堪。"父母早逝,哥哥嫂嫂亦已离开,那是一个家破人亡的所在。如《薄奠》我对妻子的思念,以及《茫茫夜》中我对亡妻的悼念等,都意味着故乡虽然值得眷恋,却已无法回去,因为亲人已逝。也有故乡虽在,却不愿回去的。《茑萝行》中的"我",就总是因为各种原因,推迟回家的行程。家虽在,却是一个令人难受和不安的地方。

除了作为精神思念的背景,故乡在某些小说中也以真正回乡的形式实际存在。例如张资平的《约伯之泪》、成仿吾的《灰色的鸟》就是如此。两篇小说的主人公,都是在都市受了创伤,最后跑到了乡下去。《约伯之泪》中的"我"在都市中失恋了——自己喜欢的琏珊与高教授结婚,我怀着痛苦的心情回到乡下,但乡下也并没有挽救我的病,我所看到的"乡下"同样是痛苦的。我看到,小剪发匠家因为没有饭吃,新生婴儿被饿死,我忍不住发慨叹:

> 婴儿今天早上死了。她的父亲没有钱买棺木给她,只得自己做,把厨房的门和两扇扉做材料。
> 母亲还在喂奶给别人的孩子吃,不知道自己的婴儿因为没有奶吃死了呢!琏珊,你想这是如何的残酷的社会,又如何的矛盾的人生哟!
> 有生以来,像我所听见的,所看见的都是这一种哀惨的,令人寡欢的事实。这个世界完全是个无情的世界![1]

成仿吾的《灰色的鸟》写的是"我"一个名叫丁伯兰的朋友,抱着悲观厌世之心,对一切都觉着悲观与苦痛,最后回到了故乡。所谓"灰色的鸟",就是我这位朋友丁伯兰的象征。相对来说,这里的故乡

---

[1] 张资平:《约伯之泪》,《中国新文学大系·小说三集》(影印本),上海文艺出版社2003年版,第220页。

第二章　五四小说启蒙叙事的两种基本模式 / 61

似乎要稍微亮色一点。因为"我"受到了可爱的小侄儿们的欢迎。"可是我还是感谢我们的祖国与人类全部,因为已经寻着了现世的一个小小天国。我最可爱的楼梯一般排着的侄儿们,小朋友们,在高扬着手欢迎我呢!他们虽然多少被恶浊的社会染坏了,然而他们仍是未来的光明,未来的珠玉。佩帏!还是那句很简单的话有至深的哲理啊,就是'由教育到心的改造!'堕落了的现在的人们,把他们作为不曾生存的罢!我们祖国与全人类的真的光明,还是我们牺牲一切去创造。我虽然这般弱小,我愿把我的全身心,往这方面做去……"① 在小孩们的启发下,重又找到了些许创造生活的激情,静养后又重燃生命之火。但这个"小小天国",却并非农村/故乡的代名词,而是孩子童真世界的别称。就故乡而言,它在本质上与都市毫无差别:

　　别来又是几星期,你们大约已在创造新的苦痛了;因为"生活"给我们的只是苦痛,新的生活便是新的苦痛呢!可是你们也不要为这几句语言伤感,我愿你们好好生活着去!
　　我现在归复到故乡来了,悲哀在我的身后推着,在我的胸上压着。故乡虽不是那般冰冷,但是他们在讥笑我;讥笑在"生活"在"爱"都战败回来了的我呢!他们所赞美的,所要求的,是更多的金银,更多的罪恶呢!②

郁达夫《血泪》中的"我",一开头就回到了"故乡"钱塘江上。但"我"与故乡完全不合——这里流行主义,我却没有任何主义,这使母亲都有点怀疑我了。后来离乡北上来到北京,最后又辗转来到上海。但无论北京还是上海,与钱塘江一样,都是一个"主义"流行的世界,虽然"我"这个"简单的脑子怎么也不能了解",最后却不得不去求助于"主义"论者们的恩赐,以渡过贫病交加的难关。小说显然是要嘲讽和批判空谈"主义"的风气,但也不难看出在空谈"主义"这一点上,没有所谓异乡和故乡的区别,它们是高度同质化的。也就是

---

① 成仿吾:《灰色的鸟》,《中国新文学大系·小说三集》(影印本),上海文艺出版社2003年版,第238页。
② 同上。

说，浪漫派小说的故乡想象，无论是以背景形式出现，还是以回乡的形式实际存在，均并未构成与都市异质的空间。在他乡/都市中无法活下去，而故乡/农村又无法回去或者待下去，或者说都市无法融入，故乡却无法回去，这种在"茫茫夜"中的"沉沦"或无家可归之感，构成了整个浪漫派小说结构背后的内在精神气质。这种气质，源于作者们理想精神烛照下对都市和故乡的对位式观照。不难看到，这也是鲁迅还乡体小说的内在精神机制，鲁迅以现代性的理想的人和人性为主要标准，反观中国传统乡村及所谓都市世界，发现无论是都市，还是农村，都具有吃人的本质。因此，不仅仅是乡村的农民们如阿Q、祥林嫂、闰土们，过的是灰色的病态生活，就连都市里的知识者如吕纬甫、魏连殳、"范爱农"们，过的也是彷徨无奈的生活，呈现出走投无路的悲怆感和末路感。也就是说，通过城乡对位的观察，并发现乡村故乡和都市他乡之间的完全同质化，其实正是浪漫派小说与鲁迅小说相同的精神机制。

　　值得补充的是，由于作者们特殊的留学经历，浪漫派小说中的主人公好多都是留学生，小说所写不是直接的留学生活，就是留学归国后的经历。而在这些留学题材的小说中，异乡/故乡的对位，除了具有都市/农村的文化编码之外，往往还有外国/中国的意味。按理，去异国留学，是去学习先进文化的，那里应是一片光明才对。但在这些小说中，异国却并未构成一种新的、现代、理想的指称，而同样是一个让人备受压抑的场所，简直与国内无异。如《血泪》中的主人公，"在异乡漂泊了十年，差不多我的性格都变了。或是暑假里，或是有病的时候，我虽则也常回中国来小住，但是复杂，黑暗的中国社会，我的简单的脑子怎么也不能了解"[①]。虽然重点在强调国内的"复杂""黑暗"，让人"不能了解"，但也隐约透露出异国的孤独和难受。在那里也会"有病"，"漂泊了十年"，"差不多性格都变了"。祖国固然黑暗，异国又何尝不是。这种异国与故国几乎无异的体验，在《沉沦》中更为明显。主人公"他"在异国备受歧视和压迫，最后只好跳海自杀。这种无论故国/异国基本一样，在哪里都力不从心的痛苦感和失望感，多是作者们自身生活阅历的投影："第一，他们都是在外国住得很久，对于外国的（资本主义的）缺点，和中国（次殖民地的）病痛都看得比较清楚，他们感受到

[①] 郁达夫：《血泪》，《郁达夫文萃》，文化艺术出版社2002年版，第79页。

两重失望,两重痛苦。对于现实社会发生厌倦憎恶。而国内国外加给他们的重重压迫只坚强了他们反抗的心情。第二,因为他们在外国住得很久,对于祖国便常生出一种怀乡病,而回国以后的种种失望,更使他们感到空虚。未回国以前,他们是悲哀怀念,既回国以后,他们又变成悲愤激越,便是这个道理。第三,因为他们在外国住得很久,当时外国流行的思想自然会影响到他们。哲学上,理知主义的破产;文学上,自然主义的失败,这也使他们走上反理知主义的浪漫主义的道路上去。"①

浪漫派小说关于中国城乡病态一体化和同质化的观察,还在其偶尔涉及的有关都市劳工者命运的小说中体现出来。正如人生派小说以书写乡村农民为主,但也会写到乡村的知识者,浪漫派小说在书写都市知识者时候,也偶尔会写到都市里的劳工阶层。郁达夫《春风沉醉的晚上》和《薄奠》就是两篇这类描写都市劳工者命运的小说。前者写一女工,后者写一车夫。两者都是从"我"/都市知识者的眼光来写的,均以"我"和他们的交往为主线,串起了两个世界:一是他们为代表的底层平民世界,一是以"我"为代表的知识分子自身生存艰难的世界。在"我"眼中,他们内心善良,但都生活拮据。我同情他们,但也无能为力,这样两个世界就形成了一种互补对话的关系。由于两个世界均是以"我"这一第一人称的限制视角来叙述的,因而充满浓烈的主观性,有对知识分子自身命运的伤感,也有对社会不公的控诉,更有对下层平民的同情,忧郁悲情氛围浓厚。将书写对象扩展到知识者自身以外的更广大阶层中去,这在一定程度上扩大了都市表现的对象——这在 30 年代的左翼小说中会有较多表现。但不难看到,在都市里,无论是知识者,还是之外的其他阶层尤其是底层劳工阶层同样是痛苦的。这无疑加固并深化了都市病态化的形象。熟悉中国社会的人都知道,从阶级来源的角度来说,中国都市里的劳工阶层,大都由农村里的农民转型而来,或者说他们的前身就是农民。如前述潘训《乡心》里的阿贵,由农村逃到都市,长期不归之后便转换成了都市的劳工阶层的一分子。如果说他们当初进城,意味着城市代表着农民对美好生活的想象,那么,这些小说则告诉人们,即便进了都市,生活也不可能如人意。城市,与乡村一

---

① 郑伯奇:《中国新文学大系·小说三集·导言》,《中国新文学大系·小说三集》(影印本),上海文艺出版社 2003 年版,第 12 页。

样，都是一个病态的场所。《薄奠》中的车夫，不过是后阿贵们城市命运的进一步展开。

总而言之，五四后的人生派小说和浪漫派小说，不仅在题材上分别以书写乡村农民和都市知识者的病态生活为主，从而在总体上构成了互补对话的格局，而且在派别内部也贯穿着城乡对位及其同质化的潜在思维机制，从而构成了互文统一的景观。当然，两派小说在将"问题"放置在"乡村/城市"的对位框架中去思考和表现时，也还是略有区别的。人生派小说主要在一种分离式的方式中分别呈现这两个境遇中的故事，这体现在具体的文本中就是，要么表现乡村的问题，要么表现城市的问题，只在作家的总体理念中它们才是同一问题的两个方面。而创造社等浪漫派作家则不同，他们常常在同一篇小说中同时提到都市和故乡，并将都市和故乡做对位式的观照，从而发现乡村故乡和都市他乡之间的完全同质化。但至此也不难发现，问题小说之后兴起的无论是人生派还是浪漫派小说，也无论是农村还是都市系列的小说，不管其叙述风格有多么大的不同，也不管其表现维度有多大的差距，其实都隐含着一种鲁迅小说式的"还乡/去乡"机制。即在一种用"理想精神"（人国理想）反观现实中国（包括农村和城市），却发现现实中国（无论都市，还是乡村）均千疮百孔的故事。它们在具体的小说文本中或许会隐而不彰，但在深层的创作机制上却是始终存在的。也因此，所谓人生派和浪漫派，仿佛就是对鲁迅小说中故乡系列和都市系列故事的延伸和扩展。

第二节 叙述风格上的主客分离与互渗

关于人生派和浪漫派小说的叙述风格，正如郑伯奇所说，前者以写实为主，实接近于"帝俄时代的写实派"，后者则以浪漫见长，但也包含着"表现派、未来派的各种倾向"[①]。郑伯奇的判断当然是符合事实的，但所谓接近"帝俄式的写实"，包含"表现派、未来派各

[①] 郑伯奇：《中国新文学大系·小说三集·导言》，《中国新文学大系·小说三集》（影印本），上海文艺出版社2003年版，第3页。

种倾向"的"浪漫",在具体的文本叙事上又是如何表现的呢?两派小说除了这种风格上的明显差异,是否也存在互相渗透、互相融合的情形呢?

一 浪漫派的主观抒情

中国不缺浪漫主义的文学传统,但由于史传等写实性传统的影响,浪漫主义的小说并不多见。中国文学史上第一批集中出现的浪漫主义小说,或许就是五四后的浪漫派小说。俞兆平指出,所谓"浪漫派"的命名其实是一种历史的误解。[①] 但不管浪漫派的说法是否准确,浪漫确实是这类小说叙述风格的一个核心特征。笔者认为,所谓浪漫,和荒诞一样,都是对常理的偏离。超越一般现实/常人逻辑(常理),往正向的理想性、神性、纯粹性、美好性、单纯性、天真性等角度发展,便是浪漫,而往负向的不可思议、不可理喻的方向发展,则是怪诞或者荒诞。如按常理,爱上一个人,会给其送花,假若有人不仅送花,而且开一架飞机来送花,就是浪漫;相反,不仅不送花,反而将其痛打一顿,就是怪诞。再如,人都有改变形象的愿望,丑小鸭突然变成了白天鹅,这就是浪漫,而人突然变成了甲虫,则是怪诞。也就是说,对日常逻辑的正向偏离构成了浪漫的本质。也因此,浪漫化的小说往往书写一些远离日常逻辑的英雄、才子,他们常常自视甚高,往往具有不食人间烟火的理想化、单纯化、唯美化倾向。事实上,天才也正是浪漫主义的主要口号之一。但这种英雄主义的理想化、单纯化、唯美化倾向,又常常受到日常生活逻辑和现实世界的困扰、挫折和阻挠,因而又不免伤感压抑。这就是浪漫主义小说往往主观色彩强烈,且常常交织着"普罗米修斯式的英雄主义"和"维特式的感伤主义"两种味道的原因[②]。而为突出这种具有双重意味的主观性,浪漫小说一般采取直面内心、直抒胸臆的抒情主义的方式。对此,郑伯奇曾独到地指出:"19世纪浪漫主义的底流,依然是抒情主义,不过因为他们有卢梭的思想,中世纪文化的憧憬,资本主义初期的气势,因而形成了浪漫主义而已。"[③]

西方传统浪漫主义小说那种超日常性、主观性、抒情性、英雄主义

[①] 俞兆平:《中国现代三大文学思潮新论》,人民文学出版社2006年版,第32—76页。
[②] 李欧梵:《中国现代作家的浪漫一代》,王宏志等译,新星出版社2010年版,第282—296页。
[③] 郑伯奇:《〈寒灰集〉批评》,《郑伯奇文集》,陕西人民出版社1988年版,第96页。

和感伤主义的特点，在五四浪漫派小说中同样存在。就叙事而言，首先体现在这类小说对第一人称或第三人称单一限知视角的普遍采用上。第一人称中，"我"既是叙述者，又是故事人物，既可以将"我"内心世界的所思所想详细地描述展示出来，还能使外在的一切人事均由"我"的眼光道出，从而带上"我"个人的主观化色彩。如郁达夫的《茑萝行》，就以"我"的回忆性叙述为主线，讲述了妻子不顾一切与"我"来到城市，"我"又是如何折磨妻子，最后妻子不得不带着孩子离"我"凄然而去的故事。在"我"叙述中，"我"内心的痛苦、矛盾、纠结、无奈、自责、忏悔等情绪得到了极为充分的表露，具有强烈的抒情性和感染力。《薄奠》以"我"与车夫的三次交往为线索，经由"我"的叙述，既流露出知识分子式的伤感，又有对社会不公的控诉，更有对下层平民的同情，营造出浓厚的忧郁悲情氛围。在第三人称单一限知视角中，叙述者附着于人物"他"身上，进入且只进入"他"的内心世界，可以将限知人物的内心欲望和盘托出，也可以使一切人事都经由"他"的眼光来观察，从而使外在一切皆着有限知人物的主观色彩，具有强烈的主观抒情意味。也因此，它在叙事效果上几乎与第一人称视角基本相同，只需将"他"变为"我"，就可转换成第一人称视角。郁达夫早期几篇小说如《沉沦》《银灰色的死》《茫茫夜》等，采用的均是这种视角。在某种程度上，《沉沦》显得更为典型。自始至终，叙述者几乎没有离开过主人公"他"，而是一直附着在"他"身上，仅仅进入主人公这一个人物"他"的内心，也仅仅以"他"一个人的眼光来观察打量外部世界。其他人物如他哥哥，他日本的同学，房东的女儿，等等，都没有获得人物视角，而仅仅是他观察中的人物。小说的一个重要之处，就在于它以这种方式将一个人内心的自然欲望，富有感染力地表达了出来，具有直指人心的力量，因为写得真切，因此每一个人都可能得到共鸣。对人内心本能欲望的这种零距离的展示，在当时确实具有破天荒的意义，甚至还引起了很多人对作者的指责。笔者猜想，郁达夫一开始采用的也许就是第一人称"我"的形式，但为了避免误会起见，才改成了"他"——即便如此，还是有人认为这是郁达夫的自传，以至于郁达夫不得不对"自叙传"与"自传"两个概念做些不厌其详的区分。

浪漫性还表现在视角人物及其生存环境的超日常性方面。五四是一个"人的文学"的时代,一个"平民文学"的时代,按理都是书写一些日常世界的常人。但浪漫派小说中获得视角的主人公们,无论是"我",还是"他",虽然也是现实世界中的人,却又多少具有一些非常人的超越性特征。比如,他们都具有令人羡慕的"才子"身份——基本都是满腹才华的知识分子,都具有拯救民族和时代的英雄主义理想。他们对民族和国家的衰败,都有着切身的体会,有着强烈的愤慨,萦绕他们心头的问题常常是"祖国啊,你为什么不强大?"但才子也好,英雄也罢,都是对五四强调的"平民"的正向性偏离,从而呈现出一定意味的浪漫化色彩。而为强调这种非日常化的超越性,这类小说还经常采用"异域化"和"古代化"的做法。比如,张资平的《木马》《她怅望着祖国的天野》,郭沫若的《牧羊哀话》《Lobenicht 的塔》,都不是中国人的故事,而是取材于异国人民。郁达夫的《沉沦》说的虽是中国人的故事,故事发生地却是日本,也即所谓异域。在叙述者也即中国留学生"我"或"他"的叙述中,异域空间和异域风情得以呈现。而异国情调显然是对平民日常生活的偏离,从来就是浪漫主义文学的常用方式。在中国古代,只有《西游记》和《镜花缘》等少数小说采用过这类手法。还有一些以古代为背景的小说,如郭沫若的《函谷关》、郁达夫的《采石矶》等,且不说文中主人公们的传奇或才子特征,单是古代环境本身的设置,就拉开了和现实平民世界的距离,显现出抽离日常生活逻辑的浪漫性色彩。

浪漫派小说中的主人公们都有拯时救世的愿望,具有或多或少的英雄主义色彩。但他们毕竟生活在世俗生活之中,因而常常是怀才不遇,壮志难酬。这种有志难申的心灵惆怅,与贫困潦倒的物质苦难,以及爱情婚姻上的苦闷挫折,又在英雄主义的情感基调之外交织出浓厚的感伤主义色彩。我们知道,怀才不遇,报国无门,在中国传统文化中,有许多同类故事:有才有抱负,却因奸逆当道,世道不济,而伤时感世,孤狷狂傲,但这些人大多为慷慨悲歌之士,如苏轼等。若非如此,那就必得有个光明的尾巴。如才子佳人模式就是如此。男主人公才子一开始可以怀才不遇,但后来他肯定会高中榜首,少有郁郁而终的。《沉沦》在本质上也是一个怀才不遇的故事。但它却不像中国传统文学那样慷慨激昂,或者有一个大团圆式的光明尾巴,它的结局凄惨,充满伤感迷茫的基调。这显然是对西方浪漫主义尤其是带有感伤色彩的消极浪漫主义的的继承。事实上，本篇受到过歌德浪漫主义小说《少年维特之烦恼》的深刻影响，已为作者自己和学界所广泛承认。这种混合着英雄主义和感伤主义的情感，在第一人称或第三人称单一限知的叙事视角下，往往以心灵独白式的心理描写或者充满主观化的自然风景的描绘表现出来。且看《沉沦》的主人公"他"走入酒馆嫖娼，受到冷落时的相关描写①：

> 原来日本人轻视中国人，同我们轻视猪狗一样。日本人都叫中国人作"支那人"，这"支那人"三字，在日本，比我们骂人的"贱贼"还更难听，如今在一个如花的少女前头，他不得不自认说："我是支那人"了。
>
> "中国呀中国，你怎么不强大起来！"
>
> 他全身发起抖来，他的眼泪又快滚下来了。
>
> "狗才！俗物！你们都敢来欺侮我么？复仇复仇，我总要复你们的仇。世间那里有真心的女子！那侍女的负心东西，你竟敢把我丢了么？罢了罢了，我再也不爱女人了，我再也不爱女人了。我就爱我的祖国，我就把我的祖国当作了情人罢。"
>
> 他按住了怒，默默的喝干了几杯酒，觉得身上热起来。打开了窗门，他看太阳就快要下山去了。又连饮了几杯，他觉得他面前的海景都朦胧起来。西面堤外的灯台的黑影，长大了许多。一层茫茫的薄雾，把海天融混作了一处。在这一层浑沌不明的薄纱影里，西方的将落不落的太阳，好象在那里惜别的样子。他看了一会，不知道是什么缘故，只觉得好笑。呵呵的笑了一回，他用手擦擦自家那火热的双颊，便自言自语的说："醉了醉了！"

从这几段中，不难体会出主人公爱国主义与感伤主义相混合的情感特质。第一、二段是主人公的内心描写，这种加了引号，或者不加引号的直接的心理描写，在小说中很多。而第三段则显然是通过主人公"视角"过滤的自然风景的描绘，一切都带上了人物的主观感受。值得补充的是，浪漫派小说中的人物往往厌恶社会，而对自然情有独钟。他

---

① 郁达夫：《沉沦》，《郁达夫文萃》，文化艺术出版社2002年版，第30—31页。

们在社会中往往郁郁寡欢，必感苦痛，而一旦脱离社会，独处自然，则必感和谐融洽：

> 呆呆的看了好久，他忽然觉得背上有一阵紫色的气息吹来，息索的一响，道旁的一枝小草，竟把他的梦境打破了，他回转头来一看，那枝小草还是颠摇不已，一阵带着紫罗兰气息的和风，温微微的哼到他那苍白的脸上来。在这清和的早秋的世界里，在这澄清透明的以太中，他的身体觉得同陶醉似的酥软起来。他好像是睡在慈母怀里的样子。他好像是梦到了桃花源里的样子。他好像是在南欧的海岸，躺在情人膝上，在那里贪午睡的样子。
>
> 他看看四边，觉得周围的草木，都在那里对他微笑。看看苍空，觉得悠久无穷的大自然，微微的在那里点头。一动也不动的向天看了一会，他觉得天空中，有一群小天神，背上插着了翅膀，肩上挂着了弓箭，在那里跳舞。他觉得乐极了。便不知不觉开了口，自言自语的说：
>
> "这里就是你的避难所。世间的一般庸人都在那里妒忌你，轻笑你，愚弄你；只有这大自然，这终古常新的苍空皎日，这晚夏的微风，这初秋的清气，还是你的朋友，还是你的慈母，还是你的情人，你也不必再到世上去与那些轻薄的男女共处去，你就在这大自然的怀里，这纯朴的乡间终老了罢。"①

重返自然本就是浪漫派文学的核心主张之一，也因此，在主观抒情类的浪漫派小说中，这类着意刻画人与自然和谐共融的自然风景的描绘较多——这与人生派小说多写人文社会环境构成了明显对比。此外，在西方浪漫主义文学的谱系中，除了环境风景意义上的自然，还包括人的自然本性，也即人内心的自然欲望。事实上，这在浪漫派小说中也有淋漓尽致的表现。《沉沦》中有关手淫、窥浴、听淫、狎妓的详尽描绘，就是对这种自然欲望的展示。对这种远人文而亲自然的浪漫主义文学主张，俞兆平曾做过较深刻的分析："浪漫主义哲学、美学思潮，最深层面的内质表现为对科学理性、工业文明的抗衡，或者说是'现代性'

---

① 郁达夫：《沉沦》，《郁达夫文萃》，文化艺术出版社2002年版，第2页。

的第一次的'自我批判'，它在人的生存价值的确立、人文精神的救赎方面，有着十分重要的意义，随着工业化历程的推进，愈益显出其预见和主张的穿透力度。而像强烈的主观态度、奔放的情感力量、奇幻的想象方式等在文学艺术创作上呈示出来的外在形态，则应是属于第二层面的质素了。"① 也就是说，随着现代工业文明和科学理性的发展，自然环境和自然欲望，都遭到了压抑和破坏，而浪漫主义正是对这种压抑和破坏的文学反抗。

这种主观化、情感化的心理和风景描写，构成了浪漫派小说叙述的主体内容。这大大削弱了小说对事件发展及其曲折性、戏剧性、离奇性的关注。事实上，整个小说的流程结构，就像一些团块化的主观性心理场景的组接，显得相当地散文化。例如《沉沦》，故事情节异常淡化，仅以松散的个人漂泊经历为线索串联起一些片段性场景。小说共八节，分别讲述了八个心理性场景：一、野读——野外阅读，强调其与自然的亲近性；二、闹孤——书写其在人群中的孤单；三、忆往——回想自己以往及其来到日本的经历；四、手淫；五、窥浴；六、听淫；七、狎妓；八、跳海。我们固然可以从中重构出本来意义上的故事情节顺序：从小父母死亡，兄长带大—到日本留学，先是预科，然后转往现在学校—野外看书—遇到三个日本女孩—手淫—偷窥—迁到山上—窥欢—嫖妓—投海。但作为叙述，这八个片段之间的顺序，却可以随便调换甚至颠倒，基本上不会引起小说审美效果的变化。因为是场景中的心理情绪而不是片段间的事件逻辑，构成了小说的重心和审美意味的源泉。这显然已非传统情节中心型的那种线性体流程形态，而是如胡适所说的那种现代小说的"横截面体。"② 在这种体式中，我们关注的是人物的性格或者说情感，又称人物中心型小说，而当情绪压倒性格成为小说叙述的重心时，则演变成了浪漫派小说这种情绪中心型形态。

最后，浪漫派小说的浪漫性在语言风格上也有体现。且看《沉沦》中的一段：

---

① 俞兆平：《中国现代三大文学思潮新论》，人民文学出版社 2006 年版，第 42 页。
② 胡适：《论短篇小说》，在《新青年》1918 年 5 月第 4 卷第 5 号，载严家炎编《二十世纪中国小说理论资料》（第二卷），北京大学出版社 1997 年版，第 37 页。

晴天一碧，万里无云，终古常新的皎日，依旧在她的轨道上，一程一程的在那里行走。从南方吹来的微风，同醒酒的琼浆一般，带着一种香气，一阵阵的拂上面来。在黄苍未熟的稻田中间，在弯曲同白线似的乡间的官道上面，他一个人手里捧了一本六寸长的Wordsworth的诗集，尽在那里缓缓的独步。在这大平原内，四面并无人影；不知从何处飞来的一声两声的远吠声。悠悠扬扬的传到他耳膜上来。他眼睛离开了书，同做梦似的向有犬吠声的地方看去，但看见了一丛杂树，几处人家，同鱼鳞似的屋瓦上，有一层薄薄的蜃气楼，同轻纱似的，在那里飘荡。

"Oh, you serene gossamer! You beautiful gossamer!"

这样的叫了一声，他的眼睛里就涌出了两行清泪来，他自己也不知道是什么缘故。[①]

这里至少可以看出三个方面的语言特点，一是欧化长句的使用。这种欧化长句，一方面拉开了和平常口语的距离，显出书面的文雅的特征，一方面营造出一种油画般的审美效果。因为这种欧化长句，最宜于自然风景或内心情感的静态描绘，而传统那种短句，更有写意性，因此传统小说中的自然风景和心理情感往往都是化静为动的。其二是洋文的出现。事实上，郁达夫和郭沫若等人的小说中，类似这种在中文中夹杂英文的现象非常普遍，既是五四时代急于向西方学习的迫切心理的反映，也营造出一种小资产阶级式的浪漫情调。第三，是直抒胸臆句式的大量使用。借助人物或者叙述者之口，直接表达叙述主体的主观性和情绪性看法，在这些小说中普遍存在，这无疑加强了整个小说的浪漫抒情性质。

二 人生派的客观冷静

与浪漫派小说的主观抒情相比，人生派小说的叙述风格经常被说成是客观冷静。但何为客观，何为冷静，常常语焉不详。笔者以为，所谓客观主要是指按照生活本来的样子来写小说，不夸大，不歪曲，尽量还原生活本身的复杂性和多样性，不站在任何故事人物的角度来发表个人的主观看法。这与浪漫派小说的"主观"恰成对比——浪漫派小说往

---

① 郁达夫：《沉沦》，《郁达夫文萃》，文化艺术出版社2002年版，第1—2页。

往通过故事中某个具体人物的眼睛来观察和叙述，一切事件都带上这个人物的主观个人化色彩。在一定程度上，人生派小说的客观，其实是"写实"的同义语。按照俞兆平的理解，中国现代文学中的写实思潮，大致分为三个阶段："中国对西方写实主义的接受，有着从早期的向科学认知原则倾斜的写实主义（真即是美）；到中期的科学认知与人文理解交错的写实主义（不脱离现实的真善合体）；再到后期的向以意识形态为核心的人文理解倾斜的写实主义（善即是真，善中之真方为美）的进程。"① 如果说第三阶段的写实主义，主要与 20 世纪 30 年代左翼及之后的革命现实主义观念相应，那么人生派的写实主义，则主要处于前两个阶段，真即是美的自然主义和不脱离现实的真善合体的批判现实主义。当然，完全的真即是美的自然主义态度是很难做到的，再自然主义也免不了夹杂着叙述者的人文理解。赵景深就以叶圣陶小说为例说，全体说来，作者自然不是纯粹的客观，"各篇都浸着他的温煦的气度，使人读任何一篇，都觉得作者是和蔼可亲的，同时又是严肃的对着人生的。"② 但这种态度或者说人文理解，却并非浪漫派小说那样通过叙述者的直接议论或借助人物之口加以抒发，而是隐含在叙述过程之中，显得含蓄和不动声色。这便构成了人生派小说所谓的"冷静"。

人生派小说叙述风格的客观性，集中体现为视角的客观化选择。与浪漫派小说清一色地采用故事内第一人称或者第三人称限知视角相比，人生派小说大都采用故事外的第三人称全知或者纯客观的视角。人生派小说中的第三人称全知视角与中国古典小说相似，叙述者知道每一件事情的来龙去脉，知道每一个时间每一个地点发生的任何事情，他可以自由地进入任何一个人物的内心和眼光，且不受任何一个人物主观价值观念的束缚。这种对故事中所有人物的内心和价值观念均予以观照且不以其中任何一个为标准，而是让之在同一个平台上互相对话、竞争的做法，显然营造出某种客观公正的效果。例如叶圣陶的《潘先生在难中》，就是典型的全知叙事，甚至还留有传统的"说书人"的痕迹——"且不说车站的扰攘，单提一个从让里来的先生"。这里的叙述者就像

---

① 俞兆平：《中国现代三大文学思潮新论》，人民文学出版社 2006 年版，第 194—195 页。
② 赵景深：《叶绍钧的〈未厌集〉》，刘增人、冯光廉编《叶圣陶研究资料》（上），知识产权出版社 2010 年版，第 346 页。

一个无所不知的上帝,在打量着他要讲述的故事(笔下的世界),进入过潘先生、潘师母、李妈等好几个人物的内心,让每个人物之间的价值立场都有表达的机会。但与古典小说中叙述者自由、频繁且基本平均地进出任何一个人物的内心与眼光不同,人生派小说中的全知叙述者可以进入却并不均等地进入故事中的每一个人物的内心或眼光,而且也不将视角频繁地从一个人物迅速转移到另一个人物。但即便如此,叙述者高于任何故事人物,且不以任何人物的主观眼光为标准来衡量小说中其他人事的客观性仍然得以保留。如《潘先生在难中》,叙述者进入潘先生的内心最多,潘先生妻子和李妈等其他人物的内心,只是短暂地进入过,但潘先生的价值立场也只是故事世界中多重价值立场中的一种,并不就是叙述者的价值立场。潘师母坚持的"吃饭要紧",和潘先生骨子里的"吃饭要紧"但表面上又必须假装"上学要紧"的心理,构成一种有趣的对话。而两者都与叙述者隐含的"吃饭固然要紧,但上学更要紧"的观念都不相同。也就是说,叙述者就像一个置身事外的冷静的看客,他尽管进入主人公内心,却和每一个人包括主人公都保持着某种疏离甚至是嘲讽的语调。这有利于对各色人物的心理进行平等观照,从而客观冷静地揭示出每个人物在"人生之网"/价值之网中的位置。

人生派里也不是完全没有第一人称和第三人称单一限知视角的小说,如叶圣陶的《马铃瓜》《一个朋友》《阿凤》《苦菜》,潘训的《乡心》就用的第一人称,而叶圣陶的《演讲》则是典型的第三人称单一限知叙事。但这些小说中,叙述者与故事人物或事件之间还是保持了相当的距离,仍然是客观冷静的。如《马铃瓜》,以第一人称"我"的方式,讲述了小时候被逼去参加科举考试的事情,"我"作为叙述者,是一个尚不知世事的儿童,而科举本身,却是成人世界里的事,当"我"以儿童的眼光去叙述那个成人世界里的事情时,二者之间的价值距离就出来了,我越是显得童真,成人世界里的事情就越是显得荒诞。因此,这里的一切,貌似都带上了我的主观色彩,但对社会的批判却是客观冷静的。潘训的《乡心》以第一人称"我"的口吻,讲述了一个名叫阿贵的年轻人,由乡下来到城里打工,想回乡却又不愿回乡的故事。"我"是叙述者,却并非小说的主人公。文本由"我"与阿贵的几次交往构成,文本采用倒叙的方式,先由阿贵主动来看我起头,然后进入"我"对阿贵来城之前身份和情形的回忆,以及来城之后我和吕南与他的两次见面——其中一次他临时爽约的经历被叙述得非常清晰，最后回到开头，我们和阿贵一起受邀前往他现在的新居。小说中，阿贵的价值立场与叙述者之间的距离清晰可见。前者身上既有一种想回乡却又不愿回乡的矛盾心理，也有一种离乡人在遇见同乡时的那种虚荣心。而"我"虽然对他有同情，但并不完全赞同这种观念，觉得他其实应该回去，且没必要有这种虚荣心理。这和郁达夫小说《薄奠》中，"我"对车夫充满同情并完全站在车夫的角度是有差异的。

叶圣陶的《演讲》和郁达夫的《沉沦》一样，也是故事外第三人称单一限知视角。但两篇小说中，故事外叙述者和故事内人物"他"之间的价值距离是不一样的。《沉沦》中，叙述者与人物"他"的心理、价值距离较小，叙述者几乎完全附体在"他"身上，完全按"他"的眼光来活动。而《演讲》中，叙述者与人物"他"之间，在价值观上明显是有差距的，叙述者经常站到人物之外对"他"的语言、内心、行为进行描绘，二者之间的价值观念明显存在落差和反差，因而形成一种近乎嘲讽的语气。

> 一阵拍掌声中，他被主席先生延请到铺着白竹布的桌子的旁边。头脑里 outline 同趣味丰富的穿插都有点像乱窜的山羊，虽然各各系着一根索子，但是牧者的一只手颇有把持不住之势。到鞠躬招呼时，掌声已经寂然了；头略微左偏，徐徐地俯下去，温文尔雅，正是学者的态度。又温文尔雅地抬起头来。"拍！拍！"突然又两声击掌，虽然是余波，却特别怪，特别响，有如空山夜鸣的鹳鹳。
>
> "什么！"他心这样想，眼光便射到那边去。却见好些瓜子形的鸡蛋形的棍棒形的"可爱的白里泛红"，错杂在青竹布大衫的中间，抬眉一想，这才明白，"是男女同学么！第二节的第三小节只好不讲了。这不是与我为难么？——且慢怨愤，还是记住要紧，第二节的第三小节要从删了！开口吧，开口吧！要从容要得体！"[①]

这段话中，叙述者与人物"他"的距离便时大时小。"一阵拍掌声

---

① 叶绍钧：《演讲》，《中国新文学大系·小说一集·导言》（影印本），上海文艺出版社2003年版，第135—136页。

中,他被主席先生延请到铺着白竹布的桌子的旁边","到鞠躬招呼时,掌声已经寂然了;头略微左偏,徐徐地俯下去,温文尔雅,正是学者的态度。又温文尔雅地抬起头来",这完全是站在人物外部,对之作静观式的描绘。"'拍!拍!'突然又两声击掌,虽然是余波,却特别怪,特别响,有如空山夜鸣的鹳鹤。""眼光便射到那边去。却见好些瓜子形的鸡蛋形的棍棒形的'可爱的白里泛红',错杂在青竹布大衫的中间",这是叙述者隐身到人物身上,用"他"的眼光来观察世界。"头脑里 outline 同趣味丰富的穿插都有点像乱窜的山羊,虽然各各系着一根索子,但是牧者的一只手颇有把持不住之势",这是叙述者对"他"内心想法和状态的一种转述,至于引号里面的那些话,"什么!""是男女同学么!第二节的第三小节只好不讲了。这不是与我为难么?——且慢怨愤,还是记住要紧,第二节的第三小节要从删了!开口吧,开口吧!要从容要得体!"则是"他"想法的原本再现。这种距离的不断变化,使得叙述者的价值观和"他"的价值观拉开了距离,并形成一种微妙的反差。试对比郁达夫《沉沦》中的"他"下课后回宿舍途中遇到日本女孩一段的描绘:

> 有一天放课之后,他挟了书包,回到他的旅馆里来,有三个日本学生系同他同路的。将要到他寄寓的旅馆的时候,前面忽然来了两个穿红裙的女学生。在这一区市外的地方,从没有女学生看见的,所以他一见了这两个女子,呼吸就紧缩起来。他们四个人同那两个女子擦过的时候,他的三个日本人的同学都问她们说:
> "你们上哪儿去?"
> 那两个女学生就作起娇声来回答说:
> "不知道!"
> "不知道!"
> 那三个日本学生都高笑起来,好像是很得意的样子;只有他一个人似乎是他自家同她们讲了话似的,害了羞,匆匆跑回旅馆里来。进了他自家的房,把书包用力的向席上一丢,他就在席上躺下了——日本室内都铺的席子,坐也席地而坐,睡也睡在席上的——他的胸前还在那里乱跳;用了一只手枕着头,一只手按着胸口,他便自嘲自骂的说:

Yo coward felbw, you are too coward!

"你既然怕羞，何以又要后悔？"

"既要后悔，何以当时你又没有那样的胆量？不同她们去讲一句话。"

"Oh, coward, coward!"

说到这里，他忽然想起刚才那两个女学生的眼波来了。

那两双活泼泼的眼睛！

那两双眼睛里，确有惊喜的意思含在里头。然而再仔细想了一想，他又忽然叫起来说：

"呆人呆人！她们虽有意思，与你有什么相干？她们所送的秋波，不是单送给那三个日本人的么？唉！唉！她们已经知道了，已经知道我是支那人了，否则她们何以不来看我一眼呢！复仇复仇，我总要复他们的仇。"

说到这里，他那火热的颊上忽然滚了几颗冰冷的眼泪下来。他是伤心到极点了……①

这段话里，叙述者也有站在人物之外的描绘，也有对其言语和内心想法的直接引用，却看不出讽刺的意味。这里的叙述者的价值观念和人物的价值观念，几乎是同一的，叙述者对之抱有同情的理解。

叙述者可进入任何人物的内心，却不赞成任何人物的价值立场，并以之衡量其他人物，而是始终与之保持距离，并坚持着自己对整个故事的价值理解。这构成了人生派小说客观风格的直接内容。如果说，视角的选择代表的是人生派小说的客观，那么叙述者在表达自己的价值态度时的含蓄和不动声色，则是其冷静的主要表现。与中国古典的第三人称全知叙事或者五四浪漫派小说的第一人称或第三人称限知叙事中，叙述者经常会直接站出来发表自己对小说世界里的人物和事件的看法也即所谓叙述者干预不同，这些小说中的叙述者像上帝般冷静谛审着人物的一举一动、所思所想，他始终只是将其谛视所见貌似客观地加以记录，而不直接地加以评判。如潘训《乡心》中，我们可以感觉到叙述者对阿贵的同情，但叙述者自己却自始至终都没有直接表达过这种看法。《潘

---

① 郁达夫：《沉沦》，《郁达夫文萃》，文化艺术出版社2002年版，第7—8页。

第二章 五四小说启蒙叙事的两种基本模式 / 77

先生在难中》具有明显的社会批判意味和反战情绪，但叙述者将自己的倾向全部寄予在不动声色的描写和叙述之中，并未发出哪怕一句"战争啊，你是多么地摧残人性"之类直抒胸臆的议论。再如小说《遗腹子》的结尾，描写传统重男轻女观念对妇女身心的戕害，叙述者没发一句议论，而只是冷静地描绘女主人公发疯后的外貌和言行，她"似乎反而减少了哀伤，时时现出异样的笑容对别人说：'我觉察我又怀孕，胎相同上回一模一样，一定是个男的'"①。比直抒胸臆式的议论，这种方式显然更让人印象深刻。对此，叶圣陶曾说，"我常常留意，把自己表示主张的部分减少到最低的限度"，"我很有些主观见解，可是寄托在不着文字的处所"②。

人生派小说中，不仅叙述者表达自己价值态度时是含蓄的，而且在他附着于人物身上描写人物的主观心理时也是去情感化和去主观化的。他们不像浪漫派小说中那样常常对人物的心理进行大段大段静止化的展示，并让人物自己喊出自己的情感需求，而是通过寓情于事的方法，将故事人物内心情感和喜怒哀乐的表达化为外在的人物行为的描绘。从逻辑上来说，同一种情绪，其实有三种表达方式：行为描摹式、直抒胸臆式、意象抒情式。如同样是表达依依不舍之情，第一种方式是像照相机式的讲他清理东西时的磨磨蹭蹭，讲他离开时的一步一回头等，不需要做任何一句直接的抒情和呐喊，读者一看就知道这个人肯定不想离开，这是行为描摹式；第二种则是，我真舍不得走啊，我是多么多么舍不得啊，别了，我的什么什么，这是主观抒情式；还有一种意象抒情的方式，"在康桥的柔波里，我甘心做一条水草"。不难发现，这三种方式，在五四后三种类型的启蒙主义小说中，都有呈现。郁达夫等人为代表的浪漫派是第二种，如《沉沦》中，不止一次的"我要复仇，总要复他们的仇"，"祖国啊，你为什么不强大"之类；废名的《桃园》等，属于第三种。而叶圣陶等为代表的人生派显然属于第一种。恰如有论者指出，叶圣陶的小说"在表现人物内心之时，作品往往是通过景物的描写和具体的情境来含蓄的承载与表现。《双影》中写夫妻破镜重圆时的

---

① 叶圣陶：《遗腹子》，《叶圣陶作品新编》，人民文学出版社 2011 年版，第 99 页。
② 叶圣陶：《〈叶圣陶自选集〉自序》，刘增人，冯光廉编《叶经陶研究资料》（上），知识产权出版社 2010 年版，第 210 页。

百感交集,也仅仅用小孩眼观中男女双方拥抱的'重影'含蓄的传达。即使是《桥上》写组青暗杀富豪的壮举,也只是以'砰'的一声结尾,简单语句中含而不露,给人以不尽之意。可以说,他的情感评价正是这样不愠不火的浸润在文字之中"①。

　　把内心情感——不管是叙述者的,还是故事人物的——化为外在言行,这种寓情于事的做法,也相应地引起了小说叙述流程形态的客观化倾向。传统小说以事件为中心,以事件的线性发展为核心,强调各个事件之间的起承转合的连续性的同时,更强调情节发展之间的跌宕起伏和离奇曲折。现代小说则与此相反,由事件中心型转变成了人物中心型。小说也会书写事件,但以人物性格的塑造和表现为中心,事件内部的时间性往往不强,空间性则通常被放大,以突出人物的性格或情感特征。至于各个事件之间,虽然也有先后顺序之分,但小说的重心和趣味,根本不在这些场景的转换之间,而在每个场景之内,以及它们共同烘托出来的人物形象。但现代的人物中心型小说也可分为两种,一种是相对主观的,一种是相对客观的。前述浪漫派小说就属于相对主观的类型,这种类型中的事件,往往是情绪性的、内在心理性的,每一个事件,就像一个心理团块。例如《沉沦》中的八个事件,每一个都是一个心理性的事件——外在的言行线索被内在的情感心理描绘压抑到背景性的位置,全部小说看上去就像是八个心理团块的串接,主观抒情性浓厚。与此相反,人生派小说中的事件,则通常是非心理性的、外在言行性的。不是说没有对心理的表现,而是如上所述,它主要通过外在的言行来间接表达的。即便偶尔直接写到心理,也尽量将之压缩为一两句话。这样,每一个事件,就像一幅不动声色的简约冷静的言语和行为的素描画。如《潘先生在难中》主要由三个事件连缀而成:逃难/安顿—回家/买险—躲灾/迎安。每个事件,均以潘先生及其家人的言行为重点描写对象,偶尔也有直接的心理描写,但更多的是隐含在言行的书写之中。如开篇对潘先生一家人到达上海站下火车时的情形的描绘,与其说是事件,不如说是场景,人物性格毕现却又没有任何抒情氛围,显得相当客观和冷静。

　　人生派小说的语言风格也是相对冷静客观的。如果说浪漫派小说语言的主观抒情性,主要表现在其欧化风格上,那人生派小说的冷静客观

---

① 龙永干:《叶圣陶作品的儒家文化意蕴》,《湖南科技学院学报》2007 年第 11 期。

则集中呈现为其语言风格的中国性：

> 不知几多人心系着的来车居然到了，闷闷的一个车站就一变而为扰扰的境界。来客的安心，候客者的快意，以及脚夫的小小发财，我们且都不提。单讲一位从让里来的潘先生。他当火车没有驶进月台之先，早已安排得十分周妥：他领头，右手提着个黑漆皮包，左手牵着个七岁的孩子；七岁的孩子牵着他哥哥（今年九岁），哥哥又牵着他母亲。潘先生说人多照顾不齐，这么牵着，首尾一气，犹如一条蛇，什么地方都好钻了。他又屡次叮嘱，教大家握得紧紧，切勿放手；尚恐大家万一忘了，又屡次摇荡他的左手，意思是教把这警告打电报一般一站一站递过去。①

这里的语言显然要相对中国化一些。"来客的安心，候客者的快意，以及脚夫的小小发财，我们且都不提。单讲一位从让里来的潘先生"，是典型的中国传统话本小说的口气。对潘先生一家手拉手准备下车的描绘，采用的明显是中国式的短句和白描化的语言，而非浪漫派小说的那种欧化长句。这种白描化的语言，寥寥几笔，就将潘先生爱家护子的舐犊之情以及下车心切的焦虑感表达了出来。此外，这种白描也并非没有叙述者的主观评价，事实上，仔细体会也不难发现其背后有一种漫画般的讽刺意味。但这种讽刺意味显然是淡淡的，不动声色的。

与浪漫派小说喜欢在行文中夹杂些英语/洋文相反，人生派的乡土小说则常常在行文中夹杂些地方性的方言口语：

> 端阳节前半个月的一晚，裕丰的老板冯郁益跟店倌禧宝在店里对坐呷酒。
>
> "郁益爹，旁大说：下仓坡东边政屏家有对肉猪，每只有百三十来往斤，我想明日去看看；端阳快了，肉是一定比客年销得多，十六七只猪怕还不肯。"禧宝抿了一口堆花（酒），在账台上抓了一把小花片（糖）；向老板告了奋勇后，两只小花片接连飞进了口。

---

① 叶圣陶：《潘先生在难中》，《叶圣陶作品新编》，人民文学出版社 2011 年版，第 49—50 页。

"嗯，你去看看，中意，就买来；把价钱讲好，留在那儿多喂几天更好，这里猪楼太小，雅难寻猪菜。"郁益安闲的说，忽然想起旧事，又懒洋洋的关照着："你去了第一要过细些，莫手续不清，明日又来唱枷绊，翻门坎。他屋里的牛七是顶无聊的家伙，随是什么，爱寻缝眼的。"

"那怕什么，凡事离不了一个理，不违理，就是牛八雅奈我不何！"禧宝满不在乎。①

这里明显使用了一些方言土语，如"呷""雅"等，具有一种民间日常生活的气息。这种乡土风，与浪漫派小说的西洋风恰成对比，构成了新文学初期小说语言现代化尝试的两个极端。

三　主客分殊背后的相同与互溶

浪漫派作家郑伯奇的《忙人》，是一篇颇带讽刺意味的寓言小说。小说以桃花坞来暗喻中国，嘲讽中国五四后的引进西学及其没有成就。在推倒旧的偶像之后，忙于搬请新的偶像，因对新的偶像所知甚少，虽忙却毫无效果，徒增热闹罢了。这是新文化阵营内部，对五四予以较早反思的极为少见的文献。抛开这种反思不谈，桃花坞的比喻是准确的，所谓人生派和浪漫派，不管他们在叙述风格上有多少不同，都是从西方搬请过来的新偶像。在文学史的实际发展中，两派甚至还发生过相互攻击。但主观抒情也好，客观冷静也罢，骨子里都是为了实现文化启蒙，为了走向现代。它们不过是在统一的启蒙视角的启发下，而做出的两个不同维度的努力。换言之，它们在反叛传统，学习西方，建设现代这一点上，是统一的，都具有启蒙时代的启蒙精神。

就叙述视角而言，不管是浪漫派具有浓厚主观抒情特征的第一人称和第三人称限知视角，还是人生派的具有客观冷静特征的第三人称全知视角，都是对传统小说视角的现代改造。有论者将这种视角上的现代改造细分为"由说书人叙事向作家叙事"，"从权威叙事到人物叙事"，"从'讲述'到'呈现'"，"内心生活的讲述与呈现"等四个方面，并指出其具有如下三个方面的现代意义：一是"新的形式不仅是新的表

---

① 彭家煌：《怂恿》，《中国新文学大系·小说一集·导言》（影印本），上海文艺出版社 2003 年版，第 450 页。

现手段，而且还打碎了旧小说中呈现的世界模式，代之以新的、具有现代意义的世界模式"；二是"蕴含了一个由个人化、娱乐性向社会化、严肃性的性质转变"；三是"不仅在某些方面与变化中的中国社会现实及社会意识相符合，而且也促进了上述变革，和读者形成了积极性的交流，从而在小说变为全社会积极的艺术交流系统的过程中起了重要作用"①。这些现代意义，究其本质而言，其实都是启蒙思想的呈现。传统说书人以一种高高在上的权威形象，讲述一个与他无干的精彩故事，目的不过是为了娱乐，人物只是其口中的木偶，读者或听众也只是被动地接受故事，而五四小说中，叙述者尽量附身于人物身上，并积极邀请读者自己思考，表现出一种人格平等的思想，目的也并非只是娱人耳目，而是尽量对人投以同情地理解，以表达更深的人生或社会问题，态度是严肃的。换言之，两派小说的叙述视角相互之间或许确有差异，但在与传统相比和文化启蒙的意义上却是一个整体，既是五四小说现代化的重要体现，也是五四小说文化启蒙主义观念的重要反映。

叙述的流程形态上，不管是浪漫派小说的主观心理团块型结构，还是人生派小说的外在言行团块型模式，都是胡适所谓现代小说的"横截面体"。按照胡适的说法，所谓"横截面"，是指"事实中最精彩的一段或一方面"，"一人的生活，一国的历史，一个社会的变迁，都有一个'纵剖面'和无数'横截面'。纵面看去，须从头看到尾，才可看见全部。横截面开一段，若截在要紧的所在，便可把这个'横截面'代表这一人，或这一国，或这一个社会"②。也就是说，小说的流程体式，其实可分为两种类型，一是纵剖面体，一是横截面体。前者按照事情的本来顺序，"从头看到尾"，中国古典小说正属于这种类型。后者则选择事情中的代表性场面，予以横向扩展，现代小说基本采用这种方式。值得补充的是，胡适重点论述的是"短篇小说"，但中国五四后的现代长篇小说也同样如此，例如茅盾的《子夜》，被誉为反映社会全景的史诗型小说，也是横截面体；而且，采用"横截面体"，并非意味着一篇小说就只能有一个截面。事实上，除鲁迅的《示众》等极少数小

---

① 孟悦：《视角问题与五四小说的现代化》，《文学评论》1985年第5期，第76—89页。
② 胡适：《论短篇小说》，《新青年》1918年5月第4卷第5号，严家炎编：《二十世纪中国小说理论资料》（第二卷），北京大学出版社1997年版，第37页。

说属于只有一个横截面的单截面体形式之外，其余大部分都属于两个或两个以上的多截面体类型。例如，无论是人生派的《潘先生在难中》、还是浪漫派的《沉沦》，都是主人公几个人生片段的连缀。这些片段，就是从主人公生活之树上横裁下来的截面。每一个截面，都在一定程度上反映着这个人物生活的全部，而截面与截面之间，有联系却并不紧密，小说的趣味不在这些截面的连缀之间，而在每个截面之内以及它们共同指向的人物特质。两派小说流程形态由"纵"向"横"的这种转变，共同代表着一种新的小说观念的获得。如果说，传统的纵剖面体小说是以事件为中心的，事大于人，并与中国传统文化的重整体轻个人观念相关，那么现代的横截面体小说则是以人物为中心的，人大于事，这显然是五四后个体为重与个性解放的文化启蒙主义观念在小说形态上的体现。只有在后来的解放区传奇小说中，因古典主义思潮的回流，才又开始出现传统情节中心型的那种纵剖面线性体形态。

两派小说语言风格的西洋化和乡土化，同样基于相同的文化启蒙主义观念。五四新文学运动，是以白话文改革为起点的。在五四民主和科学两原则的审视下，中国古典的文言，既不是民主的——只有少数人拥有，也不是科学的——极不精确严密，而白话，则有可能做到这二者。但如何建设这种既科学又民主的"新白话"呢？从话语资源的角度来讲，有这么几种选择：一是古代的旧白话，二是民间的方言口语，三是西方尤其是欧洲的语言。当时，胡适等人主张以旧白话为主要基础，周作人等人比较重视民间口语的重要性，傅斯年与钱玄同则力主欧化。有论者指出，这仅是侧重点的不一样，在根本立场上实则一致，"不过，在白话文建设问题上，倡导者们一致将其视为一个开放的体系，它可以向旧白话开放，可以向民间口语（甚至方言）开放，也可以向西洋语言开放……"[①] 李欧梵说："白话文的倡导者和反对者似乎都不曾认识到，最后在五四文学中形成的'国语'是一种口语、欧化句法和古代典故的混合物。"[②] 笔者以为，五四后的小说，人生派比较侧重旧式白话和民间口语资源的运用，浪漫派则比较侧重西洋语言的借鉴，废名等

[①] 郭艳华：《新文学发生期的语言选择与文体流变》，山东大学出版社2009年版，第61页。

[②] [美]费正清编：《剑桥中华民国史（1912—1949）》（上），中国社会科学出版社1994年版，第528页。

人则相对更看重中国古典旧文言。只有鲁迅，算是把传统旧文言、旧白话、欧化语言等融合得比较恰切。而不管哪一选择，显然都洋溢着胡适所谓"国语的文学，文学的国语"那种"建设的文学革命"的使命感。①

两派小说叙述风格的差异，是表层的，在深层则都是五四文化启蒙主义观念的表现。除了这种主客分殊背后的相通甚至相同，主观抒情与客观冷静的两种小说叙事风格之间，也还存在互渗互溶的情形。换言之，在风格上判定某人为人生派作家，或者某个文本为人生派文本时，都不是绝对的。首先，就同一个作家来说，也并非其所有的作品，就一定是某种风格始终不变。随着时间的流逝，或者心境语境的不同，同一作家的风格也可能不断地发生变化，甚或在整体上写出另一种风格类型的小说。事实上，人生派作家某些小说的主观化，或者浪漫派作家部分小说的客观化倾向，都曾是客观存在过的现象。如一般认为的人生派小说代表作家叶圣陶，就并非没有相对主观一点的小说。夏志清曾经赞不绝口的小说《马铃瓜》，就以主观性的第一人称视角讲述了一个十二岁的小孩"我"赴贡院上考的故事。虽然小说对"我"自我心理的挖掘，严格限制在对事件的"不理解"之上，心理抒情的意味并不特别浓厚，但以"我"的眼光来叙述所见事件，还是免不了对事件的主观性评论，显示出一定程度的主观化色彩。而浪漫派小说最典型的代表性作家郁达夫，也有相对客观写实的小说。《春风沉醉的晚上》，虽然仍以第一人称为叙事视角，一切皆为"我"的所见所闻。但"我"却显得相对客观冷静，只是将自己的所见记录下来，虽然"我"的主观性的议论和直抒胸臆式的抒情，比如"唉！你也是同我一样的么？"同样存在，但相比作者其他小说已大大减少，因而主观抒情性也不如其他篇目来得强烈。

即便在同一篇小说中，有时也会部分引进另一派风格的成分。例如受各自所接受的小说观念的影响，主观抒情类的浪漫派小说中，自然风景的描绘往往较多，如郁达夫、郭沫若等人的小说中就有许多风景的描写，故事发生的场景也主要在室外的自然场景中；而人生派的小说中，故事大多发生在社会环境之中，如叶绍钧的许多小说，自然风景很少，

---

① 胡适：《建设的文学革命论》，《新青年》1918年4月第4卷第4号。

大都发生在某个逼仄的人文社会环境空间之中。但这种区分也完全是相对的，比如下面这段有关自然风景的相对较长篇幅的描绘，就出现在叶圣陶的小说之中：

> 两间屋子，已经上了年纪向前倾斜，如人佝偻的样子。门前是通到田岸和村集的泥路。这时候正是中秋的天气。淡蓝的天空浮着鳞纹的白云。朝阳射在几棵柳树上，叶色显得嫩绿，像是春光里所见的。平远的田亩里，稻穗和稻叶受微风吹拂，顺风偃倒，便成波纹。更远的村树构成个大圆环，静穆且秀美。微微听得犬吠，这真是诗人的节令和境地呵！①

前两句还有点人生派小说写景的味道，但后面几句，却是典型的浪漫派小说书写自然景观时的情调："晴天一碧，万里无云，终古常新的皎日，依旧在她的轨道上，一程一程的在那里行走。从南方吹来的微风，同醒酒的琼浆一般，带着一种香气，一阵阵的拂上面来。在黄苍未熟的稻田中间，在弯曲同白线似的乡间的官道上面，他一个人手里捧了一本六寸长的 Wordsworth 的诗集，尽在那里缓缓的独步。在这大平原内，四面并无人影；不知从何处飞来的一声两声的远吠声。悠悠扬扬的传到他耳膜上来。他眼睛离开了书，同做梦似的向有犬吠声的地方看去，但看见了一丛杂树，几处人家，同鱼鳞似的屋瓦上，有一层薄薄的蜃气楼，同轻纱似的，在那里飘荡。'Oh, you serene gossamer! You beautiful gossamer!'"② 此外，浪漫派作家张资平的《木马》，乍看采用的似乎是故事外第一人称视角的主观抒情方式，叙述者"我"多次站出来说话："去年我在上野公园看樱花，见三四位同胞在一株樱花树下的石椅上坐着休息……""我还在一家专收容中国人的馆子里看了一件怪现象。我到那边是探访一位同学……""馆主人姓林，我们以后就叫他林翁罢……"这里的"我"，与其说是浪漫派小说中常见的那个既是叙述者又是故事人物的具有强烈抒情色彩的"我"，还不如说是传统小

---

① 叶圣陶：《饭》，《中国新文学大系·小说一集·导言》（影印本），上海文艺出版社2003年版，第97页。

② 郁达夫：《沉沦》，《郁达夫文萃》，文化艺术出版社2002年版，第1—2页。

说中那个无所不知的"说书人",事实上,去掉这个说书人式的"我"的口吻,整个小说就变为了人生派小说常用的那种故事外第三人称全知叙事的口吻了。

郑伯奇说:"最近几年来,五四时代的文学曾经有过一番新的估价。文学研究会被认为写实主义的一派,创造社是被认为有浪漫主义的倾向。这也不过是个大概的区分。文学研究会里面,也有带浪漫主义色彩的作家;创造社的同人中也有不少人发表有写实倾向的作品。但若就集团的主要倾向来说,这样的区别还相当正确。"① 这再次说明,所谓浪漫派的主观抒情和人生派的客观冷静的区分,都是相对的,我们既要看到它们表层的差异,但也要看到它们深层次上的相同和互渗。

第三节 思想主题上的内外分野与互补

五四是一个价值重估的时代。鲁迅借狂人之口说道:"凡事须得研究,才会明白!"狂人还说,"从来如此,就对么?"② 也就是说,一个事物存在时间的长久,并不能成为其存在合法性的根据。那研究和重估一切价值的标准是什么呢?是"人"!周作人在《人的文学》一文中开宗明义地指出:"我们现在应该提倡的新文学,简单的说一句,是人的人学",并对"人"进行了说明,"我们所说的人,不是世间所谓'天地之性最贵',或'圆颅方趾'的人。乃是说,'从动物进化的人类'。其中有两个要点,(一)'从动物'进化的,(二)从动物'进化'的。"③ 周作人在此所说的动物性和进化性,事实上说的是人的二重性,它构成了人作为存在的基本特征。这种二重性用基督教的话说就是灵性和肉性,在马克思主义那里则是自然性和社会性,而弗洛伊德则称之为本我和超我。

面对人作为存在的二重性,有两种相反的价值倾向:一是过分强调

---

① 郑伯奇:《中国新文学大系·小说三集·导言》(影印本),上海文艺出版社2003年版,第9页。
② 鲁迅:《呐喊·狂人日记》,《鲁迅全集》第1卷,人民文学出版社2005年版,第445页。
③ 周作人:《人的文学》,《新青年》1918年12月第5卷第6号,署名作人。

人的"进化性",或者说"神灵性""社会性""超我性",从而使人变成了没有生气的禁欲主义的人,变成了神仙;一是过分强调人的"动物性",或者说"肉体性""自然性""本能性",从而使人变成了动物。五四所倡导的当然是进化性和动物性的结合,也即灵肉一体、人己合一,或曰自然性和社会性相统一,本我和超我相和谐的理想的人性。用这理想的人性为标准,烛照中国的传统与现实,发现无论是传统,还是现实,到处充满着"吃人"的现象。"我翻开历史一查,这历史没有年代,歪歪斜斜的每叶上都写着'仁义道德'几个字。我横竖睡不着,仔细看了半夜,才从字缝里看出字来,满本都写着两个字是'吃人'!"① 一个"吃人"的世界,自然是一个问题丛生的社会。也因此,五四率先兴起的小说就是"问题小说",男女平等问题、劳工问题、妇女问题、贞节问题等等,都成为这类小说表现的主题对象。从"问题小说"延伸发展而来的人生派和浪漫派小说,在思想主题的设置上,同样继承了这种以理想人性为标准,探讨人生社会"问题"的思路,只是表现问题的向度并不完全相同。

一 外在人生病态的描写与国民劣根性批判

周作人有关"人的文学"的观念,灵肉一致、人己合一的理想人性的信念,自然来自于西方。正是依凭这种理念,西方的文艺复兴时期才对中世纪的基督教文化展开了猛烈批判。但因为基督教文化在面对人的二重性时,主要强调灵性而压抑人的肉性,强调神性而压抑人的个性,也因此,文艺复兴时期人的解放便集中呈现为对两个方面的强调:一是世俗幸福的正当性;二是个体行为的自主性。前者是就人的内我层面而言的,在人内心的本我(自然欲望)和超我(伦理道德)的冲突中,强调自然欲望的解放,要从所谓道德、禁欲主义中解放出来;后者是从人的外我层面而言的,在小我(私人身份)和大我(公共身份/他者关系)的矛盾中,强调我是我自己的,我的事情只能由我来做主。中国的五四时代,面临着与西方文艺复兴时期基本相同的文化处境,因为以宋明理学为代表的中国传统文化也与西方中世纪的基督教文化一样,在外我层面重集体轻个体,在内我层面重道德轻欲望,也因此,五

---

① 鲁迅:《呐喊·狂人日记》,《鲁迅全集》第 1 卷,人民文学出版社 2005 年版,第 447 页。

四文学高举人的解放的命题，用理想的人性来对传统和现实加以观照并提出问题时，也必然表现为两个维度：一者指向外在人生，一者指向内在自我。有趣的是，五四时期的人生派和浪漫派小说，恰好分别对应着这两个维度。前者侧重从外我角度揭示外在人生的矛盾及其引发的病苦，后者则从内我角度强调内在心灵的冲突及其造成的苦闷。

人生派小说从人的外我性维度描写人生病苦的思路，首先表现在其对乡村农民痛苦生活的书写之中。在外我的维度上，每个人都生活在"关系"之中。这种关系既包括个人与他者，也包括个人与集体。在一个理想的社会中，个人与他者、个人与集体的关系，应该是和谐的。但在一个问题丛生的社会中，这种关系却可能呈现出紧张的状态。人生派小说中的乡村社会，便是如此。这里的农民，在各种"关系"的意义上，均处于被侮辱、被蹂躏的状态，没有丝毫个体的尊严和独立性。叶圣陶《这也是一个人？》中的伊，处在与丈夫、公婆、父亲、都市雇主、群众等多重人际关系之中，除了都市雇主暂时性地充当过救赎者的角色之外，其余都是一种压抑性的力量，丈夫、公婆打骂她，让她难以忍受，父亲同情她却只能同流合污，甚至与她没有丝毫利害关系的群众，也只能做推波助澜的看客——当伊逃跑时，航船上的人对她的好心"数落"，就是明证。《孤独》以更极端的方式，表达了"关系"对个体的压抑。主人公年老多病，无妻无子，但亲情关系的缺失，不代表他就是一个不再遭遇任何社会关系的真空人。事实上，小说对主人公孤独感的体现，正是通过关系性的描写而达到的。小说开篇便直接切入老人的孤独，晚上和早上喝水、脱衣、穿衣的困难。但这种困难比起后来他在各种"关系"中所遭遇的孤独，显然不值一提。一是他去茶馆喝白开水，却不被人理睬；二是去看表侄女时，却遭到了更大的失落；三是买橘子逗房东的小孩，却同样失败。整个的社会关系，全都构成了一种威压性力量，将老人推入更大的孤独之中。这显然具有某些鲁迅式的围观体小说的味道。

在这些小说中，传统文化以及这种文化熏陶下人们的愚昧、麻木以及无聊，往往是引起人伦"关系"紧张的主要因素。也因此，这些从外我"关系"角度揭露人生病苦的小说，便带上了明显的文化批判和国民劣根性批判的意味。在中国传统"三纲五常"的等级伦理观念的束缚下，女人只能处于一种非人的地位。而这也正是《这也是一个人?》中的"伊",被丈夫和公婆打骂,被父亲抛弃,被群众耻笑,甚至连头牛都不如的根本原因。换言之,造成她的悲剧的,不仅仅是某个具体的个人,她丈夫、她公公,或者她爸爸,而是整个不道德的道德观念。叶圣陶的《遗腹子》也是一个文化批判的故事,受传统男尊女卑、重男轻女观念的影响,文卿先生一直想要一个儿子,直至妻子生了七个女儿之后才终于如愿以偿。可儿子不幸夭亡,文卿先生痛不欲生,终因苦闷醉酒后坠河而死。而妻子,也完全被男尊女卑的思想所控制,为自己生不出儿子自责不已,视丈夫的嘲讽和辱骂为正常,为自己的终得儿子而高兴。而儿子夭亡、丈夫坠河之后,她亦发了疯。若非男尊女卑、重男轻女的封建观念,这样的人伦悲剧自然不会发生。不道德的文化观念,造就了不道德的人伦关系,在这种不道德的人伦关系中,人们不仅变得愚昧,甚至变得麻木乃至无聊。彭家煌的《怂恿》,就是这样一个讲述人们愚昧、麻木和无聊的故事。小说围绕一头猪的买卖展开,政屏夫妻俩受牛七挑拨,最终成了乡村两派绅士斗法过程中的炮灰。政屏夫妻轻易就上了牛七的当,蒋家人一开始斗志昂扬,一碰到士绅日年就害怕不已,这是愚昧。而小通州等人的趁火打劫,则是麻木乃至无聊。

如果说人生派小说从外在关系角度对乡村农民"病苦"的揭示,重在对传统文化观念以及这种观念造成的国民劣根性的揭示与批判,那么,当其将笔触转向知识分子时,则开始偏离文化批判的轨道,而转向对现代社会中个体身份的多重性及其带来的生存困境的思考。且以《潘先生在难中》为例。因听闻战事将起,作为小学校长的潘先生带着妻儿匆忙逃往上海;又因担心按时开学,受到局里处分,只身返回学校;结果战事并未到来,不过虚惊一场。在这个故事中,潘先生的身份具有三重性:首先他是一个人,具有一切人都具有的本能欲望;其次他是一个家庭人,是几个孩子的父亲,一个女人的丈夫;再次他是学校老师,为人师表的人。前两种是私人身份,第三种是公共身份。私人身份要求他对自己、妻子、孩子的生命和幸福负责,对之予以关心和爱护。公共身份则要求他承担起为人师表的责任,随时做好开学的准备。换言之,小说以主人公潘先生为中心,组织了两个维度的人际"关系":一是私人关系,与自己和老婆、孩子的关系,二是公共关系,与学校、教育局的关系。私人关系顾的是"小家"的利益,是所谓"小我"的要求,公共关系顾的是"大家"的利益,是所谓"大我"的要求。用文中潘师母的话说就是"是性命要紧，还是学堂要紧？"理想状态中，这种私人性和公共性，或者"小家"与"大家"、"小我"与"大我"是可以和谐统一的。但小说中，这二者之间却构成了明显的冲突。潘先生一方面觉得"性命要紧"，于是举家逃跑；一方面又觉得这有悖于自己的公共身份要求，于是又冒着风险返回"学堂"。这种矛盾造成了潘先生人格的分裂：行为上是为小我，言语上却装得为大我；内心里是为小我，行为上却装得像为大我。这种实际行为与其职业身份之间的反差，外在行为与内心活动之间的悖论，构成了强烈的张力。小说的高超就在于形象地写出了潘先生式的知识者，在公私身份的冲突中，种种的矛盾纠结以及可怜和可笑。

对知识者因公私身份矛盾而所产生的人格分裂，隐含作者表现出了既嘲讽又同情的双重态度。所谓隐含作者，是我们阅读完一篇小说之后反推出来的作者的形象，它和叙述者不完全相同。当叙述者的价值立场和隐含作者一致时，谓之为可靠叙述，反之则是不可靠叙述。①《潘先生在难中》就属于不可靠叙述的典型例证。在中国文化语境中，知识分子是气节的代表，也是责任和担当的象征，向来强调"威武不能屈，富贵不能淫"，"苟利天下生死已，岂因祸福避趋之"。小说中的叙述者显然就是站在这种公共本位的或者"大我"的立场，对潘先生的闻风而逃和顾小家而舍大家的行为，进行着揶揄和嘲讽。这集中体现在他对主人公潘先生言行的漫画化描写上。他通过挪用一些其他场合的语言，对潘先生的言行及其患得患失的心理过程进行描绘，产生出一种强烈的反讽效果。特别是领取红袖章的那一段，嘲讽色彩跃然纸上。但透过这种嘲讽，站在人物自身的立场，我们似乎又觉得潘先生其实也是可以理解的，甚至为他一个小人物的艰辛和迫不得已而心酸，尤其是为他爱护妻儿的行为而感动。因此，作为公共关系一维中的教育工作者的潘先生或许是可鄙的，但作为私人关系一维中的父亲、丈夫的潘先生则是可爱的，值得同情的。这样，故事人物的声音就在一定程度上构成了对叙述者声音的反抗和解构，因而整个小说的基调，也就不仅仅是嘲讽，更有同情和理解。中国是一个道德主义的国度，我们总是习惯于用社会身份

---

① ［美］杰拉德·普林斯：《叙述学词典》（修订本），乔国强、李孝弟译，上海译文出版社2011年版，第192、239页。

的要求强制规范压迫个人身份。随着五四个性解放思潮的兴起，人们开始知道个人身份其实同等重要。社会身份及其伦理要求是应该的，但它必须建立在尊重个人身份的基础之上。也因此，这个对潘先生的身份矛盾及其人格分裂既嘲讽又同情的隐含作者形象，一方面继承了传统的有关知识者大我责任的观念，但同时又吸取了现代个人价值的理念，展现出一种对知识分子自身生存处境的全新思考。

这种以私人身份/公共身份的对立冲突为轴线，对知识者的生活予以嘲讽而又充满同情的叙述，在叶圣陶其他的知识者题材小说中同样存在。与《潘先生在难中》一样，《饭》的主人公吴先生也是一位老师，他同样面临着"吃/性命要紧"还是"学堂要紧"的问题。他在上课期间去买吃的东西，显然不符合一个老师的身份，叙述者因此对之进行了漫画化的描绘。但这也是迫不得已，因为他实在太饿了，在一定程度上似乎又情有可原，毕竟生存是一切其他活动的前提。面对学务委员的训斥和敲诈式的克扣，他猥琐不敢吱声，显得懦弱无能。但从另一角度看他也只能如此，"家里的人——家里还有三口，我怎能只顾自己，他们等着呢"，为了家人而选择懦弱，自然又是可以理解的。这里更有趣的是那一帮不知世事的学生，在无形中成了权力的帮凶，成为不问是非的看客。所教的学生反过来成为自己的嘲笑者，流露出无尽的苦涩和无奈。《一包东西》讲述一位中学校长，受朋友所托带了一包东西，他以为是什么"非法反动"刊物并被人盯上了，于是诚惶诚恐的故事。整个小说以个人身份（生存、安危）与公共身份（高贵、有尊严、有知识、有正义感）之间的冲突为主要价值轴线，对"他"选择看重个人安危并患得患失、诚惶诚恐的卑琐心态进行了展露和嘲讽，但对小人物生存的不易也有一定程度的同情。稍稍不同的是《演讲》，这里似乎只有讽刺，而没有同情。它与鲁迅的《高老夫子》一样，以一个知识分子演讲/讲课前后的心理活动为表现对象。小说围绕知识分子的两重身份俗人/学人而展开，讽刺了知识分子的势利、虚伪和不学无术。在一般的期待视野中，知识者应该按照学理或学术逻辑来确定演讲内容，演讲过程中应该旁征博引、出口成章、逻辑严密、信息丰富，但小说中的演讲者，却与俗人无异，不仅以世俗要求确定内容，而且逻辑混乱、干瘪晦涩，显现出明显的反讽意味。

人生派小说对乡村农民和现代知识者病苦的表现，显示出一种从文化/传统批判到现代理性思考的转变。但无论是乡村农民还是知识者身上的病苦，都还仅仅是启蒙视野下的问题，并未引入后来左翼小说那种阶级分析的视角。我们知道，五四时期的人生派和20世纪30年代的左翼，都擅长书写乡村，但二者的描写是不一样的。左翼小说中，农村是阶级斗争化的，农民和地主之间不仅存在道德上的差异，更存在经济上的对抗和政治上的对立，农民也因成为革命的主体而转变为歌颂赞美最起码也是同情悲悯的对象。而五四时期的人生派小说中，对农村农民的表现，主要从人性和文化的角度切入。这里的文化习俗和道德观念是落后的、野蛮的，这里的农民则是愚昧的、麻木的，农民和地主之间的冲突，主要体现为精神上的被控制与控制，而非经济上的剥削与被剥削。在有些小说中，地主和农民之间的关系，甚至还是温情脉脉、其乐融融的。例如王鲁彦的《许是不至于罢》，首先讲农民对财主的羡慕，然后说到有晚财主家失窃，财主鸣锣报警，周边村民听到了，却无一出来帮忙，倒是第二天陆陆续续登门慰问，并说着"真是，——只敲一会儿。我们又都是朦朦胧胧的"，或者"如果听出是你家里敲乱锣，我们早就拿着扁担、门闩来了"之类的话，财主只好一个个道谢。最后有记者上门采访，问财主："那末，先生对于本村人，就是说对于王家桥人，满意不满意，他们昨夜听见锣声不来援助你？"财主说满意。记者再问："有些人又以为本村人对于有钱可借有势可靠的财主尚不肯帮助，对于无钱无势的人家一定要更进一步而至于欺侮了。——但不知他们对于一般无钱无势的人怎么样？先生系本地人心所深识，请勿厌啰嗦，给我一个最后的回答。"财主回答说："唔，唔，本村人许是不至于罢！"小说的叙述中，虽然也借记者之口提到了共产主义，提到了地主的财产是剥削自穷人的，夹杂了些初步的阶级化思想，但故事的主旨显然不是批判地主，而是批判农民。这里的农民，是一群麻木不仁的"看客"，而地主，反倒成为通情达理并值得同情的对象。

二 "内心的要求"及其压抑

如果说人生派重在从外我关系的层次揭示人生的病苦，以对传统文化造成的国民性弱点予以反思性批判，那浪漫派则重在对内我层面的心灵苦闷的抒发，以对被传统道德所压抑的内心欲求进行否定性的肯定。有论者指出："人物的单纯性与情节的单一性，构成了郁达夫小说文体形式的突出特点。在他的小说中，矛盾冲突往往不在人物之间展开，而在主人公内心世界中掀起波澜。"① 也就是说，描写内心世界的波澜，而非外在人生中的冲突，确实构成了浪漫派小说的重要特征，也是其区别于人生派小说的重要方面。郭沫若在被视为创造社"宣言"的《编辑余谈》中说道："我们所同的，只是本着我们内心的要求，从事于文艺的活动罢了。"② 成仿吾也说："文学既是我们内心的活动之一种，所以我们最好是把内心的自然的要求作它的原动力。"③

那所谓"内心的要求"或者"内心的自然的要求"，又是什么呢？其实就是弗洛伊德意义上的本能欲望尤其是性与爱的欲望。对此，郁达夫说得最为直白："种种情欲之间，最强有力、直接动摇我们的内部生命的，是爱欲之情；诸本能之中对我们的生命最危险而同时又是最重要的，是性的本能。"④ 也因此，郁达夫们的小说中，总是弥漫着浓厚的"性欲"气息。其中的主人公们，往往性欲强烈，充满对性的幻想和性的渴望。例如《秋柳》中，"昨天晚上，吴风世替他介绍的那姑娘海棠，脸儿虽则不好，但是她总是一个女性。目下断绝女人有两三月之久的质夫，只求有一个女性，和她谈谈就够了，还要问什么美丑。况且昨晚上看见的那海棠，又好像非常忠厚似的，质夫已动了一点怜惜的心情，此后若海棠能披心沥胆的待他，他也想尽他的力量，报效她一番"。如果说这还只是性心理的展示，那下面则是性行为的描写了："一边说一边质夫就伸出手向她面上摘了一把。海棠慢慢举起了她那迟钝的眼睛，对质夫微微的笑了一脸，就也伸出手来把质夫的手捏住了。假母见他两人很火热的在那里玩，也就跑了出去。质夫拉了海棠的手，同她上床去打横睡倒。两人脸朝着外面，头靠在床里叠好的被上。质夫对海棠看了一眼，她的两眼还是呆呆的在看床顶。质夫把自家的头靠上了她的胸际，她也只微微的笑了一脸。"至于"要是在外国的咖啡店里，那我就可以把那媳妇儿拉了过来，抱在膝上。也可以口对口接送几杯葡萄酒，也可以摸摸她的上下。唉，我托生错了，我不该生在中国

---

① 严家炎主编：《二十世纪中国文学史》（上册），高等教育出版社 2010 年版，第 275 页。

② 郭沫若：《编辑余谈》（节录），载《文学动动史料选》第 1 册，上海教育出版社 1979 年版，第 209 页。

③ 成仿吾：《新文学之使命》，《成仿吾文集》，山东大学出版社 1985 年版，第 90 页。

④ 郁达夫：《戏剧论》，上海商务印书馆 1926 年版，第 32 页。

的"，则是典型的性幻想的呈现。当然，对性的最为大胆的描写，还是《沉沦》。郁达夫曾说，"《沉沦》是描写着一个病的青年的心理，也可以说是青年忧郁病Hypochondair的解剖，里边也带叙著现代人的苦闷，——便是性的要求与灵肉的冲突……"① 虽说目的是要表现"灵肉冲突"，但其中"性的要求"或者"肉"的气息，却更为强烈，不仅有大段的对女人的性渴望的描绘，也有对实际的偷窥的场景的描写，还有对手淫心理以及听别人做爱时的心理的展示，更有对嫖妓的过程的详细叙述。

浪漫派小说对人心内部性爱欲望或者说"肉"的一面的充分展露，无疑是五四个人解放思想的体现。在"存天理，灭人欲"的传统话语体系中，欲望尤其是性的欲望，一直是一个被压抑的对象。不仅现实中的人耻于谈性，小说也是谈性色变，偶尔为之，即被视为"淫书"。在此文化环境中，郁达夫等浪漫派作家对知识分子自身内部本我情欲的流淌、冲动、矛盾、纠结的详细展示，确实具有振聋发聩的作用。因为中国自古以来，除《金瓶梅》等被视为"淫书"的作品外，极少如此大胆地展示个人内心情欲真实涌动的小说。对此，郭沫若说得最为中肯，他说郁达夫的《沉沦》以"清新的笔调，在中国的枯槁的社会里面好像吹来了一股春风，立刻吹醒了当时的无数青年的心。他那大胆的自我暴露，对于深藏在千年万年的背甲里面的士大夫的虚伪，完全是一种暴风雨式的闪击，把一些假道学、假才子们震惊得至于狂怒了。为什么？就因为有这样露骨的真率，使他们感受着假的困难"②。就此而言，浪漫派小说的性欲叙述，就具有明显的反传统文化色彩和思想解放的意义。

为强调性爱欲望的正当性和合法性，浪漫派小说还经常描写一些乱伦或曰不伦之恋。如陶晶孙的《木犀》，以倒叙的方式，讲了一个名叫素威的中学生与其小学女教师之间的不伦之恋。木犀作为一种道具，贯穿始终，既有情节统合的作用，又颇富象征意义。叶灵凤的《女娲氏之遗孽》，也是一个年近三十的中年妇人勾引二十岁年轻男人的畸恋故事。小说由一册日记和一封信两大部分构成。有夫之妇惠与青年莓威偷

---

① 郁达夫：《〈沉沦〉自序》，载王自立、陈子善编《郁达夫研究资料》（上），天津人民出版社1982年版，第185页。
② 郭沫若：《论郁达夫》，载王自立、陈子善编《郁达夫研究资料》（上），天津人民出版社1982年版，第93页。

偷相恋并怀了孩子，被家人和丈夫发现后，痛苦不堪。第一部分的九节日记，就是这位女当事人对自己经历和心路历程的记载。后面一封信是男当事人莓威写给女主人公的。因采用了书信体的形式，主人公们在不伦之恋中的情感体验得到了详细的展示。楼建南的《爱兰》以一个少爷与仆妇之间的爱情为内容，张资平的《梅岭之春》则以侄女与叔父之间的不伦之恋为对象。这类小说的视角人物或曰主人公，往往就是这些不伦之恋的主体。在他们主观化的叙述中，她们一方面承受着道德的谴责，一方面又抵御不了欲望的诱惑，显得伤感缠绵，具有相当程度的情绪感染力。但这类小说的目的，显然不在于道德的矫正，而在于欲望的肯定。因为小说既然将不伦之恋的主体设置为叙述者，就在一定程度上对他们的欲望赋予了合法性。

浪漫派小说对欲望的叙述，是为了挑战传统道德并将欲望中解放出来。但传统道德的藩篱撤除之后，欲望是否就可以畅行无阻，甚至完全任其所是呢？若然，那这些小说中的人物，就不应该感到欲望压抑的痛苦，因为那本来就是不道德的道德。而事实上，这些人物不仅时时感受到道德的存在，而且经常经受着道德煎熬的痛苦。这是为什么呢？这是因为传统的道德之大防可以突破，而基本的道德底线却必须遵守。在任何时代，基本的道德底线都是需要的，而任何试图违背道德底线的欲望，都必然会经受良心的折磨。比如《秋柳》中的主人公于质夫，作为法政学校的老师，却跑到鹿和班去嫖妓。尽管他说："我教员可以不做，但是我的自由却不愿意被道德来束缚。学生能嫖，难道先生就嫖不得么？那些想以道德来攻击我们的反对党，你若仔细去调查调查，恐怕更下流的事情，他们也在那里干哟！"但无论如何，逛窑子毕竟是有违教师道德底线的事情，因此待到真的嫖妓之后，内心的煎熬也就难以避免："质夫自从那一晚在海棠那里过夜之后，觉得学校的事情，愈无趣味。一边因为怕人家把自己疑作色鬼，所以又不愿再上鹿和班去，并且怕纯洁的碧桃，见了他更看他不起，所以他同犯罪的人一样，不得不在他那牢狱似的房里蛰居了好几天。"而面对着自己指导的青年，也"觉得自家惭愧得很"，"真想跪下去，对他们忏悔一番"："你们这些纯洁的青年呀！你们何苦要上我这里来。你们以为我是你们的指导者么？你们错了。你们错了。我有什么学问？我有什么见识？啊啊，你们若知道了我的内容，若知道了我的下流的性癖，怕大家都要来打我杀我呢！我是违反道德的叛逆者,我是戴假面的知识阶级,我是着衣冠的禽兽!"这也说明,即便是"自然"的要求,也有节制的必要,完全不合道德底线的欲望,只会带给主体无尽的痛苦。就此而言,浪漫派小说对欲望与道德的探究,已不是纯粹的传统批判而具有现代性的意味。主人公们的痛苦,不完全是个人欲望与超我道德之间的冲突造成,而是个人欲望与起码的自我底线之间的矛盾,这是一个凡人的痛苦,而不是一个超人的痛苦。

当然,浪漫派小说中的"内心欲求",有时也不只是情欲或性欲,也因此,人物内心的痛苦也就不仅仅来自于性欲和道德之间的冲突。郁达夫的《血泪》,就是少数完全未提及女人/情欲或性欲的小说。这里的主人公"我"所面临的问题,不是性欲与道德原则(一般是道德底线)之间的冲突,而是生存(另一种本能欲望)与坚守道德底线之间的矛盾。"我"若放弃道德底线,选择皈依一种主义,就可以解决生存,否则,便没有活路。这里的欲望,显然没有了情欲的色彩,而仅仅是生存。同样的生存欲望,在郁达夫的另一名篇《茑萝行》里亦有表现。小说中的主人公"我",因妻子和小孩的拖累而陷入生存的困境,因而经常对妻子进行变态地虐待和折磨。摆脱或者变相地虐待和折磨妻子,是有违道德底线的。也正因为此,"我"每次折磨和虐待妻子之后,都会深自后悔。但我生存下去,又似乎只有摆脱妻子这一条路。这样,让"我"深感痛苦的问题,在本质上就是追求个人生存与坚守道德底线不能两全的问题。当然,这里"我"所追求的生存欲望,除了活下去的意思之外,也还夹杂着要活得自由和有尊严等更高级的因素,因而显得更为全面和综合。

简言之,浪漫派小说重在表达"人内心自然的要求",它以情欲和性欲为主,但也包括生存、尊严和自由等方面的欲求。这些欲望叙述,带有浓厚的痛苦的色彩,因为既受着传统道德的压抑,也面临着来自道德底线的规约。我们知道,"人的解放"是五四文学的总主题,而人的解放包括两个方面:一是从外我的人际伦理中解放,获得个性和自由,一是从内我的心灵中解放,将欲望从道德的压抑中释放出来。设若说人生派小说聚焦的是前一个方面,那浪漫派小说则正好是后者。正是通过浪漫派小说的努力,被传统道德压抑了多年的本能欲望,得到了清晰的呈现,人们对自身内心要求的了解,才达到了前所未有的深度。

三 "时代病"/社会悲剧：对当下现实社会的批判

人生派和浪漫派小说分别从人的内外我两个维度，探讨人生的问题和病苦。它们发现，人不是在外在的人际伦理纠结中走向死亡、堕落、异化，就是在内我欲望和道德的冲突中痛苦、迷茫、颓废，具有浓厚的悲剧色彩。而痛苦的产生和悲剧的造成，既与传统文化和道德观念的压抑有关，也可能和现代人性的普遍处境相连——如人生派小说中对现代知识者两重身份关系及其矛盾的探讨，创造社小说对个人欲望与普遍的道德底线之关系的思考。也因此，两派小说都具有文化批判和人性探索的味道。这显然是五四打倒传统文化，寻求新的理想人性的启蒙主义主题的小说化体现。但除此之外，两派小说也还经常将个体——不管是人生派的外在人际纠结中的个体，还是浪漫派的内在人格冲突中的个体，与历史性的具体时代背景联系起来，并将个体置于与时代/现实社会的对立关系之中，强调这具体的社会历史背景——可能是社会的战乱、腐败、堕落、不公，也可能是民族的衰败和国家的不强大，同样是造成个体生命病苦的重要原因，从而表现出强烈的社会批判和现实批判的意味。就此而言，它们都不仅仅是文化意义上的思想启蒙小说，而且也是现实意义上的社会批判小说。

在许多人生派小说中，传统文化或者蛮风陋俗的影响，确实是造成主人公悲剧命运的主要原因。但也有不少小说，在文化观念的原因之外加入了社会现实的因素，甚至社会现实的因素才是造成悲剧命运的根本性力量。叶圣陶的《潘先生在难中》，除了前述私人身份和公共身份之间的对立冲突这一价值轴线之外，显然还有一条人与社会环境（战争）的对立轴线，也即正常的个人生活与战乱的社会背景之间的冲突。在一个正常的社会里，一个人的私人身份和公共身份应该是可以和谐共处的，小我和大我也应该是可以兼顾的。但小说中的潘先生们，却无法做到两全。战乱的来临，使得潘先生顾得了学堂，就可能顾不了性命，顾得了性命，就有可能顾不了学堂。也就是说，潘先生们作为个体的人与整个战乱的社会构成了强烈的对立，并使他们产生了人格的分裂。换言之，潘先生乃至其身边所有人的一切矛盾纠结及其可怜可笑，都是因为战争引起的。设若没有战争，就不会有潘先生们人格的分裂。如果说围绕私人身份和公共身份的矛盾冲突而展开的故事，是一个人性批判的故事，那围绕个体/社会（战争）这第二条价值轴线而展开的故事，就是一个社会批判的故事。《饭》也一样，在对知识者因公私身份冲突而导致的人性分裂予以批判之外，更有对社会的批判。小说中的学务委员，是社会权力的象征，他对吴先生的压榨和克扣，意味着社会权力资本对个体人格的践踏。也正是这种社会性的权力腐败，让吴先生落入了更深的生存困境之中。

人生派小说具有强烈的社会关怀自无疑义，说"为艺术而艺术"的浪漫派也关怀社会，或许会有人质疑。但郑伯奇早已以创造社为例指出："创造社的倾向，从来是被看做和'文学研究会'所代表的人生派相对立的艺术派。这样的分别是含混的，因为人生派和艺术派这两个名称的含义就不很明确。若说创造社是艺术至上主义者的一群那更显得是不对。固然郁达夫在他的《文艺私见》中曾有过'文艺是天才的创造物，不可以规矩来测量的。'这样的语句。郭沫若成仿吾诸人也常用'艺术之神'这样的字眼，其实这不过是平常的说话，并不足以决定他们是自称天才，或者自诩为'艺术之神'的宠儿。真正的艺术至上主义者是忘却了一切时代的社会的关心而笼居在'象牙之塔'里面，从事艺术生活的人们。创造社的作家，谁都没有这样的倾向。郭沫若的诗，郁达夫的小说，成仿吾的批评，以及其他诸人的作品都显示出他们对于时代和社会的热烈的关心。所谓'象牙之塔'一点没有给他们准备着。他们依然是在社会的桎梏之下呻吟着的'时代儿'。"[①] 也就是说，所谓艺术派的不与社会发生联结，是绝无可能的。在大部分的浪漫派小说中，其实都弥散着强烈而自觉的社会/时代批判的情结。

且以《沉沦》为例。小说的意义轴线除了前述内我维度本我欲望/道德底线的对立冲突之外，在外我的层面上也同样存在。这主要表现为"他"（个体）/"他人"的二元对立。他与他人之间构成了一种非常紧张的关系。为渲染他在他人中的孤独之感，小说还加入自然的一维，不断叙述他与自然的亲近以及在自然中的欢愉。也就是说，他的痛苦除了来自本能欲望的过于强烈和自我的不能控制和残存的道德意识的谴责，

[①] 郑伯奇：《中国新文学大系·小说三集·导言》，《中国新文学大系·小说三集》（影印本），上海文艺出版社2003年版，第8页。

也还来自外我世界的压抑,如同学的欺负和冷落,哥嫂的抛弃等。就主人公作为孤独的个体而与外在世界构成整体性对立而言,似乎与鲁迅的围观体小说结构有着某种类似。但是,郁达夫与鲁迅不同,他给这种对立穿上了民族/国家的外衣,而不仅仅像鲁迅那样始终停留在文化或人性的范围内。在郁达夫这里,他/他人的对立,最终被他转换成了衰弱的中国/高傲的日本之间的对立。至少在"他"看来,"他"之所以备受欺压和冷落,一切都因为自己是中国人:"呆人呆人!她们虽有意思,与你有什么相干?她们所送的秋波,不是单送给那三个日本人的么?唉!唉!她们已经知道了,已经知道我是支那人了,否则她们何以不来看我一眼呢!复仇复仇,我总要复他们的仇。"① 也因此,"他"最后跳海自杀时,还在说,"祖国啊!你为什么不强大,我的死是你害的"。简言之,整个小说具有把个体与他人的对立上升为民族间的对立,并进而转化为个体和整个时代之间对立的倾向,已达到通过具体个人的悲剧来达到谴责社会衰败、批判中国贫弱的目的。

值得指出的是,人生派小说对社会/现实的批判,全都寄寓在不动声色的描写和叙述之中——这也是前述这类小说之客观冷静风格的重要表现,显得相当地含蓄和自然。而浪漫派小说对时代社会的批判,则主要借助人物之口以直抒胸臆的方式呈现,有时候不仅显得极不自然,甚至还有明显的逻辑上的"裂缝"。如《沉沦》中的"他",不止一次地直接议论:"他们都是日本人,他们都是我的仇敌","我要复仇,总要复他们的仇","中国呀中国,你怎么不强大起来!""祖国呀祖国!我的死是你害我的!""你快富起来!强起来罢!"《茑萝行》也一样,采用了书信体,"我从 A 地动身的时候,本来打算同你同回家去住的,像这样的社会上,谅来总也没有我的位置了。即使寻着了职业,像我这样愚笨的人,也是没有希望的。……若为一点毫无价值的浮名,几个不义的金钱,要把良心拿出来去换,要牺牲了他人作我的踏脚板,那也何苦哩"②。"唉唉,这悲剧的出生,不知究竟是结婚的罪恶呢?还是社会的罪恶?若是为了结婚错了的原因而起的,那这问题倒还容易解决;若因

---

① 郁达夫:《沉沦》,《郁达夫文萃》,文化艺术出版社 2002 年版,第 8 页。
② 郁达夫:《茑萝行》,《郁达夫文萃》,文化艺术出版社 2002 年版,第 122—123 页。

社会的组织不良,致使我不能得到适当的职业,你不能过安乐的日子,因而生出这种家庭的悲剧的,那我们的社会就不得不根本的改革了。"①但这些坦诚和直率的批判性议论,并没有扎实的文本事实做支撑。在《沉沦》所设置的内我的层面的欲望/道德,外我层面的他/他人这两条轴线中,前者引发的忧郁病及其表现显然构成了小说的绝对主体,而所谓被日本人的欺负、祖国的不强大,乃至哥嫂的抛弃和中国同学的冷落,都只是"他"主观视野中的叙述,没有任何客观证据的支撑,这看起来更像是主人公自己不无偏激、主观意味的个人偏见或者神经过敏。因此,如果说主人公的命运是一个悲剧,那造成其悲剧的根本原因也完全是个人而非祖国或时代。

换言之,从故事本身来看这是一个个人性格造成的悲剧,但故事人物其实也是叙述者却硬是将之归结为时代/国家的悲剧。故事意蕴和叙述者声音的这种不合拍,显然构成了小说叙述中的一个"裂缝"。而这种"裂缝",在某种程度上其实是整个浪漫派主观抒情类小说的通用特性。那究竟该如何看待或理解这个"裂缝"呢?首先,不容否认,这是作者们真实体验的流露。例如郑伯奇的《最初的课》,讲的是留日学生屏周在京都上学第一课时的情形。他在课堂上听到老师的侮辱性言论之后,有一段心理活动:"啊啊!这算是我最初之课所得的教训了!我在东京常和人谈,说这些日本留学生可怜,读的西洋的书,受的是东洋的气。受气倒不怕,只可怜那些大学先生哥哥带一副神经病的面孔。唉!才一两年呀,再五六年之后,我怕也难免!唉!可怜!我不解中国每年花费数十万元创造些神经病者,有什么意义?……"② 作为弱国子民,在异国漂泊求学的过程中备遭冷眼和歧视,应是当时中国留日学生的普遍遭遇。事实上,就连鲁迅也在《藤野先生》一文中,记叙过这种遭遇。有趣的是,鲁迅并未将这种遭遇化为小说中的事实,并上升为"中国/日本"的民族对立,而是天衣无缝地将之变为了反思自身民族劣根性的契机。而浪漫派却将这种体验化为了具体小说层面的情绪,但又表达得不够自然甚至十分牵强。

---

① 郁达夫:《茑萝行》,《郁达夫文萃》,文化艺术出版社2002年版,第120页。
② 郑伯奇:《最初之课》,《中国新文学大系·小说三集》(影印本),上海文艺出版社2003年版,第468页。

想将弱国子民的受歧视感转化为小说中的民族情绪,却又缺乏文本事实的支撑而显得牵强附会。这自然只能说明浪漫派作家可能思想主题有余,而小说叙述的经验与才力却不足。有关第一人称或者第三人称限知视角这类新的叙述技巧,他们或许还不能完全能够理解其特性并予以娴熟地把握和驾驭,因而难免幼稚和浅薄。夏志清就曾对五四浪漫派小说的不成熟做过评判:"中国新文学早期浪漫主义所表现出来的形式和思想,都是极为幼稚和浅薄的,这一点后来的学者应该不难看出来。……早期中国现代文学的浪漫作品是非常现世的,很少有在心理上或哲理上对人生作有深度的探讨。事实上,所谓'浪漫主义'者,不过是社会改革者因着科学实证论之名而发出的一股除旧布新的破坏力量。它的目标倒是非常实际的:它要给中国人民带来幸福的生活,建立一个更完善的社会和一个强大的中国。由于这种浪漫主义所探索的问题,没有深入人类心灵的隐蔽处,没有超越现世的经验,因此,我们只能把它看做一种人道主义——一种既关怀社会疾苦同时又不忘自怜自叹的人道主义。"[①]

若抛开审美层面的评判,这种因为技巧上的不成熟而显现出来的"裂缝",也恰好可以说明五四新文化运动的另一特征:除了思想启蒙和人性探索的成分之外,也有强烈的现实关怀和当下视野。如前所述,这在人生派小说中同样有着清晰的表现。在五四先贤的理解中,个体人生的病苦和时代社会的病苦,既互为因果也互为表征,既相互指称也相互隐喻。他们将"时代病"与"个人病"相结合,既通过个人病态的出示来折射、反映整个时代的病症,也通过时代社会病苦的叙述来解释个体人生病苦的根源。如果说,个人病苦基本上属于文化思想和人性层面的探索,时代病则主要属于社会现实层面的观照。也正是这种超越于思想和人性层面的强烈的现实关怀和当下视野,使浪漫派的大部分小说家例如郁达夫、郭沫若和成仿吾等人,在20世纪20年代中期之后"自然地"转变成了革命文学的呼唤者和拥抱者。而去掉了这一社会或民族批判外壳的浪漫派小说,则和后面的海派小说非常接近——张资平和叶灵凤等人的快速"下海"说明,从创造社

[①] [美]夏志清:《中国现代小说史》,刘绍铭等译,复旦大学出版社2005年版,第13—14页。

到海派其实只有一线之差。而人生派的几乎全部小说家，则在现实关怀和当下视野的驱动下，不是成为左翼阵营的中坚，就是成为左翼阵营的同盟军。

第三章　一个被遮蔽的现代小说叙事传统

——五四古典派小说的存在及其叙事

中国的五四，是一个狂飙突进的时代。西方文艺复兴后几百年间出现过的主要文学文艺思潮，短短的十余年间几乎全被引进了中国。五四时期率先出现的文学主张，如胡适的《文学改良刍议》《建设的文学革命论》，陈独秀的《文学革命论》，周作人的《人的文学》等，都具有强烈的问题意识和启蒙情结，其实是西方文艺复兴时期人的觉醒和18世纪欧洲启蒙主义文学运动观念在中国的体现。而1921年后，文学研究会、创造社、新月社等三大文学社团的相继成立，则分别代表了西方曾历时性出现过的三大文学思潮在中国的投影。文学研究会继承自西方的现实主义和新现实主义（即自然主义），创造社以西方的浪漫主义和新浪漫主义（即现代主义）为师，新月派则推崇并学习西方的古典主义和新人文主义。文学社团和文学思潮发展上所呈现出来的这种"一脉三流"的格局，在具体的文学创作实践中也有表现。就诗歌而言，以胡适《尝试集》为代表的早期白话诗之后，如果说湖畔诗人和冰心等小诗体诗人的诗歌，属于广义的人生派，郭沫若为代表的自由体诗歌为浪漫派，那徐志摩等人的新月社诗歌则是古典派。散文领域，如果说问题导向的"新青年"散文代表了五四初期的散文风貌，之后也有朱自清等人的人生派散文和郁达夫等人的浪漫派抒情散文的分野，那么，周作人、俞平伯等人的言志派散文和陈西滢的现代评论派，则代表了第三种倾向。戏剧领域，胡适的社会问题剧之后，有洪深等人为社会写实剧的代表，田汉等人为浪漫抒情剧的典范，亦有丁西林的人性趣味剧为代表的另一发展路向。有意思的是，这种在诗歌、散文、戏剧等文体领域都存在的"一脉三流"的发展格局，在过往和现有文学史对五四小说的叙述中却变成了"一脉双流"的形式：早期的"问题小说"之后，五四小说逐步分化为文学研究会为代表的人生派和创造社为代表的浪漫派两种类型，此外别无其他。既然五四文学是一个统一的文学运动，为何唯独小说领域不存在另一倾向的发展路径呢？是真不存在，还是因为某种原因被遮蔽了？设若存在，又该如何进行评价？

第一节　为古典派正名：一个被遮蔽的叙事传统

现有的文学史，对五四后小说发展脉络的叙述，基本呈现为"一脉双流"的格局。"一脉"是指最早出现的"问题小说"思潮，"双流"即指1921年后出现的人生派和浪漫派小说。它们一般从"问题小说"的出现、代表作家作品、所存在问题及其历史原因讲起，逐渐过渡到1921年之后，随着文学研究会和创造社的成立，小说开始分化成为人生的"人生派"和为艺术的"浪漫派"两种类型，然后分别对两派小说的代表人物、代表作品，主要特色及其历史地位等，进行介绍和评述，并认为它们构成了"问题小说"后小说发展的主要类型："现代小说在它的确立时代是纷纭而头绪繁多的。客观写实和主观抒情，是其两大流脉，在多元的发展中又相互渗透"[①]，"'五四'时期以文学研究会为代表的现实主义和以创造社为代表的浪漫主义可以说双峰对峙，各有千秋，共同为新文学做出了巨大的贡献"[②]。这种叙述格局的形成，自然有它的合理性和内在逻辑，但对有些作家如废名、许地山等的处理，明显有难以让人苟同之处。因为他们既不是人生派，也不是浪漫派。回到历史现场，可以发现与废名和许地山小说风格相似或相近的作家作品，其实为数不少。通过清理，完全可以依据史实重构出一个从"问题小说"衍生而出、发展脉络清晰、可称之为古典派或古典化倾向的小说叙事传统。

一　"一脉双流"之小说史叙述格局的形成与局限

追根溯源，有关五四小说发展"一脉双流"格局的叙述，最初可

[①] 钱理群等：《中国现代文学三十年》（修订本），北京大学出版社1998年版，第17页。

[②] 同上。

能来自 20 世纪 30 年代由赵家璧发起主持,上海良友公司出版的十卷本《中国新文学大系》。《中国新文学大系·小说集》分三卷,共收小说 154 篇,主要按文学社团的方式编选。小说一集由茅盾负责,"本书的范围限于文学研究会的各位小说作家"①;小说三集由郑伯奇负责,"本书只选'第一个十年'中,创造社同人的小说,就创造社来讲,是初期同人的小说,所以,后期创造社的作品,这里不能选入;小说以外的作品,也不能选入"②。小说一集和小说三集所选小说,因为来自两个独立的文学社团,各自的风格非常明显,发展脉络也非常清晰。小说二集由鲁迅编选,因为涉及许多文学社团,基本按各社团出现的先后顺序收录,加之各社团理念主张不一,所以入选的小说芜杂多样,风格差异很大。而在总体上,又基本上可分成相对现实的一派,如莽原社、未名社,或者相对浪漫的一派,如浅草社、沉钟社。也因此,《中国新文学大系·小说集》虽然分三卷编选五四小说,但关于五四小说整体格局的判断却并非三足鼎立,而是二元分殊的。

将五四落潮期小说发展的二元分殊格局说得最为直接明白的,是郑伯奇为《中国新文学大系·小说三集》所做的导言。郑伯奇引用霍尔的学说,将中国的新文学运动与西方文学相参照,提出中国五四初期的文学运动类似于西方的启蒙文学运动,而"中国的启蒙文学运动以后,创造社的浪漫主义和文学研究会的写实主义的对立的发展是值得注意的有趣的现象。同时,文学研究会的写实主义始终接近着俄国的人生派而没有发展到自然主义;创造社的浪漫主义从开始就接触到'世纪末'的种种流派。这当然是当时的社会环境所限制。若就现象来讲,这可以证明越是落后国家,反复作用越是急促而复杂的。霍尔的发生学说,在中国的新文学的发达史上,也可以应用了"③。在这篇文章中,他还多次将人生派和创造社的倾向并列起来论述。如"创造社的倾向,从来是被看做和'文学研究会'所代表的人生派相对立的艺术派"④。"从来

---

① 茅盾:《中国新文学大系·小说一集·导言》(影印本),上海文艺出版社 2003 年版,第 32 页。
② 郑伯奇:《中国新文学大系·小说三集·导言》(影印本),上海文艺出版社 2003 年版,第 26 页。
③ 同上书,第 12—13 页。
④ 同上书,第 8 页。

一般人认为中国的新文学运动的两种最大的倾向是'人生派'和'艺术派',这差不多已经成了一种常识。"① 这里,从二元分殊或双峰并峙的角度把握五四后小说发展格局的思维方式,清晰可见。

1949年后首部运用马克思主义观点系统分析新文学史且笼罩性地影响了后来许多文学史论述框架的论著,王瑶的《中国新文学史稿》对五四小说史的勾勒也仍然呈现出二元分殊的格局。此书第三章名为"成长中的小说",分四节:第一节为"《呐喊》和《彷徨》",全面介绍鲁迅小说;第二节"人生的探索",主要介绍文学研究会的人生派小说;第三节"乡土文学",集中介绍总体上仍属人生派范畴的乡土文学家;第四节"青年与爱情",介绍郁达夫、郭沫若、陈翔鹤等人的小说。② 因此,在总体上,仍然是人生派与浪漫派二分,而且以人生派为主的叙述框架。20世纪80年代后两部权威的中国现代小说史论著,基本也是秉持如此框架。如严家炎的《中国现代小说流派史》,从派别的角度将五四小说分成两大类型,并分两章论述:第一章论述第一派,"鲁迅、文学研究会影响下的乡土小说",第二章分析第二派"创造社影响下的自我小说及其浪漫主义、现代主义特征"③。杨义的《中国现代小说史》,有体大思精之誉,给了五四小说共八章的篇幅:第一、二章,分别介绍清末民初的小说演变与五四初期即"新民主主义"开始时代小说的整体状况;第三、四章分别介绍鲁迅和"在妇女解放思潮中出现的女作家群";第五、六章分别介绍人生派小说和乡土写实派小说;第七、八章则以上下篇的形式介绍浪漫抒情派小说。不难看出,主体的思路仍然是人生写实与浪漫抒情的一脉双流或者二元分殊格局。在海内外产生重大影响的夏志清的《中国现代小说史》,亦同样如此。第一编以"初期(1917—1927)的小说"为题专门介绍五四小说,下分四章,第一章"文学革命",第二章"鲁迅",接下来两章也是"文学研究会及其他:叶绍钧、冰心、凌叔华、许地山","创造社:郭沫若、郁达夫"。

---

① 郑伯奇:《中国新文学大系·小说三集·导言》,《中国新文学大系·小说三集》(影印本),上海文艺出版社2003年版,第3页。
② 王瑶:《中国新文学史稿》,上海文艺出版社1982年修订重版,第96—121页。
③ 严家炎:《中国现代小说流派史》(增订本),长江文艺出版社2009年版,第29—103页。

第三章 一个被遮蔽的现代小说叙事传统

从郑伯奇开始的这种五四小说叙述格局，总体上是正确的，但也存在一些问题或曰自相矛盾之处。这集中表现为对某些有较高成就却风格独异的作家的叙述处理上。如许地山，一般被放在人生派小说的阵营里介绍，但也都承认，他的小说具有人生派阵营所无法框范的特征。茅盾最早注意到这种特征，并在和叶圣陶和王统照等作家的对比分析中首次使用"二重性特征"进行概括："和叶王二人同时在民国十年到十二年的文坛上尽了很大贡献的，还有落华生。他的作品从《命命鸟》到《枯杨生花》，在'人生观'这一点上说来，是那时候独树一帜的。（他的题材也是独树一帜的）。他不像冰心，叶绍钧，王统照他们的憧憬着'美'和'爱'的理想的和谐的天国，更不像庐隐那样苦闷彷徨焦灼，他是脚踏实地的。他在他的每一篇作品里，都试要放进一个他所认为合理的人生观。他并不建造了什么理想的象牙塔。他有点怀疑于人生的终极的意义，（《空山灵雨》页一七，《蜜蜂和农人》），然而他不悲观，他也不赞成空想……这便是落华生的人生观。他这人生观是二重性的。一方面是积极的昂扬意识的表征，（这是'五四'初期的），另一方面却又是消极的退婴的意识，（这是他创作当时普遍于知识界的），所以尚洁并没确定的生活目的，《商人妇》里的惜官也没有；作者在他的一篇'散记'里更加明白地说：'在一切的海里，遇着这样的光景，谁也没有带着主意下来，谁也脱不了在上面泛来泛去，我们尽管伐罢。'（《空山灵雨》页三五）落华生是反映了当时第三种对于人生的态度的。"①"在作品形式方面，落华生的，也多少有点二重性。他的《命命鸟》《商人妇》《换巢鸾凤》《缀网劳蛛》，乃至《醍醐天女》与《枯杨花生》，都有浓厚的'异域情调'，这是浪漫主义的；然而同时我们在嘉陵与敏明的情死中（《命命鸟》），在尚洁或惜官的颠沛生活中，在和鸾和祖凤的恋爱中（《换巢鸾凤》），我们觉得这些又是写实主义的。他这形式上的二重性，也可以跟他'思想上的二重性'一同来解答。浪漫主义的成分是昂扬的积极的'五四'初期的市民意识的产物，而写实主义的成分则是'五四'的风暴过后觉得依然满眼是平凡灰色的迷

---

① 茅盾：《中国新文学大系·小说一集·导言》（影印本），上海文艺出版社2003年版，第25页。

悯心理的产物。"①

　　王瑶的《中国新文学史稿》将许地山放在"人生的探索"一节中，也将之和叶绍钧、王统照等作家并列，除使用了一个新词"折中主义"之外，基本照搬了茅盾的看法："他的作品里没有现代都市生活，背景都有浓厚的异域情调，缅甸、新加坡、马来半岛等；但他并不逃避现实，讴歌理想；作品的主人翁都有他固定的人生观，虽然有点怀疑色彩。这表现了'五四'落潮期青年寻求人生意义的疲倦，因而又回到了'折中主义'的达观，所以他作品中的人物虽然有点悲哀，却并没有落到绝望的深渊，反而是能奋斗的；虽说没有一定的终极目标。"②夏志清对许地山的整体评价不高，唯独对其《玉官》一篇赞不绝口，因而将其放在人生派作家的最后一个来介绍。③严家炎的《中国现代小说流派史》没有论及许地山，因为许地山不属于这两大派的任何一个，自然就被框了出去。最为有趣的是《中国现代文学三十年》，以往被放置在人生派阵营中的许地山却被放了主观抒情小说的大范围中。介绍完郁达夫、郭沫若、陈翔鹤等创造社和浅草—沉钟社作家之后，该书说道："形成主观叙事的原因，有的是考虑到抒情的对象对表现形式的要求，有的则是作家气质所致。许地山两者兼有，东南亚异域的神秘背景与人物故事，宗教研究家的信仰（不是宗教徒的热诚）与对宗教内在情感的体验（居然佛教、基督教俱备），造成了他的与郁达夫、与乡土回忆者皆存在区别的浪漫传奇小说。他的小说在'五四'时期是风格奇特的，大部分作品写男女之情，下笔是人生实景，出笔时已达到超现实的境界。"④

　　许地山是五四小说界一个作品数量不多、但风格独异的作家。许地山虽为文学研究会发起者，是"为人生"旗帜的提出者之一。但他自己在艺术上却宣称无派别。他认为作家"直如秋夏间底鸣虫，生活底期间很短，并没有想到所发底声音能不能永久地存在，只求当时底哀鸣

---

① 茅盾：《中国新文学大系·小说一集·导言》（影印本），上海文艺出版社2003年版，第25—26页。
② 王瑶：《中国新文学史稿》，上海文艺出版社1982年修订重版，第108—109页。
③ [美]夏志清：《中国现代小说史》，刘绍铭等译，复旦大学出版社2005年版，第61—67页。
④ 钱理群等：《中国现代文学三十年》（修订本），北京大学出版社1998年版，第62页。

立刻能够得着同情者。他没有派别,只希望能为那环境幽暗者作灯明,为那觉根害病者求方药,为那心意烦闷者解苦恼"①。这种无派的意识,更多是其自己与人生派和浪漫派都不同的一种自觉意识的流露。杨义说:"这反映了他在创作方法上有点彷徨歧途,不知适从:就他的艺术个性和宗教哲理而言,他自然地倾向于浪漫主义;就派别的趋势和时代的要求而言,他又不能忘怀了现实主义。这也许就是作家的感情倾向和理智倾向的冲突吧。但他毕竟属于人生派,因此他用了某些宗教术语来表达艺术观时,还是主张艺术应该照明幽暗,疗治世疾。于是便发生了中国小说史上罕见的奇特的现象:许地山扛着浪漫传奇的艺术旗帜,行进在人生派的行列之中。他早期小说的创作方法具有二重性,以浪漫主义为基调,又竭力地推动浪漫主义向现实主义靠拢,在糅合浪漫主义和现实主义双重因素的过程中,形成了他的传奇小说的一系列特色。"②这段关于许地山的评述,都是用的浪漫主义和现实主义的概念,因为感到了不能融为一体,于是以二重性来概括他。事实上,他既非现实主义,也非浪漫主义,他代表了另一路数。

许地山之外,关于废名的叙述也是颇为矛盾的。废名总共六部小说(集):《竹林的故事》(1925)、《桃园》(1928)、《枣》(1931)、《桥》(1932)、《莫须有先生传》(1932)、《莫须有先生坐飞机以后》(1947)。此一时期最主要的就是《竹林的故事》和《桃园》这两个短篇小说集。"他早年的小说尝试过多种途径和手法(包括某些意识流手法)。《浣衣母》等运用文字虽嫌滞涩费力,却体现了作者注视、关怀下层贫病者的倾向,完全可以归入当时乡土小说的范围。但此后,随着审美意识的逐渐变化,作品中田园牧歌风味逐渐浓了起来。作者用一支抒情性的淡淡的笔,着力刻画幽静的农村风物,显示平和的人性之美。"③这说明,废名有一个由现实向古典过渡的阶段。但不能因为其原先的现实,就将其归入现实派乡土小说之列,更不能因为其后面的转变,而将其贬低。对此,鲁迅亦不能免俗:"后来以'废名'出名的冯

---

① 许地山:《〈解放者〉弁言》,载方锡德编《许地山作品新编》,人民文学出版社2012年版,第474页。
② 杨义:《中国现代小说史》(上),《杨义文存》第2卷,人民出版社1998年版,第386页。
③ 严家炎:《中国现代小说流派史》(增订本),长江文艺出版社2009年版,第207页。

文炳,也是在'浅草'中略见一斑的作者,但并未显出他的特长来。在一九二五年出版的《竹林的故事》里,才见以冲淡为衣,而如著作所说,仍能'从他们当中理出我的哀愁'的作品。可惜的是大约作者过于珍惜他有限的'哀愁'了,不久就更加不欲像先前一般的闪露,于是从率直的读者看来,就只见其有意低徊,孤影自怜之态了。"[1] 这里我们能够发现,鲁迅对废名的叙述同样是以现实主义为标准,因为废名很难被框范在现实主义的浅草社的篮子里,所以废名由现实向"冲淡"的转变,就变成了坏事。若跳出现实主义为尊的思维,废名从现实中抽身往冲淡的路上走是事实,却不一定就是退步,很可能意味着一种新的探索。事实上,废名从小说集《竹林的故事》到小说集《桃园》的演进,也是一个从五四文学的主潮抽离并逐渐疏离五四的过程,这其实与周作人、胡适等古典派文人的路子基本一致。

王瑶基本继承了鲁迅的说法,在《中国新文学史稿》中"青年与爱情"一章介绍完创造社的郁达夫、沉钟社的陈炜谟和陈翔鹤后,也给了一个段落予废名:"冯文炳(废名)也是近于沉钟社作风的作家,一九二五年出版了《竹林的故事》,后来又有《桃园》,写的是湖北的小乡村,地方性很强,有鲜明的地方性口语,但在冲淡的外衣下,浸满了作者的哀怨,'于是从率直的读者看来,就只见其有意低徊,孤影自怜之态了'。"[2] 杨义继承了鲁迅和王瑶的评价,但又将其放在乡土写实派小说当中去介绍。"废名只是一脚迈进现实主义的门槛便退缩回去了,接着出现的小说,逐渐远离现实的人生和当代的社会问题,他向着恬静的田园风光,喟叹一声:'归去来兮!'便津津有味的描绘起他主观虚构的、美而欠真的人情风物来。"[3] 这可以看出,他们仍然将现实主义当作正统路线来看待的潜意识思维。而废名也被放置在乡土小说的派别里面来论述,这是极为错误的。对此,《中国现代文学三十年》做出了不同的概括,不仅将其放回了抒情阵营里——放在许地山之前,并将其前期小说做了整体性的叙述,说:"在乡土小说的现实主义发展

---

[1] 鲁迅:《中国新文学大系·小说二集·导言》(影印本),上海文艺出版社2003年版,第6—7页。
[2] 王瑶:《中国新文学史稿》,上海文艺出版社1982年修订重版,第121页。
[3] 杨义:《中国现代小说史》(上),《杨义文存》第2卷,人民出版社1998年版,第466—467页。

中，另有一位特异的田园作家是以抒情见长的，这就是'语丝社'时期的冯文炳（1926 年起才改用笔名废名，1901—1967 年）。……冯文炳在 30 年代之后成为京派的重要小说作家，文体上的'实验'色彩更形明显，抒情性发挥到极致，而文字越加简僻、晦涩。所以，实际上，后来的小说虽成熟，早期的比较纯净单一的乡土抒情小说的影响并不小。沈从文和更晚的汪曾祺等人都一再地提到冯文炳 20 年代的作品对他们的作用。在现代抒情小说体式的发展史上，从郁达夫到沈从文，废名是中间一个不可或缺的环节。"① 这里显然不再有现实主义的独尊思维，而且给其梳理了一个脉络。这一"拨乱反正"的叙述，在严家炎的《中国现代小说流派》中就已开始。该书中，废名虽然在现代小说发展的第二个十年中才被述及，但被放在了京派源头作为京派鼻祖的身份予以叙述。

也就是说，由于人生派/浪漫派的二元化叙述这种思维框架的影响，许地山和废名这些风格独特的小说家，有时会按照他们所属的社团，有时又会按照他们作品的题材，有时则会按作品的形式，"无辜"地被割裂进两个阵营之中，做些削足适履或者折中调和的叙述。这种叙述的混乱说明，一个作家的实际创作常常是复杂的，有时很难被框进某个固定的筐子里。鲁迅就曾强调："文学团体不是豆荚，包含在里面的，始终都是豆。大约集成时本已各个不同，后来更各有种种的变化。"② 郑伯奇也反复强调："文学研究会被认为写实主义的一派，创造社是被认为有浪漫主义的倾向。这也不过是个大概的区分。文学研究会里面，也有带浪漫主义色彩的作家；创造社的同人中也有不少的人发表有写实倾向的作品。"③ 这里讲的虽然是浪漫和写实的互渗互透的问题，但其道理是一样的。因此，我们也可进一步设问：写实派里面除了写实的，偶尔浪漫的，是否也还有既不写实，也不浪漫的？而浪漫派里面除了浪漫的，偶尔写实，是否还有既不写实，也不浪漫的？事实上，这两个无法

---

① 钱理群等：《中国现代文学三十年》（修订本），北京大学出版社 1998 年版，第 62 页。

② 鲁迅：《中国新文学大系·小说二集·导言》（影印本），上海文艺出版社 2003 年版，第 16 页。

③ 郑伯奇：《中国新文学大系·小说三集·导言》（影印本），上海文艺出版社 2003 年版，第 9 页。

被框范的作家,都有着共同的地方:浪漫主义和现实主义的折中,对人性之常与人性之美的表现。例如许地山,"认为'生命即是缺陷的苗圃,是烦恼的秧田',世界宛若'疯狂浪骇的海面',但他还是要在种种不测之中,尽人事之所能,努力'划'动生命之舟,以'爱的宗教'即人道主义,去'普荫一切世间诸有情'"①。周作人曾把五四文学概括为"人的文学",他说:"用这人道主义为本,对于人生诸问题,加以记录研究的文字,便谓之人的文学。其中又可以分作两项,(一)是正面的,写这理想生活,或人间上达的可能性。(二)是侧面的,写人的平常生活,或非人的生活,都很可以供研究之用。"② 如果说人生派和浪漫派的小说叙事,属于"侧面"的"人的文学",那么,许地山、废名等人的小说以塑造"理想的"或"人间上达可能性"的人物形象为主,就应属于"正面的"的"人的文学"的范畴。

二 系统线索的重新清理

回到现代小说发生的起点,不难看到,像废名和许地山两人小说这样既不现实也不浪漫,强调爱和美的小说,在"问题小说"中就已出现。几乎所有的文学史都提到,在启蒙思潮下率先出现的"问题小说"有两种类型:一类是"只问病源,不开药方",一类是"既问病源,也开药方"。冰心是"问题小说"中较早"开药方"的一个。她的《斯人独憔悴》还只是揭出病源,到《超人》则试图提供"药方"了。"《超人》发表于一九二一年,立刻引起了热烈的注意,而且引起了模仿,(刘纲的《冷冰冰的心》,见《小说月报》十三卷三号),并不是偶然的事。因为'人生研究是什么'?支配人生的,是'爱'呢,还是'憎'?在当时一般青年的心里,正是一个极大的问题。冰心在《超人》中间的回答是:世界上人'都是互相牵连,不是互相遗弃。她把小说题名了'超人',但是主人公的何彬实在并不是'超人'。冰心她不相信世上有'超人'。隔了一年多,冰心又发表了《超人》的姐妹篇或补充——《悟》。在这一篇里,冰心更进一层,说:'地层如何生成,星辰如何运转,霜露如何凝结,植物如何开花,如何结果……这一切,

---

① 杨义:《中国现代小说史》(上),《杨义文存》第2卷,人民出版社1998年版,第388页。
② 周作人:《人的文学》,《新青年》1918年12月第5卷第6号,署名作人。

只为着'爱'!"① 叶圣陶虽然后来成了客观冷静派的代表,但他早期的作品,也是带有正面的理想寻求色彩的:"然而在最初期,(说是《隔膜》的时期罢,民国八年到十年的作品),叶绍钧对于人生是抱着一个'理想'的,——他不是那么'客观'的。他在那时期,虽然也写了'灰色的人生',例如《一个朋友》(短篇集《隔膜》页三九),可是最多的却是在'灰色'上点缀着一两点'光明'的理想的作品。他以为'美'(自然)和'爱'(心和心相印的了解)是人生最大的意义,而且是'灰色'的人生转化为'光明'的必要条件。'美'和'爱'就是他的对于生活的理想。这是唯心地去看待人生时必然会达到的结论。"② 严家炎也说:"叶绍钧早年也有与此类似的小说,《潜隐的爱》写一个尝尽苦痛的寡妇,'命运和愚蠢使伊成为一个没人经心的人。伊仿佛阶前一个小的水泡,浮着也好,灭了也好,谁还加以注意呢?'然而她从邻居一个可爱的孩子身上获得精神寄托,倾注在这个孩子身上的'爱',使她看到了'四围何等地光明!何等地洁净!'。同样蒙着一层虚幻的色彩。"③ 王统照后来也走向了写实主义的道路,但最初也是"爱"与"美"的寻求者。"在'发展'的过程上跟叶绍钧很相近的,是王统照。他的初期的作品比叶绍钧更加强调着'美'和'爱'。但是他所说的'爱'和'美'又是一件东西的两面。他的'美'和'爱'的观念也跟叶绍钧的稍稍不同。他以为高超的纯洁的'爱'(包括性爱在内)便是'美';而且由于此两者的'交相融而交相成',然后'普遍于地球'的'烦闷混扰'的人类能够'乐其生'而'得正当之归宿'。"

冰心、叶绍钧、王统照等人,都试图从正面来寻求什么是理想的人性、理想的人生,而且都不约而同地以"爱"和"美"来作为解决人生问题的"药方"。与这类相对照,也有将人生的答案视为悲观、苦闷的。有论者指出:"企图正面作答的,是冰心、庐隐、孙俍工和许地山等人的小说,而答案又很不一样:冰心认为人生应该是'爱';庐隐认

---

① 茅盾:《中国新文学大系·小说一集·导言》(影印本),上海文艺出版社 2003 年版,第 18—19 页。
② 同上书,第 23 页。
③ 严家炎:《中国现代小说流派史》(增订本),长江文艺出版社 2009 年版,第 41—42 页。

为人生就是'灰暗与苦闷',因而在《海滨故人》等作品中主张恨世、厌世;孙俍工在《海的渴慕者》中对人生的答案是悲观、虚无的,与庐隐有点相似;许地山对人生的答案既不是'爱',也不是'恨',而是主张我行我素,听其自然……"① 但这里不仅说到了庐隐、孙俍工等人提供的答案与冰心等人相反,是所谓灰暗、悲观和虚无,更说到了许地山的"自然"。事实上,当时强调自然的还有俞平伯。他的《花匠》以象征、隐喻的方式强调了自然的重要。"例如俞平伯的小说《花匠》,就借盆景工人任意修剪、使花木畸形发展,提出了这种违反自然、违反本性的培养方法是否应该的问题,其手法是象征性、暗喻性的。"②

从风格上来说,这些"既问病源,也开药方"的小说,与"只问病源,不开药方"的那类,简直有天壤之别。而将药方视为灰暗、悲观和虚无的一类,和将药方视为爱与美,或者自然的一类,也是差异巨大。例如将冰心的《超人》、王统照的《沉思》等,与冰心《斯人独憔悴》、叶绍钧的《这也是一个人?》归为同一类型,在审美上让人难以接受,而将庐隐的《海滨故人》与王统照的《微笑》说成一样,同样难以置信。如果说,第一种类型的问题小说后来演变成了人生派,第二种也就是庐隐她们那种类型演变成了浪漫派,它们分别从外在人生的病苦和内在心灵的苦闷两个维度着力揭示社会的病苦,构成了双峰对峙的格局。那么,喜欢用爱与美、自然作为药方的第三类问题小说,后来又演变成了什么呢?是否就无以为继而完全消失了?对此,几乎所有的文学史都语焉不详。倘若回到文学现场,我们会发现,其实从正面强调对理性人性的寻求,强调人生之爱、人性之美,呼唤自然人性的小说,不在少数。通读《中国新文学大系·小说集》的一至三集,此种类型的小说,至少可以列出25篇。其中小说一集10篇:冰心的《寂寞》《别后》《悟》《超人》,夏丏尊的《长闲》,郑振铎的《书之幸运》《猫》,徐志摩的《小赌婆的大话》,王统照的《技艺》,许地山的《黄昏后》;小说二集12篇:冯文炳的《浣衣母》《竹林的故事》《河上柳》,莎子的《白头翁的故事》,胡山源的《睡》,魏金枝的《留下镇上的黄昏》,许钦文的《小狗的厄运》,朋其的《我的情人》,向培良的《吸烟及吸

---

① 严家炎:《中国现代小说流派史》(增订本),长江文艺出版社2009年版,第34页。
② 同上书,第41页。

烟之类的故事》，小酩的《妻子的故事》，凌叔华的《绣枕》，李健吾的《终条山的传说》；小说三集 3 篇：方光焘的《曼兰之死》，腾固的《二人之间》，周全平的《烦恼的网》。《中国新文学大系·小说集》共收录小说 154 篇，若除掉不属于任何流派的鲁迅的 4 篇，那这里的 25 篇就将近占到了全部小说总数的五分之一。这仅仅是《中国新文学大系》小说一至三集的情况，事实上，按照各集导言的说明，还有许多类似的小说没有收进来。如许地山的《缀网劳蛛》，废名的《桃园》就未被收入。倘若细加寻找，当不难发现更多此类小说的存在。

  这些小说，无论是内容，还是形式，都不是谛视病态人生的写实派，也不是抒发苦闷心灵的浪漫派。许地山和废名（冯文炳）的暂且不说，姑以腾固的《二人之间》为例。这篇被郑伯奇收在小说三集也就是创造社同人小说的选集里。这是因为作者本人确实是创造社成员，而且选收的另一篇《壁画》，也确实是典型的创造社"苦闷心灵的浪漫抒怀"一类的风格。但此篇却不同。它写的是两个同学吴明和王彦间微妙的心理关系。小说分上下两篇，上篇讲小学时，吴明怎么捉弄王彦并使他转学，下篇讲成年后二人同处一公司，王彦作为上司如何帮助吴明，吴明却总是怀疑王彦的居心。王彦身上有着基督教的光辉——他家就是信基督教的，他上的也是教会学校，从小就接受了忍和爱的观念。小说对吴明的心理有着精细而到位的描绘。郑伯奇赞扬说："在《二人之间》里面，作者想表示一种人生观，多少类乎不抵抗的哲学：弱者的胜利，强者的败北，在故事的结尾明白指出；可是在中国的社会，这未免太得理想。不过强者受了弱者的同情反而疑心暗鬼，益发故形孤僻，这段心理描写是成功的。"[1] 这里不仅宣扬了基督式的爱与忍的哲学，也说明了世间许多事，其实是庸人自扰。因此，这不属于揭示病态社会或苦闷心灵之类的小说，而属于讲哲学/讲人性之常与美的小说。此篇的立意与意境，与许地山的《缀网劳蛛》相像，是对正面理想人性的讴歌。

  另一值得特别提出的是小说二集里的《绣枕》，作者凌叔华。有意思的是，擅以审美眼光"发现"新作家的夏志清，在《中国现代小说

---

[1] 郑伯奇：《中国新文学大系·小说三集·导言》（影印本），上海文艺出版社 2003 年版，第 18 页。

史》里没给废名以任何位置,却给了凌叔华不少的篇幅,并认为"整个说起来,她的成就高于冰心"①。受此影响,后来严家炎《中国现代小说流派史》和杨义《中国现代小说史》都给了她恰当的关注。凌叔华这一时期的小说,包括《绣枕》在内,结集为《花之寺》(1928年出版)。"这本书比较巧妙地探究了在社会习俗变换的时期中,比较保守的女孩子们的忧虑和恐惧。这些女孩子们在传统的礼教之中长大,在爱情上没有足够的勇气和技巧来跟那些比较洋化的敌手竞争,因此只好暗暗地受苦。"② 特别是,这里虽然有女孩的忧虑、恐惧、受苦,却显得平淡,安详,宁静,没有人生派那种强烈的问题感,也没有浪漫派那种浓烈的抒情性,呈现出一种有节制的风格。朱光潜曾说凌叔华的画"继承元明诸大家","在向往古典的规模法度之中,流露她所特有的清逸风怀和细致的敏感"。对此,严家炎说:"她的小说作风也与此颇为相似。……《花之寺》中的早年作品,写的多为绅士家庭的生活情趣和中等人家姑娘的梦。"③ 杨义则说:"倘若说,冯沅君的作品是冻土上的小草,经寒不凋,生气勃勃;凌叔华的作品则是温室里的幽兰,萧闲淡雅,清芬微微。"④

也就是说,"问题小说"的高潮过后,虽然早期写作这类小说的人比如叶绍钧和王统照,在总体上可能都转了型,但不代表这类带有"理想"色彩,寻找并赞美爱与美的小说就不存在了。比如许地山,从一开始,就以其"充满了哲理和隐喻的气氛"的独特风格拉开了与写实主义和浪漫主义的距离,⑤ 杨义说:"从艺术风格上说,他是早期新小说界的一个奇才。他独树一帜,既不同于鲁迅、叶绍钧力求以片段的生活揭示社会的奥秘,也不同于郁达夫、庐隐随着抒情的伴奏踏进自我心灵的王国。他以浓郁的南国风光、异域色彩和曲折的故事为躯壳,包

---

① [美]夏志清:《中国现代小说史》,刘绍铭等译,复旦大学出版社2005年版,第61页。
② 同上书,第57页。
③ 严家炎:《中国现代小说流派史》(增订本),长江文艺出版社2009年版,第217页。
④ 杨义:《中国现代小说史》(上),《杨义文存》第2卷,人民出版社1998年版,第291—292页。
⑤ 钱理群等:《中国现代文学三十年》(修订本),北京大学出版社1998年版,第48页。

藏着一个对社会人生孜孜探求而又忧虑重重的高洁灵魂。"① 此后也一直坚守着此种立场，直至三十年代后才逐步转变。而且，即便"问题小说"高潮过后，主要从事病态人生和苦闷心灵表现的作家们，也并非完全不会偶尔写下这种类型的作品。如腾固的《二人之间》。至于废名和凌叔华，则完全是问题小说高潮过后才登上文坛的，但他们所写的却仍然是这种风格的小说。此外，如果说许地山确如夏志清所言，对其他作家的影响"微乎其微"②，那废名则是当时就产生了重要影响，并引来了一部分追随者的。沈从文后来就曾说："在冯文炳君作风上，具同一趋向，曾有所写作，年青作者中，有王坟，李同愈，李明桉，李连萃四君。惟王坟有一集子，在真美善书店印行，其他三人，虽未甚知名，将来成就，似较前者为优。"③ 对此，严家炎评论道："可见，早在二十年代末和三十年代初，废名小说在孕育流派方面已经发挥着作用。"④ 这一切说明，寻找爱与美，强调自然、理想人性的小说，并未随着"问题小说"的落潮而消失，而是继续存在甚至还有所扩大。

总而言之，抛开现实的纠缠，抽象探索理想人性的爱与美和人性之常的创作倾向，从五四小说一开始就存在。这在"问题小说"时代，集中体现为冰心、王统照等人对爱与美的歌颂。五四高潮期过后，在人生派和浪漫派的双峰对峙中，分属人生派和浪漫派阵营的作家，在总体上写作本派风格的小说的同时，偶尔也会写下此种类型的小说。但最有代表性的还是许地山、废名和凌叔华等人，他们的小说不仅继承了"问题小说"时代对爱与美的主题、自然节制的美学风格的探索，而且与早期"问题小说"的观念化和概念化相比，显得更为自然，更有艺术性。此外，以他们尤其是废名为核心，还出现了新一批的追随者和模仿者。这样，一个新的脉络清晰的五四小说传统或者说小说潮流已昭然可见。从数量上来说，它们确实没有展现病态人生和抒怀心灵苦闷的小说那么多，但也不难看到，它们确实是一种客观存在；由于没有统一的

---

① 杨义：《中国现代小说史》（上），《杨义文存》第 2 卷，人民出版社 1998 年版，第 385 页。
② [美] 夏志清：《中国现代小说史》，复旦大学出版社 2005 年版，第 62 页。
③ 沈从文：《论冯文炳》，《沈从文选集》第 5 卷，四川人民出版社 1983 年版，第 299 页。
④ 严家炎：《中国现代小说流派史》（增订本），长江文艺出版社 2009 年版，第 210 页。

阵地、宣言，甚至还横跨或者说分散在各个派别中，或许很难称得上是一个流派，但作为一种倾向，却始终存在。它们不是波峰浪尖，但也是一股涓涓细流，完全可以构成另一个连续不断的启蒙叙事传统。重新发现和认真梳理这个被遮蔽已久的传统，对理解五四小说发展的真实格局，以及1928年后的小说叙事风格的演变，很有意义。

三 "古典派"的成立及其含义

那这个客观存在、从"问题小说"的第二种类型演变而来，以许地山和废名为代表作家的被遮蔽的叙事传统，应该如何称呼或者说命名呢？仔细梳理当不难发现，目前文学史对五四文学社团与文学思潮，五四诗歌、散文和戏剧发展路径的描绘，俨然存在一个古典派的身影。例如文学社团和文学思潮意义上的新月社、学衡派，诗歌领域的新月派诗歌，散文领域的言志派散文，戏剧领域的人性趣味剧，表面看好像并非一个完全统一的整体，事实上却基本来自同一文人群体。他们是胡适、周作人、俞平伯、徐志摩、陈西滢、梁遇春、梁实秋、丁西林等人。这个群体中，除了周作人是留学日本之外，其余基本上留学英美。这个英美留学生群体，在文化立场和文学主张上，与文学研究会/人生派和创造社/浪漫派形成鲜明对比。他们对新文学和新文化的创造，秉持比较稳健、温和的文化立场。如果说，人生派的为表现人生并改良人生，浪漫派的为表现内心并解放内心，并具有强烈的打倒传统、奔向西方的激进主义倾向，那他们则主张相对客观辩证地看待中西文化传统，对西方不可全盘接受，对传统也不可盲目彻底打倒，文学上主张从正面表现人性，并赏玩人性。之所以如此，是因为他们留学英美的时候，正是英美自文艺复兴以后近四个世纪的现代性追求遭遇危机的时代，他们敏锐地看到了西方近代文化的非完美性，以及当时兴起的现代主义文化与中国传统文化的某些契合之处。[①] 在五四这个狂飙突进、主张全盘西化的激进主义时代，这种主张理性、强调自身传统文化价值的观念，自然显得相对保守或者说古典。这也说明，不管主观上对传统再怎么决绝，事实上它都已变成血液，只是有些人可以强力压制它，但在另一些人身上，一定会倔强地显现出来。

---

① 程文超：《醒来以后的梦：二十世纪中国文学中的现代性问题》，《程文超文存》，中国社会科学出版社2009年版，第175—176页。

第三章 一个被遮蔽的现代小说叙事传统 / 119

　　那五四这个特定时代背景下的"古典",又意味着什么呢?至少包含两个方面的内容。一是西方文学思潮意义上的古典,也就是流行于17世纪法国和欧洲大陆各国的古典主义文学思潮,以及19世纪末在西方出现的以白璧德为代表的新人文主义,它们都主张复古,都强调规范、准则,文学的纪律;另一层则是中国古典文化尤其是古典诗文传统意义上的古典,而中国古典诗文也经常强调格律,规范,骈文之外,强调简练、简洁,很有跳跃性,多强调字句的选择,经常有炼字之说。事实上,上述主要由英美留学生构成的文人群体,在这两个层面都具有古典的气质。文化思潮和文学理论上,胡适提出"整理国故",学衡派主张"昌明国粹、融化新知",梁实秋强调"文学的纪律"。诗歌方面,新月派力主"用理性节制情感",践行"和谐均齐的格律化"主张。言志派散文"主张集合叙事说理抒情的分子,都浸在自己的性情里,用了适宜的手法调理起来",向晚明小品学习,做到"闲适""古雅","充满知识性和趣味性"[1]。丁西林的戏剧则强调"机智与幽默","热衷于将中国传统中,像《白蛇传》《再生缘》,以至《智取生辰纲》这类'隐瞒(伪装)身份'的故事,改编成喜剧"[2]。当然,这毕竟是中国人在讨论中国的古典,因此,完整复制西方的古典主义文学作品,既无必要,也不可能,他们大都把西方文学思潮意义上的古典主义,转换成一种内在的思维方式和文学观念,而具体内容则指向中国传统文学文化自身。正是这思维方式和具体内容两个意义上的古典,合起来构成了中国五四时期的古典主义。

　　而思维方式和具体内容这两个意义上的古典化倾向,在废名及其小说中也是存在的。废名自己就曾说过类似"理性节制情感"的话:"下笔总能保持得一个距离,即是说一个'自觉'(Consciousness),无论是以自己或自己以外为材料,弄在手上若抛丸,是谈何容易的事。所谓冷静的理智在这里恐不可恃,须是一个智慧。人是一个有感情的动物,这一个情字非同小可,一定要牵着我们跟着它走,这个自然也怪有意思,然而世间也难保没有有本领的猴子,跳得过如来手心。惠子曰,'既谓

---

[1] 钱理群等:《中国现代文学三十年》(修订本),北京大学出版社1998年版,第116—117页。

[2] 同上书,第138页。

之人，恶得无情？'庄子曰，'是非吾所谓情也。吾所谓无情者，言人之不以好恶内伤其身，常因自然而不益生也。'这真是文字的力量，阐发起来恐怕话长，总之这是我所理想的一个有情人，筋斗翻到这个地步那才好玩。我羡慕一种小说，'常因自然而不益生也'，我所谓的'自觉'或者就可以这样解法。"① 至于小说风格，他说："就表现的手法说，我分明地受了中国诗词的影响，我写小说同唐人写绝句一样，绝句二十个字，或二十八个字，成功一首诗，我的一篇小说，篇幅当然长得多，实在用写绝句的方法写的，不肯浪费语言。"②

废名的古典化倾向，从他的交游的圈子来说也可以看出。有论者指出："同样是描写乡土题材，王鲁彦受鲁迅的影响，抱着积极入世的态度，细密深至地写出了旧农村中沉闷悲苦的现实生活；废名受周作人的影响，带上一定程度的消极避世倾向，以清新冲淡的文笔，写出一种返古归真的宁静的理想境界，这种差异，就是乡土写实流派的正宗风格和旁宗情调的差异了。"③ 这里将废名放在乡土写实派小说中论述，并视之为旁宗情调，王鲁彦等人的则为正宗风格，实为误解。但说废名深受周作人的影响，却非常正确。周作人虽不留学英美，也不写小说，但他确实走着古典化的文学和文化路子。"周作人在艺术上'极慕平淡自然的景地'，不仅提倡晚明公安派小品的性灵，而且自己也擅长冲淡清新的小品文，还翻译过法国作家果尔蒙吟咏落叶、白雪、小河、果园的《田园诗》。"④ 废名是周作人颇为激赏的作家，二人关系非常亲近："他是师事周作人的，周作人对他的田园意味的形成有举足轻重的影响。他的小说、评论集几乎由周作人'包作序言'，这在新文学史上实属罕见。"⑤ 对周作人的艺术趣味，废名也颇能心领神会，"'渐近自然'四个字，大约能以形容知堂先生，然而这里一点神秘没有，他好像拿了一本'自然教科书'做参考"⑥。"自然"，其实也是废名自己的

---

① 废名：《随笔》，载止庵编《废名文集》，东方出版社2000年版，第106—107页。
② 废名：《废名小说选·序》，载王风编《废名集》第6卷，北京大学出版社2009年版，第3268页。
③ 杨义：《中国现代小说史》（上），《杨义文存》第2卷，人民出版社1998年版，第463页。
④ 同上。
⑤ 同上。
⑥ 废名：《知堂先生》)，载止庵编《废名文集》，东方出版社2000年版，第133页。

美学追求。周作人既走着古典的路子，作为爱徒的废名，当然也不会例外。

与废名一样，凌叔华本来也是前述所谓古典化文化圈子里的人物。她丈夫是现代评论派的主将陈西滢，新月派旗手徐志摩则是她的挚友。对此，早有论者注意到，"20 多岁时在北京燕京大学研究英国文学。当时在北京大学当英国文学教授，同时也是英美派中坚分子的陈源（别号西滢。1896—1970），很欣赏她的才华，便把她的作品发表在他所编的《现代评论》上。后来他们结了婚，在二十年代的后期成为文坛上有名的一对"①。杨义则说："她与陈源因文艺上的同嗜结为伉俪，又因文艺心得大半得自徐志摩，而与之亲同手足。徐志摩颇欣赏《花之寺》，谓这部小说集有'最恬静最耐寻味的幽雅，一种七弦琴的余韵，一种素兰在黄昏人静时微透的清芬。'"② 至于许地山，其古典做派，从其在燕京大学读书时的表现亦可看出一斑。"也许是由于他嫉愤于人世的污浊吧，他的衣着打扮也不苟同于世俗。他在燕京大学读书的时候，头发蓄得长长的，颔下留着山羊胡子，指上戴着亡妻遗留下的翠玉戒指，每日总是穿着下缘毛边的灰布大褂，练写怪模怪样的梵文。"③ 行为是一个人思想的外露，这种古典风格的做派，不过是其内心古典主义观念的表现。

迄今为止的文学史和小说史，都还不曾注意到这个独特的叙事传统——古典主义倾向的小说叙事的存在。即便俞兆平的《中国现代文学三大文学思潮新论》，专门论述五四后的三大文学思潮，虽然承认了新月派、学衡派等的古典派地位，并将其放到了与现实主义、浪漫主义三足鼎立的高度，亦没有提及小说叙事方面的古典倾向问题。④ 也正因为此，文学史对废名、许地山小说的介绍，才产生了混乱。许地山小说要么被放在人生派的作家里，但又特别强调其异域风格和宗教气质对人生派风格的解构性，要么被放在主观抒情派阵营里，但又对其不同于主流

---

① [美]夏志清：《中国现代小说史》，刘绍铭等译，复旦大学出版社 2005 年版，第 57 页。

② 杨义：《中国现代小说史》（上），《杨义文存》第 2 卷，人民出版社 1998 年版，第 291 页。

③ 同上书，第 385 页。

④ 俞兆平：《中国现代三大文学思潮新论》，人民文学出版社 2006 年版，第 291—410 页。

浪漫派的地方加以强调。废名则更为有趣，其小说有时被放在人生派的乡土小说中，有时则被放在主观性的抒情小说中，而其散文又和非人生派也非浪漫派的周作人、俞平伯等人放在一起，作为言志派的代表作家论述，他的诗歌则又被放入"现代派"里面。作家不是魔术家，其实只要理解了废名的新古典主义立场，这一切就可以得到说明。总而言之，许地山、废名、凌叔华等，其小说创作均可归为"新古典主义"的叙事范畴。他们的作品或许构不成一个流派，但作为一种叙事倾向，却是不容忽视的。这种倾向，在三四十年代的小说格局中，将会演变成一种真正且有影响的小说流派：京派小说。如果说，三四十年代的左翼叙事发端于本时期的人生派叙事，海派叙事缘起于创造社的浪漫抒情派小说，那么，京派则滥觞于这里所说的新古典主义叙事。

第二节　古典叙事风格的文本呈现

要确证上述从五四"问题小说"的第二种类型开始，以废名、许地山、凌叔华等人的小说为代表，在人生派与浪漫派的双峰对峙中以涓涓细流的方式始终存在，而又长期被遮蔽的小说传统的古典性质，除了理论上的论证，更要有小说文本的实际支撑。要看这些小说在叙事的各个层面，也即所讲述的故事、讲述故事的方式以及意义的设计调度上，是否真的体现了古典主义的特色：一是思维方式上是否都有类似理性节制情感、和谐均齐等古典主义美学原则的灌注，二是具体内容上是否都有对中国古典文学文化传统的借鉴。我们不妨以此为标准，以具体文本分析为例证，看看这些小说是否真的可以称为古典派或者古典倾向的小说。

一　故事：古典氛围的营造

古典主义者强调理性节制情感，而节制情感的一个重要方式，就是拉开距离。他们强调，人在十分痛苦的时候，是不适宜写诗的。因为靠得太近，容易为一时一地的情感所左右。要写好，就得与写作对象拉开一定的距离。在小说写作上，这就必然表现为对故事题材的选择，不能太过富于时代气息，即便是时代化的题材，也应该以一种相对超脱的眼光来打量和裁剪。不难看到，废名、许地山、凌叔华等人的小说，是完全符合这一原则的。他们采用了种种方法，将所谓的时代背景，作了最大限度的淡化。冯文炳《浣衣母》《竹林的故事》《河上柳》，废名的《桃园》，郑振铎《书之幸运》《猫》，夏丏尊《长闲》，王统照《技艺》，胡山源《睡》，小酩《妻子的故事》，方光焘《曼兰之死》等。具体年代都不明显，不仅是五四，其他任何一个时代都可以发生，从而营造出一种古雅幽远、冲淡平和的古典意境。魏金枝的《留下镇上的黄昏》，以第一人称的方式叙述"我"在一个镇上的见闻，时间在这里似乎就是静止的，有如陶渊明叙述的那个桃花源。至于冰心《寂寞》《别后》《悟》《超人》，许钦文《小狗的厄运》，向培良《吸烟及吸烟之类的故事》，朋其《我的情人》，凌叔华《绣枕》，腾固的《二人之间》等，偶尔也会出现一些带有时代标记的物事，从而推导出具体的时代氛围，但作品的重心，却跟这个时代没有太多关系，个体命运与社会之间的互动关系——时代压抑个人抑或个人反抗时代，根本不是小说的重心，而仅仅将其当做题旨展开的一个故事背景。许地山的小说，如《命命鸟》《商人妇》《黄昏后》等，时代背景是明显的，而且个人命运的跌宕起伏间隐含着时代的投影，但他往往将这些故事放置在一个异域空间中。环境空间的异域化，事实上也是拉开时代距离的一种方式。而周全平《烦恼的网》、莎子《白头翁的故事》、徐志摩《小赌婆的大话》、李健吾《终条山的传说》，干脆采用了寓言和童话的方式，把对时代的距离拉到了最为遥远的地步。

　　时代背景的淡化，与写实派和浪漫派极力体现时代氛围的做法恰成对比。这使这类小说，不再像写实派和浪漫派那样是病态人生或病态人性展开的所在，而是成为一个无关社会/时代的人性试验场，一个探索人性之常与美的实验室。事实上，对常态人性的玄远式思考，对理想人性或者美好人性的阐发传扬，正是这类小说所述故事的核心特征所在。所谓人性之常或曰常态人性，也就是梁实秋所言那种普遍而永恒的人性，在任何环境、任何时代、任何阶层，都可能会有的人性。小酩《妻的故事》，写的是男女之间隐秘而微妙的爱情心理。"我"在小说中总是讲些在外有女人的故事，妻子暗自不高兴。在"我"提笔写信时，她讽刺地说，是不是又跟哪个红颜知己写什么"爱的篇章"啊。"我"说这是小说中的故事，不要过敏。妻子说，那我也说个故事给你听。妻的故事是一个关于她小时候和一个小和尚的故事。听完后，"我"感到莫名的烦躁。这里，没有对病态人生的批判，也不是对苦闷心灵的浪漫抒发，不过是对人性之"常"的一种表达，有一种玩味人性之常及其趣味的味道。这种人性之常，一方面是夫妻双方因爱而各自都会感到的排他性心理，这种排他性或者说将对方据为个人所有的心理也是通常所谓"吃醋"的感觉，是人皆有之的。第二，它传达了一个道理，夫妻之间应该相互尊重和理解。这是一篇最大限度地剔除了时代氛围的小说。朋其的《我的情人》，也是写爱情辩证法的，强调爱情过程中的相互尊重和理解。

向培良《吸烟及吸烟之类的故事》，看标题就是一个可能强调趣味的故事。这篇小说主要讲述了一个道理，生命在于运动，在于充实，无事可做，才是真的空虚。——对老年人尤其如此。青年一辈如何对待老人，不是简单的孝顺，让其不做事就可以的。当杨老伯不做事时，萎靡不振，整天擦拭烟管。一旦劳动起来，神采奕奕。这不是病态社会的揭示，也非苦闷心灵的抒发，而是对人性之常的探索，对人生中劳动与空虚之辩证法，对家庭中子辈如何对待父辈之辩证法的探讨。从写法上看，这由两个故事构成：一是我吸烟的故事，因为无聊于是便搬至远山深庙居住，二是杨老伯吸烟的故事。这两个故事的连接点，表面看来就是吸烟，就是小说开篇那一大段有关吸烟的议论，其实吸烟只是一个象征，它指称着空虚与充实。

李霁野的《嫩黄瓜》，虽然核心故事有点凄凉，但没有丝毫的批判气息。当事人 H 君对于自己的"失恋"，虽然常有"哎"的感叹，但他并非纵情之人，而是尽量忍住/节制自己的感情，显出一种理性节制情感的古典主义倾向。因 H 君的故事嵌在"我"的故事之中，因而重点不在表达 H 君本人对失恋的情绪，而是"我"对他情感行为的观察，也就是因恋爱而显出的种种特征的忆念与思考。

更让人印象深刻的是这类小说对人性之美的表现。这在用爱与美作为人生问题答案的"问题小说"时代，就已表现出来。"例如冰心的《超人》与《悟》，就开出了用'母爱'或'博爱'来沟通人间隔阂、救治'冷心肠'青年的药方；王统照的《沉思》、《微笑》等小说，也同样把'美'和'爱'作为弥合缺陷、美化人生的处方。"[①] 它们往往

---

① 严家炎：《中国现代小说流派史》（增订本），长江文艺出版社 2009 年版，第 41 页。

第三章 一个被遮蔽的现代小说叙事传统 / 125

还设置一个前后对比的故事模式：转变之前——人物性格如何冷漠暴烈；转变的契机——小孩表示感谢与留字条，神秘女囚的微笑及老刘的故事讲述，也就是受到爱与美的感化；转变之后——变得热情、富有人情味。这种三段论模式，固然显示了"爱"与"美"的力量，但有点过于概念和夸张，不免幼稚可笑。"《微笑》一篇里的小偷阿根，在狱中因为女犯人的一次'微笑'就受了感化，出狱后'居然成了个有些知识的工人'，这岂不在渲染'爱'的近乎神秘的魔力吗？"① 爱与美对一个人性格的转变，通过这样简单地一瞥就可以做到，显然缺乏逻辑上的力度和可信性。

"问题小说"之后的废名、许地山等人，开始摆脱这种简单化、概念化的毛病。为表现人性的美，他们通常会将人物和山水自然、人情风俗等各种要素有机结合起来，让它们相辅相成，相映生辉。因为所谓美，就是和谐，而和谐的要义就是构成事物各组成部分或曰组成要素之间的关系处理得恰到好处。在他们的小说中，山水自然是美的——山水自然各风物要素之间的融洽相处错落有致，主人公是美的——外表各器官间的搭配均匀，内心各欲望和道德之间的宁静平和，人情风俗是美的——人与人之间没有冲突，总是相互理解，相知与相助，人与自然之间的关系更是美的——人与自然融为一体。比如许地山的《缀网劳蛛》，"小说一开头，就写了朗月幽园，轻花淡影，两个心灵纯洁的女子在细语轻谈，展开了一幅清澈宁静的画面。长孙可望和尚洁的夫妇不和，不是在惨风愁雾或疾风急雨中展开的。他们的猜疑和冲突，为尚洁的自然而冷静的胸襟所软化，恰如一碧万顷的天海上随风飘逝的一抹纤云。土华岛上幽静雅致的风景，采珠船来往于金的塔尖和银的浪头之间，也与尚洁纯真沉毅的性格，对人生奥秘大彻大悟的思索，异常和谐。瞿世英说：许地山的一些小说可以作为人物、情节、环境三者结合的模范，便是指这种和谐的艺术境界"②。

许地山 1921 年加入文学研究会后，陆续以本名或"落华生"的笔名发表《命命鸟》《商人妇》《换巢鸾凤》《黄昏后》等小说。早已有

---

① 严家炎：《中国现代小说流派史》（增订本），长江文艺出版社 2009 年版，第 41 页。
② 杨义：《中国现代小说史》（上），《杨义文存》第 2 卷，人民出版社 1998 年版，第 403 页。

论者指出，许地山是"早期新小说界的一个奇才"，他那"浓郁的南国风光、异域色彩和曲折的"故事躯壳中，往往"包藏着一个对社会人生孜孜探求而又忧虑重重的高洁灵魂"[①]。《缀网劳蛛》同样如此，其核心就在于塑造了一个人如其名的高尚纯洁的灵魂。女主人公尚洁是神性的，充满圣母般的光辉。中国传统有以德报怨的说法，而尚洁就正是以德报怨的典型。小说中，"德/怨"是最为基本的价值轴线。"怨"体现在尚洁的丈夫上，此外如小偷、蚌工、教会等。"德"则主要体现在尚洁身上，不管外界对她多少怨谤，她都是一如既往地用"德"去报答。小说最后，尚洁获得丈夫的理解和忏悔，表明了"德"的胜利。这显然是对传统古典主义道德——基督教的赎罪和悲悯、传统儒家的以德报怨等价值观的张扬。这与周作人所说"动物性和进化性"相结合相协调是否有矛盾之处呢？事实上，动物性也不一定就全是欲望性，还有自然性的一面，进化性则是道德性的一面。因此，顺其自然——淡然处之，亦是动物性的一个方面，能动性或曰人为性才是人的一个重要特征。尚洁身上那种"自然性"特征，连同其博大的爱之胸怀一起构成了所谓"理想的人性"。

许地山的《黄昏后》，讲的是某个黄昏后，一个住在海边的父亲，给两个女儿讲她们妈妈的故事。妈妈已逝去多年，父亲辛苦把两个女儿带大，大的十五岁，小的十岁，她们对妈妈没有太多记忆，只是经常对着妈妈的石像，父亲于是讲起以往的种种。小说第三人称全知叙事的视角中糅进了以两姊妹尤其是小女儿的视角，充满童话气息。父亲的叙述带有传奇和哲理的双重色彩，人性的美好、恬怡洋溢其间，属于表现人性并赞美人性的古典派叙事风格。在个体/他人的轴线中，这个故事体现的是一个他人优先的古典原则：对他人的关照和体谅，在父女俩之中体现得很清楚，父亲对女儿的关心，女儿的懂事和对父亲的关心，显现出动人的一面。这里的人性，基本上是正面的，与浪漫派从人的内我维度强调情欲受挫而张扬欲望，人生派从人的外我维度强调人性扭曲和人生病态不同，这里就是对美好人性的正面赞扬。这种表现人性并赞美人性的价值立场，既是对中国古典风格的继承，也有对西方古典主义和新

---

① 杨义：《中国现代小说史》（上），《杨义文存》第 2 卷，人民出版社 1998 年版，第 385 页。

人文主义思想的自觉借鉴。有论者就指出："许地山认为'生命即是缺陷的苗圃，是烦恼的秧田'，世界宛若'疯狂浪骇的海面'，但他还是要在种种不测之中，尽人事之所能，努力'划'动生命之舟，以'爱的宗教'即人道主义，去'普荫一切世间诸有情'。"①

如果说许地山小说中的美好人性，多少充满宗教的光辉，那废名小说里的理想人性，则要自然得多。《桃园》里的主人公，就是这种自然化状态的典型。小说讲述的是一个父女俩相依为命却遇不测的故事。这种相依为命的故事，无论小说或现实中都在不断重演。这类故事，总能给人人性、温馨之感，有一种让人掉泪的温情。不同的是，现实中的这类故事，常常有个光明的结局，而在这个故事中，却是悲剧收场。但这里的悲，也并非那种大悲大痛，而只是一种淡淡的忧伤。面对家庭变故和人生灾厄，父女俩都没有大哀大痛、大哭大闹，不管是自觉还是不自觉，一切都淡然处之。他们之间的关系温馨、简单、和谐。这显然与同时期人生派的客观写实小说、浪漫派的主观抒情小说均不相同。就环境空间而言，这是一个"乡村"故事，虽然比邻杀场，桃园却生机勃勃，忧伤中不失温馨。换言之，这里的"农村"既非人生派小说中那种龌龊不堪的场所，也不是浪漫抒情派小说那个必须摆脱、逃离的"家乡"，而是一处理想人性的承载地。这里或许有悲剧，但更多的是恬淡，透露出一派田园牧歌般的气息，是值得追寻和回味的处所。这种将乡村淳朴化、美好化的冲动，既有古典中国人叶落归根、归隐山林的传统意绪——陶渊明就厌倦官场险恶，更有警惕质疑西式都市文明的现代忧思。中国现代文学史上，除了鲁迅等留学日俄为主且主张完全以西方为师的知识分子，另有一类主要留学英美、对现代都市文明尤其是西方文明弊端有着切身体验的知识者存在。他们对以西方为模板建构起来的所谓现代都市对美好人性的异化持有高度敏感和警惕，因此虽身处都市却常常心怀乡下，会想起传统生活的淳朴、自然、简单并将之理想化和乌托邦化。在五四高举现代大旗打倒传统的时候，这类否定现代颂扬传统的做法，表面看来似乎不合时宜，但从深层次来看，正是这一类小说开创出了一个从建设性角度正面呈现何谓理想人性的叙事传统，弥补了

---

① 杨义：《中国现代小说史》（上），《杨义文存》第 2 卷，人民出版社 1998 年版，第 388 页。

五四人生派和浪漫派小说批判有余而建设不足的缺陷。

总而言之，这类小说在故事上，确实以非常自觉的心态，过滤了时代氛围，淡化了时代恩怨，远离了时代纠葛，表现出古典主义经常强调的那种恬淡自然。废名自己就曾说："我羡慕一种小说，'常因自然而不益生也'，我所谓的'自觉'或者就可以这样解法。古今来不少伟大天才，似乎还很少有这样一个，他们都是'诗人'，一生都在那里做梦给我们看，却不是'画梦'，画梦则明知而故犯也。"[①] 他们的小说，山美水美人更美，冲淡自然，平和幽远，具有浓厚的古典化的气质，或者实在也就是他们为我们所"做"的一个梦。

二 叙述：古典风格的显现

视点的选择在根本上决定着整个小说叙述的审美风格。与人生派写实小说那种全知全能的写实化视角，以及浪漫派抒情小说那种第一人称或第三人称限知的主观性视角相比，这类小说的视角通常呈现出童话和拟童话的色彩。所谓童话或拟童话视角，是指以儿童或儿童化的人物为假想的受述者，叙述者虽然是成人，但他以一种儿童或儿童化的口吻来讲述一些适合儿童或儿童化心理的故事，至于所讲的内容，可以是关于儿童的，也可以不是关于儿童的。这种视角下的故事，在审美风格上显得单纯，天真，恬淡，自然，呈现出一种童话化的效果。废名的小说，有些以儿童故事为主要内容，如《桃园》《竹林的故事》等，也有不是儿童故事的，如《河上柳》《浣衣母》《菱荡》等。叙述者也不是儿童，但叙述者经常过渡到儿童化的限知对象或者有意模仿一种天真的儿童化的口吻，从而制造出一种类似童话的效果。例如《桃园》中，第一部分也是小说的主要部分，将第三人称限知叙事的对象主要设定在阿毛身上。阿毛"一十三岁，病了差不多半个月了"，但仍然充满儿童的快活和天真。叙述者不断地附着到她的身上，叙述她的心理，并用她的眼光来打量世界，在淡淡的哀伤中又显得童趣盎然：

> 秋深的黄昏。阿毛病了也坐在门槛上玩，望着爸爸取水。桃园里面有一口井。桃树，长大了的不算又栽了小桃，阿毛真是爱极了，爱得觉着自己是一个小姑娘，清早起来辫子也没有梳！桃树仿

[①] 废名：《随笔》，载止庵编《废名文集》，东方出版社2000年版，第107页。

佛也知道了，阿毛姑娘今天一天不想端碗扒饭吃哩。爸爸担着水桶林子里穿来穿去，不是把背弓了一弓就要挨到树叶子。阿毛用了她的小手摸过这许多的树，不，这一棵一棵的树是阿毛一手抱大的！——是爸爸拿水浇得这么大吗？她记起城外山上满山的坟，她的妈妈也有一个，——妈妈的坟就在这园里不好吗？爸爸为什么同妈妈打架呢？有一回一箩桃子都踢翻了，阿毛一个一个的朝箩里拣！天狗真个把日头吃了怎么办呢？……①

有论者分析评论说，"短短的一段文字，由桃园想到城外，由今事忆起往昔，由人间思及天外，时间界限被全然突破，真是'观古今于须臾，抚四海于一瞬'。由于采取意识流的手法，加快了心理描写的展开速度，比用一般的现实主义手法迤迤写来，更富有跳跃感，因此，它也就更能体现阿毛姑娘的天真活泼，更能表达她的忧思悠远和仁爱的深广"②。童真的眼光，意识流的跳跃性思维。这都是叙述者以一种第三人称限知叙事的视角有意作成的。若不理解这一点，就可能觉得文中许多这类句子和段落不知所云。值得补充的是，小说有时也会将限知的对象由阿毛转向王老大，"你这日头，阿毛消瘦得多了，你一点也不减你的颜色！"到第二部分则完全变成了王老大。这样，小说就分别对父女俩的内心，均有了观照，且构成了对比，更深地展示出父女俩之间的温情。

儿童的思维不仅是单纯的、跳跃的，也经常是幻想的、传奇的。也因此，童话或拟童话视角，除了童真的味道之外，往往也有传奇的色彩。李健吾《终条山的传说》，许地山《缀网劳蛛》《黄昏后》等，就在单纯的童真之外，更加入了浓厚的传奇色彩。作为大人讲给儿童或准儿童听的故事，童话除了单纯、传奇之外，往往还须说明一个道理，从而产生寓言性。就此而言，周全平《烦恼的网》，称得上是一个真正的童话故事。魔鬼之女拿着烦恼之网到世间来网那些烦恼的东西。她经过松林、河流和森林，尽管有小松树、小银鱼、小兔子等之类因视野限制

---

① 废名：《桃园》，《废名作品新编》，人民文学出版社2009年版，第226页。
② 杨义：《中国现代小说史》（上），《杨义文存》第2卷，人民出版社1998年版，第480页。

而唉声叹气感觉烦恼的，但也有老松树、银鱼祖母、狮子大王等历经沧桑因而豁达达观的，小辈在老辈的教导下顿然开悟不再烦恼，这让魔鬼之女很失望。直到她来到都市，看到了各种赌客，才终于得偿所愿。这故事的童真和传奇色彩都很明显，但其主旨也很明确：欲望是导致人痛苦的根源，重要的是要学会辩证地对待自身的处境。这显然不是对病态人生的批判性揭露，也不是对苦闷心灵的抒发，而是对理想人生状态的一种探索，对人性辩证法的一种认识和总结。思想或许并不高明，但这种童话式的叙述视角、安详的叙述姿态却是有特色的："《烦恼的网》，就思想讲，虽无什么特点，可是写作品的态度很安详，不失为一篇好的童话。"①

从相对淳朴童真的眼光来观照叙事，在中国现代文学史上并不多见。除鲁迅的《朝花夕拾·阿长与山海经》、冰心的《寄小读者》、丰子恺、张天翼等人的一些童话故事使用过外，便是这派小说了。童话和拟童话视角，和古典化的叙事视角本非一回事，但在五四启蒙主义的文学语境中，这类视角的自觉使用却别具一种古典化的意味。与五四人的现代化的时代主题相应和，五四小说在视角上极力由传统的说书人、权威型、"讲述"式、外部型向作家、人物、呈现、心理视角的转变，②这些转变凸显出人的观念由简单到复杂的变化，它们呈现出的是一个日益成熟、复杂的现代主体的形象。但这类小说的叙述者，却故意采取童话视角，给人一种单纯、天真的叙述者形象，在一个复杂化的时代，彰显一种对简单的生活方式的向往，自然会有一种返璞归真的古典化的味道。抛开时代发展仅就个人生命而言，童年也可以说是人生长途中的"古典化"时期。这个时期，人们单纯、天真、活泼。成年后的人喜欢时时反顾，就因为这种单纯、天真、活泼。也因此，儿童化的故事，在某种意义上也就是古典式的故事。这从童话总是从很久很久以前说起，一开始就给人一种遥远的感觉也可以看出。

关于这类小说在结构或曰流程形态编排上的特征，论者大多以散文化或诗化称之。比如关于废名的小说，周作人就如此评论："像一道流

---

① 郑伯奇：《中国新文学大系·小说三集·导言》（影印本），上海文艺出版社2003年版，第20页。
② 孟悦：《视角问题与五四小说的现代化》，《文学评论》1985年第5期。

水，大约总是向东去朝宗于海。它流过的地方，凡有什么汊港湾曲，总得灌注萦回一番，有什么岩石水草，总要披拂玩弄一下子，才再往前去，这都不是它的行程的主脑，但除了这些也就别无行程了。"① 这种随心率性、自然闲散的散文化结构，确实是这类小说叙述流程的重要特征。比如《桃园》的情节，就被最大限度地淡化，除了"生病—说吃桃子—买桃子未果"这一简单的线索有迹可循，几乎看不见什么明显的情节的进展。更多的是各种场景，它们就像挂在这一短线中的硕大的绿叶，各种场景与场景之间，没有严密的情节逻辑，仅仅是一些心理场景的蒙太奇式的铺排与串联。而各场景内部的各事物、要素之间，也不遵循油画般的细密严谨的规则，而是具有意识流般的跳跃性效果。"由于追求行文的省净，废名有时在语句中省去一些介词、连词、代词，在小说中出现了某些类似于古诗词中'鸡声茅店月，人迹板桥霜'的意象叠加的语言现象，使语气显示出一种跳跃感。这种跳跃的语言和人物内心的跳跃的联想相结合，使废名的一些小说中出现了类似意识流的艺术手法。"② 意识流在西方直至现代主义才广为使用，是非常现代的手法。但从中国的角度而言，它其实是相当古典化的，因为中国诗词，就强调意识的流动和思维的跳跃。如唐诗宋词元曲中，各意象或者每句诗之间的角度都可能完全不同，上下左右俯仰侧顶底，视角游移不定。如"枯藤老树昏鸦，小桥流水人家"，"鸡声茅店月，人迹板桥霜"等，都是一些纯粹意象的组接，而这些意象又显然是站在不同角度看到的或听到的。五四新文化运动和新文学革命的主流是要全面地挣脱传统，而这类小说却反其道而行，采用与传统诗词相同或相近的散文体甚至诗化体形式，自然便显出了古典主义的风味。

这种古典化的"散文体"甚或"诗化体"结构形态，在许多小说中都有体现。魏金枝的《留下镇上的黄昏》就是这种典型的散文化结构，它写的是一个镇上人在黄昏时的各种闲散生活，整个故事无甚情节，就是黄昏时几个片段场面的蒙太奇组接。杀黄鳝一节，占据较多篇幅，被叙述得绘声绘色，足见日常生活之琐碎，也足见日常生活之恬淡

---

① 周作人：《莫须有先生传·序》，转引自严家炎《中国现代小说流派史》（增订本），长江文艺出版社2009年版，第209页。

② 杨义：《中国现代小说史》（上），《杨义文存》第2卷，人民出版社1998年版，第479页。

情趣，诗性氛围浓厚。胡山源的《睡》，也完全是篇散文，由今天游杭州的两个和过去游庐山的三个总共五个"睡"的故事组成。各个故事之间其实没有内在情节上的联系，联结它们的内在逻辑是叙述者关于"睡"也即人生姿态的精神理解："人生呀！你是必须睡的；你究竟喜欢那一种睡呢？你还是喜欢作看睡的茶房，和尚，头陀，向导，老婆婆呢？你睡罢！你可以睡你唯一的睡了！"① 也就是说，五个"睡"的故事，其实就是五种生活方式和人生姿态，它们之间的先后顺序与其说是由"我"的行踪和回忆而定，不如说是顺着"我"的灵感流动和精神思考展开的。胡山源在他为弥洒社写的宣言《弥洒临凡曲》中说："我们乃是文艺之神；我们不知自己何自而生，也不知为何而生：……我们一切作为只知顺着我们的 Inspiration！" 不妨说，《睡》确是一篇"顺着我们的 Inspiration！"的随心之作。对此，鲁迅也说，在弥洒诸作者中，"最特出的是胡山源，他的一篇《睡》，是实践宣言，笼罩全群的佳作……"② 此外，如向培良《关于吸烟及吸烟之类的故事》，李霁野的《嫩黄瓜》也都是这种故事套故事的结构，散文化意味明显。它们都可以分为两个部分，第一个部分是叙述者"我"现在的故事，另一部分则是"我过去"或"别人"或"别人的过去"的故事。两个部分的故事之间，除了叙述者"我"为同一人之外，联结它们的更主要是一种精神上的联系，或为"吸烟"，或为"黄瓜"。两个故事情节不同，相互之间没什么联系，只是意境氛围相似而已，与散文所谓"形散而神不散"的道理如出一辙。

　　古典化的叙述体式不仅表现为废名等人的散文体或者意识流式的诗化体结构，还表现为许地山等人小说的传奇体形式。所谓传奇体，是指刻意突出事情的离奇曲折及其出人意料，以营造一种意料之外、情理之中的审美美感的叙述体式。这显然是中国古典小说的核心特征之一，但它在五四早期的"问题小说"中也仍有表现。如冰心的《超人》和王统照的《微笑》就是如此。两篇小说的叙事模式基本相同：转变之前（人物性格如何冷漠暴烈）——转变的契机（小孩表示感谢与留字条，

---

　　① 鲁迅：《中国新文学大系·小说二集》（影印本），上海文艺出版社2003年版，第75页。
　　② 鲁迅：《中国新文学大系·小说二集·导言》（影印本），上海文艺出版社2003年版，第4—5页。

第三章 一个被遮蔽的现代小说叙事传统

神秘女囚的微笑及老刘的故事讲述,也就是受到爱与美的感化)——转变之后(变得热情、富有人情味)。这种前后对比的三段式模式,就主旨而言是对"爱"与"美"作用的夸张宣示,表达了五四那一代人对人生问题及其解决之道的思索,具有时代的气息。但就叙述体式而言,则着力凸显了古典小说通常具有的人物和故事的传奇性:对转变契机的铺陈越弱——仅仅是一束花或一个微笑,传奇性就越强;前后性格的反差越大——完全的冷漠无理到热情似火通情达理,传奇性也越强。许地山的小说显然与之极为相似,既在主题上强调爱与美,也在叙述上强调传奇性。比如《缀网劳蛛》中的女主人公尚洁,本身的身世就很奇,她与丈夫长孙的私奔也很奇,她遇到小偷的行为更奇,她对待丈夫误解的行为很奇,最后丈夫忏悔来看她,更奇,尤其奇的是,丈夫还要在海岛上忏悔修行一段时间后才回——当然,这一切都是为了突出尚洁信奉的"爱与自然"哲学的力量。有论者指出,许地山小说的传奇性既是对传统的继承,也与作者的经历有关:"'五四'小说与传统小说相比较,出现了情节简化和思想深化的趋向。许地山则自成一家,在相当大的程度上保持了传统小说追求故事曲折性的特点。这种艺术特点,与作者曲折动荡的亲身经历,而产生的人生变幻莫测的感觉,存在着深刻的内在联系。我们已经知道,甲午海战失败后,许氏举家内迁;辛亥革命后,家境衰落,因之萍迹江湖,身历南洋的风浪,北京的学潮;在以后的半生中,又目睹了大革命的失败,以及军阀的战祸和日寇的入侵。"[①]

与古典化叙述视角的设置,古典化流程形态的编排相适应,这派小说在言语风格上的选择也是古典化的。周作人曾高度评介废名的文章之美:"我觉得废名君的著作在现代中国小说界有他的独特的价值者,第一的原因是其文章之美。……文艺之美,据我想形式与内容要各占一半,近来创作不大讲究文章,也是新文学的一个缺陷。的确,文坛上也有做得流畅或华丽的文章的小说家,但废名君那样简练的却不多见。"周作人称许的"简练"之美,其实也就是废名自己所说的"受中国诗词的影响","不肯浪费语言"的表现:"就表现的手法说,我分明地受了中国诗词的影响,我写小说同唐人写绝句一样,绝句二十个字,或二

[①] 杨义:《中国现代小说史》(上),《杨义文存》第2卷,人民出版社1998年版,第390页。

十八个字,成功一首诗,我的一篇小说,篇幅当然长得多,实在用写绝句的方法写的,不肯浪费语言。这有没有可取的地方呢?我认为有。运用语言不是轻易的劳动,我当时付的劳动实在是顽强。读者看我的《浣衣母》,那是最早期写的,一支笔简直就拿不动,吃力的痕迹可以看得出来了。到了《桃园》,就写得熟些了。到了《菱荡》,真有唐人绝句的特点,虽然它是五四以后的小说。"① 用唐人写绝句的方式写小说,这使废名的小说语言不仅简练,而且朴讷、奇僻。试读《菱荡》中的一段话:

> 陶家村过桥的地方有一座石塔,名叫洗手塔。人说,当初是没有桥的,往来要"摆渡"。摆渡者,是指以大乌竹做成的筏载行人过河。一位姓张的老汉,专在这里摆渡过日,头发白得像银丝。一天,何仙姑下凡来,渡老汉升天,老汉道:"我不去。城里人如何下乡?乡下人如何进城?"但老汉这天晚上死了。清早起来,河有桥,桥头有塔。何仙姑一夜修了桥。修了桥洗一洗手,成洗手塔。这个故事,陶家村的陈聋子独不相信,他说:"张老头子摆渡,不是要渡钱吗?"摆渡依然要人家给他钱,同聋子"打长工"是一样,所以决不能升天。②

对此,严家炎说:"真是简而不文,白而不冗,看似闲笔,实具情趣,平淡中见奇僻,显示出文字上很高的修养。"③ 不仅《菱荡》,废名的大部分小说,语言风格都是如此。如《桃园》中"一门闩把月光全闩到了门外"这类的句子,就显得奇僻、美丽,尽显古典诗词的语言之美。严家炎总结道,废名的"这些作品以简洁奇僻的语言,写出古奥悠远的意趣,性成平淡朴讷的风味"④。

古典化的言语风格还体现在人物的描写方式等方面。废名长篇小说《桥》中的主人公程小林与史琴子,从小青梅竹马。作者对二人精神气

---

① 废名:《废名小说选·序》,王风编《废名集》第6卷,北京大学出版社2009年版,第3268页。
② 废名:《菱荡》,《废名作品新编》,人民文学出版社2009年版,第234—235页。
③ 严家炎:《中国现代小说流派史》(增订本),长江文艺出版社2009年版,第210页。
④ 同上书,第208页。

质的介绍,就俨然曹雪芹《红楼梦》对贾宝玉和林黛玉的描绘。程小林说,"我每逢看见了一个人的父和母,则我对于这位姑娘不愿多所瞻仰,仿佛把她的美都失掉了,尤其是知道了她的父亲,越看我越看出相像的地方来了,说不出的难受,简直的无容身之地,想到退避。"还说,"我仿佛(觉得)女子是应该长在花园里……"严家炎说:"这些地方都可以看出《红楼梦》对作者笔下人物的影响。"① 值得注意的是,许地山的叙述语言或许没有废名古典诗词般的那种简练,但其对人物的描述和介绍,却也颇具"红楼梦"的风味。且看《缀网劳蛛》有关尚洁的一段描绘:

> 她送客人出门,就把玉狸抱到自己房里。那时已经不早,月光从窗户进来,歇在椅桌、枕席之上,把房里的东西染得和铅制的一般。她伸手向床边按了一按铃子,须臾,女佣妥娘就上来。她问:"佩荷姑娘睡了么?"妥娘在门边回答说:"早就睡了。消夜已预备好了,端上来不?"她说着,顺手把电灯拧着,一时满屋里都着上颜色了。在灯光之下,才看见尚洁斜倚在床上。流动的眼睛,软润的颔颊,玉葱似的鼻,柳叶似的眉,桃绽似的唇,衬着蓬乱的头发……凡形体上各样的美都凑合在她头上。她的身体,修短也很合度。从她口里发出来的声音,都合音节,就是不懂音乐的人,一听了她的话语,也能得着许多默感。她见妥娘把灯拧亮了,就说:"把它拧灭了吧。光太强了,更不舒服。方才我也忘了留史夫人在这里消夜。我不觉得十分饥饿,不必端上来,你们可以自己方便去。把东西收拾清楚,随着给我点一支洋烛上来。"②

这里,深夜、冷月、孤灯、主仆的意象,以人观人的化静为动的外貌描写手法,以及人物视角的高频率转换,乃至描写眼睛、颔颊、鼻、眉、唇、发时的顺序和词汇,如流动、软润、玉葱、柳叶、桃绽等,都透露出一种隐隐的红楼梦风。而小说开头,先是月色下的一段谈话,然后再引出主人公的身世,这种出场方式,也与《红楼梦》等古典小说

---

① 严家炎:《中国现代小说流派史》(增订本),长江文艺出版社2009年版,第208页。
② 许地山:《缀网劳蛛》,《许地山作品精选》,长江文艺出版社2003年版,第73页。

的"先闻其声,再见其人"的叙述传统极为类似。此外,在小说正文前先引一首诗且用其点明题旨的跨文体语言风格,以及正文中"道""只见"等古典路标词的大量出现,也都传达出一种浓厚的古典化的语言风格氛围。

三 主题:古典意蕴的流露

五四是一个强调人的觉醒,强调主体的反抗和抗争的时代。五四人生派和浪漫派小说,就其思想主题而言,不是正面表现敢于反抗的昂扬斗志,就是侧面描写抗争失败的悲伤,抑或二者兼具。但在以废名、许地山、杨振声、凌叔华等人为代表的这派小说中,这种面对天灾人祸时的反抗或抗争,却被一种顺其自然的态度,一种自然化的生命观和生死观所取代。这些小说中,同样有人世无常、天灾人祸,但面对生命中的各种不测和灾变,却没有哭天抢地、大悲大痛。它们把人生的大悲大痛化为平淡的自然规律的演进,把外在的荣辱毁誉化为淡定的从容应对,淡然自处,淡泊以对,表现出明显的"以理性节制情感"的古典主义美学特征。

> 李妈的李爷,也只有祖父们知道,是一个酒鬼;当年李妈还年轻;家运刚转到蹇滞的时候,确乎到什么地方作鬼去了,留给李妈的:两个哥儿,一个驼背姑娘,另外便是这间茅房。[1]

> 母子都是那样勤敏,家事的兴旺,正如这块小天地,春天来了,林里的竹子,园里的菜,都一天一天的绿得可爱。老程的死却正相反,一天比一天淡漠起来,只有鹞鹰在屋头上打圈子,妈妈呼喊女儿道,"去,去看但里放的鸡娃。"三姑娘才走到竹林那边,知道这里睡的是爸爸了。到后来,青草铺平了一切,连曾经有个爸爸这件事实几乎也没有了。[2]

亲人的离去,生活的艰辛,本是人生中的大悲大痛,却被描写得如此淡然:它们不过是生命中的自然现象,值得惋惜,却无须痛哭流涕、一惊一乍。也因此,有论者指出,废名的小说"弥漫着一种淡淡的温

---

[1] 废名:《浣衣母》,《废名作品新编》,人民文学出版社2009年版,第188—189页。
[2] 废名:《竹林的故事》,《废名作品新编》,人民文学出版社2009年版,第216页。

情，又有一种参透人世的平静，不事张扬，格调清新"①。

最能体现废名等人这种自然化的生命观的，或许还是《桃园》。不管有意还是无意，小说中明显存在一条"生/死"二元对立的价值轴线。围绕此轴线，文本设置了至少五组对比：父女俩生存在这个世界上，而母亲却不在了，前者是生，后者是死；王老大已步入中年，小女孩十三岁，前者代表行将老去，后者代表朝气蓬勃；小女孩十三岁，正是生命焕发的时期，却"病了半个月了"——死亡的前奏或者另一种形式；桃园是一派生机勃勃的景象，但它却紧邻杀场——死亡的象征；而衙门本是人潮汹涌生灵聚集之地，但衙门前的那一堵照墙，却仿佛"一眨眼就要钻进地底里去似的"，显出死一般的阴郁和寂静。生与死是如此的接近，毋宁说生死其实就在一线之间。但面对死亡的威胁，身处其中的人，无论是女儿，还是父亲，都是一种顺其自然的态度。女儿没有因为自己的病痛大哭大闹，而是懂事地坐在那里，看父亲忙来忙去。父亲也没有因为女儿的生病而茶饭不思，只是"想着十五我引你上庙去烧香，去问一问菩萨"。对母亲或妻子，有怀念，但也早已习以为常。当女儿说起要父亲种橘子树的时候，父亲说，"等橘子树长大时，我恐怕都不在了"，明知肯定要离开这个世界，但口气平常。即是说，这里有死亡的威胁，却没有对死亡的恐惧，人们已习惯以一种自然化的眼光看待死亡，在死亡的边缘甚至是陪伴下恬淡地生活。这种生死观与中国传统文化尤其是道家文化、禅宗文化异曲同工，也正是前现代中国社会中普通百姓人家的生活状态，古意盎然。

许地山小说主题上的古典色彩更为浓厚和明显。《缀网劳蛛》中的核心价值轴线就是"为/不为"或"争/不争"。人生在世，面对欲望，或者面对怨谤和误解，甚至是伤害，每个人都有积极争取/反抗或顺应自然/不反抗两种选择。女主人公尚洁在遭到很多人尤其是其丈夫的无端责难和误解之后，本可以如其好朋友史太太所与她交谈的"要注意一下"，并争取一些什么（史太太这个角色的设置，是"为/不为"或"争/不争"这条轴线中"为"与"争"观念的显现，以与女主人公的观念相对照），但她选择的却是不为、不争，顺其自然。即便是后来得

---

① 张艳华：《新文学发生期的语言选择与文体流变》，山东大学出版社2009年版，第210页。

到颂扬和谅解,她也没有狂喜欢呼,一切都淡然处之。她说:"我像蜘蛛,命运就是我的网。蜘蛛把一切有毒无毒的昆虫吃入肚里,回头把网组织起来。它第一次放出来的游丝,不晓得要被风吹到多么远,可是等到粘着别的东西的时候,它的网便成了。它不晓得那网什么时候会破,和怎样破法。一旦破了,它还暂时安安然然地藏起来,等有机会再结一个好的。它的破网留在树梢上,还不失为一个网。太阳从上头照下来,把各条细丝映成七色;有时粘上些少水珠,更显得灿烂可爱。人和他的命运,又何尝不是这样?所有的网都是自己组织得来,或完或缺,只能听其自然罢了。"杨义说:"这种人生哲学既渗入了佛教的'人生苦多乐少,变幻无常'的厌世因素,又以道家清静无为的思想加以调和,从而变成了一种理性、悟性压倒和消溶了喜怒哀乐的感情,对人世的祸福得失任其自然的处世态度了。"[1] 这种"哀而少怨的色彩,颇近于传统诗学所提倡的'温柔敦厚'的格调"[2]。当然,这种无所为而为和宠辱不惊的风格,除了是传统佛教和道家哲学的反映,也有基督教逆来顺受的博爱之感,甚至还带有不可知论的神秘主义意味。

这派小说所描画的这个古意盎然的世界,所称颂的这种古典自然的生命态度,其实是与"现代"相对照而显现出来的。这个"现代"与"工业""商业""世俗"等观念和意象相联结,是古朴自然生活方式的对立面,它们有时是作为整体性背景潜隐在文本背后,有时则以插曲的形式直接显现在文本之中。前者如《竹林的故事》,后者如《桃园》。《竹林的故事》有如鲁迅的还乡体小说,是以一个还乡者"我"的口吻写的。这个"我"具有两重身份,既是曾经的农村之子/古典身份,又是现在的城里人/现代身份。小说以城里之"我"对早前农村往事的回忆为框架,叙述了农村之"我"与三姑娘的交往故事。因为"我"的双重身份,这种回忆,一方面是过去与现在的对照,另一方面也是乡村/城市或者古典/现代的对比。当"我"觉得过去的三三更为美好时,也就意味着对自己城里人身份和现代方式的间接否定。"我"越是把过去/古典的生活方式美好化,对现在/现代生活的不满也就越强烈。《桃

---

[1] 杨义:《中国现代小说史》(上),《杨义文存》第 2 卷,人民出版社 1998 年版,第 388 页。

[2] 同上书,第 395 页。

园》对"现代"的否定显得更为直接。除了前述生/死的价值轴线之外，小说显然还另有一条价值轴线：古典淳朴的自然人性/现代工商业文明的二元对立。古典淳朴的自然人性主要体现在父女俩的相依为命及其相互理解上，而卖桃子、玻璃桃子、讨价还价、耍赖欺诈等，则是现代工业文明和商业逻辑的符号化体现。后者在文本中篇幅不大，但构成了前者也即整个古朴自然生活的对立面。王老大上街为女儿买玻璃桃子及其摔碎的一段，无非想表明，现代工业文明也许能给人暂时的慰藉，却不能最终解决问题——它是易碎的，至多只能给人一个美丽的泡影。更为严重的是，现代商业逻辑已在侵蚀、瓦解甚至是异化着古老淳朴的人性。王老大自己只顾卖钱，却忘了女儿也要吃桃子；而买卖时的讨价还价和欺蒙拐骗，以及张四的欠钱与趁火打劫，都是古典淳朴人性在现代商业逻辑侵蚀下逐渐堕落的表现。

　　以现代为参照，发现古典的美好，并以古典的美好强化对现代的否定。这显然构成了对鲁迅式还乡体小说模式的反动，也与整个五四人生派乡土写实小说形成了对照。因为后者恰恰相反，他们是用现代眼光去发现过去的龌龊，又以过去的龌龊来强化现代追求的必要。对此差异，有人以废名和王鲁彦的对比为例指出："同样是写乡土题材，鲁彦把古老的农村视为悲哀的渊薮，废名把古老的农村当做理想的寄托；鲁彦多写蠢昧和黯淡的民俗，如冥婚、释梦、关帝出巡，废名多写古朴和奇雅的民俗，如《桥》中所描写的史家庄的惯例，亲友给初次登门的小孩'送牛'，清明时节大人小孩'打杨柳'（把柳枝扎成球状）；这就是说，鲁彦是以愤懑的态度引导人们与宗法制农村告别，废名则以恬淡的态度引导人们向宗法制农村皈依。废名的《桥》乃是一条通向远离尘嚣的古朴乡村的桥。"[①] 五四新文化运动，是中国现代性追求的核心一环，它构建了传统/现代的二元对立，并以拥护呼唤现代为职志。废名等人的小说以美化古典批判现代为特色，表面看与时代主题不符。其实从深层观察，它们也并非反对现代，只不过是对现代的弊端有着更为清醒的警惕。因此，与其说是反现代，不如说是要与现代对话，总体仍属现代性的范畴，是一种与现代对话的现代性，不过以反现代的形式出现

---

① 杨义：《中国现代小说史》（上），《杨义文存》第 2 卷，人民出版社 1998 年版，第 469 页。

而已。

　　许地山小说也表现出明显的反现代的现代性色彩。这主要通过对宗教的颂扬和对"世俗"的排拒表现出来。许地山小说中的人物，大多充满宗教的光辉。他们在宗教光辉的照耀下，不与世俗为伍，显得圣洁而古朴。《命命鸟》虽然也有五四青年反抗封建婚姻，追求恋爱自由的一面，但同时也具有超然生死的宗教主义味道。杨义说："但作者又受佛教经义的影响，让敏明在梦境中看破尘世儿女之情的虚伪和易变，带有断尽烦恼障和所知障，追求'六根清净'，而内求明心见性的佛学印记；敏明和加陵在涅槃节前欢欢喜喜地赴水自杀的场面，也使人想起佛教的解脱系缚得大自在，空去了'我'，方入众苦永寂的涅槃境界的佛理。"[1]《缀网劳蛛》中的尚洁，不理一切所谓世俗的误解、诋毁和责难，她说"我像蜘蛛，命运就是我的网""所有的网都是自己组织得来，或完或缺，只能听其自然罢了"，表现出一种综融道家的无为、佛教的不执、基督教的宽容的古典风范。而小说中的其他人物，如小偷，尚洁的朋友，乃至尚洁的老公，则是世俗/现代的象征，与尚洁构成了明显的对立。小说对尚洁的颂扬，也就意味着对他们的否定。《商人妇》里的宗教情怀，不仅表现为对主人公个人人生哲学的肯定，还表现为对人生命运的无常，以及佛教式的因果报应观念的结构式运用，如惜官被老公抛弃，最后老公也不明下落，这几乎与传统的三言二拍都无异了。在五四这个高唱民主和科学，要打倒一切偶像，非圣非神的时代，许地山却去强调宗教的救赎意义，试图用宗教情结拯救文化难题，自然具有反现代的意味。但他也与废名等人一样，不是真正的反对现代，而只是提供一种与现代对话的声音。

　　在一个现代化进程已然启动并加速推进的时代，要完整地保持甚至真正地回归或者逃进古典，是绝无可能的。无论古典多么美好，它都在现代的洗礼下逐渐瓦解、崩塌，无论人们多么鄙视现代，现代就在那里，谁也无法阻挡。在现代大潮中，所谓古典，注定是一个只能加以怀念而无法回去的对象。也因此，这类小说中，不管人性多么美好，悲剧却无法避免，不管人事多么美丽，却总洋溢着一种淡淡的、挥之不去的

---

[1] 杨义：《中国现代小说史》（上），《杨义文存》第 2 卷，人民出版社 1998 年版，第 388 页。

哀伤。鲁迅在《中国新文学大系·小说二集·导言》里如此叙述废名："后来以'废名'出名的冯文炳，也是在'浅草'中略见一斑的作者，但并未显出他的特长来。在一九二五年出版的《竹林的故事》里，才见以冲淡为衣，而如著作所说，仍能'从他们当中理出我的哀愁'的作品。可惜的是大约作者过于珍惜他有限的'哀愁'了，不久就更加不欲像先前一般的闪露，于是从率直的读者看来，就只见其有意低徊，孤影自怜之态了。"① 杨义在评述《浣衣母》《河上柳》等小说时，说得更为直接："作者是爱慕这种古风人物的，但他又敏锐的感觉到宗法社会关系正在瓦解，这种古风人物已入末路，难以有更好的命运。在这里，他坚持着一种温和与忧郁的现实主义态度，带有几分清醒的看到了：蚕食、蛀空和毁坏宗法制农村的宁静环境的，是不合理的礼教和不人道的衙门。李妈因之而失去道德价值，陈老爹因之而失去生活的依托。作者心中激荡着企慕与哀伤的矛盾情绪，一曲悠扬的牧笛，不知不觉地吹送出挽歌的调门。"②

这种美丽背后的哀愁，在许地山的小说中也有体现。茅盾对许地山小说的"二重性"分析，正好说明了这个特点的形成与表现。"在作品形式方面，落华生的，也多少有点二重性。他的《命命鸟》，《商人妇》，《换巢鸾凤》，《缀网劳蛛》，乃至《醍醐天安》与《枯杨生花》，都有浓厚的'异域情调'，这是浪漫主义的；然而同时我们在加陵和敏明的情死中（《命命鸟》），在尚洁或惜官的颠沛生活中，在和鸾与祖凤的恋爱中（《换巢鸾凤》），我们觉得这些又是写实主义的。他这形式上的二重性，也可以跟他'思想上的二重性'一同来解答。浪漫主义的成分是昂扬的积极的'五四'初期的市民意识的产物，而写实主义的成分则是'五四'的风暴过后觉得依然满眼是平凡灰色的迷惘心理的产物。"③ 浪漫主义使这些小说充满理想化的、牧歌化的情调，而现实主义却又使之免不了带有伤感与哀怨的色彩。当然，为了强调其理想化

---

① 鲁迅：《中国新文学大系·小说二集·导言》（影印本），上海文艺出版社2003年版，第6—7页。
② 杨义：《中国现代小说史》（上），《杨义文存》第2卷，人民出版社1998年版，第465页。
③ 茅盾：《中国新文学大系·小说一集·导言》（影印本），上海文艺出版社2003年版，第25—26页。

的一面，这种现实主义的伤感与哀怨，总是淡淡的。如《黄昏后》讲的是父亲带着两个女儿在海边居住，傍晚给两个女儿讲母亲去世以及如何在海边居住的故事。母亲的缺席，劳顿的搬迁，既让人感到了社会离乱的影子，也让人感到了亲人离丧的哀痛，但这两者都是淡淡的，叙述者真正渲染的是姐妹的童真和父亲对两个女儿的爱护。换言之，这种浓浓的真情，才是小说所要重点传达的对象。类似这种美丽却哀愁，美哀并举的特征，即便在早期"问题小说"时代那些正面倡导爱与美的小说中也存在。如王统照的《沉思》《微笑》中，画家和官吏对美的破坏，他与女人被关进监牢的事实，都是现实主义的，而艺术不为人所理解甚至破坏，基督大爱却只能深锁牢狱，又洋溢着淡淡的哀婉。但这些都是冲淡的，真正浓烈的还是对爱与美本身的张扬。

第三节　与五四启蒙小说叙事主流之关系

这确实是一个颇具古典风味的叙事传统。既然这类风格的小说客观存在，而且为数不少，那从文学史的角度又该如何看待这派小说呢？换言之，它和五四启蒙叙事传统究竟有什么关系，对以后小说叙事的发展又有何贡献？

一　五四启蒙文学的有机组成部分

强调这一派的古典化风格，并不意味着它们就是彻底的古典主义甚或复古主义。作为五四新小说的一支，它们有着许多非古典所能概括的叙事特质。如果说，五四新文学的核心精神可以概括为"以严肃的启蒙态度用现代白话写人的文学"，那么，古典派风格的作家，在本质上仍然属于五四启蒙主义文学的阵营。

首先，它们与五四新小说的两种主要流派——人生派和浪漫派小说一样，用的都是五四式的现代白话。这里所谓的现代白话，不仅是纯粹语言的问题，也是叙述方式和叙述文体的问题。就语言来说，不管这类小说借用或保留了多少文言词汇，但毕竟是白话文写作。这与学衡派的坚守文言还是有本质区别的。他们对文言词汇的借用，就像创造社小说喜欢在汉语中夹杂英语一样，不是要完全地洋化或古化，而是以"文学的国语，国语的文学"① 为宗旨，创造一种新的白话文。这正如诗歌领域的新月派，虽然有古典的原则，但谁也不怀疑它是新文学的一支，而且是比较成功的一支。因此，在使用和创造现代白话文这个角度上，古典派小说与人生写实派和浪漫抒情派小说都是对现代新白话文的尝试，它们的不同语言风格不过是对同一个命题的不同方向的探索，或者说是对同一个问题所提供的不同角度的解答。

在叙述体式上，五四新小说的一个重要特征就是广泛采用了胡适所谓的"横截面体"，这种"横截面体"，完全打破了传统小说的线性叙事体结构，是世界小说现代发展的新趋势。② 鲁迅的小说，以及人生派和创造社的小说，都是如此。它们截取整个故事链条中的几个人生片段，对其加以精细描写。故事的趣味主要不在片段与片段的连缀之间，而在每个片段之内。如叶圣陶的《潘先生在难中》，就选取了逃难过程中的三个片段，在这三个横截面的精彩描绘中表现出战争给人民带来的灾难，以及战乱情况下小知识分子的可怜与可笑。在有些小说中，这些片段之间的顺序，甚至是可以随便变动的，如郁达夫的《沉沦》，几个片段之间的顺序即便打乱重新编排，也不影响其主题的表达。表面看来，古典派小说的叙述与人生派和浪漫派小说对传统文学资源的弃绝不同，它们对传统文化资源采取的是有意识地重视甚至是回归的态度。废名便曾自道，"我是用唐人写绝句的方法写小说"。但仔细体味不难发现，古典派对传统资源的借鉴其实也是为了创造一种新的横截面体的小说体式。因为他们对古典资源的借鉴并非来自小说，而是古典诗词，这就造成了这类小说的散文化、诗意化的结构模式。如废名的《桃园》，其结构更散，更诗意化，甚至还有意识流的味道。这种"诗化"和"散文化"的小说结构体式，自然是对传统线性体小说叙事模式的反拨。因此，古典派小说在叙述体式上的探索，仍然是对五四"横截面体"小说体式这一总的时代课题的完成，它不过是在创造社的"日记体"和"书信体"，鲁迅的"还乡体"和"看/被看"的"围观体"等之外，创造了一种新的"横截面体"小说体式而已。

---

① 胡适：《建设的文学革命论》，《新青年》1918 年 4 月第 4 卷第 4 号。
② 胡适：《论短篇小说》，《新青年》1918 年 5 月第 4 卷第 5 号，严家炎编《二十世纪中国小说理论资料》（第二卷），北京大学出版社 1997 年版，第 37 页。

其次，它们同样属于"人的文学"的范畴。周作人《人的文学》，是最能代表五四启蒙主义文学立场的理论文献。文章开篇就说，"我们今日提倡的新文学，就是人的文学，反对的就是旧的非人的文学"。在介绍了何为"人"，何为"人道主义"之后，他说："用这人道主义为本，对于人生诸问题，加以记录研究的文字，便谓之人的文学。其中又可以分作两项：（一）是正面的，写这理想生活，或人间上达的可能性；（二）是侧面的，写人的平常生活，或非人的生活，都很可以供研究之用。这类著作，分量最多，也最重要。因为我们可以因此明白人生实在的情状，与理想生活比较出差异与改善的方法。"[1] 不能说五四文学家是受了周作人的影响才有意识地去创作，但周作人确实非常敏感而精确地概括出了五四文学的精神。不难发现，鲁迅以及人生派和浪漫派的小说，其实大都属于周作人所说的"人的文学"的"侧面的"类型。因为在这些作品中，不是写外在人生的病苦，就是书写人内在心灵的苦闷，写的大都是"非人"的病态生活，如狂人、祥林嫂、阿Q、潘先生，留学日本的"他"等。

与五四主流小说好写人性的病态，好从侧面表现人的文学的理想相反，这一派则喜写人性之常与人性之美，喜从正面描写理想的人的文学。按照周作人有关人是"从动物进化的"判断，理想的人的生活应该是动物性和进化性有机结合、灵魂与肉体相统一的生活。在外我人生层面上，这派小说少了个人身份与公共身份之间的矛盾和龃龉，转而书写人和人之间的温情，是一种和谐的人际景观的呈现。每个人都有自己的愿望，自己的考虑，但在根本上又不悖乎人性，相互间是扶持和充满温暖的。当然，这种扶持也并不像后来的左翼小说那样，表现为气势磅礴的许多人团结一致地同仇敌忾。在内在心灵层面上，这派小说少了欲望与道德之间的冲突和对抗，因而显得很恬静，淡泊。外我层面的温婉和谐，内我层面的恬淡宁静，构成了这派小说人物的主要特点。最能显现这一特征的是许地山之《缀网劳蛛》里的尚洁。她人如其名，高尚纯洁。面对外在世界的诽谤与怨怼，她恬淡以对，面对弱小者，她又同情悲悯，她身上的"自然"特征，连同其博大的爱之胸怀一起，构成了理想的人性。废名《桃园》里的父女俩，也是自然化状态的典型。

---

[1] 周作人：《人的文学》，《新青年》1918年12月第5卷第6号，署名作人。

面对灾厄病痛，没有大哀大痛，没有大哭大闹，不管是自觉还是不自觉，一切都淡然处之。这显然是古典韵味的理想人性的呈现。

简言之，如果说人生派重在对"病态人生的苦涩展示"，浪漫派则重在表现"正常欲望的病态压抑"，都是周作人所谓"侧面的"人的文学，那么，古典叙事多写"美好人性的自然流露"，强调对理想人性的赏玩（赞赏和玩味），则是从"正面"来表达的人的文学。说得夸张点，这或许是五四时期个性自由和个性解放思潮中唯一从建设性角度呈现何谓理想人性的一脉小说。当然，即便在这派小说家的笔下，有时也有"侧面"的类型出现。如许地山的小说中，有时便有非常现实、感时忧国的一面。《命命鸟》《商人妇》有追求恋爱自由，反抗封建婚姻的五四味道。而《黄昏后》还夹杂着浓厚的家国之痛的投影。"《黄昏后》是一篇哀感缠绵的小说，它正面描写的是丈夫对亡妻的思念，实际上在这种真挚的夫妇之情背后，流动着浓郁的爱国主义感情，这两种情感交相融合，使作品韵味醇然。"① 再如废名，除了对乡村古典风格大加赞赏的田园牧歌小说之外，也有对现实生活予以批判的讽刺性短篇和长篇。如《四火》《文公庙》《莫须有先生传》等，都是讽刺知识分子和时事的。这个"侧面"类型的小说世界的存在，更印证了它们并未溢出五四文学"人的文学"的时代主潮。

最后，启蒙主义的立场是明显的。最能直接体现五四启蒙主义立场的小说是最先兴起的"问题小说"。这类小说以新获得的理想人性为标准，用小说的方式对中国社会的问题展开追问和分析。有论者将其分成两种类型：一是仅提出问题的；二是既提出问题又提供答案的。② 事实上，还有一种类型，那就是正面提供答案的。如果说，第一种类型如冰心的《斯人独憔悴》那种有关父子关系问题的探讨，开启了后来人生派写实小说的先河，第二种类型如冰心的《超人》那种才子孤独的思绪，则是后来浪漫派小说常用的基调。那第三种类型如王统照的《微笑》对美好人性及其力量的渲染，则开启了古典倾向小说的道路。也就是说，古典派与人生派和浪漫派一样，都是从早期问题小说中分蘖而

---

① 杨义：《中国现代小说史》（上），《杨义文存》第 2 卷，人民出版社 1998 年版，第 390—391 页。
② 严家炎：《中国现代小说流派史》（增订本），长江文艺出版社 2009 年版，第 34 页。

出的，根源于共同的五四启蒙精神。在后来的发展中，人生派侧重表现外在人生的病苦，浪漫派侧重展现内在心灵的苦闷，显现出文化批判和社会批判相结合的特色。但批判是以理想人性为标准的，对病苦的展示是为了呼唤一个不再病苦的理想世界的出现。就此而言，古典派小说与它们不过是殊途同归而已。因为它们侧重理想人性的建构，强调"理性节制情感"，强调动物性和进化性或者灵魂和肉体的有机结合，强调"文学的纪律"等，其终极目标当然还是指向未来，指向普遍永恒的理想人性，呼唤一个黄金世界的出现。也就是说，这类小说一定程度上对古典传统的回归，不过是一种拟古典化，并不是真正要回到古典中去，更不是要复古，而是以古典资源为基础，为理想人性和理想社会的出现提供一条新的路径。这与五四启蒙主义理想的时代主题显然并不相悖。

即便从与西方相比较的角度来讲，亦可看出其五四启蒙主义的基本性质。按照后来胡风的说法，中国的五四新文学运动不过是西方文艺复兴运动在中国的一个遥远的回声，是世界进步文学一个"新拓的支流"[1]。中国的五四新文学运动，确实借鉴甚至是照搬了西方文艺复兴的理念，而且将西方文艺复兴后三四百年间历时性出现的文学潮流，用十年时间共时性地吸纳并演绎了一遍。如果说人生派对应的是西方的现实主义和新现实主义（即自然主义），浪漫派对应的是西方的浪漫主义和新浪漫主义（即现代主义），那么，古典派借鉴的则是西方的古典主义和新人文主义。事实上，古典派作家的理论旗手梁实秋就是西方新人文主义者白璧德的忠实信徒。就西方来说，不论是现实主义、新现实主义，还是浪漫主义、新浪漫主义，抑或古典主义、新人文主义，都不过是西方近现代文学发展的一个阶段，在根本上服从服务于西方文艺复兴以后的现代性追求。同理，不论是人生派，还是浪漫派，抑或古典派，都是为推进中国小说现代化而做出的努力，在根本上都是中国五四启蒙文学的一个有机组成部分。

二 对五四的疏离

古典派小说并非复古主义，而是五四启蒙叙事的一个重要组成部分。但毋庸讳言，它们与五四启蒙叙事有着千丝万缕联系的同时，也对

---

[1] 胡风：《论民族形式问题》，《胡风全集》第2卷，湖北人民出版社1999年版，第744页。

五四启蒙叙事有着一定程度的疏离甚至是偏离。这种疏离或者偏离集中体现在它们对待传统和现代的态度之上。

所谓传统与现代之分，是一种新时间观的产物。在传统中国那里，时间是循环的，甚至是向后看的。儒家认为的美好时代在尧舜禹时期，所谓唐尧盛世即是。道家则将美好时代推溯到更为古远的小国寡民的时期。他们向往那种鸡犬之声相闻却老死不相往来的状态。也就是说，美好的时代，不在未来，而在过去，越是过去的，就越是美好的。这样，人类的历史就是一个不断偏离理想而逐渐颓败的过程，人们要做的就是极力回复往昔的荣光，以一种面向过去的姿态处理当下和未来的事情。但自从近代严复等人引进进化论以来，中国人就获得了一种新的时间观。进化论引进后，人们的思维发生了一百八十度的转变，向后看的思维开始转变为向前看，人类的黄金时代是在未来而不是过去，过去是一个必须挣脱的对象，因此，用现代否定过去，成为一种普遍的思维模式。传统/现代的二元对立构成了五四时期最基本的思维方式。胡适《文学改良刍议》的"八不主张"，陈独秀《文学革命论》里的"三大主义"，都是在一种过去/现在、旧/新的二元对立思维中论述的。而且无一例外地表示出对传统的厌弃，对现代的呼唤。也就是说，在传统/现代的二元对立中，激烈地否定传统，热烈地呼唤现代，构成了整个五四新文化最为核心的思维方式和最为基本的价值取向，也构成了五四主流小说叙事的深层结构。如鲁迅小说就以一个现代知识者还乡的故事，发现了传统乡村的龌龊和不得不离去，人生派和浪漫派小说中许多的家庭故事则设置一条父子冲突线索并让其分别代表传统和现代，最后以子一代的离家出走而象征对传统的挣脱。

但反观古典派小说的叙事，却不难发现，传统/现代的二元对立思维方式仍在，但在具体的价值取向上却发生了倒转。这种倒转首先表现在还乡故事的怀乡式变奏上。废名的小说《竹林的故事》，表面看来，也是一个鲁迅式的知识者还乡的故事，讲"我"多年以后重回故乡时的所见所忆及所想。但表面的相似中，却是深层的不同。具体说来，《竹林的故事》中的三三，有如鲁迅《故乡》中的闰土，过去都是那么地活泼可爱。但鲁迅小说在表现闰土时，采取的是过去/现在的对比，并用今不如昔的方式彰显出故乡的龌龊。闰土由可爱到麻木的转变，代表了故乡对人性的戕杀，这说明故乡是一个落后的所在，是一个必须挣脱逃离的对象。而废名这里，虽然也有今昔对比的意味，但重点却在用一种动/静对立的轴线彰显一种自然化的生命观。三三无论面对什么变故和无常，总是那么地平淡自然。三三作为小说的主人公，就是故乡那种怡然自得、古朴自然生活的象征，这当然不是需要逃离而是值得回归、回味，哀挽和怀念的对象。也就是说，鲁迅的书写在本质上是一个还乡者"去乡"或者说"弃乡"的故事（离去—归来—再离去），因为在还乡过程中发现了故乡的龌龊和丑陋，因此不得不重行离去。而废名的书写，却是一个还乡者"怀乡"的故事（离去—归来—不愿再离去），因为他在还乡过程中重新确证了故乡的美好，因此他沉浸在故乡的美好中流连忘返。因此，同样是还乡故事，废名们却将鲁迅式的"弃乡"模式做了"怀乡"式的变奏。

也正如所有的鲁迅小说，不论是否真的出现还乡/去乡体的表层模式，在深层机制上都可以理解为作者精神上还乡然后再离去的产物，废名们的小说，也可以理解为一代知识者在精神还乡之后对故乡美好的发现以及怀念。如废名的《桃园》，虽然在文本层面没有直接出现还乡模式，但整个都是对故乡美好生活的怀想。如上节所述，小说刻意营造了一个生死对立的景观，如王老大（年老—死）/女儿阿毛（年轻—生），阿毛（十三岁—生）/生病（死），桃园（生—生机勃勃）/沙场（死—肃杀萧条），王老大和女儿（活着—生）/王老大老婆（去世—死），并在生/死的二元对立中，彰显出一种自然化的生命观，即便是一个生命的逝去或者罹患疾病，都没有大悲大痛，而只有顺其自然的淡泊。这种态度，与道家的自然无为、随遇而安相似，表现出对古典生命态度的向往。为营造对古典世界的向往，还故意追求一种古典化的表述方式和语言风格。他们不仅直接表明要向中国传统学习，而且有意使用一些具有古意的文言词汇，一些传统的叙事风格。这在极力打倒传统奔向西方的五四时代，显然有点另类。当然，作为主流的人生派和浪漫派那里也有传统的痕迹，但那是去传统化不彻底的表现。因为是从旧时代过来的，必然粘上旧时代的血腥气，或者如鲁迅所说总不免带点"鬼气"。就主观愿望而言，它们其实是要挣脱传统的。例如鲁迅的《阿Q正传》，有些地方故意使用古法，却并非向传统致敬，而是要反向揶揄它。此外，传统的风俗，在人生派那里是愚昧落后的象征，而在他们这里，也变成了美好古朴的表现。

对五四主流价值取向的倒转，还表现为家内故事的温馨化呈现。家庭是社会的细胞，中国是传统的宗法伦理社会，家庭更是充当着社会基础的作用。修身齐家治国平天下，家国并称，家国同构，以家喻国的思维方式根深蒂固。家庭的问题，也就是国家社会的问题，家庭的矛盾，也就是国家社会的矛盾。这是《红楼梦》《金瓶梅》等古典家族小说出现的原因，也是五四小说往往发生在家庭内部的关键——五四后的"家庭故事"多有出现，如鲁迅的《狂人日记》《幸福的家庭》《离婚》《伤逝》；胡适的《终生大事》，冰心的《斯人独憔悴》等。中国传统的家内故事如《红楼梦》和《金瓶梅》等，一般为几代人同堂的大家庭或曰大家族故事。这类故事的重心在于展示家庭内部的矛盾与冲突，这既包括纵向的代际冲突——比如父子冲突，也包括横向的夫妻、兄弟、妯娌、兄嫂冲突等。五四时期的"家庭"故事多为短篇，囿于篇幅，不可能像《红楼梦》和《金瓶梅》那样展开纷繁复杂的家内景观，但它们总体上可说是传统那种大家庭故事的微缩版，不过是大家庭枝干上裁剪下来的一个片段，因为这些故事讲述的仍然是家庭内部的矛盾与冲突。[①] 与传统家族小说不同的是，五四家庭故事的冲突并非源自形而下的利益争夺，而主要因为思想观念的差异。这些思想观念上的差异，多集中呈现于纵向的代际冲突尤其是父子冲突之间。在这里，父辈往往被建构为传统、封建、腐朽、落后的一面，而子一辈则被认为是现代、个性、自由、民主的象征。小说正是通过子一辈对父辈的坚决反抗或者父辈对子一辈的无情戕杀，最终传达出五四批判传统、呼唤现代的时代主题。

在此系谱中考察，不难发现同样是家庭故事，废名的《桃园》却拉开了与五四主流的距离。《桃园》在家庭故事的书写上，最起码有三种特色：一是当五四小说在叙述《红楼梦》式的传统大家庭对青年一代恋爱自由的阻挠和摧残时，它却去叙述一个小家庭，父女俩相依为命的故事，一个家庭成员简单，并且残缺的故事，这类故事在总体上给人冷清、凄凉的感觉。二是当主流小说叙述一个代际冲突的故事时，它却

---

① 从文学史的后来发展来看，这个从大家庭故事中裁剪下来的片段，在20世纪三四十年代后的小说中又重新壮大起来，如巴金的《家》《寒夜》，老舍的《四世同堂》，路翎的《财主底儿女们》等。

把家庭内部矛盾与冲突转化为家庭成员间温情脉脉的故事，这里有代际存在，却没有代际冲突，代之而起的恰恰是相互间的理解和温情。这个家庭里面没有战争，没有观念的冲突，更不存在父辈对儿子一代的欺压和支配，有的只是父女俩相互理解、相互支持的温情和温暖。第三，这个家庭里也有悲剧，但悲剧的造成不是因为价值观念的差异，相反，是因为价值观念的相同。这就在故事的选择与设计上疏离了五四，换言之，当大家对传统开炮的时候，它却反其道而行之，开始怀念并赞颂起古典来了。这在后来的京派尤其是沈从文的《边城》中有着更明显的体现。

在五四主流的家庭故事中，除了家内矛盾和冲突之外，往往也会书写"家内"与"家外"之间的对比。这些故事中，家内/家外就像父辈/子辈一样具有价值观念的分殊，前者是保守、落后、封建、黑暗的象征，后者则是自由、光明、民主的所在。也因此，五四小说的结尾，经常响起摔门而去的声音或者闷锁家庭走不出去的叹息。前者如胡适的《终身大事》，后者如冰心的《斯人独憔悴》。在这里，走出门外，也就意味着走向了光明，闭锁家中，也就意味着被黑暗所吞没。类似的对比，在20世纪30年代巴金的《家》中还有继续，但到20世纪40年代的《寒夜》中则开始发生改变。在那里，家里与家外似乎变得同等地黑暗了。这类把空间上的家里/家外，建构为时间上的过去/现在或者现在/未来，性质上的黑暗/光明的做法，与进化论思维息息相关，是典型的五四式做法，是启蒙主义思想的体现——在《红楼梦》和《金瓶梅》等传统家族小说那里，家内和家外基本上是同构同质的，家外并非一个与家内异质的空间，根本构不成理想之所。即便《红楼梦》中贾宝玉们要去的太虚幻境，表面看似乎是一个理想的所在，但实质上只是一个虚幻的东西，体现的是一种传统循环论的思维模式。反观废名的《桃园》，其中似乎也包含着家里和家外两个故事，而且也像其他五四小说一样，这两个故事是异质的，也有家里与家外的冲突。这集中体现在张四，以及王老大卖自家桃子、市面上卖玻璃桃子、小孩打碎玻璃桃子等事件之上。但不同的是，它并没有像一般五四小说那样将家外视为理想光明之所。相反，家内是温馨的，家外则是残酷的。正是家外的故事，破坏了家内的温馨。这样，五四式的进化论的时间观，就在这里翻了一个个：不是未来，不是家外，是理想的，是值得我们奔向的；而是家内，是过去，才是最理想的。这里，古典化的思维方式，往回看的思维方式再一次显现。

当然，最能表现这类小说对五四主流的疏离甚至偏离的，是其对"现代"的直接拒斥和批判。在此意义上，《桃园》仍是一个值得剖析的象征性文本。小说中，除了"生/死"之外，另有一条价值轴线是"古典/现代"。古典主要表现在王老大和其女儿阿毛的生活方式和生命态度上，而"现代"则以各种非古典的方式呈现，商业逻辑——卖桃子，工业文明——玻璃桃子，被商业逻辑浸润的人——张四叔，一个贪小便宜而且借钱不还的人，尽管在文本篇幅中不大，但构成了整个古朴自然生活的对立面。主人公们的态度和小说最后的结局，其实都意味着现代商业或者工业逻辑的不可靠，因为正是它打破了古朴自然文明的宁静，才造成了生活的悲剧。这样，就呈现出了对"现代"的直接批判。《竹林的故事》中的"我"——除了作为故事人物孩子之一的身份之外，更有作为进城后重新返乡者的叙述者身份。这个"我"在对三三故事的叙述中，不仅流露出对过去生活的怀念，也流露出对现在生活的不满。这种不满是一个具有现代眼光的人对现在/现代生活的否定，直接象征着对"现代"的批判。许地山的《缀网劳蛛》中，女主人公尚洁与尚洁的老公、尚洁的朋友、尚洁家的仆人乃至小偷，既构成了高尚/世俗的对立，也构成了古朴/现代的对立。小说不仅以大量笔墨对前者进行了正面的赞美，而且也以对比的方式对后者进行了直接的批判，表现出对所谓现代的否定和拒斥。

简言之，五四新文化运动，构建了一个基本的二元对立，那就是传统/现代，并且在这一对立中天然地站在现代这一端。而古典派小说，则站到了这一对立的另一端。在主流小说对传统展开猛烈批判的时候，它们却将传统视为美好的资源，视为正面人性的回归之所，将其当作未来现代所要回到的地方。对五四主潮的这种偏离，表明了五四本身的复杂性。如果说五四新文化运动是中国现代性追求过程中的重要一环，那么就在五四追求现代性建构的同时，在其内部也出现了与之对话的声音。这种现代性大潮内部与现代对话的反现代性声音，在下一个阶段的京派小说叙事中会体现得更为明显。

三 京派小说叙事风格的开启

关于后五四时代的小说发展，在一般的文学史叙述中，通常会强调创造社后期的革命化转变。如果说创造社浪漫抒情小说的革命化转向产生了革命罗曼蒂克小说，那么它的保留与发展则成了三十年代海派叙事的源头。这从郭沫若和张资平等人的分流就可以看出，在郭沫若和成仿吾等人急遽左转变成革命文学的先锋人物时，张资平和叶灵凤等则开始迅速右倾，并成为新海派小说的开山鼻祖。至于革命罗曼蒂克后的左翼革命现实主义小说，则主要上承自人生派的现实主义小说。这也就是说，所谓左翼和海派，在某种程度上其实都是从五四时期的人生派写实小说和创造社浪漫派小说中发展出来的。既然如此，那么五四时期隐然存在却长期被遮蔽的古典化小说叙事传统，在后五四时代是否也有发展或者继承者呢？事实上，这一脉络的小说并未消失，而是有着更大的发展，那就是在三四十年代文坛上极为耀眼的京派小说。

京派小说和20世纪20年代古典派小说之间的相似性或曰继承性，仅从小说文本的比较就可看得出来。试读《菱荡》中这段话："陶家村过桥的地方有一座石塔，名叫洗手塔。人说，当初是没有桥的，往来要'摆渡'。摆渡者，是指以大乌竹做成的筏载行人过河。一位姓张的老汉，专在这里摆渡过日，头发白得像银丝。一天，何仙姑下凡来，渡老汉升天，老汉道：'我不去。城里人如何下乡？乡下人如何进城？'但老汉这天晚上死了。清早起来，河有桥，桥头有塔。何仙姑一夜修了桥。修了桥洗一洗手，成洗手塔。这个故事，陶家村的陈聋子独不相信，他说：'张老头子摆渡，不是要渡钱吗？'摆渡依然要人家给他钱，同聋子'打长工'是一样，所以决不能升天。"从这段被严家炎称之为"简而不文，白而不冗，看似闲笔，实具情趣，平淡中见奇僻，显示出文字上很高的修养"[1] 的段落中，不难发现沈从文小说的"踪迹"。那桥，那河，那船，那塔，还有摆渡、老汉等，一切都和《边城》是那么地相似。严家炎还说，只要读读沈从文的小说《老实人》，就可以知道他很早赞赏《竹林的故事》的这位作者。[2] 事实上，倘若把《竹林的故事》《菱荡》等小说的作者隐去，对废名不熟悉的人一定会说这是沈从文的小说。此外，废名《桃园》中那种小家庭中父女俩相依为命温情脉脉的故事，自然化的生命态度和生活方式，以及对理想人性和理想

---

[1] 严家炎：《中国现代小说流派史》（增订本），长江文艺出版社2009年版，第210页。
[2] 同上。

生活状态的呈现，也在《边城》中有着非常明显的痕迹。而《桃园》通过自然/现代所表露出来的对"现代"的失望与批判，在《边城》中则进一步演变为"走马路"/"走车路"，"要渡船"/"要碾坊"的对立，并通过故事人物或隐或显地对"走马路""要碾坊"的选择而传达出来。

京派小说的叙事风格深受20年代废名等人古典小说的影响。对此，作为京派代表人物的沈从文也曾坦然承认。1929年7月14日，沈从文在小说《夫妇》的附记中说："自己有时常常觉得有两种笔调写文章，其一种，写乡下，则仿佛有与废名先生相似处。由自己说来，是受了废名先生的影响，但风致稍稍不同，因为用抒情诗的笔调写创作，是只有废名先生才能那样经济的。这一篇即又有这痕迹……"① 在《论冯文炳》中，他也说："把作者（指冯文炳——引者）与现代中国作者风格并列，如一般所承认，最相近的一位，是本论作者自己。一则因为对农村观察相同，一则因背景地方风俗习惯也相同，……用同一单纯的文体，素描风景画一样把文章写成……如人所说及'同是不讲文法的作者'……"② 沈从文的学生，有"最后一个京派文人"或者京派殿军之称的汪曾祺后来也曾说："废名是一位被忽视的作家。在中国被忽视，在世界上也被忽视了。废名作品数量不多，但是影响很大，很深，很远。我的老师沈从文承认他受过废名的影响。他曾写评论，把自己的几篇小说和废名的几篇对比。"③ 当事作家们的自述，更充分说明若从叙事发展演变的角度来说，20年代的古典派小说确实构成了三四十年代京派小说的源头和基础。

当事人的自况之外，绝大部分文学史家也都认为，沈从文小说和废名小说之间具有明显的师承关系。杨义说："从乡土题材而蒸馏出田园小说的灵感，起始于废名，大成于沈从文。他自列文学谱系，饶有意味地把自己和废名'风格并列'，'一则因为对农村观察相同，一则因背景地方风俗习惯也相同，然从同一方向中，用同一单纯的文体，素描风

---

① 沈从文：《菜园·附记》，《沈从文选集》第2卷，四川人民出版社1983年版，第216页。

② 沈从文：《论冯文炳》，《沈从文选集》第5卷，四川人民出版社1983年版，第296页。

③ 《汪曾祺全集》第3卷，北京师范大学出版社1998年版，第454页。

景画一样把文章写成，除去文体在另一时如人所说及"同是不讲文法的作者"外，结果仍然在作品上显出分歧的。'"① 钱理群等人则说："沈从文用抒情笔调写乡村题材曾受过废名的影响，他在《〈夫妇〉篇附记》里承认过。正是他，大大发展了30年代的此类小说，使它得到长足的进步，以至于到了如今有许多当代的青年作家继起模仿它，又发展它，无法忘记它身上的沈从文的印记。"② 钱理群等人还从整个现代抒情小说体式发展演变的角度，对废名小说对后来京派的影响予以高度评价："在乡土小说的现实主义发展中，另有一位特异的田园作家是以抒情见长的，这就是'语丝社'时期的冯文炳（1926年起才改用笔名废名，1901—1967年）。……沈从文和更晚的汪曾祺等人都一再地提到冯文炳20年代的作品对他们的作用。在现代抒情小说体式的发展史上，从郁达夫到沈从文，废名是中间一个不可或缺的环节。"③

夏志清对沈从文早期写作经历和交游情况的介绍，则更可看出他与20年代新古典派之间的关系。沈从文1922年到达北京，在北京苦写了两年后，崭露头角，"开始受到英美派胡适、徐志摩、陈源等人的注意。1924年后，他的文章常常在上述这班人的刊物上发表，即北京《晨报副刊》《现代评论》《新月》等。表面看来，这一批英美教授和学者跟这个连一句英文都不会说的'乡下人'实在没什么相同的地方。……沈从文跟那些教授作家能建立友谊，主要因为意气相投。到了1924年，左派在文坛上的势力已渐占上风，胡适和他的朋友，面对这种局面，只有招架之力。在他们的阵营中，论学问渊博的有胡适自己，论新诗才华的有徐志摩，可是在小说方面，除了凌叔华外，就再没有什么出色的人才堪与创造社的作家抗衡了。他们对沈从文感兴趣的原因，不但因为他文笔流畅，最重要的还是他那种天生的保守性和对旧中国不移的信心。他相信要确定中国的前途，非先对中国的弱点和优点实实际际地弄个明白不可。胡适等人看中沈从文的，就这是这种务实的保守性。他们觉得，这种保守主义跟他们所倡导的批判的自由主义一样，对当时激进的革命气氛，会发生拨乱反正的作用。他们对沈从文的信心没

---

① 杨义：《中国现代小说史》（中），《杨义文存》第2卷，人民出版社1998年版，第616—617页。
② 钱理群等：《中国现代文学三十年》（修订本），北京大学出版社1998年版，第219页。
③ 同上书，第62页。

有白费，因为胡适后来致力于历史研究和政治活动，徐志摩于 1931 年撞机身亡，而陈源退隐文坛——只剩下了沈从文一人，卓然而立，代表着艺术良心和知识分子不能淫不能屈的人格"①。这段文字说明，沈从文在 20 世纪 20 年代就已是古典派小说阵营中的一分子，只是因为他此时的写作水平，总体上还有待提高，尚未引起大的注意。而 20 世纪 30 年代，随着创作经验的丰富，以及他在大学获得教职因而可以更加静心写作之后，才慢慢成了京派的中心。沈从文的"成名"过程，从文学外部的角度说明三四十年代的京派小说确实是从 20 年代废名式的古典阵营中延伸发展出来的。

　　要而言之，从小说发展史的大视野来看，以废名为代表，外加许地山、凌叔华等人的古典派小说，比起五四同一时期的病态人生的冷静批判和苦闷心灵的浪漫抒怀这两类小说来说，或许只能算是涓涓细流。但到三四十年代，这个涓涓细流却衍生出了京派这个大的波浪，与左翼和海派小说鼎足而立。当然，由于时代的不同，二者之间也存有差异。五四时期的古典派小说，不管与五四主流有多少疏离，在本质上仍属于启蒙文学的范畴。它们不过是五四文化启蒙大主题下的一种分支，其主要意义在于为启蒙叙事提供了一种独特的方式和路径。而京派小说，所谓启蒙性逐渐为文学性所压倒甚至取代。因为在三四十年代的小说格局中，无论左翼还是海派都持明显的功利主义文学观念，前者是政治功利主义，后者是经济功利主义，作为与之对立的自觉的小说流派，京派自然要大力呼吁文学的超功利性和审美独立性。也正是在对文学本体（对人性的玩味）独立意义的强调中，京派小说的启蒙性意义和价值被逐渐消减。值得补充的是，在抗战爆发后以及整个 40 年代，京派小说还进一步由文学自觉性向文化自觉性转变。30 年代，文学独立意味的强调更重，40 年代则是文化色彩更浓。如果说沈从文 30 年代的作品多少还有点启蒙叙事的色彩——如他强调小说对"民族品德的消失与重造"的作用，那 40 年代汪曾祺的小说则成为文化叙事的典范。但无论是 30 年代的文学理性，还是 40 年代的文化理性，都是从 20 年代古典派小说的启蒙理性延伸发展而来。

---

①　[美] 夏志清：《中国现代小说史》，刘绍铭等译，复旦大学出版社 2005 年版，第 137 页。

第四章　左翼小说革命叙事的兴起与别创

——从普罗小说到七月小说的叙事流变

　　1927年，随着第一次国共合作的破裂和蒋介石政府对革命人士的大肆屠杀，延续了近十年的五四启蒙文学思潮，顿遭挫折。原本统一的五四启蒙文学阵营，此后迅速分化为两个基本对立的路向：一是强化启蒙文学原本就有的工具论和功利论思想，进一步主张文学不仅是思想启蒙的工具，更是现实革命的武器和配合者，于是有革命文学或左翼文学的兴起；一是弱化启蒙文学的工具性而放大其中的人性的因素，认为文学既然承担不了启蒙的大任，那就让文学回归文学，因而开始强调文学的独立审美性或消闲消费性，于是有所谓京派和海派文学的出现。左翼革命文学及时因应现实的时代变动，逐渐发展成为当时最有影响力的文学力量。"在中国文学的总体格局中，左翼文学成为最具影响力的派别，应该说在30年代就已开始。到了40年代后期，更成了左右当时文学局势的主流文学力量。"① 左翼革命文学思潮中，小说尤其发达，从20世纪20年代末到1949年一直绵延不绝。但历时二十余年的中国现代左翼小说并非铁板一块，它内部存在着多样性和变动性。大体来说，可以"左联"为参照坐标，分成前左联时期的"革命罗曼蒂克小说"，左联时期的"左联小说"，后左联时期的"七月派小说"。这三个阶段的小说整体上同属左翼，但内部差异也非常明显，在叙事上有着诸多肯定或否定的联系。本章便主要分析它们各自的叙事风格，及其相互间的叙事联系和异同。

---

① 洪子诚：《中国当代文学史》，北京大学出版社1998年版，第7页。

第一节　从"文学革命"到"革命文学"的叙事转变
——"革命罗曼蒂克"小说的叙事解读

20世纪20年代中后期兴起的革命罗曼蒂克小说,首先诞生于五四文学革命的边缘处。据考证,最早的革命罗曼蒂克小说,是张闻天1924年写作的《旅途》。然后才是1925年蒋光慈的《少年漂泊者》。当时广为流行的革命罗曼蒂克小说,主要来自三大阵营:一是后期创造社和太阳社作家,包括蒋光慈、洪灵菲、阳翰生、钱杏邨、刘一梦等人。其中蒋光慈最具代表性,1925年的《少年漂泊者》后,陆续发表《鸭绿江上》《野祭》《菊芬》《最后的微笑》《冲出云围的月亮》《丽莎的哀怨》《咆哮的土地》等小说,均风行一时。二是"左联"前期新起的青年作家,如胡也频、柔石、丁玲等。代表作有丁玲的《韦护》《一九三〇年春上海》(一)和(二),胡也频的《到莫斯科去》(1930)和《光明就在我们的前面》(1930),柔石的《二月》。茅盾的《蚀》三部曲、《创造》《虹》等小说,也可归入此一类型。三是一些非无产阶级思想的作家,如巴金、叶圣陶等。代表作有巴金的《灭亡》《新生》《爱情三部曲》,叶圣陶的《倪焕之》。前两大阵营的革命罗曼蒂克小说,初步具有无产阶级革命文学的性质,因此有早期无产阶级小说或者普罗小说之称。它们是五四"文学革命"向20年代末"革命文学"思潮转变时的小说化表现,既是此前历时十余年的五四启蒙小说的终结,也是此后延绵半个多世纪的红色小说的起点,"对于中国小说的现代性开展构成极其重要的环节,含有'范式转型'(paradigm shift)的意义"[①]。如果此言不虚,那就叙事而言,其"范式转型"的意义究竟体现在什么地方?具体说来,它们与此前的五四启蒙小说存在哪些关联和断裂?作为不久即将广受诟病并被超越的一种革命小说类型,它们又存在何种"弊病"呢?

[①] 陈建华:《革命与形式——茅盾早期小说的现代性展开(1927—1930)》,复旦大学出版社2007年版,第51页。

一 "革命"故事的进入

与五四启蒙小说相比,革命罗曼蒂克小说在故事层面上的最大不同,便是"革命"故事的添加。这最为集中地表现为"革命"对"恋爱"故事的进入。爱情是五四小说,尤其是浪漫派小说喜欢描写的对象。这是因为爱情本身能够连接五四启蒙精神的两个重要维度:一是个人欲望的合法性,二是个体行为的自主性。爱情是以性本能欲望为生物学基础的,爱情关系的建立应由当事双方自主决定。而传统文化中,爱情的欲望基础和爱情行为的自主性均备遭压抑,前者被贬为不道德的范畴,后者则由父母之命和媒妁之言来代替。因此,五四小说大力描写爱情,既具有张扬欲望的作用,也具有肯定个性追求的功能。前者如郁达夫的小说《沉沦》《秋柳》等,后者如彭家煌的小说《喜期》,陶晶孙的《木犀》,楼建南的《爱兰》,叶灵凤的《女娲氏之遗孽》等。此外如胡适戏剧《终身大事》、田汉戏剧《获虎之夜》,也都属于此类。也就是说,在五四思想启蒙的大背景中,"爱情"是作者表达思想革命的载体和武器,不管最终是成功还是失败,主人公们自由恋爱本身便是革命行为。而到革命罗曼蒂克小说中,主人公们不仅会遭遇爱情,同时也会遭遇革命。这也是这类小说常常被称为"革命+恋爱"小说的原因。而且,爱情和革命的纠缠是如此普遍,以致出现了类型化的倾向。茅盾后来将之概括为三类:一是"相互冲突型":"为了革命而牺牲恋爱";二是"相因相成":"革命决定了恋爱";三是"相互融合"型:"革命产生了恋爱"[1]。这说明"革命"确实已经大篇幅地进入到"恋爱"故事之中。如果说五四是"以恋爱为革命",那这里则是"恋爱加革命"。

恋爱是"为我"的,本是私人范畴的事。而革命是"为他"的,属于社会公共事件。因此,革命罗曼蒂克小说中革命对恋爱故事的大规模进入,实为探讨"为我"与"为他"、"个人"与"社会"的关系,并把五四个人话语转变为社会公共话语:"就现代中国更为深刻的文化变迁而言,'革命加恋爱'所起的作用,在于将小说话语从私人空间转向公共空间,与现代民族国家的建构及其权力的扩张相一致。"[2] 与此

---

[1] 茅盾:《"革命"与"恋爱"的公式》,《茅盾文集》第20卷,人民文学出版社1990年版,第337—339页。

[2] 陈建华:《革命与形式——茅盾早期小说的现代性展开(1927—1930)》,复旦大学出版社2007年版,第57页。

相应，许多小说都会仪式性地书写主人公"离开家庭""走向社会"的情节。茅盾的《创造》《虹》，丁玲的《一九三〇年春上海（一）》，胡也频的《到莫斯科去》等小说，都出现了女主人公（资产阶级贵夫人）决然"摔门而去"（逃离家庭走向社会革命）的意象。这种离家出走的意象，在易卜生的《玩偶之家》，及其影响下的五四文学如胡适的《终身大事》中也曾存在。但与五四不同的是，这里促使她们走出家庭的不再是个性追求，而是社会使命。以前是用个性追求走出封建束缚之门，现在则是用革命使命走出个人追求之门。此外，蒋光慈《少年漂泊者》中的汪中，因地主的压榨被迫离开家庭去流亡，《咆哮了的土地》中的李杰，则因无产阶级思想的获得而主动离开地主阶级的父母。这类"出走"在革命罗曼蒂克小说中如此普遍，几可构成为一种"原型"。

这些人离开家庭进入社会空间之后，也就获得了一种社会革命者的身份，并进入到一种漂泊羁旅的状态。事实上，大部分革命罗曼蒂克小说书写的都是这类革命者在漂泊途中的故事。叙述者不是以亲历者的身份讲述他们在革命过程中的传奇经历，如《徐州一夜》，便是以旁观者的眼光讲述他们与革命人士的交往，如《鸭绿江上》，或者以传记体的形式讲述他们在漂泊中逐渐成长为革命战士的历程，如《少年漂泊者》。换言之，流浪甚或流亡，实已成为革命罗曼蒂克小说共通的情节模式，而流亡/流浪途中的旅馆、城市街道、车站、办公室等，则成为经常出现的环境意象。这类知识者流浪都市的情节，在五四浪漫派小说中早已出现，如郁达夫的许多小说就是如此。这表明，革命罗曼蒂克小说与五四浪漫派小说之间确实存在"亲缘"关系。实质上，革命罗曼蒂克小说不过是在创造社的漂泊、流浪小说主题上添上革命的油彩，让主人公们变成革命者而已。浪漫派小说主人公为个人生存而漂泊，革命罗曼蒂克小说则是为社会革命而奔波。这就不难说明，蒋光慈小说在故事人物及其关系模式，故事情节及其序列逻辑，故事环境及其空间呈现等方面，与郁达夫小说之间的那种相似与差异了。同样的知识者身份，同样的才子佳人模式，但少了孤独和伤感，多了"粗暴"和豪迈；同样的漂泊经历，同样的流浪旅程，但少了苦闷和无奈，多了传奇和自觉；同样的都市面目，同样的异域空间，少了人性堕落的色彩，多了革命场所的意味。

"革命"对爱情的普遍进入，标志着"文学革命"向"革命文学"的转变。但颇为有趣的是，虽然这里所论革命罗曼蒂克小说的作者，基本都是接受了无产阶级革命思想的人，小说中的"革命"，却并非全部指向中国的无产阶级运动，而是相当地芜杂多样。例如第一篇革命罗曼蒂克小说，也即 1924 年张闻天的《旅途》，便不是无产阶级革命的故事，而是以辛亥革命为背景。若非采用白话，它更像清末民初的革命小说。蒋光慈《少年漂泊者》中的革命，以大革命为背景，但具有浓厚的国民党的色彩；《鸭绿江上》的革命故事，则是一个朝鲜人争民主的故事。《丽莎的哀怨》更以一个帝俄时代的女人为主人公，讲的是旧俄革命的故事。茅盾《蚀》三部曲所写的革命者，也并非具有无产阶级视野和共产主义使命的革命者。第二部《动摇》甚至写的是大革命高潮中"国民党党部"方罗兰等人的故事。简言之，在早期革命加恋爱的小说类型里，所谓"革命"的意指其实是模糊而多元的。这与当时共产党尚处于幼年阶段，还不能充当独立领导革命的主体有关。正如有论者所说，"但在左翼'革命加恋爱'小说里，民族英雄重又得到召唤，'革命'的指涉却变得不确定起来，或指北伐战争，或指工人运动，或指苏维埃，事实上在重新摸索中国的走向，由是产生革命主体塑造的危机"[①]。而大革命失败后，随着共产党成熟和壮大，革命的主体逐渐转移到共产党身上。小说中的"革命故事"，也便由多元化而逐步过渡到共产党领导的无产阶级革命。"左联"成立之后的左翼小说，革命的意涵便会变得单一而明确。

与革命指涉的含混或者说革命故事本身的多元化面貌相应，革命罗曼蒂克小说对革命者形象、革命方式与手段以及"坏人"形象的表现，也远不如后来的革命小说那么纯粹和明晰。首先，资产阶级或小资产阶级知识分子构成了这类小说的绝对主角，即便是其他的阶层的人物，也大都带有小资产阶级的特征，因此真正的无产阶级如农民、工人的形象并不多见。《少年漂泊者》中的汪中，虽然是贫苦农民出身，却是典型的小资产阶级知识分子形象，如此长篇大论且文采斐然的书信，毋宁说是个农民，不如说更像知识分子。随着阶级分析法的引入和深入推广，

[①] 陈建华：《革命与形式——茅盾早期小说的现代性展开（1927—1930）》，复旦大学出版社 2007 年版，第 60 页。

知识分子将因其阶级的原罪——"革命性"和"软弱性"兼具的两面性而退出革命小说主角的位置，农民、工人则会因其阶级的革命性而大规模登场。发展到后来的解放区小说，知识分子会彻底退出，而完全成为工农兵的天下。直到"文革"结束后，知识分子才重回革命小说。其次，对革命方式和手段的理解显得简单而天真。令今人难以置信的一点是，革命女性用身体去报复男性，竟成为革命罗曼蒂克小说中的一个常见"模式"。蒋光慈《冲出云围的月亮》的主人公王曼英，因革命失败产生了幻灭感，于是决心用自己的身体去引诱敌人以报复社会，直至受了真正革命者的感召才"冲出云围"。茅盾《幻灭》中的慧女士、《追求》中的章秋柳，也是这类抱着用身体去革命的想法的女人。这种"幼稚"在此后的革命小说将不复出现。此外，对阶级敌人的描绘，也尚留有"余地"。"史俊本已听得林不平说过胡国光如何革命如何能干，却不料是这么一个瘦黄脸，细眼睛，稀稀松松几根小黄……他也赏识了这位一跤跌入'革命'里的人物。"① 这里已有坏人——兽面的痕迹，但面相、阶级身份和道德属性尚不是严格的三位一体。再如柔石《为奴隶的母亲》里的地主："那边真是一个有吃有剩的人家，两百多亩田，经济很宽裕，房子是自己底，也雇着长工养着牛。大娘底性子是极好的，对人非常客气，每次看见总给人一些吃的东西。那老头子——实在并不老，脸是很白的，也没有留胡子，因为读了书，背有些佝偻的、斯文的模样。可是也不必多说。你走下轿就看见的，我是一个从不说谎的媒婆。"这里的地主形象与后来解放区乃至新中国成立后"十七年"文学中的地主形象相比，还相对温和，但不事稼穑、身体孱弱等特征已显现。

发展到后来，革命罗曼蒂克小说中的"革命"，也逐渐由幼稚走向了成熟。针对早期革命罗曼蒂克小说存在的问题，冯乃超 1928 年曾说："采访革命文学的来源，却不惜枉驾叩黄包车夫的破门，这是认错了门牌。同时，只晓得没有了革命的文学，却又回去祭祀浪漫主义的坟墓，这是他去掘自己的坟墓。"② 真正的革命文学，既不能重弹五四平民文

---

① 茅盾：《蚀》，人民文学出版社 1980 年版，第 167 页。
② 冯乃超：《冷静的头脑——评驳梁实秋的〈文学与革命〉》，《文学运动史料选》第 3 册，上海教育出版社 1979 年版，第 39 页。

学的老调,也不能重走五四浪漫派的老路,而应表现真正无产阶级意义上的革命。这在后期的部分罗曼蒂克小说中得到了实现。这些小说中,真正的无产阶级也即农民和工人开始成为小说的主角。蒋光慈小说1930年的《田野的风》(后改名为《咆哮了的土地》),就是一个底层群众/贫苦农民逐渐觉醒,并起而与压迫他们的地主士绅进行对抗斗争的故事,塑造了张进德、何月素、癞痢头和小抖乱等光彩照人的农民形象。《最后的微笑》也是一个农民报仇的故事,主人公王阿贵也逐渐摆脱五四人生派小说中那种愚昧、麻木、病态的落后形象,而一变为敢于反抗的斗士。这篇小说中,甚至还出现了张金魁、刘福奎、李盛才之类的工贼形象。至于《橄榄》,则是完全的"工人"题材,主要讲述纱厂工人和资本家之间的恩怨情仇。

主人公由小资产阶级变为工农大众后,小说的情节、人物模式也变得更加阶级化了。人物的"转变"/"成长",是革命罗曼蒂克小说共同的情节模式。小资产阶级知识分子为主人公的小说,一般讲述主人公如何受到启发并向革命方向"转变"——不是历经挫折和探索之后终于踏上革命之路(如《少年漂泊者》里的汪中,《到莫斯科去》里的施洵白),就是对原有阶级/原来生活方式的背叛与抛弃(《到莫斯科去》中的素裳,《一九三〇年春上海(一)中的美琳);工农为主人公的小说,则叙述主人公从最初的逆来顺受,到个人主义的、自发的反抗,再到自觉地斗争的"成长"过程(如《最后的微笑》中的王阿贵,《咆哮了的土地》中的张进德)。但前一类型的小说中,主人公由资产阶级向无产阶级的"转变",主要通过人物心灵内部两种思想倾向的斗争表现出来,而工农题材小说中主人公们的"成长",则是在尖锐的二元阶级压迫与阶级冲突中得以展现的。而且,围绕这一二元化的阶级对抗,所有的人物都被组织进一个共时性的阶级谱系之中。《咆哮了的土地》中的人物,便被分成地主和农民两大对立阵营:地主阶级是清一色的坏透顶的人物;农民阶级内部则按先进性而分成落后群众、觉醒群众、最觉醒的共产党员几个层次;知识分子则被处理成革命盟友的形象。李杰作为知识分子,背叛了自己的阶级出身,是这次回乡农民运动的策划者和组织者,理论水平以及对农民运动和革命形势的理解,都比张进德更胜一筹,却因为阶级出身的原罪感,他在小说中不仅精神气质上比张进德稍逊一筹,实际上也屈居于张进德之下。这种完全按阶级性来组织情节和塑造人物的方式,与毛泽东《中国社会各阶级分析》中对"我们""他们""朋友"的论述极为吻合①,亦与后来"成熟"的左翼革命小说高度一致。这说明,革命罗曼蒂克小说已在迈向真正无产阶级文学的途中。

二 浪漫叙述的改造

1926年郭沫若在《革命与文学》一文中指出:"在欧洲的今日已经达到第四阶级与第三阶级的斗争时代了。浪漫主义的文学早已成为反革命的文学。"②郭沫若本身就是主张浪漫主义的创造社里的人物,他对浪漫主义文学的否定,是要为正在诞生中的"革命文学"摇旗呐喊,这也显示出创造社由前期向后期的转变。有趣的是,作为"革命文学"代表性产物的革命罗曼蒂克小说,虽然以此前的浪漫派文学为反叛对象,但至少在叙述话语上,却与五四浪漫派小说的浪漫风格有着天然的联系。这首先表现为主观性叙述视角的保留。事实上,绝大部分的革命罗曼蒂克小说,都采用了五四浪漫派小说那种具有浓烈主观色彩的第一人称视角或第三人称限知视角。最具代表性的革命罗曼蒂克小说家蒋光慈的全部中长篇小说中,除《短裤党》《最后的微笑》《咆哮了的土地》三部外,其余如《少年漂泊者》《菊芬》《野祭》《冲出云围的月亮》《丽莎的哀怨》等,不是第一人称视角,就是第三人称限知视角。茅盾第一部小说《幻灭》,在视角上相对独特一些。小说前半部分的故事主要发生在"闺房",却采取第三人称全知视角,叙述者在静女士、慧女士、抱素等人物的内心和眼光之间频繁转换;后半部分的故事由闺房转向社会,却变成了静女士一个人的限知视角,叙述者不断从其个人眼光来观照革命中的"问题"。前半部分采用全知,或许是为了把静放在与其他人物如慧、抱素的比较中,以更好地突出静人如其名的"简静"性格。后半部分采用限知,则是因为从静"简静"的心灵、眼光出发,更能折射、衬托出时代的"复杂"与"变动"。

主观视角的保留,有利于叙述者借助人物之口直抒胸臆,这使得革命罗曼蒂克小说也像五四浪漫派小说一样,充满浓烈的主观抒情色彩。

---

① 毛泽东:《中国社会各阶级分析》,《毛泽东选集》第1卷,人民出版社1991年第2版,第3—9页。
② 郭沫若:《革命与文学》,《文学运动史料选》第1册,上海教育出版社1979年版,第443页。

蒋光慈《丽莎的哀怨》采用的是第一人称主人公视角，主人公丽莎是位帝俄时代的俄国贵族女人，被迫流亡上海十年，最后患上了梅毒。小说开篇便以"一个女梅毒患者"的哀怨口吻写道："医生说我病了，我有了很深的梅毒……上帝呵，丽莎的结局是这样！丽莎已经到了末路，没有再生活下去的可能了。还有什么再生活下去的趣味呢？就让这样结局了罢！就让这样……我没有再挣扎于人世的必要了。"① 直接坦率的抒情，递进式的排比句式，将一个曾经的贵妇人如今却堕入风尘染上绝症而无脸见人的绝望，强烈地表达了出来。《少年漂泊者》则以第一人称视角中最具抒情色彩的书信体写成。主人公在信中向收信人倾吐自己的身世，讲到自己父母被地主逼死之后，大发感叹："维嘉先生！人世间的残酷和恶狠，倘若我们未亲自经验过，有许多是不会能令我们相信的。我父母之死，就死在这种残酷和恶狠里。我想，倘若某一个人与我没什么大仇恨，我决不至于硬逼迫他走入死地，我决不忍将他全家陷于绝境。但是，天下事决不能如你我的想望，世间人尽有比野兽还毒的。可怜我的父母，我的不幸的父母，他俩竟死于毫无人心的刘老太爷的手里！……"② 这里第一、二句是主观性的议论，接下来则是三个排比，抒情性逐级增强，而开首对收信人的直接称呼，则造成一种私密倾诉的氛围，加强了叙述者主观抒情的感染力。

这种浓烈的主观抒情，在第三人称限知视角写成的小说中也仍然普遍存在。如《冲出云围的月亮》，这篇小说讲述大革命失败后，一个青年女革命者王曼英怀着对革命的迷茫，转而以肉体玩弄男性报复社会，最后在革命者李尚志的帮助下重新走向革命的故事。叙述者以主人公王曼英作为限知对象，对其与各色人物交往过程中的内心状态以及她最后的转变，进行了细腻的描绘，生动地展现出革命低潮期部分革命者的迷惘和彷徨。小说最后在她患病准备自杀的前一刻，她突然警醒："这是怎么一回事呢？这是错误罢？这一定是错误！曼英的年纪还青，曼英还具有着生活力，因之，这朝阳已久向她微笑，这和风依旧给她抚慰，这田野的新鲜的空气依旧给她以生的感觉……不，曼英还应当再生活下去，曼英还应当把握着生活的权利！为着生活，曼英还应当充满着希

---

① 蒋光慈：《丽莎的哀怨》，《蒋光慈文集3》，上海文艺出版社1982年版，第3页。
② 蒋光慈：《少年漂泊者》，《蒋光慈文集1》，上海文艺出版社1982年版，第14页。

望,如李尚志那般地奋斗下去!生活就是奋斗呵,而奋斗能给与生活以光明的意义……"① 类似的直抒胸臆,类似的排比句式的使用,在五四浪漫派小说中早已存在。如郁达夫《沉沦》中的"他",每遇挫折便会不断发出"我要复仇","祖国啊,我的死是你害的"之类的直接议论。

与五四浪漫派不同的是,革命罗曼蒂克小说的主观视角与抒情内容,都被做了革命化的改造。就主观视角而言,这里的视角人物大都已转变为具有阶级视野的革命者,而不再是五四小说中那种怀抱个人解放思想的启蒙者,也因此,他们对故事的叙述,都带上了或浓或淡的阶级分析色彩。蒋光慈《少年漂泊者》中的"我",就是一个历经苦难之后已具备初步阶级斗争思想的革命者,也因此,"我"对自己过往十年间漂泊生活的回忆,便隐含了阶级分析的眼光。比如"我"父母的死,便是因为地主阶级的残酷压迫造成,而当"我"走进上海先施公司时,觉得这是资产阶级的天堂,不是"我"这种劳工阶层该来的地方。这与郁达夫《沉沦》《茑萝行》等小说对自身飘零身世的审视,仅局限在封建势力的强大、祖国的弱小或者家庭妻儿所累等层次上,已完全不同。钱杏邨的《义冢》,以第一人称旁观者视角写成,"我"和送信者对朋友L君死因的分析,便都带上了阶级分析的色彩。而郁达夫的《薄奠》,同样是第一人称旁观者视角,朋友车夫的死,在"我"的分析中却仅指向一个抽象的"穷"。随着视角人物的阶级化,人物抒情的内容自然也就变得革命化了。他们不论是对内心爱情体验的抒发,还是对自身漂泊经历的感慨,抑或对周边人生世事的议论,大都夹杂着浓厚的指向并改变现实的因素,具有明显的斗争性和大我化色彩。例如上述王曼英决定终止自杀时的抒情,就是如此。再如《菊芬》,小说以第一人称旁观者视角讲述进步女青年菊芬在反革命大屠杀中的一段故事。"我"最后读到菊芬的遗书时,不禁悲从中来:

> 我读完了菊芬这一封信之后,我真说不出我的感想来。我的心火烧起来了,我的血沸腾起来了……我不为菊芬害怕,也不为菊芬可惜,我只感觉到菊芬的伟大,菊芬是人类的光荣。我立在她的面

---

① 蒋光慈:《冲出云围的月亮》,《蒋光慈文集2》,上海文艺出版社1982年版,第148页。

前是这样地卑怯,这样地渺小,这样地羞辱……我应当效法菊芬,崇拜菊芬!我应当永远地歌颂她是人类史上无上的光荣,光荣,光荣……倘若人类历史是污辱的,那么菊芬可以说是最光荣的现象了。①

这里既有个人对朋友逝去的不舍,也有对朋友崇高伟大品格的赞美,更有对自己决心效法菊芬的宣示,情感强烈,气势磅礴,而且有着明确的社会指向和行动指向,与五四浪漫派小说常常局限在个人自伤自悼的层次已完全不同。也就是说,这里所抒发的,已不仅仅是纯粹个人范畴的感情,而是集体的公共话语的要求,虽然它们以读信这种非常私人化的方式表达出来。对此,有论者以《少年漂泊者》为例指出,"以第一人称书信体叙述了一个青年的成长过程,在文体上错位和杂交,结果是颠覆了小说的'私人空间'。……《少年漂泊者》并非情书,但汪中对于所崇敬和信赖的维嘉'诉一诉衷曲',即诉诸一种特殊的亲昵和同情,则与情书的性质并无两致,事实上利用了书信体的隐私性,而开放为一种'革命'话语的空间"。它以一种极个人化的口吻,讲述了一个充满阶级意识的阶级化故事。②

五四浪漫派小说那种以松散的自叙传形式串起整个小说叙述的流程结构,在革命罗曼蒂克小说中也得到了继承,并同样做了革命化的改造。五四文学普遍摒弃了传统小说的情节性,而代之以表现人物性格或命运为中心的横截面体。人生派的横截面体,往往通过代表性人物外在言行场景的拼接来表现,风格相对客观冷静。而浪漫派则常常截取能突出表现人物性格的内在心理性场景,并通过松散的人物自叙传的形式将之串接起来,形成一种散文化的流程结构。人物自叙传的形式,在许多罗曼蒂克小说中同样存在,而且也是串起整个小说流程的基本线索。但是,这个自叙传形态中被加入了"转变"或"成长"的内容。例如《少年漂泊者》中明显存在自叙传的结构,讲述一个孤苦少年如何受尽人间屈辱,最后走向革命的故事。在这个故事中,主人公在长达十年的

---

① 蒋光慈:《菊芬》,《蒋光慈文集1》,上海文艺出版社1982年版,第419页。
② 陈建华:《革命与形式——茅盾早期小说的现代性展开(1927—1930)》,复旦大学出版社2007年版,第66页。

漂泊历程中，思想认识是在不断发生变化的，开始是一个懵懂无知的农家子弟，最后则成为一个具有阶级意识的革命家。换言之，五四浪漫派小说中的自叙传，其性格自始至终都是没有变化的，各个代表性横截面场景不过是同一不变的心理或性格特征的表达或例证而已，即便将它们之间的顺序调换，也不影响故事讲述的审美意味；而革命罗曼蒂克小说中人物不同阶段的故事场景，却指向一个不断变化的人物性格。他们一开始或许是柔弱的，后面则变得坚强，一开始可能是小资产阶级的，后面则倾向于无产阶级，因此，各个叙述片段间的顺序，不能随意调换。这相当于说，浪漫派小说流程结构的松散性开始变得有机化了，被五四小说淡化的传统小说的连贯性甚至情节性开始得到有限的恢复，小说的可阅读性也大大增强。而为增强小说的可阅读性[①]，这些小说还常常在自叙传的形态上，添加一些时尚性和传奇性的元素。如漂泊羁旅过程中异乡风物的陌生化描述，"艳遇"情节有意无意的添加，都市时尚女性衣着与时尚符号的表现，这些都像浪漫"添加剂"一样，使得革命罗曼蒂克小说的风格更显浪漫。

恰如小说中的革命故事发展到后来越来越无产阶级化一样，小说的叙述风格越到后来，也越来越摆脱原有的浪漫抒情特征，变得日益客观与冷静。丁玲小说风格的变化，能典型地说明这一问题。1927年的《莎菲女士的日记》，采用的是日记体形式，叙述者是一个五四式的时代女性，主观抒情色彩极为浓厚。1930年的《一九三〇年春上海（一）》和《一九三〇年春上海（二）》，则开始采用第三人称双重或三重限知的方式，叙述者团块式的分别聚焦三个或两个主要人物的内心世界，并在无形中让它们相互对照，从而张力十足而又相对客观冷静地把主人公如何走出家庭、迈向社会的心路历程展示了出来。而到1933年的《水》中，已转变为第三人称全知视角，叙述者以时代秘密的把握者和代言人形象，对各色人物的内心想法和外在言行进行透视，从而把一个因水患而走向反抗之路的阶级斗争故事，全景式地呈现了出来。茅盾曾说："不论在丁玲个人，或文坛全体，这都表示了过去的'革命与

[①] 这些小说风靡一时，作者们也有明显的面向都市读者的心态，如茅盾写《蚀》就有明显的"卖文"企图。

恋爱'的公式已经被清算！"① 蒋光慈 1927 的《短裤党》，虽然是第三人称，但浪漫色彩仍然浓厚。而 1928 年的《最后的微笑》，一开始似乎是第三人称全知叙事，因为叙述者的视点曾由阿贵到其母亲，然后转向其父亲。此后叙述者则将限知视角固定在主人公王阿贵的身上。小说对王阿贵杀人动机及其杀人后心理的叙述，采用了"陀思妥耶夫斯基的强烈到几近变态的心理描写方法"，"是蒋光慈企图描绘动荡时代中的动荡心灵的另一种艺术探索"②，其主观抒情性与此前并无二致。蒋光慈真正的第三人称全知视角的小说，是他写于 1930 年的最后那部长篇《咆哮了的土地》。这部小说的叙述者开始以阶级分析法掌握者的视野，对各个人物的性格做着相对客观冷静的阶级分析。整个小说的流程编排，也按阶级斗争的原理做了改造：农民运动起来之前地主对农民的压迫，起来后农民的反抗与地主的顽抗及反扑，农民们最终取得胜利，这使整个小说的叙述显得更为有机连贯和完满自足，而初期罗曼蒂克小说的那种浪漫抒情，则已完全消失。这种新的流程形态，也成为此后许多左翼革命小说叙述农村农民运动时的基本模式。

三 "集体"观念的重塑

1928 年，革命罗曼蒂克小说的旗手蒋光慈写下《关于革命文学》一文。文章对包括革命罗曼蒂克小说在内的革命文学的思想价值主题，做了明确规定："旧式的作家，因为受了旧思想的支配，成为了个人主义者，因之他们所写出来的作品，也就充分地表现出个人主义的倾向。他们以个人为创作的中心，以个人生活为描写的目标，而忽视了群众的生活。他们心目中只知道有英雄，而不知道有群众，只知道有个人，而不知道有集体。……革命文学应当是反个人主义的文学，它的主人翁应当是群众，而不是个人；它的倾向应当是集体主义，而不是个人主义……"③今天看来，这确实构成了革命文学尤其是革命罗曼蒂克小说的核心价值主题。在几乎全部的革命罗曼蒂克小说中，不仅存有一条"个人/集体"的二元价值轴线，而且实际呈现出"反个人主义"，或者

---

① 茅盾：《女作家丁玲》，《茅盾选集》第 5 卷，四川文艺出版社 1985 年版，第 162 页。
② 杨义：《中国现代小说史》（中），《杨义文存》第 2 卷，人民出版社 1998 年版，第 75 页。
③ 蒋光慈：《关于革命文学》，《文学运动史料选》第 2 册，上海教育出版社 1979 年版，第 28 页。

说由"个人主义"走向"集体主义"的价值倾向。这些小说的主人公们，一开始出现，个人欲求明确，个性观念鲜明，但慢慢地，除了个人欲望的跳动之外，也会感受到集体或社会使命的召唤，然后产生矛盾纠结，但不管这曾经的纠结有多深，矛盾有多强烈，最后都无一例外地抛弃了个人欲望，汇入了"群众"/"集体"的海洋之中。蒋光慈小说中的汪中、王曼英、李杰、菊芬、章淑君，丁玲小说中的美琳、望薇、韦护，茅盾小说中的静女士、梅行素，柔石小说中的萧涧秋等，都是这类形象。他们之所以放弃原先的个人主义，有些是出于对现有生活的厌倦，如美琳、望薇、韦护等，有些是因为个人欲望追求的挫折，如汪中、菊芬、章淑君、静女士、梅女士等，有些则是因为个人英雄主义实践的失败，如王曼英、萧涧秋等。但无论哪一种，基本上都会出现朋友的开导和影响这一因素——这些"朋友"如李尚志、梁刚夫、强猛等，构成了中国革命小说中第一批先进共产党员的形象。

中国向来是一个强调集体主义的国度。所谓个人主义，是五四新文化运动期间才从西方引进用以批判并挣脱传统集体主义束缚的"新观念"。那这一刚刚呼唤出来"新观念"，为何迅速就被蒋光慈们判定为"旧思想"，而必须予以抛弃呢？换言之，五四才刚刚从集体中走出，找到个人，现在却又要从个人中走出，重新走回集体，这是为什么呢？这与中国特殊的国情有关。汪晖曾说，在五四启蒙主义思想家那里，"以集体性和文化的普遍性为其特征的民族主义与以个体性和思维的独立性为其特征的'个体意识'之间的冲突，从一开始就无法构成实质性的对抗，后者在那个特定时期仅仅是前者的历史衍生物，而无法成为一种独立的现实力量"[①]。也就是说，五四虽然强调个人主义，但它并非脱离开集体主义的个人主义，或者说，五四的个人主义，本来就是集体主义使命下的"手段"和"工具"，它其实服膺于一个更大的命题：民族民主国家的建立和富强。也因此，一旦感觉到"工具"或"手段"过时或不切实际，就有可能被换掉。而1927年大革命的失败，就正是这么一个让大家觉得个人主义已然过时的时机。十年的启蒙，仍然改变不了中国的现实。以个人主义为核心的思想启蒙是没有力量的，必须团

[①] 汪晖：《中国现代历史中的五四启蒙运动》，载王晓明主编《二十世纪中国文学史论·上卷》（修订版），东方出版中心2003年版，第160页。

第四章　左翼小说革命叙事的兴起与别创 / 171

结起来进行现实的革命抗争。鲁迅有言，"一首诗吓不走孙传芳，一炮就把孙传芳轰走了"①。在此背景下，由个体主义重回集体主义，虽然突然却也很自然。

但革命罗曼蒂克小说中所要重新张扬的"集体"观念，并非传统宗法伦理意义上与人欲截然对立，且具有浓厚家族/宗族色彩的那种"天理"。这里更多地表现为一种为使自己和他人生活得更好而必须改变社会的使命意识，一种把个人前途维系于民族与国家命运并自觉参加群众运动和集体抗争的担当精神。也因此，在这种观念中，并不必然排斥个人欲望。事实上，在革命意涵并不明确指向无产阶级革命的那类革命罗曼蒂克小说中，有着许多对恋爱心理和内心欲望冲动的挖掘和叙述，不仅与五四浪漫派小说如《沉沦》等并无二致，有时甚至比五四小说更进一步，几可与当时初起而后来蔚为大观的张资平、叶灵凤等人的海派性爱小说相比。例如蒋光慈小说《菊芬》中的"我"与菊芬独处时的心理活动："我俩坐着的距离不过二尺，因之我深深地感觉得她的风韵，领受着她的身上一种处女的香气。她的两个柔媚的乳峰是这样动人地高高地突起……"②"我的心有点跳将起来，我觉着我的脸也有点红将起来，幸而这时暮色已经很暗了，菊芬大约不能辨出我脸上的表情。我想把她一把抱到怀里，蜜蜜地吻她，吻她的头发，吻她的颈子，吻她的眼睛，吻她的鼻子……我的心越发跳动起来，无论用怎样大的力量，不能把它平静下去。"③"我"是作为革命者形象出现的，对革命者内心这些与革命无关的个人情欲意念的正面叙述，表明个人性的爱情/情欲仍然是重要的，并没受到革命的排拒和否定。革命罗曼蒂克小说的流行，除了其"革命"符号的时髦，更在于这"革命"下面的五四式浪漫主义情欲主题。

情欲既非必然排斥之物，这类小说也就常常表现出个人欲望追求与革命道德并行不悖或者二者同等重要的意味。如果说恋爱是个人的事业，是人性的，欲望的，情感的，本我的，革命则是为了集体，是大我的，忘我的，无我的，超我的。那这些小说中的主人公们，是二者都在

---

① 鲁迅：《而已集·革命时代的文学》，《鲁迅全集》第3卷，人民文学出版社2005年版，第442页。
② 蒋光慈：《菊芬》，《蒋光慈文集1》，上海文艺出版社1982年版，第406页。
③ 同上书，第411页。

追求的,他们既要革命,也要爱情。例如《野祭》中的"我"虽是革命文人,但同样在追求爱情。章淑君越来越深地参与到社会革命当中去,也不表示爱情就不是她的人生选项,事实上,她对"我"的爱慕自始至终都存在。她最后因为恋爱受挫,而更坚决地加入革命运动并惨遭杀害,也不说明革命就不能要爱情,相反,它恰恰说明爱情是可以促进革命的。也就是说,革命罗曼蒂克小说所讲述的,其实是一个革命并不必然要以压抑个人欲望为代价的故事。而为强调个人欲望与革命道德的同等重要或者可以并行不悖,这类小说还大胆而另类地描绘了一类持灵肉分离观念的女性形象。王曼英一直深爱着革命者赵尚志,她却用自己的肉体去报复钱培生等人。梅女士喜欢韦玉,却把肉体给了柳遇春。章秋柳有着革命的热情,但"旧道德观念很薄弱,贞操的思想尤其没有"。这说明,在献身革命的过程中,肉身或者个人欲望仍然是女性自己的,完全可以由女性自己来自由支配。对此,有论者指出,"那些时兴的'革命加恋爱'小说普遍涉及灵肉分离的问题……即使灵与肉的冲突带来快乐或痛苦,共通的一点是,女性获得支配自己肉身的自由"①。

但在革命意涵明确指向无产阶级运动的那类革命罗曼蒂克小说中,或者说随着革命罗曼蒂克小说革命故事的真正无产阶级化,集体主义的内涵也越来越脱离前期小说那种宽泛的"社会使命意识"和"自觉担当精神"的模糊性和抽象性,而获得一种更为明确和具体的阶级指向。在这些小说中,集体观念事实上已变成(无产阶级的)阶级观念的另一种说法,集体性则成为(无产阶级的)阶级性的代名词。具体说来,其内涵有二:从积极角度而言,是对无产阶级利益的认同以及为了无产阶级的利益而不惜牺牲自己的阶级使命意识;从消极的角度而言,则是对有产阶级的剥削、虚伪和荒淫的憎恨以及与之誓死搏斗的阶级反抗精神。这通过小说主人公意识或无意识层面的行为动机或性格特征得以集中呈现。例如《最后的微笑》中的王阿贵,或许在意识层面还不曾明白自己的阶级使命,但在无意识层面已经具备至少是消极意义上的阶级性。小说有段有趣的"窥淫"情境,他杀死工头张金魁后,在藏身的

---

① 陈建华:《革命与形式——茅盾早期小说的现代性展开(1927—1930)》,复旦大学出版社2007年版,第60页。

旅馆中意外发现隔壁极为荒淫的一幕：两男一女赤身裸体地躺在一起吸鸦片，且说着下流无耻的淫话。王阿贵没有像五四浪漫派小说《沉沦》中的"他"看到房东女儿洗澡那样做带有色情意味的偷看，而是激起了一种明显的阶级仇恨："他觉得他不能与这些兽性的人们并存于世界上，尤其是现在，当他，王阿贵，正在这一间房内想着一些光明的，正义的，向上的事情，而在隔壁的房间内居然躺着这一些人类的仇敌，社会的魔鬼，并且他们是很高傲地，平静地言谈着，似乎忽视了阿贵的存在，这对于阿贵简直是不可言喻的羞辱。阿贵忍将下去吗？不，阿贵已经决定了，他不应当与这些人们并存，尤其是不应当并住在两个房间内。这是怎样大的羞辱啊！……"① 出于这种朦胧的阶级义愤，他最后把他们都杀了。相对来说，《咆哮了的土地》中的人物，阶级意识要比王阿贵自觉而明确得多。无论是作为农民的张进德，还是作为知识者的李杰，都有着强烈的阶级意识，并为阶级事业而不惜牺牲一切的使命感。

不过，这类小说的主人公身上，除了阶级性之外，往往也还同时活跃着个人欲望，但个人欲望与阶级性之间不再像第一类革命罗曼蒂克小说中那样同等重要或者并行不悖，而是越来越以"人性"的形式与"阶级性"之间会产生矛盾冲突，最终则无一例外地会被阶级性所压倒。《咆哮了的土地》中，背叛自己阶级出身的知识者李杰身上就交织着强烈的人性与阶级性的冲突。"'我的父亲已经知道我充当了自卫队的队长吗？他在那方面努力，我在这一方面也努力。他代表的是统治阶级，我代表的是乡村的贫民。……母亲，你没有儿子了。''这时候，不是讲恋爱的时候……啊，我的最亲爱的两位女同志啊！……'"② 这里既断绝了父母亲情，也放弃了个人爱情，可以看出李杰从人性走向阶级性的心灵自觉。但放弃人性而走向阶级性是痛苦的，也惟其痛苦，所以感人："'进德同志！你以为我是发了疯吗？我一点也没发疯。人总是人，我怎么能忍心将我的病了的母亲，无辜的小妹妹……可是，进德同志！我不得不依木匠叔叔的主张……'""'他主张将土豪劣绅们的房

---

① 蒋光慈：《最后的微笑》，《蒋光慈文集1》，上海文艺出版社1982年版，第537—538页。
② 蒋光慈：《咆哮了的土地》，《蒋光慈文集2》，上海文艺出版社1983年版，第374—376页。

屋都烧掉，破坏他们的窝巢……我爱我的天真活泼的小妹妹……'"
"'不，进德同志！'李杰很坚决地摇头说道，'让他们烧去罢！我是很痛苦的，我究竟是一个人……但是我可以忍受……只要于我们的事业有益，一切的痛苦我都可以忍受……'"① 这里对用阶级性压倒人性时那种矛盾痛苦感的描绘，恰如殷夫的诗歌《别了，我的哥哥》，极具感人的力量。阶级性战胜人性的矛盾过程也表现在张进德的恋爱心理上："无数的思想的波浪在他的脑海里……'呸！现在是什么时候，你还想到这些不相干的事！浑蛋！'"② 人性可以出场，但片刻之后即被阶级性所压倒。

总而言之，五四刚刚才把集体主义送进历史，革命罗曼蒂克小说又迅速把它请回了现实。当然，革命罗曼蒂克小说重塑的集体观念与中国传统的宗法式集体观不同，它是一种现代的社会使命意识和自觉担当精神。而这种使命意识和担当精神，在革命罗曼蒂克小说内部也有一个由宽泛的社会性向具体的阶级性转变的过程。在阶级性并不非常突出的那类小说中，个人欲望与集体使命并行不悖，甚至相辅相成。而随着阶级性的日益凸显，个人欲望与阶级性之间产生了强烈冲突并最终为之所压抑。后期革命罗曼蒂克小说所开创的这种阶级性主题范式，已开启了下一阶段左翼小说阶级性叙事的先河，并将为后来的红色文学经典所广泛且反复地采用。

第二节 "左联"小说叙事模式的正格与变体
——茅盾、张天翼、萧红小说综论

1930 年"中国左翼作家联盟"（以下简称"左联"）成立。"左联"成立后，从更为阶级化的眼光出发，对前一阶段的革命罗曼蒂克小说进行了清理和反思。认为革命罗曼蒂克小说太过小资产阶级化，未能完全从五四小说中摆脱出来，必须积极寻求新的革命小说的写作范式。"左

---

① 蒋光慈：《咆哮了的土地》，《蒋光慈文集 2》，上海文艺出版社 1983 年版，第 380—381 页。
② 同上书，第 396 页。

联"的反思,也是革命罗曼蒂克小说家们自己的反思,因为他们大都加入了"左联",是"左联"的首批小说家。此后,他们也都积极尝试以新的更为马克思主义的阶级化观点来写作。但除茅盾外,几位代表性作家不是病逝(蒋光慈),就是被杀(胡也频、柔石、洪灵菲),或者被捕(丁玲),或改行戏剧(阳翰笙)。这样,转型的重任就落在了茅盾的身上。茅盾《子夜》《农村三部曲》《林家铺子》等小说的陆续出版,标志着这种转型的成功,也标志着新的"左联"小说范式的成立。后来不断有青年作家加入"左联",如张天翼、沙汀、叶紫、艾芜、萧红、萧军等。这些新进青年作家的小说,与茅盾的小说一道,构成了20世纪30年代"左联"小说的主要内容。1936年"左联"解散,但"左联"小说并未消失。这些"左联"时代成长起来或崭露头角的小说家,此后仍陆续有小说发表。如茅盾的《腐蚀》《霜叶红似二月花》,萧红的《呼兰河传》《马伯乐》,张天翼的《华威先生》《谭九先生的工作》《"新生"》,沙汀的《淘金记》《困兽记》《还乡记》,艾芜的《故乡》《山野》等。这些写于后"左联"时代的小说,总体上仍未脱离"左联"时代的模式,仍可纳入"左联"小说的范畴。"左联"小说是中国现代左翼革命小说的第二种形态,也是当时占据文坛主导地位的小说类型。从我们设定的叙事角度来说,可以这么追问:它在叙事上究竟有何特色?它内部还存在各种亚类型吗?与此前的革命罗曼蒂克小说相比,它又有何不同?它真的是对五四启蒙文学——小资产阶级文学的完全拒绝吗?

一 阶级化图景的全景性勾勒及其变体

"左联"小说所讲述的故事,是沿着后期革命罗曼蒂克小说的阶级化道路继续前进的。关于阶级化,郭沫若早就指出:"无产者的文艺也不必就是描写无产阶级。因为无产阶级的生活,资产阶级的作家也可以描写;资产阶级的描写,在无产阶级的生活中也是不可缺乏的。要紧的是要看你站在那一个阶级说话。"① 即是说,就小说故事而言,阶级化的眼光比阶级化的题材更为重要。这是1928年郭沫若说过的话,可惜当时无人能够认真实践。即便是后期革命罗曼蒂克小说革命故事的阶级

---

① 麦克昂:《桌子的跳舞》,《文学运动史料选》第2册,上海教育出版社1979年版,第104页。

化转向，也仍然停留在对无产阶级生活或运动的直接书写上。就此而言，茅盾转型后的小说如《子夜》《农村三部曲》《林家铺子》等，确实构成了一种阶级化写作的新"范式"。因为这些小说故事层面的阶级化，不仅仅表现为对无产阶级生活的直接书写，更表现为一种对社会各阶层生活的阶级化观照，或者说阶级化已由故事表层的阶级题材转变为一种深层的故事叙述的眼光。

在新的阶级化眼光的观照下，茅盾小说的故事结构呈现出一种前所未有的全景化和蛛网化特征。《子夜》最为完美地展现了这一特点。《子夜》的全景性，既表现为横向的地理空间上从农村到小市镇再到都市的全方位书写，也表现为纵向的社会空间上的从上层阶级到中间阶层再到底层无产阶级的立体化展示。这从茅盾在出版后记中的话也可以看出："就在那时候，我有了大规模地描写中国社会现象的企图。……我的原定计划比现在写成的还要大许多。例如农村的经济情形，小市镇居民的意识形态（这决不象某一班人所想象那样单纯），以及一九三〇年的'新儒林外史'，——我本来都打算连锁到这本书的总结构之内；又如书中已经描写到的几个小结构，本也打算还要发展得充分些；可是都因为今夏的酷热损害了我的健康，只好马马虎虎割弃了，因而成为本书现在的样子——偏重于都市生活的描写。"[①] 虽留有遗憾，但整体上仍构成了当时中国社会的全景图。因为虽然偏重于都市生活的描写，农村的经济情形，小市镇居民的意识形态都已涉及；而且，农村市镇里上层地主阶级的压榨和底层无产阶级的暴动，都市生活中上至买办资产阶级、民族资本家的荒淫和钩心斗角，下至工厂工人的罢工反抗，中间的"一九三〇年的'新儒林外史'"，乃至妓女嫖客们的风情，也都已写到。对此，瞿秋白给予了高度赞扬："所有这些，差不多要反映中国的全社会，不过是以大都市做中心的，是一九三〇年的两个月中间的'片段'而相当的暗示着过去和未来的联系。这是中国第一部写实主义的成功的长篇小说"[②]。

在这种全景化的视野中，整个社会就是一张由各个阶级组织起来的

---

① 茅盾：《子夜·后记》，《茅盾论创作》，上海文艺出版社1980年版，第56页。
② 瞿秋白：《〈子夜〉和国货年》，载孙中田、查国华编著《茅盾研究资料》（下），知识产权出版社2010年版，第595页。

第四章 左翼小说革命叙事的兴起与别创 / 177

错综复杂的关系网络。而具体个人,则是这张复杂关系网络中的"点"和"结"。茅盾的全景式小说所要做的,就是在网络中观照解剖这些"点"和"结",同时又通过这些"点"和"结"的解剖,辐射反映整个社会网络的状况。就此而言,吴荪甫不过是《子夜》中那个最大的"点"和"结"而已。从他身上,我们看到了民族资本家上下左右所存在也必须要面对的各种复杂关系——要面对赵伯韬等买办资产阶级的挤压,要面对同行的竞争联合,要面对工人的罢工和诉求等。而吴荪甫的性格、行为、命运也正是在这些关系中得以展开和被决定的。比如他性格中的所谓两面性——面对买办压榨时的革命性,面对工人运动时的反动性,其实就是由其所隶属的阶级特性所决定。吴荪甫最终的命运,也不仅是他个人的命运,更是整个民族资本家的命运。事实上,茅盾也正是想通过吴荪甫的失败,来回答"托派":中国并没有走向资本主义发展的道路,中国在帝国主义压迫下,是更加殖民地化了。……中国资产阶级的前途是非常暗淡的。[①] 小说中的其他任何人物,都可以作如是观:他们不仅是个体,而且是他所隶属的那个阶层社会处境和社会命运的写照,他们的性格和行为逻辑在根本上受制于其所隶属的社会阶级。分析至此,不难发现《子夜》对城乡两个地区阶级分层和各阶级之间相互斗争的书写,以及民族资产阶级两面性的表现,简直就是毛泽东《中国社会各阶级分析》的小说版,而从社会关系角度对各阶级人物性格命运的塑造,则是对马克思"人的本质在其现实性上是一切社会关系的总和"[②]的形象阐释。换言之,他几乎严格按照马克思主义的社会科学理论来写小说。叶圣陶当时就说:"我有这么个印象,他写《子夜》是兼具文艺家写作品与科学家写论文的精神的。"[③] 自觉运用马克思主义的理论来写小说,这在中国小说史上尚属首次。对此,瞿秋白评价道:"自然,它还有许多缺点,甚至于错误。然而应用真正的社会科学,在文艺上表现中国的社会关系和阶级关系,在《子夜》不能够不

[①] 茅盾:《〈子夜〉是怎样写成的》,《茅盾选集》第5卷,四川文艺出版社1985年版,第294页。

[②] 马克思:《关于费尔巴哈的提纲》,《马克思恩格斯选集》第1卷,人民出版社1972年版,第18页。

[③] 叶圣陶:《略谈雁冰兄的文学工作》,《叶圣陶散文》,四川人民出版社1983年版,第496页。

说是很大的成绩。"①

马克思主义全景性阶级视野的获得，使得任何阶级的人物都可以成为被观照的对象。也因此，不仅无产阶级，而且非无产阶级的生活，也都出现在了茅盾的小说中。不仅无产阶级的人物，而且非无产阶级的人物，也都成为茅盾小说的主人公。事实上，除《农村三部曲》外，茅盾的许多小说都不以无产阶级人物作为主角。《子夜》的主角是民族资本家，《林家铺子》写小资产阶级，《腐蚀》写国民党女特务，《霜叶红似二月花》则写地主间的相互倾轧。在茅盾看来，主人公是什么阶级并不重要，重要的是任何一个主人公，都必定是阶级化全景社会网络中的一个结，而通过这个结，就可以透视整个社会的阶级情境。这也附带说明另一问题，全景性的阶级化视野，也不一定就要以小说实际故事的形式直接呈现，它也可以以潜在思维的形式存在。例如《林家铺子》《农村三部曲》，显然不像《子夜》那样无论城乡上下都面面写到，而是对《子夜》涉及而又没有充分展开的"农村经济的情形""小市镇的意识形态"分别叙述。这些小说，虽然在故事层面只写了全体社会的一个方面，全体阶级中的一类人物，但它却是被放在一种全景性的阶级分析的视野中展开的，这部分的社会，这部分的人物，其实就是全部社会，全部阶级关系的缩影。如果说《子夜》属于显性的全景性阶级分析小说，那《林家铺子》《农村三部曲》则属于隐性的全景性阶级分析小说。

茅盾这种全景性的阶级分析小说，因为对马克思主义社会理论的出色运用而被公认为"左联"小说的"主流"样式②。茅盾之外，同样具有这种全景性阶级分析视野的小说家也包括转型后的丁玲、柔石等人，此外则有叶紫、吴组缃（没加入"左联"，但风格与茅盾相似）、早期沙汀等人，不过他们大都属于"隐性"的类型。但"左联"内部，并非每个小说家，尤其是一些新进青年作家，都能具备如此深厚的社会理论修养，都能做出这种全景性的阶级分析。更多的可能则是，他们从自己的切身经验出发，并按照自己对阶级理论的朴素理解，或聚焦底层无

---

① 瞿秋白：《〈子夜〉和国货年》，载孙中田、查国华编著《茅盾研究资料》（下），知识产权出版社 2010 年版，第 595 页。

② 钱理群等：《中国现代文学三十年》（修订本），北京大学出版社 1998 年版，第 171、237 页。

产者，重点描写他们的痛苦和反抗，或聚焦上层有产者，集中展现他们的虚伪和反动。事实上，这也确实构成了"左联"小说的两种亚类型。前者以萧红、萧军等东北作家群的抗日流亡小说最为典型。后者以张天翼、艾芜、后期沙汀的暴露讽刺小说最有代表性。萧红、萧军等东北作家群的抗战流亡小说，包括萧红的《生死场》《呼兰河传》、萧军的《八月的乡村》，骆宾基《北望园的春天》等。有些是正面直接描写底层民众的抗战斗争，如《生死场》《八月的乡村》；有些则是描写抗战过程中被迫离开家乡辗转流离的生活遭遇，如《北望园的春天》；有些则是因流离而对家乡生活的追忆，如《呼兰河传》《小城三月》等。但不管哪种类型，聚焦底层的眼光都是一样的，它们对离乱年代中下层人民痛苦和反抗的叙述，带有毛茸茸的生活气息，具有直指人心、动人心魄的力量。这种底层眼光在张天翼、沙汀、艾芜等人的小说中也有体现，但更具特色的还是他们表现上层有产者的那类小说。如张天翼的《鬼土日记》《华威先生》《清明时节》《三太爷与桂生》，沙汀的《在其香居茶馆里》《代理县长》《生日》等。它们以基层政权中的上流人物或者小有产者为主要描写对象，讽刺他们的贪婪、狡诈、虚伪，甚至反动，幽默诙谐，别有一种动人的力量。

从理论上来说，无论是表现底层无产者的痛苦和反抗的小说，还是聚焦上层有产者的虚伪和反动的小说，都可视作全景性阶级分析类型的"变体"。因为对底层无产者的痛苦与反抗的书写，可看作对社会全部阶级关系网络下层部分的截取，是全景性阶级眼光的下移。而对上层有产者的虚伪和反动的表现，则是聚焦社会全部阶级关系网络的上层部分，是全景性阶级眼光的上移。这里有必要特别一提的是"知识分子"的问题。在阶级分析的视野中，知识分子既不是典型的无产者，也不是典型的有产者，而属于相对中间层次的小有产者，通常也称为小资产阶级。按马克思主义的阶级分析理论，小有产者在革命中具有"两面性"，面对大有产者的压榨，他们可能具有革命性，而面对无产者的革命，他们又有可能动摇和软弱。因此，知识者不能充当革命的主体力量，至多只能是"朋友"的角色。[①] 或许正因为此，知识分子在阶级意

---

① 毛泽东：《中国社会各阶级分析》，《毛泽东选集》第1卷，人民出版社1991年第2版，第3—9页。

识相对较强的"左联"小说家笔下，便出现了两类形象：一是积极追求进步，却又不免幼稚和不成熟；二是虚伪酸腐斤斤计较，显得可怜与可笑。前者属于歌颂赞美的对象，如茅盾《子夜》中的张素素，萧军《八月的乡村》中的肖明等，但一般不能充当小说的主人公，而且相比革命罗曼蒂克小说，他们在小说中出现的频率已相当之少。后者属于讽刺批判的对象，可以是配角（如茅盾《子夜》里的教授、诗人），也可以是小说的主人公（如张天翼、沙汀、艾芜等人的一些短篇，萧红的《马伯乐》也属此类），但总体数量也并不多。知识分子形象的分化及其在小说中地位的下降，在以后的解放区小说中还会随着阶级理论的纯化而进一步加剧，直至被完全妖魔化甚或彻底消失。

作为"主流"的全景性阶级分析小说及其两种"变体"，构成了"左联"小说的三种基本类型。这三种类型中，无论强弱，阶级性都是客观存在的事实，都具有阶级批判的思想意蕴。但除此而外，它们也都还或明或暗地存在着另一个故事，一个五四式的思想启蒙与人性批判的故事。例如在茅盾的《子夜》中，就隐含着一个五四式的"家内"故事。小说除了围绕吴荪甫的民族资本家身份，叙述他在"家外"如何与买办阶级，与工人，与同行，与风尘女子等交往，还围绕他的封建家长身份，描写了他与妻子林佩瑶、弟弟七少爷、妹妹四小姐、表妹张素素等之间的控制与反控制关系。如果说，"家外"故事是严格按照马克思主义理论对中国社会各阶级所做的小说化分析，属于典型的 20 世纪 30 年代的左翼故事；那么，"家内"故事则是青年人如何反抗封建家长寻求自由，女性如何摆脱男性控制获得独立的故事，是典型的五四启蒙叙事。长期以来，人们大都把目光投向"家外"故事，而忽略了"家内"故事的存在。事实上，这个"家内"故事既有《红楼梦》的模型，也有巴金后来小说《家》的味道，非常值得深入探讨。此外，在萧红、张天翼等人描绘底层无产者痛苦生活的小说中，也常常具有五四国民性批判的因素。萧红小说《生死场》《呼兰河传》中下层人民的痛苦，例如小团圆媳妇的死，既有物质生活贫困的因素，也与习俗的野蛮和群众的愚昧有关。张天翼的《陆宝田》《包氏父子》则以鲁迅式的"看/被看"的方式，描写了两个类似阿 Q 那样的人物，批判了人性的冷漠和麻木。简言之，以人性为主轴的五四式的启蒙故事，在阶级性的"左联"小说中是普遍存在的。许多"左联"小说，至今仍具有魅力，就与这个隐含在阶级性之下的五四故事有关。

二 革命现实主义风格的确立与变奏

茅盾转型后的小说《子夜》《农村三部曲》《林家铺子》等,之所以被公认为"左联"小说的主流,除了故事层面的全景性阶级分析视野之外,也因为叙述层面"革命现实主义"风格的确立。左翼文学自20世纪20年代末对"革命文学"的倡导起,就非常重视"创作方法"的问题。在俄苏文学影响下,短短几年间,相继提倡过"现实主义""革命浪漫主义""唯物辩证法创作法""社会主义现实主义"几个口号①。这些都是从创作角度出发的纯粹理论讨论,看上去各有不同。但它们的核心内容,也就是提出这些理论的最终期待,基本一致——那就是要创造出一种新的具有革命品格的现实主义文学。这种新的革命的现实主义,与旧的现实主义也即19世纪的欧洲批判现实主义既相联系又相区别:首先,它必须是现实主义的,旧现实主义的那种美学风格它也全部具备;其次,它必须是革命的,是无产阶级革命视野下的现实主义,或者说在现实主义美学风格的背后必须蕴含着无产阶级革命的思想和品质。具体到革命小说的创作来说,前一阶段的革命罗曼蒂克小说,包括茅盾的《蚀》三部曲、《创造》《虹》等,在风格上具有浓厚的浪漫主义色彩,显然不符合革命现实主义的要求。而茅盾转型后的小说,则与理论期待中的革命现实主义风格相吻合,因而迅速受到了肯定。

具体说来,旧的现实主义所要求的那些美学风格,如史诗性的追求、典型性的建构、客观冷静的写法,在茅盾转型后的小说中都存在。1930年,茅盾应邀为华汉《地泉》三部曲做序时说,"一部作品在产生时必须具备两个必要条件",一是"社会现象全部的(非片面的)认识",二是"感情地去影响读者的艺术手腕","两者缺一"不可。②"社会现象全部的(非片面的)认识",就是指小说应有史诗性的品格。这在茅盾自己同年写的《子夜》那种"大规模地描写中国社会现象的企图"中得到了实现。而且,"如果把茅盾的作品按其反映的历史时代先后排列起来看,'五四'运动前后到40年代末近半个世纪内现代中

---

① 钱理群等:《中国现代文学三十年》(修订本),北京大学出版社1998年版,第153页。

② 茅盾:《〈地泉〉读后感》,《茅盾选集》第5卷,四川文艺出版社1985年版,第153—154页。

国社会风貌及其变化、各个阶层的生活动向及彼此间的冲突，都得到了充分的艺术反映。可以说，茅盾为我们提供了一部20世纪上半时段中国社会的编年史"①。而《子夜》中的吴荪甫形象，就是恩格斯所谓"典型环境中的典型人物"，此外，如《林家铺子》中的林老板，《农村三部曲》中的老通宝，《腐蚀》中的赵慧明，也都是公认的现实主义典型人物。茅盾小说的客观冷静，则主要通过对第三人称视角的巧妙调度得以实现——《腐蚀》罕见地采用了第一人称日记体视角，抒情氛围相对较浓。第三人称全知叙述者从不像传统说书人那样直接站出来发表对故事人物和事件的看法，他经常像一个摄影机一样对人物的行动、语言和外貌进行纯客观地展示。他也会进入不同人物的内心世界，视角人物的转换有时还相当频繁，但他从不站在某个人物的立场对其他人物的内心予以压制，也从不借助某个人物之口来间接传达自己的主观议论，而是让这些不同人物的内心和声音相互竞争，从而形成一种虽有许多主观心理描绘却又不主观热烈的叙述风格。有论者称之为"多声部叙述方法"："在众多的人物中，作者不是通过一个人物的眼睛去看，去想，去听，而是让很多人物来看，来想，来听，这样，作者对各个人物都能保持相当的间隔，超越了小说中人物之间那些矛盾纠葛。"②

　　问题的关键在于，这些现实主义的美学风格是被充分革命化了的。茅盾小说对20世纪上半叶历史的"史诗性"呈现，是一种阶级革命视野下的"建构"，而非巴尔扎克《人间喜剧》对法兰西社会那种"书记官"式的再现。他小说中的典型是一些阶级性的典型，比如吴荪甫就是"第二次国内革命战争时期的民族资本家的典型形象"③，对其外貌和心理的描述，皆是按照阶级性的原理进行的。屠维岳，则严格按照"工贼""内奸"的形象来塑造。叙述者对他心理的进入，也带有明显的阶级剖析的色彩。而《霜叶红似二月花》中，曹志诚与钱良才都是地主，后者因为是作者要表达的有地主之貌而无地主之心的正面形象，因此长相也英俊得多，而前者因为是要批判的"坏人"，因此长相也相

---

① 钱理群等：《中国现代文学三十年》（修订本），北京大学出版社1998年版，第173页。
② 严家炎：《中国现代小说流派史》（增订本），长江文艺出版社2009年版，第194页。
③ 钱理群等：《中国现代文学三十年》（修订本），北京大学出版社1998年版，第176页。

第四章 左翼小说革命叙事的兴起与别创

当地漫画化：秃顶、肥胖、圆脸、奸诈、虚伪。对地主小姐王有容的描绘，也同样是漫画化的。这种把长相和人品直接挂钩的做法，是一种不顾事实而仅依据理论构想出来的政治肖像学，虽是中国脸谱化叙事的传统，但也表现出对生活本身的简化①。

简言之，茅盾小说风格上的"现实"，与其说是真实现实的客观再现，不如说是一种阶级化视野下的主观建构。这与他"史诗性"的写作追求和"理论先行"的创作方式有关。1928年茅盾曾发表《从牯岭到东京》一文，为小说《蚀》的"真实性"辩护，他说他不是"依了自然主义的规律"来写作的，而是"相反"，"是真实地去生活，经验了动乱中国的最复杂的人生的一幕"后才开始的，"我不是为的要做小说，然后去经验人生。"②是"为做小说，然后去经验人生"，还是"先有人生经验，然后才做小说"，这是小说写作的两种方式。它们无所谓好坏，但后者把握不好，易成流于印象的自然主义，前者把握不好，则易成出于主观的公式主义。如果说茅盾转型前的《蚀》三部曲等小说属于第一种情形，那转型后的《子夜》等小说，就属于第二种。因为要"大规模地表现中国社会生活"，必然涉及许多作者并不熟悉的领域，这就要求作者有意识地去体验。茅盾曾坦承，他对经济并不熟悉，为写《子夜》还特意跑到交易所观察了一段时间，而且对农村斗争不了解，因此无法在小说中充分展开。这种"为做小说，然后去经验人生"的方法，使其小说难免带上了公式化、概念化的毛病。深具才情

---

① 有趣的是，茅盾自己早在1925年就曾撰文反对这种现象。他在《论无产阶级艺术》中说："有许多富有刺激性的诗歌和小说，往往把资本家或资产阶级知识者描写成天生的坏人，残忍，不忠实。这是不对的。因为阶级斗争的利刃所指向的，不是资产阶级的个人，而是资产阶级所造成的社会制度；不是对于个人品性的问题，而是他在阶级的地位的问题。无产阶级所要努力铲除的，是资产阶级的社会制度，及其相关连的并且出死力拥护的集体。一个资本家也许竟是个品性高贵的好人，但他既为他一阶级的代表并且他的行动和思想是被他的社会地位所决定的，则无产阶级为了反对资产阶级的缘故，不能不反对这个代表人。故即在争斗的时候，无产阶级的战士并不把这个资本家当作自己个人的仇敌，而把他看作历史锻成的铁链上的一个盲目的铁圈子。"（沈雁冰：《论无产阶级艺术》，1925年5月《文学周报》第172、175期及10月第196期。参见《文学运动史料选·第一册》，上海教育出版社1979年版，第426页）当时，中国的革命文学才刚刚起步，我们不能不佩服茅盾的远见和深刻。他后来的小说常以资产阶级和地主阶级作为主人公，而且并非极端的坏人，或许正是源于这种认识。但即便如此，在具体处理上，他还是不能完全免俗。

② 茅盾：《从牯岭到东京》，《茅盾选集》第5卷，四川文艺出版社1985年版，第108—109页。

者茅盾尚且如此，一般作家就更难免俗。也因此，许多"左联"小说名为小说，实为阶级理论教科书。这类主观公式主义的毛病，成为"左联"文学一直难以摆脱的痼疾，也是后来的"七月派"领袖胡风竭力批判并试图纠正的地方。

相对茅盾等人这种"左联"主流小说样式来说，萧红、张天翼等人那些聚焦底层无产者的痛苦与反抗，或者上层有产者的虚伪和反动的小说，公式化、概念化的色彩要减淡很多。他们不具备茅盾等人那种深厚的社会理论修养，放弃了那种全景性的反映社会阶级动态的史诗性追求。因为不必表现全景，也就不必去刻意表现自己并不熟悉的人生，只需对自己最熟悉的生活进行记录，因而也就能够带有鲜明的生活气息和真切感人的力量。这些小说同样刻画了许多典型形象，如二里半、包氏父子、华威先生、代理县长、小团圆媳妇、马伯乐等，他们并非阶级概念的图解，因此更具生活气息，也更能让人印象深刻。在这些小说中，客观冷静的基本风格仍然存在，但又分别向抒情性和讽刺性两个方向位移，从而产生了抒情性的革命现实主义和讽刺性的革命现实主义两种亚风格类型。抒情性的革命现实主义风格与聚焦底层无产者的痛苦与反抗的小说相对应。此类小说中，叙述者大都身处故事之外，以第三人称全知视角的形式出现，但也有身处故事之内，以第一人称旁观者出现的小说。前者如萧红的《生死场》、萧军的《八月的乡村》、艾芜的《流离——1948年重庆街头速写》，后者如萧红的《呼兰河传》、艾芜的《山峡中》、骆宾基的《北望园的春天》等。但无论故事内，还是故事外，这里的叙述者不再像茅盾小说那样是一个站在超然立场的社会科学家的形象，而是一个与所述的底层世界的人物站在同一立场，熟悉他们的喜怒哀乐并且对他们的喜怒哀乐抱以同情地理解的人。这种同情与理解，并不通过直接的议论和感慨表现出来，而是弥散在对人物外貌、心理、性格的客观冷静的描写之中，像空气一样能感觉它的存在，却看不到它在何处，从而形成一种外冷内热的叙述景观。例如萧红《生死场》第一节，对二里半老婆麻面婆痛苦生活的同情，便全都隐含在冷静的"动物化"的比喻之中。这种外冷内热的风格在讽刺性的革命现实主义小说，也即聚焦上层有产者的虚伪和反动的那类小说中同样存在。这类小说的叙述者也有故事外第三人称全知和故事内第一人称旁观者两种出现形式。前者如《谭九先生的工作》《陆宝田》《在其香居茶馆里》

《代理县长》《马伯乐》等，后者如《华威先生》《猪肠子的悲哀》《三太爷与桂生》等。但不论哪一种，对故事人物虚伪和反动的揭示，也不是通过叙述者的主观议论来达到。事实上，这些小说的叙述者就像一个客观冷静的摄像头，只是将故事人物内心想法和外在言论之间的差异，或者他们在不同场合言论行为之间的悖谬，抑或人物的自我感觉与旁观者对他认知的反差，予以同时呈现，让它们在自相矛盾中相互解构，从而产生一种幽默、滑稽甚至是荒诞的反讽效果。

革命现实主义风格及其抒情化和讽刺化的变体，构成了"左联"小说的三种叙述风格。但这三种风格，都不符合"左联"竭力呼吁和提倡的"大众化"要求，而仍然呈现出五四式的精英色彩。中国革命文学与西方不同，它内含着一个天然的悖论：实际作者是广受西方文学影响的现代知识精英，而理想读者却是在传统文化氛围中长大的普罗大众。这意味着要将阶级的意欲用文学的方式传输给普罗大众并变成阶级实践，就必须采用一种大众能够接受、理解的文学形式。否则，不管文学内容如何革命，也起不到应有的作用。为此，左翼人士积极倡言大众化。当然，左翼的大众化讨论，不完全是个形式问题，它包含有丰富的形式因素在内。比如如何利用旧形式，怎样使用大众语的问题。茅盾后来回忆，"左联"的大众化讨论至少有三次，而且有以瞿秋白和茅盾分别为代表的激进大众化和温和大众化两种主张，前者站在无产阶级主体的立场主张由工农自己来创作，后者站在精英本位的立场主张向无产阶级的审美趣味倾斜。① 但从"左联"文学创作实践来看，两种主张都仅仅停留在理论讨论的层次。仅就小说叙事而言，完全的底层无产者文化水平太低，根本无法创作，而加入了"左联"且能够创作的作者，大都受过五四新文化运动的影响，所用的仍然是五四以降的那种西方化的文体形式。姑且不说萧红、萧军、张天翼、艾芜、沙汀等人，就连茅盾自己的小说，其革命现实主义风格也不是大众化的，它几乎没有哪一点不是对五四精英话语路线的延续。

三 人性欲望的阶级化及其社会批判主题的分化

左翼文学的异军突起及其对文学阶级性的强调，曾引起非左翼作家

---

① 茅盾：《文艺大众化的讨论及其他——回忆录》[十五]，《新文学史料》1982年第2期。

的批评和质疑。梁实秋说:"文学发生于人性,基于人性,亦至于人性","文学的目的是在借着宇宙自然人生之种种的现象来表示出普遍固定之人性"①,"无产阶级的生活的苦痛固然值得描写,但是这苦痛如其真是深刻的,必定不是属于一阶级的。人生现象有许多方面都是超于阶级的"②。梁实秋所说的"人性",有似于弗洛伊德的"本能"欲望,或者马斯洛的"需求"动机,不会随个体阶级地位的不同而不同。梁实秋的质疑,在逻辑上预设了人性/阶级性的二元对立,所以左翼阵营的反驳,也大都沿着这种对立思维展开。他们认为,人性是分阶级的,不同阶级的人,人性需求也不相同,比如无产阶级最重要的需求是生存,只有资产阶级才会有闲暇去风花雪月,因此,阶级性或者阶级化了的人性才是文学所应表达的唯一对象。这种"阶级化了的人性"或者"人性的阶级化"观点,在鲁迅那里表述得更为辩证,他说:"在我自己,是以为若据性格情感等,都受'支配于经济'(也可以说根据经济组织或依存于经济组织)之说,则这些就一定都带着阶级性。但是,'都带',而非'只有。'"③也就是说,普遍共同的人性需求是存在的,但其实现形式却免不了带上阶级性。例如贾府的焦大是人,他肯定有爱的需求,这是人性。但起码的生存都还成问题,情爱相对就不那么重要,而且,林妹妹也不符合他这种人的审美需求,所以"贾府上的焦大,也不爱林妹妹的"④,这就是阶级性。简言之,在阶级社会里,人性需求会因阶级的不同而产生分化,在不同的阶级那里,它会有不同的具体内容和表现形式。

与理论上对阶级性的倡导相呼应,左翼小说中的人性需求也呈现出向阶级性转化的特征。这首先表现在"恋爱"/"情欲"这种最典型也最具标志性意义的人性欲望由"好"及"坏"的形象演变之中。早期革命罗曼蒂克小说中,"恋爱"/"情欲"与主人公们的革命追求并不

---

① 梁实秋:《文学的纪律》,《中华文学评论百年精华》,人民文学出版社2002年版,第175页。
② 梁实秋:《文学是有阶级性的吗?》,《文学运动史料选》第3册,上海教育出版社1979年版,第49页。
③ 鲁迅:《三闲集·文学的阶级性》,《鲁迅全集》第4卷,人民文学出版社2005年版,第128页。
④ 鲁迅:《二心集·硬译与文学的阶级性》,《鲁迅全集》第4卷,人民文学出版社2005年版,第208页。

矛盾,可以同时并存甚至相辅相成。后期的革命罗曼蒂克小说中,"恋爱"/"情欲"逐渐变成了革命追求的障碍或对立物,必须予以压抑甚至抛弃。到茅盾转型后的"左联"主流小说中,"恋爱"/"情欲"被认为与无产阶级的阶级性不符,从而演变成为资产阶级和小资产阶级的"特权",并在整体上呈现出边缘化、空白化,甚至是妖魔化、漫画化的特点。所谓边缘化,是指"恋爱"/"情欲"不再像早期革命罗曼蒂克小说那样被设置为小说主人公的核心动机,而只是作为主人公不重要的附属动机,或者小说中不起眼的次要人物的行为特征出现。例如《子夜》里,吴荪甫的核心动机是振兴中国民族工业,在此方面他精明强悍,但在老婆的缠绵悱恻面前,却幼稚得像个孩子,完全不解风情。倒是四小姐、田博文等人,天天想着风花雪月的事。《林家铺子》中的主人公是林老板,林小姐与寿生的爱情只是附带出现,而且,这也不是情欲意义上的爱情,而只是一个为表达阶级关系网络的爱情符号。空白化是指主人公的去"恋爱"/"情欲"化,甚至整篇小说都不再丝毫涉及这一话题,妖魔化或漫画化则指将"恋爱"/"情欲"视为不健康的"淫恶"象征。茅盾的《农村三部曲》,因为以无产阶级作为主要的描绘对象,因此"恋爱"/"情欲"便几近空白。唯一带点此种色彩的是"荷花"这个人物,但她显然是一个不祥的淫恶的形象,如同一个乡村版的徐曼丽。在《子夜》中,徐曼丽、刘玉英等人就是一个欲望的符号,指称着整个资产阶级的荒淫和腐朽。

与"恋爱"/"情欲"动机的被资产阶级化同时展开的,是人性欲望的全面阶级化。"恋爱"/"情欲"已变成了资产阶级和小资产阶级的特权,并成为那个阶级腐朽和荒淫的象征。那无产阶级还剩下什么呢?生存。无产阶级的首要欲望就是生存,这集中表现为对土地、粮食、工钱、收成的渴望。也因此,小说中的无产阶级通常挣扎在生存的边缘上,为保护粮食和土地,为捍卫工钱和收成而进行各种各样的努力。生存之外,无产阶级也还有另一种欲望,那就是自由和解放,这在一般的无产者身上只是一种朦胧的不自觉的冲动,但在觉醒的先进的无产者身上比如共产党员那里,则是一种自觉的追求。与无产阶级欲望的生存化和解放化相反,有产阶级的欲望除了"恋爱"/"情欲"之外,主要表现为对现有财产和权势的稳固、享受与扩张。比如贪财,升官,赚钱,办产业。而且,为满足这些欲望往往不择手段。当然,有产者内部也是分层次的,越是大有产者,对财产和权势的稳固、享受与扩张的欲望就越强烈,道德品性也越恶劣。反之,稳固、享受与扩张的欲望就相对减淡,道德品性也相对较好。至于一般的小有产者,有时则已与无产阶级接近。例如《子夜》中的赵伯韬,是以最大的资产阶级买办的形象出现的,因此就呈现出最强的扩张性和最坏的道德性。吴荪甫是比他低一档次的有产者,扩张性相对较次,道德也相对没那么恶劣。而《林家铺子》中的林老板,是一个做小生意的人,只求能够维持现有的生意。欲望就这样按照阶级做了分配,每个阶级的人物,都有那个阶级的特有欲望,人物基本按照这种阶级化的欲望行动,或者说阶级性欲望成为了每个人物的主导动机。

在茅盾那种全景性的阶级分析小说中,不仅人物的欲望被全面地阶级化了,而且每个阶级的人物在追求阶级化了的欲望时,都表现出非同一般的个人能力。《林家铺子》中的林老板,是一个非常会做生意的人,《农村三部曲》中的老通宝一家,则是养蚕花的好手。《子夜》中的吴荪甫,则是一个具有法兰西资产阶级性格的人,小说中不厌其烦地铺陈了吴荪甫作为个人的"英雄气质"和魄力、手腕,既有正面的描绘,也有侧面的从王和甫、孙吉人等同行眼光的观照。但不论个人能力有多强,这些人物在追求阶级化欲望的道路上,最终都以失败告终,以悲剧结局。林老板的店铺倒闭关门,老通宝家蚕丝丰收成灾,吴荪甫作为民族资本家的事业,无论是家乡的产业——他想通过自身努力将家乡双桥镇改造成为模范镇,还是自己的个人实业——裕华丝厂,抑或与王和甫、孙吉人等的公债投机——益中公司(办厂和作公债),三条战线都失败了,最后仓皇出逃。个人能力超强,而只能以悲剧结局,那造成悲剧的原因就只能是社会,具体点说就是不合理的社会制度和阶级结构。也就是说,合理的阶级性欲望与不合理的社会制度和阶级结构之间,构成了强烈矛盾,正是后者的制约,造成了具体个人同时也是某个阶级的悲剧。这样,整个小说就表现出一种强烈的社会批判性,它不同于个人能力的批判,也不同于人性或道德批判。而这种强烈的社会批判性,正是"左联"主流小说样式的核心思想主题之一。例如关于《子夜》,茅盾的重要目的就是要告诉大家,当时的中国社会尚处于最黑暗的时候,在现有的社会制度和阶级结构下,任何个人都无法取得成功。这也正如茅盾自己所言:"这样一部小说,当然提出了许多问题,但我所要回答的，只是一个问题，即是回到了托派：中国并没有走向资本主义发展的道路，中国在帝国主义压迫下，是更加殖民地化了。中国民族资产阶级中虽有些如法兰西资产阶级性格的人，但是因为一九三〇年半殖民地的中国不同于十八世纪的法国，因此中国资产阶级的前途是非常暗淡的。在这样的基础上产生了中国民族资产阶级的动摇性。当时，他们的'出路'是两条：（一）投降帝国主义，走向买办化；（二）与封建势力妥协。他们终于走了这两条路。"[1]

茅盾这类小说思想主题的激进之处，除写出了造成合理的阶级性欲望失败的原因，从而表现出强烈的社会批判性之外，还在于暗示了必须起来反抗并推翻现存的社会制度和阶级结构才能真正获得成功。林老板、吴荪甫、老通宝们在不合理的制度和阶级结构的制约面前，是失败了，但他们并没有自觉到失败的原因，因此，他们失败后的唯一反应就是"躲"和"逃"。但老通宝的儿子多多头不一样，他早就看透了问题的根本所在：不改变整个的社会制度和阶级结构，个人养蚕的技术再好，也不会取得真正的丰收。因此，他对养蚕的这些事，一点都不感冒，反而积极参加农民组织的秘密反抗运动。小说有意将老通宝为代表的不觉醒的农民和多多头们作对比，而小说的最终结局则印证了多多头们的反抗之路才是正确的，才是真正改变生存状态，满足生存愿望的有效手段。同样的丰收成灾的故事和觉醒与不觉醒的对比式情景，在叶紫的《丰收》中也有出现，彰显的也是同一个道理：反抗才是唯一的出路。当然，囿于特定的政治文化处境，对暴动的描写和反抗的张扬，大都以侧面描写和暗示的形式来表现。正面的"明目张胆"的叙述，要到解放区文学中才会也才可能出现。值得指出的是，随着抗战的爆发，这种具有明显阶级批判和阶级反抗意味的思想主题，往往会在原有的阶级性的基础之上再添上些民族主义意味。如在反映抗战初期生活的小说《锻炼》中，造成个人悲剧的，除了不合理的社会制度和阶级结构，也包括异族的入侵。这样，合理的阶级化欲望的实现，就不仅需要推翻不合理的社会制度和阶级结构，而且需要推翻外国帝国主义的殖民压迫和剥削。

---

[1] 茅盾：《〈子夜〉是怎样写成的》，《茅盾选集》第5卷，四川文艺出版社1985年版，第293—294页。

"左联"小说的主流样式中，由于大都采取全景性的阶级分析的视野，所以不同阶级的欲望在同一部小说中往往可以得到同时呈现。而在其两种"变体"样式中，则分别以底层无产者与上层有产者的欲望为主要表现对象。与主流样式一致的是，这些小说中的无产者的欲望也是以生存为主，是去情欲化的，有产者的欲望也是对现有财产、权势的保护或扩张为主要特征。但与主流样式将单个阶级的欲望实现与整体性的不合理的社会制度和阶级结构以及外族入侵严格二元对立起来，并以前者的失败表达对这种整体性的不合理社会的批判，甚至是推翻它的愿望作为主题重心不同，两类"变体"小说都将主题重心由"社会"退回到了"人"，一者重在赞美无产者的坚忍品格和反抗精神，一者重在讽刺有产者的虚伪品性和反动言行。前者如萧红的《生死场》、萧军的《八月的乡村》等，这类小说对造成主人公们痛苦生活之社会原因（阶级的不公或者民族的入侵）有或明或暗的提及，但远非小说叙事的重点。《生死场》中引起农民觉醒的重要契机是日寇入侵，但小说对这一事件本身仅极为简略地提到，重点一直在描写此前农民生活的痛苦和坚强忍耐，以及觉醒后是如何积极行动的。《八月的乡村》中的革命小分队，一开始就是为反抗异族入侵而存在的，但小说重心并不在于描写他们和日军之间的交战，而是这支小分队内部各个人物的精神样貌。而主要聚焦有产者类型的小说，如《华威先生》《其香居茶馆里》《马伯乐》等，主人公们的欲望符合他们的阶级身份，而且为了这点欲望的满足，流露出各种的虚伪和反动。虽然它们都有抗战作为潜在的背景，但小说的重心显然不在表达战乱的背景造成了他们的堕落。相反，正是他们的堕落，才造成了对抗战的伤害。因此，其思想主题的重心也是人而不是社会，是对具体有产者阶级虚伪和反动品性的暴露和讽刺，而非对造成这种虚伪和反动品性的社会性原因（阶级结构或民族压迫）的揭示和批判。当然，这两类小说中的坚忍品格和反抗精神，或者虚伪性格和反动品性，都不是某个具体个人的精神品格，而分别是无产者和有产者阶级品性的代名词。也因此，这两类小说，与其说是阶级批判小说，不如说是对有产者和无产者的阶级品性予以探索和挖掘的小说。

"欲望"是五四个性解放思潮中从传统文化的压抑中释放出来的。在五四那里，欲望指向所有的个体，并没有阶级化之分。左翼文学时代，欲望按阶级性做了划分，一定的阶级配享一定的欲望，这既是左翼理论的提倡，也是"左联"小说的基本事实。但是，不管"左联"小说如何地阶级化，总有一些非阶级化所能框范的欲望，或者不符合阶级主张的欲望若隐若现地存在。早有论者以茅盾小说为例指出，"如《霜叶红似二月花》中描写婉卿对待性无能丈夫的那些场景，流露出母性的温柔胸怀，是很能揭示人性的美丽的。短篇《烟云》所写的家庭关系，女人对丈夫的一次无意背离，与社会阶级无涉，更多的是把笔触伸向纯伦理的层面。特别是《水藻行》，在解释民间存在的半公开的两性关系时，作者指出他所写的与侄媳妇同居的男主人公财喜，'蔑视劳动'，'蔑视恶势力'，'不受封建伦常的束缚'，'是中国大地上的真正主人'。这一类小说，显然都有作者的城乡生活见闻做基础，有体验，有实感，对人物的刻画往往突破社会剖析的思想意识依据，更趋向生活原型，人性的挖掘更深"①。此外，如茅盾《子夜》对吴荪甫妻子落寞压抑，有出轨冲动却"发乎情、止乎礼义"的情欲心理的叙述，也没有丝毫漫画化的气息，并不指向资产阶级的荒淫腐朽，反而因叙述者抱了同情地理解的态度，别具感人的力量。再如吴组缃的《箓竹山房》对变态性欲望的呈现，艾芜《山峡中》对土匪女儿"野猫子"之人性美的呈现，也都溢出了左翼对人性阶级化的理论规范。这类小说，与其说是在左翼阶级化小说的轨道上运行，不如说是在五四开创的张扬欲望、表达人性的思路上继续前进。

第三节　主流模式的疏离与非主流叙事的别创
——"七月派"作家路翎小说的叙事分析

在"左联"小说兴盛一时并逐渐占据文坛主流地位的时候，作为"左联"盟主的鲁迅却在写作《奔月》《非攻》《采薇》《起死》《出关》这类明显不符合左翼主流叙事风格的小说。这种对主流模式的自觉疏离姿态，在鲁迅去世之后为深得其赏识的爱徒胡风所继承。在胡风的理论倡导和实际组织下，出现了一个史称"七月派"的文学团体。

---

① 钱理群等：《中国现代文学三十年》（修订本），北京大学出版社1998年版，第180页。

他们的文学活动实际上构成了后"左联"时代左翼文学的主要内容。有论者指出："在40年代假如还有左翼文学，我认为是以胡风为代表的，以《希望》和《七月》为核心的左翼文学，这个时候还保留着30年代左翼文学的基本性质，但是就这个小集团来说，这个性质是在鲁迅已经缺席，周扬、郭沫若已经缺席的条件之下坚持着左翼文学的基本的理论倾向。"[1] 在"七月派"这里，左翼文学的基本性质和基本理论倾向仍然存在，但在许多方面做了反思与修正。就小说创作而言，以路翎的《荆棘在蜗牛上》《饥饿的郭素娥》《财主底儿女们》等为代表的"七月派小说"，在叙事各个层次例如故事、叙述以及意义调度等，都表现出要与"左联"小说自觉疏离的特征。如果说茅盾、张天翼、萧红等人的"左联"小说构成了左翼小说的主流模式，那路翎们的"七月派"小说就是对新的非主流模式的别创。

一 现实阶级生活的"复杂化"还原

以茅盾为代表的"左联"小说，在"七月派"作家看来，存在严重的主观公式主义的缺陷。这些小说以全景性的阶级分析视野反映现实生活时，对社会结构和阶级关系的描绘，对人物阶级身份及其性格与命运的塑造，与其说是对真实现实的再现，不如说是按照阶级斗争理论而做的主观建构。它们就像一只按照马克思主义的理论公式裁剪出来的鞋子，反映的并非脚的形状，而是马克思主义理论的形状。当"现实之脚"与这只"理论之履"的尺码不符时，它们通常采取"削足适履"的方式。这种主观公式主义的做法，无疑大大简化了生活的复杂性。与"左联"小说相反，"七月派"小说一方面主张加大对理论之履的复杂性的认识，另一方面则主张以"生活之鞋"本身的复杂性扩充"理论之履"的容量，而当"现实之脚"与"理论之履"不相符合时，与其"削足适履"，不如"依足改履"。就主观意图而言，它们并非要全盘否定"左联"小说的功绩，而是想用自己的方式还原出被"左联"小说简单化了的现实阶级生活图景的"复杂性"，以推进左翼小说的健康发展。对此，严家炎曾说，"七月派"小说给人的突出印象，首先便是其"复杂性"，"这种复杂，有时简直到了难以言传的程度。生活，在这里以其本色的面貌呈现出来：江潮裹挟着泥沙，广袤包容着复杂，常态伴

---

[1] 王富仁：《关于左翼文学的几个问题》，《中国现代文学研究丛刊》2002年第1期。

生着变态,既使我们获得饱和感、满足感,也使我们产生压迫感、紧张感"。"如果将京派小说比作素净淡雅水墨画,七月派小说则可以说是色彩浓重的油画。"① 还原现实生活本身的油画式的"复杂性",确实构成了"七月派小说"的重要特征。

"七月派"小说还原现实阶级生活复杂性的努力,首先表现在对知识分子形象的执着描绘和对知识分子理性精神的不懈高扬上。有论者指出:"路翎笔下的人物众多,破产农民、矿工、卖艺人、船工、逃兵、妓女、匠人、教师、恶棍、商贩、青年学生等。但最主要的是两类:流浪者和知识者。"② 夏志清也说:"路翎的主角人物不是被欺压的农民和游民,就是孤独奋斗到死都不晓得用集体力量的知识分子。"③ 作为左翼文学的组成部分,书写"流浪者"或"被欺压的农民和游民"并不奇怪。奇怪的是对知识者的执着描绘。比起后来的解放区小说,"左联"小说的题材决定论色彩并不明显,但因知识分子在阶级分析理论中被判定为小资产阶级且具有"两面性"(具有一定革命性的同时,更具有动摇性和软弱性),其地位从后期革命罗曼蒂克小说中便开始下降。至"左联"小说,则不是处于被边缘化(整体数量减少且为配角,即便是革命的也只能扮演配角的角色),就是处于被讽刺和被漫画化(显得虚伪可怜和可笑)的地位。到解放区小说,知识分子的形象还将进一步由边缘化走向空白化、由漫画化走向妖魔化。就此而言,路翎的小说确实是独特的。它们不仅大量以知识者为主人公,而且"企图恢复知识分子生活方式的合理性,因此他并没有像当时大多数的左翼作家那样将思维描绘成导致政治消极的一种原因,也没有将知识分子描绘成受到自我意识和自我怀疑麻痹的弱者。相反,他竭力证明理性分子自有其用途,而且思维本身在拒绝屈从并保持反抗能力的同时,就已经成为一种革命意识的源泉。这意味着思维本身就可以是一种革命行为,因此它无须从任何外部因素那里获得动力,无论这种外部因素是无产阶级、

---

① 严家炎:《中国现代小说流派史》(增订本),长江文艺出版社2009年版,第273页。
② 钱理群等:《中国现代文学三十年》(修订本),北京大学出版社1998年版,第388页。
③ [美]夏志清:《中国现代小说史》,刘绍锋等译,复旦大学出版社2005年版,第221页。

马克思主义还是共产党"①。对知识者自我反思和理性思维能力的这种肯定和强调,"与中国共产党及其代表在左翼文化界所加强的马克思主义传统中的反知识分子倾向形成了鲜明的对照"②,而更像是对五四高扬知识分子精神主体性传统的继承。

"七月派小说"还原阶级生活复杂性的另一努力,表现为对人物的外在阶级身份以及内在性格心理的非单一性和不稳定性的叙述。"左联"小说中的人物,其阶级身份从出场到结束,基本都是固定不变的。路翎小说中的人物与此相反,他们常常会像现实生活的人那样从事多个行当,阶级面貌模糊且具有流动性。有论者认为:"就路翎塑造的人物而言,其含混的社会背景和多变的个人经历首先值得我们注意,而这种复杂的社会背景和个人经历使得这些人物无法成为代表某些抽象历史力量的明确符号。"③比如《"要塞"退出以后》的主人公沈三宝,现在是抗战前线的沈副官,以前却是一个"转运商人",他一会充满抗战的激情,一会又想当逃兵。他究竟是军人,还是商人,是无产阶级,还是非无产阶级,似乎很难说清楚。阶级身份之外,人物的心理性格更是复杂多样,变幻不定。"左联"小说中的人物,除了思想认识上可能会有些许由不觉醒到觉醒的转变之外,心理性格不仅是直线单一的,而且是一成不变的。比如老通宝的落后,小儿子多多头的反抗,大儿子的犹疑等,每个人都是一种性格类型的代表。路翎却将这些由不同人物分别扮演的性格糅进同一人物身上,内化为同一人物性格的不同元素。严家炎指出,路翎"小说中的人物形象,常常是多种精神倾向的奇异结合,是极端复杂的矛盾统一体。《财主底儿女们》里那个金素痕,既有王熙凤式的泼辣、狠毒,又有暴发户式的贪婪、放荡,从这些方面说,她都是可怕的'恶魔';然而,在丈夫蒋蔚祖逃亡失踪后的一段时间里,她又痛哭流涕,真诚地忏悔,热切地思念着蒋蔚祖,这又像是'温柔的天使'。虽然后一方面并不能掩盖前一基本的方面,然而人物性格的复杂,确实到了令人惊诧叹服的地步"④。这种类似阿Q式的多重性格的

---

① [美]舒允中:《内线号手:七月派的战时文学活动》,上海三联书店2010年版,第119—120页。
② 同上书,第120页。
③ 同上书,第122页。
④ 严家炎:《中国现代小说流派史》(增订本),长江文艺出版社2009年版,第275页。

复杂组合体，显然非简单的阶级性所能框范和涵括。

路翎小说中人物的性格心理，除了非单一性和复杂多面性之外，还具有不稳定性和不可捉摸性。且看《财主底儿女们》中有关蒋纯祖心理的两段描写："从强烈的快感突然堕进痛灼的悲凉，从兴奋堕到沮丧，又从沮丧回到兴奋，年轻的生命好像浪潮。这一切激荡没有什么显著的理由，只是他们需要如此；他们在心里作着对这个世界的最初的，最灼痛的思索，永远觉得前面有一个声音在呼唤。"① "但显然的，由于他底这种性格，由于他底特殊的赤裸，——今天，这一分钟，他站在这个立脚点上，明天，在他底无情的分析里面，这个立脚点便崩溃了——他底道路是特别危险，特别艰难。"② 严家炎指出："七月派作家，特别是路翎，心理刻画方面最大的成功之处，是善于写出人物在特定境遇中异常丰富的心理变化，善于写出从某种心理状态向另一种对立的心理状态的跳跃，如从低沉懊丧转向昂扬自信，从深深痛苦转向极度欢乐，从百般烦恼转向和谐安宁，等等，这种心理变化的幅度往往是一百八十度，频率往往是瞬息万变，这样的变化幅度与速度在中国现代小说史上都是罕见的。"③ 这种主体不断发生分裂、演变的体验，打破了"左联"现实主义小说的因果逻辑，具有强烈的现代主义色彩。"值得注意的是，路翎在表现潜意识时不仅关注到潜意识本身而且突出了这一充满不和谐因素的心理领域对有目的的社会活动能够产生的无法预测的干扰。在因果概念已经在现实主义文学中根深蒂固的情况下，他的这种强调潜意识的不稳定性的表现方法，与那种强调人类心理的整体性和将心理活动与外部行为及目的加以逻辑联系的理性途径大相径庭。"④ 与内在心理、性格的不稳定性相应的，则是人物外在行为的不可捉摸和不可预测性。例如《"要塞"退出以后》中的沈副官，与金主任一起逃跑，也算是患难与共的朋友了，却突然一枪把他打死了。它来得如此突然，只能说是一种混杂着不由自主的本能、神经质式的紧张焦虑以及杀人复仇的快感等多种因素的乖谬举动。《在铁链中》中的何德祥，对前来送红苕

---

① 路翎：《财主底儿女们》，人民文学出版社1985年版，第478—479页。
② 同上书，第56页。
③ 严家炎：《中国现代小说流派史》（增订本），长江文艺出版社2009年版，第278页。
④ [美] 舒允中：《内线号手：七月派的战时文学活动》，上海三联书店2010年版，第124页。

的老婆冷漠以对，甚至别人欺负他老婆时，他也不帮忙，反而用东西砸她。这种不可理喻的人物行为和反应方式，与"左联"的清晰明快显然很不相同。

路翎小说还原现实阶级生活复杂性的第三重表现，是对"左联"小说中"压迫/反抗"模式的另类书写。就施压者而言，"左联"小说中无一例外都是阶级敌人，而这里可能是直接的阶级敌人（《在铁链中》中的刘四老板和镇长），也可能是自己的亲人（如郭素娥老公对她的迫害），或者某种令人难以忍受的生活方式（如蒋家生活对蒋纯祖的压抑），或者某种新东西的兴起（如《英雄的舞蹈》中新兴艺术对说书艺人听众的抢夺）；而且，施压者也可能同时就是被压迫者（《在铁链中》中的何德祥在外是被压迫者，到家则是压迫者），或者今天是施压者，明天就不再是施压者了。就反抗而言，"左联"基本都是采取激烈的暴力形式，而这里可能是暴力（如何德祥和张振山），也可能是温和的出走（如蒋纯祖），还可能是绝望的逃走（如郭素娥），或者某种形式的"殉情"（《英雄的舞蹈》中病死舞台的说书艺人）。而与"左联"小说截然不同的，则是暴力反抗的动机与意义。在"左联"小说中，"劳动人民的暴力行为通常是一种受到升华的政治行动"，"劳动人民的暴力行为成了标志政治意识上升和集体力量的革命定点"，"这种破坏性的暴行被歌颂成正义的社会行为，而它的目的在于消灭一个有缺陷的社会以及这一社会的种种被丑化了的代表"。[①] 而在路翎这里，暴力形式的反抗却始终夹杂着个人主义甚至是原始强力的因素。"相比之下，劳动人民的暴力行为在路翎小说中是个人行为而不是集体行为，是非正常的而不是正常的心理行为，而且其指向是内向的而不是外向的。简言之，这种暴行起源于劳动人民在中国社会遭受的长期压迫，其表现方式通常具有虐待狂和受虐狂的特点，而这种分散的、无目的的暴行是历史合理发展的障碍，而不是历史合理性的结晶。与此同时，这种内向的暴行戕害了劳动人民的精神力量并阻止了这种力量的升华，结果，路翎小说中的无产阶级人物与正统左翼小说中那些进步无产阶级人物形成了鲜

---

① ［美］舒允中：《内线号手：七月派的战时文学活动》，上海三联书店2010年版，第131页。

明的对照。"①

路翎还原现实阶级生活复杂性的努力，得到了时人的高度评介。其精神导师胡风说，路翎"从生活本身的泥海似的广袤和铁蒺藜似的错综里面展示了人生诸相"，"他底笔有如一个吸盘，不肯放松地钉在现实人生底脉管上面"，他的小说"是追求油画式的，复杂的色彩和复杂的线条融合在一起的，能够表现出每一条筋肉底表情，每一个动作底潜力的深度和立体"。② 即便非左翼的唐湜也不无赞赏地说："路翎所以有远大的前途，就在于他没有给庸俗的'逻辑'的眼光束缚住，只平面地、孤立地'暴露'人生的一些所谓'有社会意识'的现象，他抓住一些简单的东西来写，却没有故意使它在复杂的人生的网里孤立起来，他只敲起一个键子，却引起了无数喑哑的然而强烈的知音，一个启示，却透明无尘，可作多方面的解释。一片光影，却几乎是一片无边无涯的海洋。"③

二 革命现实主义的"体验化"变革

路翎等人的"七月派"小说，除了故事层面的复杂化还原，还对"左联"小说叙述层面的革命现实主义风格，进行了"体验化"的变革。20世纪50年代，胡风在给张中晓的回信中曾说："'观察、体验、研究、分析'这说法，稍有人心者就应该抓住'体验'去提出问题，发展下去。而他们的做法却完全相反。这就做成功了一些乱七八糟的皂隶式的机械主义，耀武扬威，把现实主义底生机闷死了。"④ 对"体验"的看重，是胡风从20世纪40年代起就一直提倡和坚持的。而对与此相反的"观察""研究""分析"的强调，则是从左翼主流到解放区文学的一贯做法。早在40年代，胡风就认为这是社会科学通用而非文学独有的方法，其结果不是主观公式主义——凭主观把现实简单成干瘪的公式，就是客观印象主义——对客观作流于表面印象的机械记录。而这正

---

① [美]舒允中：《内线号手：七月派的战时文学活动》，上海三联书店2010年版，第131页。
② 胡风：《一个女人和一个世界》，《胡风全集》第3卷，湖北人民出版社1999年版，第102页。
③ 唐湜：《路翎与他的〈求爱〉》，载杨义等编《路翎研究资料》，北京十月文艺出版社1993年版，第89页。
④ 胡风：《给张中晓》，《关于胡风反革命集团的材料》，人民出版社1955年版，第52页。

是"左联"小说的两大通病,他对"体验"的强调,就是要匡正此两大弊端。也因此,他之所谓"体验",就既非纯粹的主观思想,也非纯粹的客观现实,而是作家内心主客观之间相互体现、克服、搏斗、融合的心灵斗争过程:"在体现过程或克服过程里面,对象底生命被作家底精神世界所拥入,使作家扩张了自己;但在这'拥入'的当中,作家底主观一定要主动地表现出或迎合或选择或抵抗的作用,而对象也要主动地用它底真实性来促成、修改、甚至推翻作家底或迎合或选择或抵抗的作用,这就引起了深刻的自我斗争。"[①] 他说:"这种主观精神和客观真理的结合或融合,就产生了新文艺底战斗的生命,我们把那叫做现实主义。"[②] 这种现实主义,与"左联"小说的革命现实主义显然不是一回事。对此,有论者指出:"过去的现实主义一般都注重于客观现实的观察、再现,而胡风及其同人则历来把作家主观能否'体验''搏斗''突入''扩张'当做贯彻现实主义的关键。……胡风与七月派如此强调作家主观的作用,其结果是在中国小说史上促成了一种新形态的现实主义的出现。我们也许可以把七月派这种现实主义,命名为'体验现实主义'。"[③]

胡风从创作角度强调的"体验",主要通过作家主观和客观的搏斗或融合而产生。落实于具体的小说叙事,则主要通过叙述者对其所述世界与人物之间的"搏斗""突入""扩张"关系表现出来。也因此,路翎小说叙述风格的"体验化"变革,首先便表现为叙述者的主体性和主观性的明显增强。"左联"小说中的叙述者,尽可能地隐藏起自己的存在,就像一个真理在握的社会科学家,只对所述世界进行客观、冷静甚至是冰冷、冷漠的分析或记录。胡风就曾批评张天翼的小说,"用的是多么冰冷的旁观者底心境","对于人生的观照态度,使他的作品里完全没有流贯着作者的情热","就是描写作者应该用自己的情绪去温暖的场面,他也是漠然不动的"[④]。与此相反,路翎小说中的叙述者,

---

[①] 胡风:《置身在为民主的斗争里》,《胡风全集》第 3 卷,湖北人民出版社 1999 年版,第 188—189 页。

[②] 胡风:《现实主义在今天》,《胡风全集》第 3 卷,湖北人民出版社 1999 年版,第 38 页。

[③] 严家炎:《中国现代小说流派史》(增订本),长江文艺出版社 2009 年版,第 258—259 页。

[④] 胡风:《张天翼论》,《胡风全集》第 2 卷,湖北人民出版社 1999 年版,第 48 页。

却像一个充满强烈主体性和主观性的知识者。首先,他经常以理性分析和哲学思辨的方式,介入到人物外表、历史、性格、心理的介绍和描写之中。例如《"要塞"退出以后》:

> 沈三宝,并没有自己商人的生活以外的教养。但正因为一个转运商人的沈三宝不像普通商人的狭隘与贪婪,所以在行动落在自己面前而不容再想再犹豫的时候,沈三宝也能够战斗。但现在沈三宝又空漠地怀念起来了,而且多少有种"悔恨"……异样的情感。①

这里对故事人物心理、性格、情感的叙述,没有通过"左联"小说那种人物外貌或言行的客观记录,或者内心心理的静态的大篇幅的描写的方式,而是一种夹杂着主观情绪和理性思辨的分析,显现出叙述者强烈的主体介入性。胡风说,"一个真正能够把握到客观对象底生命的作家,就是不写人物底外形特征,直接突入心理内容和行动过程,也能够使人物在读者眼前活生生地出现,把读者拖进现实里面……"② 受此理论影响,路翎从来就不对事物及其外表做静止的观照,他说:"'万物静观皆自得'我们不要,因为它杀死了战斗的热情,将政治目的直接搬到作品里来我们不能要,因为它毁灭了复杂的战斗热情,因此也就毁灭了我们的艺术方法里的战斗性……"③ 这种积极的、充满热情的介入,还表现为对故事世界的直接议论。"大家沉默了。在这时候,在这又遇到另外的'人'的时候,沈三宝那好看的苍白的脸上,又现出那卑谦和悦的笑。笑了笑,问候了一句,于是那几个汉子的烦恼不高兴的脸上都平静了。人在一线希望里求生的时候,对于一口粮食的欲望是残酷的,人在知道自己已经绝望的时候,对于别人是宽大的。沈三宝和悦地笑,使大家感到一种'苦'的、近乎绝望的宽大的情绪。"④ 这里有

---

① 路翎:《"要塞"退出以后》,《路翎作品新编》,人民文学出版社2011年版,第13页。
② 胡风:《论现实主义的路》,《胡风全集》第3卷,湖北人民出版社1999年版第536页。
③ 路翎:《〈何为〉与〈克罗采长曲〉》,《路翎批评文集》,珠海出版社1998年版,第9页。
④ 路翎:《"要塞"退出以后》,《路翎作品新编》,人民文学出版社2011年版,第13页。

关"粮食"与"求生","绝望"与"宽大"的分析,显然是第三人称叙述者以故事外身份做出的主观议论。路翎小说的叙述者如此"习惯于用托尔斯泰的方式对一些诸如历史、社会现实、个性以及生活哲学之类的重大问题发表自己的明确见解,以至于他往往看上去像一个哲学家而不是一个小说家,并因此使自己的'全知'范围远远地超出了小说世界"①。

　　叙述者的主体性和主观性介入,让他的声音变得相当"强势"。这种强势与"左联"小说中因占据了理论或道德高度而对故事人物显出的那种居高临下不同,他一方面表现出与故事人物甚至让故事人物之间对话的冲动,一方面也极力不把自己固化为一个真理在握者的形象。他会"通过不断变换叙述角度的方式来反映生活的多面性和观察立场的多样性",并且让各种观点"都力图证明自己的正确性"②。这样,不仅叙述者与故事人物,而且每个故事人物之间都成为某种意义上的辩论对象,从而具有某种巴赫金意义上的"复调"意味。③ 此外,这个叙述者自己的观点也在不断改变,并且经常自己推翻自己。他通过与故事人物叙述距离的控制,一下子和人物拉得很近,同情甚至赞同人物的观点,一下子又移开,否定甚或批判人物的观点,"而这种游移不定的距离又不断地在暗中向叙述人对人物作出的绝对结论提出了疑问"④。叙述者对人物观点忽然认同忽然背离,这种"矛盾"表明"所追求的是一种开放性的解释方式,而这种解释方式所要不断抵制的正是那种起源于观察系统内部的僵化现象"⑤。"这种看法的最终来源在于路翎意识到现实的复杂性、多义性和不可穷尽性,而这种对现实的认识在强调现实的无限性及其与任何僵硬体系的不吻合性的同时,强调人们只能从各种角度利用各种具有伸缩性的看法才能理解现实。"⑥ 也就是说,叙述者自己

---

　　① [美]舒允中:《内线号手:七月派的战时文学活动》,上海三联书店2010年版,第142页。
　　② 同上。
　　③ 刘康:《路翎的长篇小说〈财主底儿女们〉中的混合文体》,转引自[美]舒允中《内线号手:七月派的战时文学活动》,上海三联书店2010年版,第141页。
　　④ [美]舒允中:《内线号手:七月派的战时文学活动》,上海三联书店2010年版,第145页。
　　⑤ 同上书,第146—147页。
　　⑥ 同上书,第147页。

的观点也不是始终如一的,也在不断地改变,他的权威只体现在他发出评论的当下,或者说发生在他与人物观点相互交锋的那一刻,过后不代表他自己就不能改变。因此,由这个叙述者所折射出来的隐含作者形象,与左翼主流模式中的叙述者和隐含作者是不一样的,那是一个绝对的整体性的社会科学家的形象,一个已经完成的"真理在握者"形象,而这里却是一个正在进行的未完成的真理追求者的形象。但是,不管叙述者多么民主,多么不确定,他仍然是强势的。舒允中认为,《财主底儿女们》中叙述者和故事人物在认知权力上是"不平衡的"。叙述者在道德和认知方面比故事人物更权威,甚至可以轻易推翻人物的观点。[1]"在这些众多的观点之中叙述人的观点显得十分突出,而且这一观点在与作品人物的观点发生接触时常常能够压倒这些观点。"[2] 也就是说,路翎这里,叙述者和所述对象构成了某种对话关系,但又不是一种真正平等意义上的关系,而是叙述者强势主导下的半对话关系。

"叙述者"的强势存在,使得路翎小说中的一切,无论叙述语言还是人物语言,甚至人物心理,都带上了叙述者强烈的主观性和体验性色彩。他站在比任何故事人物都更高的位置上,他从来就不曾完全地附着于人物身后,真正用人物的眼光说过话,叙述者总是借用他们,代替他们说话。他的声音是如此明显,以致一切都只像是他个人的主观诠释,从而使整个小说成为一种"讲述"而不是"演示"的风格。胡风的《七月》曾全文译载过卢卡契的《叙述和描写》一文。那篇文章中,卢卡契对叙述和描写这两种手法做了细致的区分。认为描写和观察是一种极易导致"虚伪的客观主义和虚伪的公式主义",造成"叙事作品的图式化和单调化"的方法,"描写是片段性的表现,作者只要匆匆看一眼,就可大描写特描写起来",而"叙述是综合性的表现,需要充足的生活储藏和知识","即使在苏联,体验和观察的对立,叙述和描写的对立,也是一个作家对于生活的态度问题"[3]。卢卡契所说的"叙述"和"描写",其实和柏拉图以及布斯所说的"讲述"和"演示"是一回

---

[1] [美] 舒允中:《内线号手:七月派的战时文学活动》,上海三联书店2010年版,第141页。

[2] 同上书,第142页。

[3] [匈] 卢卡契:《叙述和描写》,《卢卡契文学论文集》(一),中国社会科学出版社1980年版,第38—86页。

事。路翎的小说，显然属于充满叙述者诠释声音的"讲述"风格，至于演示性的再现化描写则几乎是缺席的。但是值得补充的是，路翎小说中的诠释如前所述，往往带有或多或少的准复调或者半对话色彩，因此，这个叙述者的形象既不像"左联"小说的叙述者那样，是一块透明的平面镜，仅对现实作着客观冷静的反映，甚至也不像革命罗曼蒂克小说的叙述者那样，是一盏单纯的充满革命热情的灯，仅凭主观热情去空想革命，他像一座"熔炉"，主客观交锋和搏斗的熔炉。经由这座熔炉的叙述，既有客观现实的形象，又有主观战斗的温度。就此而言，是叙述者而不是故事人物，成为胡风主观战斗精神理论在路翎小说中的最恰切体现者。

叙述者的主观化及其对故事世界的强势介入，不仅使得再现式的描写大为减少，而且使得外在情节的叙述也变得模糊，从而引起小说叙述节奏和流程结构形态的极大变化。此可视为路翎小说"体验化"变革的第二重表现。例如《财主底儿女们》，其特色显然主要不在其故事本身，因为这是巴金的《家》、老舍的《四世同堂》等小说共通的结构原型。其特色主要在于"叙述话语"层面上。与传统小说的叙述者总是高频率地转换其所观照的人物及其内心不同，它的转换显得相当地滞涩和缓慢。首先，在很大的篇幅之内，往往都是对某个人物及其内心世界的分析，然后才会转换到另外一个人身上，构成一种"团块式"的转换；其次，对人物的外在言语行为的描绘和其内心世界的分析的转换也被推延了，外在言语行为的描绘往往非常短促和稀少，简单的交代之后，就进入大篇幅的主观内心世界的分析，然后再跳出来简单交代几句外部言行，并重新进入人物主观内心状态的分析。这样，最能交代故事情节线索的外部言行，就被最大限度地压缩了，而主观内心世界的分析则变得无限膨胀，整个小说给人的感觉似乎就是一些主观性的心理团块的串接。若把这些心理团块比作瓜，那外部的情节和事件，就只是一根连接这些瓜的藤，它是那么地细小和干瘦，那么地若隐若现，以至作品总是给人以"不能承受之重"的沉重和压抑之感。我们说，茅盾的《子夜》是横截面体的小说，也压缩了故事的时间长度，而增强了每个情节点在横向上的发散面，形成一种团块型的结构方式，但那是事件的团块，而非心理的团块。具体到每一个情节点来说，它仍然是事件构成，而不是路翎小说这样完全由心理活动和议论构成。

心理团块的无限膨胀，使读者在进入文本时，一时半会往往理不清小说的事件线索。但在整体上，小说的线索却是清晰的。这得益于对许多时间标记的使用。例如《财主底儿女们》，作为一部横跨了将近十年，从1932年九一八事变开始，直至1944年左右结束的小说，这里面有着许多历史事件的标志。上部开篇："一·二八战争开始的当天，被熟人们称为新女性和捡果子的女郎的，年青的王桂英，从南京给她底在上海的朋友蒋少祖写了一封信，说明她再也不能忍受旧的生活，并且厌恶那些能够忍受这种生活的人们；她，王桂英，要来上海，希望从他得到帮助。等不及得到回信，王桂英就动身赴上海。因为停泊在下关的日本军舰炮击狮子山炮台的缘故，熟人们都下乡避难去了，王桂英没有受到她所意料的，或是她底强烈的情绪所等待的阻拦。"[1] 必须注意的是，这里所谓大的历史背景，如一·二八战争等，仅仅只是一个时间的标记。全篇小说中，这样的时间标记很多，但他们仅仅构成了人物活动的时间环境，小说对这些重大事件的直接或间接的叙述和描写不多，人物们也并不投身于这个运动之中，即便偶有投入，也是若即若离。小说往往在简单地交代了这么一个时代标记之后，便迅速过渡到对人物个体生命经历和心理世界的思考。这意味着这些小说对外在的历史规律不那么感兴趣，它们并不像茅盾的《子夜》以及后来杨沫的《青春之歌》那样，是要关注大历史本身。胡风在《财主底儿女们》序中就曾精辟地指出，路翎"所要的并不是历史事迹的记录，而是历史事变下面的精神世界底汹涌的波澜和它们底来根去向，是那些火辣辣的心灵在历史命运这个无情的审判者前面搏斗的经验"[2]。也就是说，路翎关注的，是这一段大历史时间中个体生命史上发生了什么，或者说大历史下个体生活命运及其心理律动。这样，所谓时代，就失去了它在主流史诗性小说中的那种意义和地位。在人与整个时代之间，并未像主流叙事模式那样，建构出强烈的双向性的因果逻辑关系，时代只是松散的点缀，重点仍在个人的历史——这点与后来的新历史主义倒有点相似了。有人认为，《财主底儿女们》对大历史的"忽略"或者说"点缀式"表现，"重视家族经历和个人经历而不注重划时代的历史事件的做法，可以说

---

[1] 路翎：《财主底儿女们》，人民文学出版社1985年版，第1页。
[2] 胡风：《财主底儿女们·序》，人民文学出版社1985年版"序"，第1页。

是针对中国现实主义作品中显现的马克思主义历史观的一种挑战。"①左翼主流叙事的史诗性追求，或者说对大时代中重大题材的表现，其实是一种马克思主义历史观的表现。在这些情节完整的宏大叙事的背后，是马克思主义所宣称的可把握的大历史规律的呈现。在这类小说中，个人不过是大的历史发展中的一个被决定了的棋子，如吴荪甫。而路翎这里，大历史却仅仅只是背景、点缀，活动着的是个体这个真正的主体。

而且，即便是对个人所经历的各个事件的叙述，也只有时间的延伸，而无事件逻辑整体性的演进。蒋纯祖在旷野、旅行剧团和石桥场小学的经历，虽然有时间上的前后相续，却仅仅是纯粹时间意义上的自然延伸，并不具备事件性的一环扣一环的严密的因果逻辑，情节发展在很大程度上是非目标化的，"这些人物并不沿着一个固定的方向朝着一个固定的目标前进"②。在《财主底儿女们》中，"路翎没有将这些人物的经历连接成一种不断向前发展的情节，相反，他在小说的上卷中描写了在一个大家族中发生的许多方向不同的事件，诸如婚外恋、阴谋诡计、争吵、定婚、结婚等等，而在小说的下卷中则用松散的方式描写了蒋纯祖个人生活中的一些事件。这种描写方式充分表明他不愿将这些人物的生活经历加以定型，因此在他的笔下这些人物不再是受到现实主义常规制约并推动情节向一个固定目标发展的叙事因素，相反，他们成了自己生命活动的中心，并在推动情节的过程中表现了一种张力而不是凝聚力。在这种松散的情节和方向不定的人物的背后，我们可以发现一种反普遍性的历史观点"③。这里没有"紧凑""有机"的情节，而左翼主流式的情节发展基本上是有机的、紧凑的、具有发展方向的，和向着固定结局演变的。对大历史的抛弃，以及因果逻辑性的放弃，使整个小说的史诗性风格大为减弱："《财主底儿女们》尽管被认为是一部史诗性的作品，但它却缺乏史诗作品所通常具有的广阔视野、壮观以及具有民族意义甚至世界意义的英雄人物。作为一个特定的文化环境的产物，这部作品所显现的这些故意省略的成分可以看成是对那种以'整体性'

---

① [美]舒允中：《内线号手：七月派的战时文学活动》，上海三联书店2010年版，第148页。
② 同上书，第158页。
③ 同上书，第149、150页。

为基础并以茅盾为突出代表的现实主义作品的挑战。"① 简言之,时间的纯粹性和去因果化,使其成了一部反史诗性的史诗。

革命现实主义的"体验化"变革,还体现在小说的言语风格上。例如,"蒋纯祖,怀着兴奋的、光明的心情,随演剧队向重庆出发。演剧队沿途候船,并工作,耽搁了一个月。在这一个月里,武汉外围的战争临到了严重的阶段。战事底的失利使生活在实际的劳碌里,希望回到故乡去的那些人们忧苦起来,但对于生活在热情里面的这些青年们,情形就完全相反;对于他们,每一个失败都是关于这个民族底坚定的一个新的表示和关于将来的道路的一个强烈的启示;每一个失败都激起他们底热烈的、幸福的自我感激。他们觉得,旧的中国被打垮,被扫荡了,他们底新的中国便可以毫无障碍地向前飞跃"②。这里的前三句,是对外在故事情节线索的交代,后两句则是对人们尤其是青年在这一外在事件中心理状态的描述。但无论是交代故事线索,还是分析人物心理,基本都是用的带有多个定语、状语的"长句"。而且,分析人物心理的后面两句,比起交代故事线索的前三句,句式要更长,简直让人难以卒读。这种无限压缩外部情节而不断膨胀心理分析的叙述方式,使整个小说的语言带上一种"内多于外""内胜于外"的主观心理色彩。而长到让人一口气几乎不能读断的句式,则呈现出明显的能指过剩、符号过剩的色彩。心理的扩张与膨胀,能指的过剩与臃肿,造成一种滞重、晦涩的文风,完全不是"左联"小说语言的那种简洁明快。"他们运用的不是精巧、简洁、明快的语言,相反,粗犷、重浊、拖沓、不透明倒构成了它们的特色。种种的附加成分,常常使句子显得拖泥带水,臃肿而累赘。"③ 如果说"左联"小说中,语言就像一块透明的平面玻璃,透过它,故事清晰可见;路翎小说中的语言,则是一块布满花纹或涂满油彩的花玻璃,故事在语言背后若隐若现,让人首先感到的是玻璃本身而不是故事。这种弯弯曲曲的、让人感到滞重、晦涩的主观化长句,与作品所要表达的人内心的复杂犹疑等体验,非常合拍。人的内心,本就是一个幽暗不明的世界,任何清晰明了的叙述风格,都不会是这个世界最真

---

① [美]舒允中:《内线号手:七月派的战时文学活动》,上海三联书店2010年版,第150页。
② 路翎:《财主底儿女们》,人民文学出版社1985年版,第909页。
③ 严家炎:《中国现代小说流派史》(增订本),长江文艺出版社2009年版,第293页。

切的反映。而且，深刻的思想，需要复杂的语句才能传达，知识分子式的思考，需要相应的知识分子式的语言。

但从语言传统的角度而言，这种风格的语言一方面是非本土化的，具有浓厚的西方化或者说欧化色彩；另一方面则是非大众化的，具有明显的精英化或者说知识分子意味。古代汉语与西方语言不一样，它具有强烈的修饰的不确定性。句子越长，定状语越多，语义可能越模糊。也因此，中国传统文学语言，常以简练为美，多用短句。五四后，向西方学习，西方式的长句也跟着进入中国。据路翎自述，他在走向文学道路的过程中，所阅读的几乎全是五四后用现代白话翻译过来的外国文学名著："所有的外国著名文学作品我差不多全读了，有几个阶段我读书很多，而且作着用这些文学形象来比喻中国现实的思维。"[①] 而"大量地阅读，接触这种译作，长期浸淫其中，就自然会培养出这种'欧化'语言的语感"[②]。问题在于，这种欧化风格不仅与左翼文学的大众化要求背道而驰，而且与此时解放区文学提倡的民族民间形式格格不入。在由毛泽东引发的"民族形式"问题的论争中，胡风认定五四新文学是"世界进步文学一个新拓的支流"，所谓"民族形式"，就是五四新文学形式的继承与推进。[③] 路翎小说就正是按照胡风的指导，在五四后的欧化道路上继续前进。但这与主流认定的民族形式即"民族化和民间化"形式显然不同。也因此，路翎的小说语言，受到了来自主流理论家的批评。说他塑造的人物，"像高尔基作品中的人物一样"，"尽管表面上不是知识分子"，"具有不同社会背景"，但"表达思想和感情的方式却非常相似"，"在性格上和思想上却常常流露出知识分子特征"，这与路翎"不了解劳动人民"，或者说是"因为缺乏创作经验而无法塑造各式各样的人物"有关[④]。有趣的是，当初这些被人批评的地方，恰是后人认为做出贡献之处：路翎这些"写成于有关'民族形式'的讨论之后"的小说，"沿着胡风提倡的'五四'文学世界化的方向"，"继续推进了

---

① 路翎：《我与外国文学》，《路翎批评文集》，珠海出版社 1998 年版，第 255 页。
② 谢慧英：《强力的"挣扎"与主体性"突围"：路翎创作研究》，中国社会科学出版社 2012 年版，第 66 页。
③ 胡风：《论民族形式问题》，《胡风全集》第 2 卷，湖北人民出版社 1999 年版，第 744 页。
④ 胡绳：《评路翎的短篇小说》，载杨义等编《路翎研究资料》，北京十月文艺出版社 1993 年版，第 97—117 页。

中国文学的国际化"①。

三 人性欲望与阶级性的"含混化"再置

与"左联"小说意义主题的清晰明快相比,"七月派"小说显示出相对"含混"的特点。经过人性与阶级性问题的讨论,"左联"小说基本形成了一种人性欲望阶级化的格局。原本普遍共存的人性欲望,被按阶级成分进行了对应式的划分,一定的阶级配享一定的欲望,而且这个阶级化的欲望,就成为这个阶级阶级性的最集中表现。例如无产阶级的欲望,就是生存,以及对解放和自由的渴望,对生存、自由和解放的追求以及为此而进行的各种努力,也就构成了无产阶级阶级性的重要内容。而情欲,则是有产阶级的欲望,它与无产阶级的阶级性不符合,是有产阶级阶级性的重要标志。这种把欲望予以阶级化分配的做法,本质上是把同一人物内部作为一个整体存在的欲望系统,切分成几大类型并将其外化到不同阶级的人物身上去。这样,原本是每个人内心都会存在的各种欲望之间的冲突,就转化为外在的各个阶层人物之间的冲突。矛盾冲突外化之后,每个阶层的人物内心中,自然就只剩下了一种类型的欲望,从而变得单纯和平静。也因此,"左联"小说的戏剧化冲突,显得相当明快,不是表现为外部两个或几个阶级之间你死我活的斗争,就是表现为某个阶级为实现自己阶级愿望而做出的各种或值得赞美或值得批判的努力。至于他们的内心,则是单纯的、同质化的。这有利于最大限度地激发起无产者的革命积极性,但显然不符合日常生活的现实。为此,"七月派"小说将被按外在阶级成分分配了的内心欲望,重新当做一个整体放回了人的内心。这样,每个阶级的人物内心,就都蠢动着各种复杂的欲望,而原本明晰的阶级身份和心理边界也就开始模糊消解,并引发整个小说思想价值主题的含混和暧昧。正因为此,路翎才会借蒋纯祖的口对艺术做出这样的判断:"真的、伟大的艺术必须明确、亲切、热情、深刻,必须是从内部出发的。兴奋、疯狂,以至于华丽、神秘,必须从内部的痛苦底渴望爆发。"②

人性欲望的重新整体化和内置化,引发了"七月派"小说价值主

----

① [美] 舒允中:《内线号手:七月派的战时文学活动》,上海三联书店 2010 年版,第 115 页。

② 路翎:《财主底儿女们》,人民文学出版社 1985 年版,第 981 页。

题的含混化再置。这首先也是最为集中地表现为叙述者对无产者心理结构及其价值态度的重新叙述上。如上所述，"左联"小说中的无产者基本都是去情欲化的，他们只有对生存或者解放与自由的渴望与追求。但在路翎的笔下，除了生存，除了解放与自由，这些无产者同样有对情欲的渴求。事实上，本原欲望（原始的人性欲望包含对爱情、性等的饥渴）/革命要求和革命激情之间的二元对立与冲突，是路翎这类体验现实主义小说的基本价值轴线之一。一方面，主人公身上有着强烈的反抗阶级压迫、摆脱阶级束缚，为个人的生存、自由和解放而不懈努力的革命冲动和革命激情；另一方面，他们内心又有着强烈的原始本能尤其是对性与爱的饥渴。这两个方面交织纠缠杂糅在一起，使得主人公的内心世界呈现出痛苦、搏斗、复杂、分裂、怀疑的复杂化状态。例如《饥饿的郭素娥》中，男主人公张振山，作为矿工，他是一个典型的无产者形象，身上有着强烈的反抗倾向，他可以把欺负他的人打倒，从而赢得了工友的拥戴。但与"左联"小说中的无产阶级领袖不同，他对女人有着不可遏抑的热情。他与有夫之妇郭素娥经常鬼混，而且在其中感受生命的升华。至于郭素娥，本身就是一个情欲的符号。她的"饥饿"，既是精神上的，也是肉体上的。作为一个被压迫的妇女形象，她有反抗的愿望，多次催促张振山带她逃走。而作为一个女人，她渴望一个强健的男性，而不是像他丈夫那样的病夫。这与"左联"小说中的同类形象显然完全不同，与后《讲话》时代的解放区小说更是不可同日而语。暴力和情欲，是弗洛伊德意义上的生本能和死本能的两种主要形式，因此，胡风将这种夹杂着情欲因素的暴力反抗倾向，称为"原始的强力"，是极为准确的。

除了原始情欲因素的存在，路翎笔下的无产者还留有"精神奴役的创伤"。所谓精神奴役的创伤，与五四所言的国民劣根性基本等同。它是指千百年的封建统治在人物身心上所留下的各种创痛和伤害，例如麻木、愚昧、冷漠、自私、懦弱等。这在路翎小说中的各类无产者身上，有着持久而普遍的存在。例如路翎短篇《平原》，以一对贫困夫妻的吵架为题材，讲老公挽留老婆的复杂心灵纠葛。老公胡顺昌想挽留老婆，却流露出极为自私的本性，且表现出浓厚的大男子主义色彩。这些显然是阶级性所无法容纳和框范的，只能归结为"精神奴役的创伤"。《饥饿的郭素娥》中，张振山虽然是一个工人领袖的形象，却也有着自私和懦弱的一面。他敢和郭素娥保持男女关系,却不能真正救她于水火,在关键时候,他一个人逃走了。同样因为传统思想的影响和束缚,他们可能清晰地感觉到了自己的痛苦,但不是逆来顺受,就是采取个人化的反抗方式。也因此,"这些人物具有自己的想法和不快,但他们却不能采取任何行动使自己从生活的陷阱中解放出来"①。如本章第二节所述,类似这种"五四"式的国民劣根性批判的故事,在"左联"小说的阶级性故事之下,同样普遍存在。就此而言,路翎小说并无特别不同。

但在"左联"小说,尤其是同时期的解放区小说中,这类带有"精神奴役创伤"的人物,往往被处理为所谓"落后"人物。他们一般不充当故事的主人公,只是作为强而有力的正面主人公的陪衬而出现。例如老通宝和二诸葛之类。少数以他们为主人公的,如萧红的《生死场》等,则投之以一种悲悯的同情的态度。路翎小说与此不同,他们就是小说的主人公,而且不用简单的"落后"二字进行概括。路翎认为,这不是可以轻易去除的东西,这是无产者身上和其阶级性、反抗性一样的存在。也因此,叙述者对他们的态度,既不是简单地嘲讽,也不是单纯地同情,而是夹杂着理解、批评、赞美、同情等多种情感和价值因素。这便引起了人物评价时对善恶对立论、对暴露和歌颂二元价值观念的模糊化。例如《财主底儿女们》下部中,蒋纯祖在旷野中目击流浪汉朱谷良和兵痞石华贵之间的道德冲突和生死决斗时,就对二者予以了同等的观照。他不断分别从他们两个人的角度来审视对方,蒋纯祖"对这两个人物的不断变化的观点也进一步增强了这种拒绝善恶二元论而从对立人物中发现相同之处的做法"②。在此做法中,他发现他们两个人,都有善良的地方,也都有不那么好的地方。也就是说,所谓纯粹的"好人""坏人",或者纯粹的"先进""落后",其实都不存在。有的只是好与坏同在、先进与落后兼具的复杂化情形。这就是路翎小说中的无产者的基本状态。

路翎小说对有产者,尤其是知识分子的价值情感态度,也进行了含混化的再置。《财主底儿女们》是一部典型的关于有产者命运的故事。

---

① [美]舒允中:《内线号手:七月派的战时文学活动》,上海三联书店2010年版,第116页。
② 同上书,第154页。

所谓"财主"是指苏州巨富蒋捷三,"儿女们"则指三个儿子(蒋蔚祖、蒋少祖、蒋纯祖)、四个女儿(蒋淑珍、蒋淑华、蒋淑媛、蒋秀菊)。小说分上下两部,上部是蒋家群像的记录,讲抗战前原本统一的家庭,因为儿女们的纷争而开始分崩离析。下部则是蒋纯祖的个人传记,讲抗战爆发后蒋纯祖离开家庭寻找革命的过程。对财主以及财主底儿女们,小说总体上的态度,确实是批判的,批判他们为了财富而钩心斗角、尔虞我诈的丑陋和堕落。若仅止于此,那它与"左联"小说和解放区小说就没什么不同,在那些小说中,作为有产阶级的财主同样是荒淫腐朽、虚伪堕落的。路翎的不同在于,在持批判态度的同时,也对之寄予了深深的同情。即便是小说中为财产而不择手段的恶妇金素痕,叙述者也并非都是纯粹的谴责。再如《饥饿的郭素娥》中,对郭素娥老公刘寿春的叙述,也非像"左联"小说或解放区小说中那些卖女做妻、且天天打骂女人的地主那样只有可恶。刘寿春有病,因而只能看着情欲旺盛的郭素娥与张振山偷情。在此一点上,叙述者对刘寿春是抱有些许同情态度的。也就是说,即便是小说中的有产者,路翎也像对待无产者一样,并不是只有某种单纯的态度,而是表现出某种相对复杂的、含混的看法。

　　对待知识者的态度同样如此。路翎小说中最典型的知识分子形象,自然是蒋纯祖。他身上既有强烈的奔向革命走向大我的冲动,或者说负载着许多大我的革命道德激情和严苛的革命纪律束缚;但与此同时,他内心又有着强烈的原始本能尤其是对性与爱的饥渴。这两个方面交织纠缠杂糅在一起,使得他痛苦、复杂、分裂、怀疑。像蒋纯祖这种反抗自身家庭出身而奔向革命的知识者形象,从蒋光慈《咆哮了的土地》中李杰身上就已开始。但在走向革命的过程中,蒋纯祖不像李杰那样一如既往地坚定,他内心中出现过诸多动摇、彷徨、反复、犹疑,也因此,他比李杰更痛苦,更复杂,更分裂。小说的叙述者说:"有时候,即使是最卑劣的恶棍,在他自己的生活里,也是善良的;而他,蒋纯祖自己,也不全然是善良。假如他是可爱的,那是因为他只有一点点善良。此外他又很多的妒嫉。"① 蒋纯祖自己则说:"我们为什么爱一个人,认为他是我们底朋友?因为他,这个人,也有弱点,也有痛苦,也求助于

---

① 路翎:《财主底儿女们》,人民文学出版社1985年版,第1112页。

人，也被诱惑，也慷慨，也服从管理，也帮助他的在可怜里的朋友！"①也就是说，作为知识者，有善良，但也有嫉妒，有弱点，但也有高尚。而惟其能在嫉妒中保持善良，能在弱点中显出高尚，因而更显得难能可贵。路翎在《财主底儿女们·题记》中说："我不想隐瞒，我所设想为我底对象的，是那些蒋纯祖们。对于他们，这个蒋纯祖是举起了他底整个的生命在呼唤着。我希望人们在批评他底缺点，憎恶他底罪恶的时候记着：他是因忠实和勇敢而致悲惨，并且是高贵的。他所看见的那个目标，正是我们中间的多数人因凭信无辜的教条和劳碌于微小的打算而失去的。"② 不难看出，路翎对蒋纯祖是喜爱有加的，作为知识者，他固然有值得批评的"缺点"，但更有值得赞美的"高贵"。这种批评和赞美同在，且赞美大于批评的价值情感态度，与"左联"小说不是将知识者丑陋化予以严厉批判，就是对其缺点予以善意嘲讽的做法，显然不同。王德威指出，路翎将蒋纯祖塑造成流亡学生代表的做法，其实是向那种将小资产阶级知识分子看成历史进程中的必然落后分子的左翼文学公式提出的挑战。③

路翎小说意义主题"含混化"再置的第三重表现，是对个人主义观念的某种隐晦的强调和肯定。路翎笔下的那些反抗者，无论是无产阶级的流浪汉，还是小资产阶级的知识者，似乎都是些自发的反抗者。他们的反抗，似乎更多是出自原始强力的因素，没有外来的先进力量的引导，也没有融进集体的革命组织，表现出相当程度的个人主义色彩。"社会主义现实主义作品中的英雄人物总是在某种外在力量的指导下沿着一个固定的方向并朝着一个既定的目标前进，而蒋纯祖在塑造自己时却没有受到任何外界启发，""路翎强调内在力量而不强调外在楷模的做法使得蒋纯祖在探索社会和探索自我的过程中不断调节自己的观点，而这种调节使得他的探索具有开放性，结果在他眼中所有信条都失去了其神圣性"④。没有外力引导，或者革命导师的帮助，没有宏伟的系统

---

① 路翎：《财主底儿女们》，人民文学出版社 1985 年版，第 842 页。
② 路翎：《财主底儿女们·题记》，人民文学出版社 1985 年版。
③ 转引自〔美〕舒允中《内线号手：七月派的战时文学活动》，上海三联书店 2010 年版，第 156 页。
④ 〔美〕舒允中《内线号手：七月派的战时文学活动》，上海三联书店 2010 年版，第 158 页。

化的目标的引导,这种个人成长,无疑是个人主义观念的表现,与"左联"小说主流张扬的集体主义不同。"路翎在反个人主义的普遍环境中强调个人斗争的做法一方面继承了'五四'运动强调激进个人反抗僵化传统的做法,而另一方面又对僵化传统作出了新的解释。路翎意识到那些以代表无产阶级、群众、民族等集体力量为己任的政治势力具有舞弊、虚伪、僵化和惰性等倾向,在这种情况下他企图将个人,而且是知识分子型的个人,恢复成精神革命和社会革命的真实源泉。在塑造蒋纯祖的过程中他着重指出了各种进步标签并不能掩饰蒋纯祖的对立面所具有的种种局限,而这种褒贬分明的态度表明他事实上企图推翻的正是左翼文学界对个人主义做出的普遍结论。"① 不过,说蒋纯祖身上具有个人主义的东西,这是事实。若将其说成是完全的个人主义,则是偏颇的。他身上仍然流淌着集体主义的血液,那就是对救国救民道路的寻求。这种集体主义和民族主义精神,是他整个生命追求的底色。忽略了它,就忽略了他作为革命青年基本的一面。这也就是说,大我的集体主义观念仍然存在,但它只在最终的最高的意义上存在,在具体的实现过程中,更多地表现为个人主义。与左翼主流对个人主义的完全放逐相比,这自然又是一种暧昧和含混。

最后值得指出的是,路翎小说思想主题上的这些"含混化"处理,不仅与此前"左联"小说拉开了差距,也与同一时期的解放区小说形成了对比和对抗。路翎就曾对解放区的《王贵与李香香》进行过批评,认为"政治信仰的乐观精神还没有能在人生情节和矛盾中活出来","在表现和那历史形势相应的人民的生活斗争的精神变革斗争这一点上,它是过于简单,甚至单调了"②。在20世纪中国特定的社会历史语境中,"左联"小说作为已经过去的类型,如何批判和超越都是可以的。而解放区文学,作为刚刚兴起的被认为是未来革命文学新方向的类型,却不是可以随便指责并与其一争高低的。40年代后期,香港的《大众文艺丛刊》,连续发表乔木(乔冠华)《文艺创作与主观》,荃麟的《论主观问题》,胡绳的《评路翎的短篇小说》等文章。这些来自延

---

① [美] 舒允中《内线号手:七月派的战时文学活动》,上海三联书店2010年版,第158页。

② 路翎:《对于大众化的理解》,《路翎批评文集》,珠海出版社1998年版,第85页。

安理论家们的文章，对路翎以及整个七月派的创作，进行了严厉批评。路翎等七月派人员仍然简单地以为，这是一场纯粹的文学观念之争，从而导致此后一场旷日持久的文坛悲剧。

第五章　革命背景下的非左翼小说叙事
——非左翼和左翼小说的叙事比较

20世纪20年代末从"文学革命"向"革命文学"的转换，拉开了中国现代左翼文学的序幕。此后，左翼文学迅猛发展并跃居文坛主流。但主流并非独占，即便就小说发展来说，除了左翼，也还有其他审美风格的小说存在。这其中，就包括与左翼风格形成鲜明对照的京派、海派小说，以及经常被称为左翼同盟军的巴金、老舍、李劼人等"民主主义作家"或曰"独立作家"的小说。[①] 它们与左翼一样，都是从"以严肃的启蒙态度、用白话写人的文学"这个统一的五四阵营里发展而来，而且都根据时代背景的"革命化"转变，对原有的五四启蒙立场做了不同程度的调整。与左翼将五四的思想启蒙强化为更为切近激进的配合革命不同，京派和海派小说相对弱化了启蒙立场，更多回归到文学本身的"消闲"或"消费"性质，而民主主义作家们则继续坚持五四启蒙主义立场并有所深化。本章不是全面论述这三类小说的整体美学特征，亦非分别讨论它们的美学风格，而是在整个时代转向革命的大背景下，将它们与作为主流的左翼小说相比较，看它们与左翼叙事之间的互动与异同。

第一节　京派：别一种乡村叙事的开创
——沈从文小说的乡村叙事及其与左翼小说之比较

京派小说由以废名、凌叔华为代表的五四古典化小说延伸发展而

[①] 钱理群等：《中国现代文学三十年》（修订本），北京大学出版社1998年版，第241页。

来。除废名、凌叔华外,京派小说家还包括林徽因、沈从文、芦焚(后改名师陀)、萧乾、汪曾祺等。在20世纪三四十年代的文坛上,京派尤其是其代表人物沈从文,一直是左翼批评的对象。夏志清说,左派批评家一开始对沈从文其实并不在意,只是觉其避谈政治问题的态度"幼稚"而已,但随着"他在文坛上的地位越来越重要",尤其是"1934年他接编《大公报》文艺副刊时,他已成为左派作家心目中的右派反动中心","从那时开始,到抗战胜利之后,他一直是左派毒骂的对象。他被认为是'国民党走狗',为统治阶级和地主阶级引风拨火"①。事实上,丁玲小说《一九三〇年春上海(一)》里,那个被叙述者揶揄、被爱人抛弃,整日忙于接见读者或闭门写作,不问革命和世事的小资产阶级作家,很可能就是以沈从文为原型。②而1948年,郭沫若则是明确撰文将沈从文斥为四大反动文人之首,说他"一直是有意识地作为反动派而活动着","存心不良,意在蛊惑读者,软化人们的斗争情绪"③。如今,政治化的恩怨早已过去,沈从文也早已摘掉反动文人的帽子。我们想问的是:设若抛弃文学外部的是非纠葛,仅从文本叙事来看,沈从文小说与左翼小说究竟存在哪些差异,以致左翼对之如此痛恨?而差异之外,是否也还存在相同之处?

一 田园牧歌与阶级冲突的故事分野

沈从文的小说,一般被分为湘西乡村和现代都市两大系列。前者构成了沈从文创作中最具特色的部分,后者则"没有完全独立的意义,它总是作为他整个乡村叙述总体的一个陪衬物或一个补充而存在"。④在沈从文登上文坛并举足轻重的年代,中国现代乡村小说正由五四模式向左翼模式转变。受马克思主义阶级斗争理论的影响,农村不再是五四式的文化批判的对象,而是阶级斗争和阶级革命的策源地。也因此,左翼小说不是全景式地描写农村中的阶级压迫和阶级剥削现象,就是怀着

---

① [美]夏志清:《中国现代小说史》,刘绍铭等译,复旦大学出版社2005年版,第137—138页。
② 丁玲:《一九三〇年春上海(一)》,《丁玲选集》第2卷,四川人民出版社1984年版,第156—191页。
③ 郭沫若:《斥反动文艺》,《文学运动史料选》第5册,上海教育出版社1979年版,第617页。
④ 钱理群等:《中国现代文学三十年》(修订本),北京大学出版社1998年版,第217页。

愤怒的心态集中呈现上层地主阶级的虚伪与反动，抑或抱着同情心态铺陈描绘底层贫苦农民的苦难与反抗。与左翼小说一样，沈从文的乡村小说也大多关注社会底层人民的生活："他对故乡的农民、兵士、终生漂泊的水手船工、吊脚楼的下等娼妓，以及童养媳、小点伙等等，都一律怀有不可言说的同情和关注。"① 例如，"这样的丈夫在黄庄多着！那里出强健女子同忠厚男子。地方实在太穷了，一点点收成照例要被上面的人拿去一大半，手足贴地的乡下人，任你如何勤省耐劳的干做，一年中四分之一时间，即或用红薯叶子和糠灰拌和充饥，总还是不容易对付下去。地方虽在山中，离大河码头只三十里，由于习惯，女子出村讨生活，男人通明白这做生意的一切利益。他懂事，女人名分仍然归他，养得儿子归他，有了钱，也总有一部分归他"②。这里明确点出了地方的"穷"，以及乡下人因经济压榨而导致的走投无路和人性扭曲。这类因经济贫困甚至是阶级剥削而引发的苦难和悲剧，在沈从文的许多小说中都或多或少、或隐或显地存在。就此而言，沈从文小说与左翼之间并非完全没有相同之处。

但沈从文的苦难叙述，并未引出左翼式的阶级仇恨和阶级反抗。面对痛苦和灾难，这些乡下人是那么地懵懂无知，甚至还有几分怡然自得。《柏子》写底层水手蝼蚁般的生活。他们长年生活在水上，风险很大而所得甚少，却并未由此升华出一种阶级化的主题。相反，它似乎有意要模糊阶级界限、泯灭阶级意识，并故意渲染一种顺其自然的生活态度。小说重点写柏子去吊脚楼嫖妓的情形，写他嫖妓前后的自得自足的心情。"他们把自己沉浸在这空气中，忘了世界也忘了自己的过去和未来"，"他想起眼前的事心是热的。想起眼前的一切，则头上的雨与脚下的泥，全成为无须置意的事了"，"他的板带钱已光了，这种花费是很好的一种花费"，"花了钱，得到些甚么，他是不去追究的。钱是在甚么情形下得来，又在甚么情形下失去，柏子不能拿这个来比较。总之比较有时象也比较过了，但结果不消说还是'合算'"③。当然，在苦难和不幸面前，也不是所有的人都像柏子这样。有些人，也会如左翼小说

---

① 钱理群等：《中国现代文学三十年》（修订本），北京大学出版社1998年版，第214页。
② 沈从文：《丈夫》，《沈从文选集》第2卷，四川人民出版社1983年版，第316页。
③ 沈从文：《柏子》，《沈从文选集》第2卷，四川人民出版社1983年版，第90—91页。

中的农民感到懊恼，甚至做些反抗，但他们的懊恼总是那么轻淡，反抗总是那么无力，不仅毫无章法，甚至还有点逆来顺受的味道。《丈夫》中的青年，听了妻子"干爹"那句"今晚上不要接客，我要来"的话后，明显感到了懊恼和不快。但这也仅仅处于一种意识和下意识之间的朦胧状态。他没有暴跳如雷大喊大叫，或红着眼睛去杀人，不过是"想到明天就要回家""把所有的柴全丢到河里去了"①。而他最终的反抗，也仅止于把钱摔掉，带着妻子回到乡下而已。也就是说，因经济而起的人格羞辱和人际压迫，并未转化为暴烈的阶级仇恨。此外，《萧萧》中的萧萧曾经想过逃走，但始终未付诸行动。《贵生》中的贵生稍微英勇一点，最后还放了一把火。但这种极端个人主义的反抗，与左翼小说那种因阶级意识觉醒而做的有组织反抗，显然不可同日而语。

沈从文乡村小说的真正目的，是要表达人性和人性之美，而非阶级与阶级之恨。沈从文"是自觉而执著的纯艺术家，他把人性和美作为审美思维中垂直交叉的纵横二坐标"②。沈从文自己也说："这世界或有想在沙基或水面上建造崇楼杰阁的人，那可不是我。我只想造希腊小庙。选山地作基础，用坚硬石头堆砌它。精致，结实，匀称，形体虽小而不纤巧，是我理想的建筑。这神庙供奉的是'人性'。"③ 这里的人性，不是海派小说中的本能，也不是左翼小说中的阶级性，而是周作人说的那种"动物性"（肉性）和"进化性"（灵性）的有机统一，它"优美、健康、自然"。正因为此，他笔下的乡村人物，无论阶级身份如何，大都显出人性美的光辉。例如左翼小说中的船霸形象，在他这里也显出了美好温情的一面："做水保的人照例是水上一霸，凡是属于水面上的事他无有不知。这人本来就是一个吃水上饭的人，是立于法律同官府对面，按照习惯被官吏来利用，处治这水上一切的。但人一上了年纪，世界成天变，变去变来这人有了钱，成过家，喝点酒，生儿育女，生活安舒，慢慢的转成一个和平正直的人了。在职务上帮助官府，在感

---

① 沈从文：《丈夫》，《沈从文选集》第 2 卷，四川人民出版社 1983 年版，第 324—325 页。

② 杨义：《中国现代小说史》（中），《杨义文存》第 2 卷，人民出版社 1998 年版，第 635 页。

③ 沈从文：《习作选集代序》，《沈从文选集》第 5 卷，四川人民出版社 1983 年版，第 228 页。

情上却亲近了船家。在这些情形上面他建设了一个道德的模范。他受人尊敬不下于官,却不让人害怕厌恶。他做了河船上许多妓女的干爹。由于这些社会习惯的联系,他的行为处事是靠在水上人一边的。"①"水上一霸"尚且如此"模范",老船夫、萧萧、柏子等底层劳动人民就更不用说了。这与财产越多越反动的左翼阶级分析理论明显不符。也因此,《边城》中在阶级化眼光看来,应该分属地主与农民的翠翠和顺顺两家,关系却是那么地温情脉脉,没有"尖锐的阶级斗争的图画",只有"历经磨难而又能倔强地生存下去的底层人民的本性"②。

明知现实中充满痛苦、悲哀和压迫,却要集中凸显其中的人性和人性之美,这与沈从文独特的小说观念有关。他说:"个人只把小说看成是'用文字很恰当记录下来的人事'……既是人事,就容许包含了两个部分:一是社会现象,即是说人与人之间的种种关系;二是梦的现象,即是说人的心或意识的单独种种活动。……必须把'现实'和'梦'两种成分相混合。"③也就是说,小说不仅要写实,更要造梦,要在现实的记录中,蒸馏出梦的成分。对此,有论者指出:"他写'实',以展示边地带有质朴的氏族社会遗风的生活方式和人际关系形态;他写'梦',从这种生活方式和人际关系形态中幻化出自在状态的纯人性和牧歌情调的纯艺术,以寄托自己别有见地的社会、伦理和审美理想。"④在某种程度上,左翼其实也强调"梦"的重要,"社会主义现实主义"在历史地、真实地的要求之后对"教育人"的倾向性的强调,以及小说结尾所必须暗示出的乐观主义和未来必胜的信念,就是与现实不同的梦。但这个梦虽由现实引发,却还不是现实中的存在,它作为一种前景隐含在未来。梦是将来的远景,当下所有的,仍然只有残酷。它最多表现为一个结局,一个暗示,只是一种必定来到的乐观和信心,却从来不是一个实在和现实。而沈从文这里,梦就在现实之中,就在人心里,就

---

① 沈从文:《丈夫》,《沈从文选集》第 2 卷,四川人民出版社 1983 年版,第 317—318 页。
② 钱理群等:《中国现代文学三十年》(修订本),北京大学出版社 1998 年版,第 214 页。
③ 沈从文:《烛虚·小说作者和读者》,《沈从文选集》第 5 卷,四川人民出版社 1983 年版,第 117 页。
④ 杨义:《中国现代小说史》(中),《杨义文存》第 2 卷,人民出版社 1998 年版,第 618—619 页。

在生活中。简言之，沈从文和左翼小说都写实，都造梦。但前者是写实中蒸馏出来的梦，后者是故事结尾暗示隐含出来的梦。前者梦是重点，后者梦是尾声。

"写实"和"造梦"的结合，构成了沈从文小说构思的基本思维机制。在他的小说中，梦和现实成分的多少恰成反比：一篇小说梦的成分越多，写实成分就越少，反之亦然。若按二者比例的高低，完全可将其全部小说分成四个系列。第一个系列以《龙朱》《山鬼》《神巫之爱》《媚金·豹子与那羊》《月下小景》等小说为代表，这类小说故事的发生时间最为古远，现实色彩最淡，梦的成分最浓。这类小说具有民间传说的味道，通常以神一般的人物的爱情故事为主干，极具浪漫色彩。第二个系列以《边城》《丈夫》《萧萧》《三三》《柏子》等为代表，虽无鲜明的时代背景，但偶有一些现代文明的意象出现，比起前一类，离现实稍近，因此梦的成分稍减但总体仍浓。如《边城》的故事，时代不可能是神话传说时代，但具体年代也不明了，我们能隐约听到现代的脚步，因为这里有驻军等。但作者尽可能不去注目这些时代性的东西。第三个系列为《长河》《新与旧》《大小阮》《菜园》《贵生》《会明》《灯》等，它们的时代背景已经非常鲜明，梦的成分仍在，但随着现实成分的骤然增加，压迫性因素上升，牧歌趣味降低，梦的色彩减淡不少。第二个系列中那种单一、偶尔、零星地出现的一些"恶人"，逐渐变成了一种整体性的"入侵"的力量。他们的存在和活动，构成了这个田园乡村的瓦解性力量。最后一类是《八骏图》《绅士的太太》等，这已不是乡村小说，而是完全的现代都市题材，梦的成分彻底让位于写实的堕落。前三种类型，构成了沈从文小说乡村叙事的主要内容。它们中那种"梦"的气息，与左翼小说中通常所呈现的"封建农村"（有地主阶级的剥削，甚至还有外来资本入侵——如茅盾的农村三部曲开头就是外国轮船的黑烟——近代农村）截然不同。

为凸显这个化外乡村世界的梦幻性质，沈从文除了极力铺陈其中人性的美好之外，还将其中的环境风物，都做了梦幻般的、田园牧歌式的美化。换言之，沈氏小说中的乡村环境空间也是去革命化和唯美化的。且以其中的风俗描写为例。"风俗画"的叙述，是 20 年代乡土小说就已开始的传统。但 20 年代的风俗叙述，更多是蛮风陋俗的表征，多带有文化批判和启蒙主义的味道。如台静农《烛焰》中的"冲喜"，《菊英的出嫁》中的"冥婚"等,就是造成主人公悲剧的主要原因和根本力量。左翼乡村小说中,也不乏风俗叙述的存在。但它们通常是落后的"封建迷信"的代名词,与科学的阶级革命相对立。它们不是造成人们悲剧的原因,却是阻碍他们觉醒的力量。例如茅盾的《春蚕》中,有对笃信菩萨、用大蒜头"卜"蚕花好坏、"窝种"时的神圣仪式及此期间的各类禁忌等民间习俗的描绘,但不管老通宝们如何虔诚,这一切却都是"不灵验"的。要想改变命运,只"不相信那些鬼禁忌",勇敢地加入阶级反抗的行列。小说故意将老通宝的虔诚和阿多头的不信邪做了对比,目的就是要揭露习俗的虚伪和靠不住。与其相信习俗,不如参加革命。沈从文小说中,亦有大量的风俗叙述。如"童养媳""沉潭""走马路""走车路"、端午赛龙舟、捉鸭子等。与五四乡土小说和左翼乡村小说一样,这些风俗既是人物的基本生存环境,也是推动情节进展的重要力量,常常造成人物命运的转折甚至是悲剧。但在整体上,它们既非五四乡土小说那样成为纯粹的蛮风陋俗的指称,亦非左翼小说那样仅是阻碍人之阶级意识觉醒的落后迷信。它们是一种原始、古朴、自然的文化形态,或许野蛮却并不完全可怕,可能会造成悲剧,但作为奇迹已经过去。例如《萧萧》的主人公,无疑是童养媳风俗的受害者,按照当地另一习俗她面临着被"沉潭"或被"发卖"的危险,这是风俗的蛮性所在。但最终却因另一"重男轻女"的习俗,转危为安:"生下的既是儿子,萧萧不嫁别处了。"风俗可以害人,也可以救人,这自然减少了对风俗野蛮性的批判。当然,沈从文笔下的风俗,有时的确会造成人生悲剧。《月下小景》中,寨主的儿子和相爱的姑娘之所以双双服毒,就因为"女人同第一个男子恋爱,却只许同第二个男子结婚"的奇特风俗所致。但小说的重心,显然不在批判习俗的不合理,而是将之作为"奇迹"介绍给城里人。小说开头就明确交代了这个故事的"久远",这种距离感使得悲剧变成了美丽。就此而言,造成悲剧的习俗野蛮与否,已不再重要。

李健吾说,《边城》是"一部 idyllic(田园诗的,牧歌的)杰作","一颗千古不磨的珠玉"[①]。沈从文自己则说:"我要表现的本是一种

---

① 李健吾:《〈边城〉——沈从文先生作》,《李健吾代表作·这不过是春天》,华夏出版社 2009 年版,第 307 页。

'人生的形式',一种'优美,健康,自然,而又不悖乎人性的人生形式'。"① 这里说的是《边城》,其实也是沈从文全部乡村小说的特点。沈从文的乡村叙事,不像五四乡土风俗小说那样将农村叙述为一个愚昧麻木的所在,也不像左翼乡村革命小说那样将农村叙述为阶级斗争的场所,它将农村视为一个理想人性的寄居地。这里的农民,既非麻木愚昧所能概括,也非苦难深重所能说清,他们纯真善良,恬淡自然;这里的故事,既非浑浑噩噩的生存悲剧,也非血与火的阶级斗争,它们是发生在小人物身上的一些日常生活悲喜剧;这里的风俗,既非启蒙视角下的蛮风陋俗,也非唯物眼光下的落后事物,它们是一种原始、古朴、自然的生活方式。这显然是别一种乡村叙事的开创。事实上,它与五四乡土风俗小说和左翼乡村革命小说一起,构成了中国新文学乡村叙事的三大原型。此后不断涌现的乡村叙事,不过是这三类原型的变化组合而已。

二 古典抒情与客观现实风格的差异

与故事层面对左翼小说的疏离相适应,沈从文小说在讲述故事的叙述话语风格上也与左翼形成很大差异。左翼小说,不论是早期的"革命罗曼蒂克"小说,还是中期的"左联"小说,抑或后来的"七月派"小说,都以现实主义相号召。这是因为左翼崇奉的是马克思主义,而马克思主义文艺理论向来以现实主义为正宗。当然,三个时期或类型的左翼小说,在现实主义的主体上,也分别带有浪漫主义、自然主义和现代主义的痕迹,因而呈现出三副不同的现实主义面孔。沈从文小说的叙述话语,与这三副面孔中的任何一副都不相同。如果说左翼主要崇奉"现实",沈从文则主要师法古典,显现出古典化的风格和神韵。

沈从文小说的叙述者,与左翼小说一样大都以第三人称全知全能的形象出现。但他既非"左联"小说叙述者那样像个"科学家",也非"七月派"小说叙述者那样像个"哲学家",而是更像一个中国古典话本小说中的"说书人"。沈从文的小说,一般会在开头整体性地介绍一下故事发生地的风土人情,然后才过渡到对具体个人故事的讲述上。在这些介绍性段落中,叙述者表现出明显的"说话"倾向,受述者虽不直接出现,却可以明显感觉到他的在场。如《萧萧》的开头:"乡下人

---

① 沈从文:《习作选集代序》,《沈从文选集》第5卷,四川人民出版社1983年版,第231页。

吹唢呐接媳妇,到了十二月是成天会有的事情。唢呐后面一顶花轿,两个伕子平平稳稳的抬着。轿中人被铜锁锁在里面,虽穿了平时没上过身的体面红绿衣裳,也仍然得荷荷大哭。在这些小女人心中,做新娘子,从母亲身边离开,且准备作他人的母亲,从此必然将有许多新事情等待发生。象做梦一样,将同一个陌生男子汉在一个床上睡觉,做着承宗接祖的事情,这些事想起来,当然有些害怕,所以照例觉得要哭哭,于是就哭了。"① 开头第一句"乡下人吹唢呐接媳妇",表明了受述者很可能是某个对乡下风俗并不熟悉的城里人。"叙—听"结构这种潜隐却清晰地存在,透露出浓厚的"说书"气息。接下来的叙述,有场景,无情节,有人物,无个人,这里貌似具体的场景和个人,其实是作为"类"的形象出现的。因此,整体上是没有时间流动的静态介绍,属于叙述无限大于故事的"描写"。但是这个作为"类"或"无名"的人物,在场景中又是活动着的,这使整体性的所谓静态介绍又变得富有动态性。靠着这种化描写为叙述,化静止为活动的方式,沈从文小说的风俗和风景描绘,变成了活的风俗画的叙述。这里的叙述者,不似"左联"小说的叙述者那么客观冷静,以科学家的形象对世界作着客观冷静的描写和解剖,也不似"七月派"小说的叙述者那么热烈奔放,以哲学家的形象热烈地表达着对真理的追求和探索。他有着传统说书人的某些特征,但也不似坐在书场中向众多听书人做绘声绘色讲述的表演者。他更像一个见多识广的风俗学家和博物学家,和一个老朋友娓娓讲述另一个陌生奇特世界的故事,显得平淡而安详。

在整体性的介绍段落之后,叙述者便通过一两句话过渡到对具体个人故事的讲述之中。如《萧萧》介绍完媳妇哭嫁的习俗,便接这么一句,"也有做媳妇不哭的人,萧萧做媳妇就不哭",然后顺势转入对萧萧个人故事的讲述之中。《丈夫》开头用13个自然段介绍船上习俗,接下来便说:"那些船只排列在河下,一个陌生人,数来数去是永远无法数清的。明白这数目,而且明白那秩序,记忆得出每一个船和摇船人样子,是五区一个老'水保'。"② 再如《柏子》,"如今夜里既落小雨,泥滩头滑溜溜使人无从立足,还有人上岸到河街去。这是其中一个,名

---

① 沈从文:《萧萧》,《沈从文选集》第2卷,四川人民出版社1983年版,第241页。
② 沈从文:《丈夫》,《沈从文选集》第2卷,四川人民出版社1983年版,第317页。

叫柏子，日里爬桅子唱歌，不知疲倦，到夜来，还依然不知道疲倦……"①通过这一两句话的过渡，小说的主体故事便真正登场。这种写法，使得开场部分恰似一幅全景，主体故事则不过是这一全景上的一个特例，一个特写，它似乎就是前面部分整体勾勒出的风俗画的一个注脚，一个注释。这与传统话本小说的"头回"和"入话"有着异曲同工之妙，应该是对这种古典做法的"化用"。当然，也有些小说是直接进入故事主体的。如："一九四一年十月十七日，云南省西部，由旧大理府向××县入藏的驿路上，运砖茶、盐巴、砂糖的驮马帮中，有四个大学生模样的年青人，各自骑着一匹牲口，带了点简单行李，一些书籍、画具，和满脑子深入边地创造事业的热情梦想，以及那点成功的自信，依附队伍同行，预备到接近藏边区去工作。就中有三个，国立美术学校出身，已毕业了三年。"② 这恰如古典文言小说的"某时某处某生体"，叙述者的说话人声音仍然格外突出。如果说前面一种方式是古典白话小说的开头方式，那这种则是中国古典文言小说习见的开头法。

　　进入主体故事之后，古典说书式叙述者的声音仍然明显。"他以为水保当真懂的，因此再说下去，什么也说到了。甚至于希望明年来一个小宝宝，这样只合宜于同自己的媳妇睡到一个枕头上商量的话也说到了。年青人毫无拘束的还加上许多粗话蠢话。说了半天，水保起身要走了，他记起问客人贵姓。"③ 这段话中的"叙述者—受述者"的在场感都很明显，有一种书场说话的气息。但叙述者的语调是平和的，不是古典说书者那种绘声绘色的表演，当然也不是个人的独语，或者居高临下的布道。他是在谈话，仿佛是在和一个朋友面对面地聊家常。此外，沈从文小说的叙述者，还经常像古典说书人那样站出来发表议论。如在《牛》中，"天下事照例是这样，要求人了解，再没有比沉默更合式了。有些人总以为天生了人的口，就是为说话用，有心事，说话给人听，人就了解了"④。"好梦是生活的仇敌，是神给人的一种嘲弄，所以到大牛伯醒来，他比起没有做梦的平时更多不平。"⑤ 与古代说书者是一个人

---

① 沈从文：《柏子》，《沈从文选集》第 2 卷，四川人民出版社 1983 年版，第 86 页。
② 沈从文：《虹桥》，《沈从文选集》第 3 卷，四川人民出版社 1983 年版，第 492 页。
③ 沈从文：《丈夫》，《沈从文选集》第 2 卷，四川人民出版社 1983 年版，第 323 页。
④ 沈从文：《牛》，《沈从文选集》第 2 卷，四川人民出版社 1983 年版，第 177 页。
⑤ 同上书，第 183 页。

向许多人做道德训诫式的灌输议论不同，这里是一个人向另一个人就事论事的人生感慨。叙述者的这类评论与干预，在左翼主流的"左联"小说中不存在，只在非主流的"七月派"小说中，有着类似的情形。但七月派小说的叙述者干预，常常热烈奔放，所预设的理想受述者，是与叙述者一样喜欢思考和探索的年轻人。而沈从文小说中的叙述者议论，往往平和、节制、理性、宽容，受述者就是所谓都市人。"乡下的日子也如世界上一般日子，时时不同。世界上人把日子糟蹋，和萧萧一类人家把日子吝惜是同样的，各有所得，各属分定。许多城市中文明人，把一个夏天全消磨到软绸衣服、精美饮料以及种种好事情上面。萧萧的一家，因为一个夏天的劳作，却得了十多斤细麻，二三十担瓜。"①从这个城乡对比式的议论中，不难推测出一个都市听众的存在。

就流程形态的编排来说，沈从文小说也与左翼大为不同。有论者指出："沈从文被人称为'文体作家'，首先是因为他创造性地运用和发展了一种特殊的小说体式：可叫做文化小说、诗小说或抒情小说。"②这种小说体式中，各类有关风俗和自然环境的描述大篇幅地出现。这类段落中，人与自然环境往往浑然一体，具有明显的诗化气息。"它把环境认作是人物的外化，人物的衍生物，在一定程度上，景物即人。所以沈从文许多小说从交代环境开始，如《边城》由描写'茶峒'始，自河（酉水）、河街、吊脚楼、妓女，写了长长的几节，为翠翠出场作背景。《柏子》从写如何泊船，如何爬桅杆入题。《丈夫》写黄庄的男人为何让女人到县城河滩的烟船、妓船做生意，竟不惜用上千字。"③具体的叙述中，诗意化的环境描写，也是随处可见。"洛下书生正把画论谈得津津有味时，小周一面听下去一面游目四瞩，忽然间，看到山冈下面松树林中，扬起一缕青烟，这烟气渐上渐白，直透松林而上，和那个平摊在脚下松林作成的绿海，以及透出海面大小错落的乌黑乱石，两相对比，完全如一种带魔术性的画面。"④这段化静为动的风景描写，犹如一幅泼墨山水。有些描写，甚至还有"万物有灵"的味道。比如

---

① 沈从文：《萧萧》，《沈从文选集》第2卷，四川人民出版社1983年版，第247页。
② 钱理群等：《中国现代文学三十年》（修订本），北京大学出版社1998年版，第218页。
③ 同上书，第219页。
④ 沈从文：《虹桥》，《沈从文选集》第3卷，四川人民出版社1983年版，第506页。

《牛》中的牛会思想,《贵生》中茅草则会说话:"来,割我,有力气的大哥,乘天气好磨快你的刀,快来割我,挑进城里去,八百钱一担,换半斤盐好,换一斤肉也好,随你的意!"① 这类不无"泛神论"气息的描写,"笔墨趋于情景交融,心物浑一的境界,勾摄出自然界庄严淡远的'神性'和微妙亲切的'人情',飘忽着难以渗透的诱人的幻美"②。这种泛神论,这种幻美感,与左翼小说的写实化、科学化恰成对照。

抛开这些大段大段地诗意化描述,进入其小说世界所营造的核心情节之中,也不难发现这些所谓核心事件之间,并没有严密的逻辑编排,有的只是偶然性的串联。如《边城》中翠翠与傩送、天宝的相遇,均是偶然的,天宝的死也是偶然的。事件的发生和结局,都没有夸张或逻辑严密的情节铺垫,没有任何预兆。③ 这种偶然性的情节逻辑,表现出一种深深的生命无常之感。还有一些小说,似乎就只是一个场景,所谓情节被最大限度地淡化了。如《月下小景——新十日谈序曲》,就是一个片段:初八傍晚,月亮出来了,寨主儿子与相爱的姑娘,偎依一起,双双服毒。《生》讲述一个在北京街头耍傀儡戏的人的故事,虽然夹杂着十年前儿子被打死,十年来父亲对儿子无时无刻的思念,但这些不是通过外在故事的线性铺陈一步步讲述出来的,而是通过人物的心理分析补叙得出。就外在行为来说,它仅仅是一个耍傀儡戏的场景。沈从文小说的体制,就是这样"不拘常例","有的如《记一大学生》全无人物对话,纯用分析性的讲述来代替;有的通篇对话到底,如《某夫妇》(《雨后》的对话成分极多);有的是采用日记、书信的穿插;有的是寓言、传奇或民间故事体"④。但不论哪种体制,都是淡化情节,增添诗意的散文化类型。这和左翼主流小说极为讲究"史诗"风格的建构,整个故事从开场到结束,环环相扣,极力追求有机性、整体性和封闭性的统一不同。萧红的小说体式,倒是与此有几分类似,但萧红显然不是左翼小说的正格。对沈从文小说结构的这种非史诗化,有学者给予了高

---

① 沈从文:《贵生》,《沈从文选集》第3卷,四川人民出版社1983年版,第428页。
② 杨义:《中国现代小说史》(中),《杨义文存》第2卷,人民出版社1998年版,第641页。
③ 罗振亚等:《现代中国文学(1898—1949)》,南开大学出版社2009年版,第201页。
④ 钱理群等:《中国现代文学三十年》(修订本),北京大学出版社1998年版,第219页。

度评价:"京派作家在我国现代诗体小说承续演变途中的作用,是不容低估的。这是小说中的清品,结构上以舒卷自如代替严谨拘束,情节上以故事的疏淡代替因果的坐实,它把小说的传统特征的一部分让位给诗和散文的因素,因而削弱了小说的史诗力度,却增添了小说的抒情神韵。它讲究意境,讲究从容中的约束,讲究潇洒处的圆融。"①

杨义说:"与结构上不拘常例,于既成章法外另谋新章法的艺术追求相表里的,是讲究'文字组织的美丽'。"这种美丽,首先来自于对传统美学风格的神妙运用。比如他小说的叙述语言,便具有明显传统美学色彩。杨义对《边城》介绍翠翠名字及其性格的那段话,如此评议道:"这里看不出翠翠五官四肢的清晰线条,线条消融在周围的青山绿水、翠竹黄麂之间了。她有肤色,有眼神,有奔跑与停留的姿势,但更深的印象是她天真秀逸、羞怯中见娴雅的气质,是她如鱼戏水地融合于大自然之中的诗一般的神韵。"② 这种人与自然浑然一体的感觉,与传统天人合一的观念,是有关的。左翼小说中那种人是人,景是景的写法,则是近代西方主客观二分的哲学观念的体现。再如《丈夫》对水保外貌的描绘:"先是望到那一对峨然巍然似乎是用柿油涂过的猪皮靴子,上去一点是一个赭色柔软麂皮抱兜,再上去是一双回环抱着的毛手,满是青筋黄毛,手上有颗其大无比的黄金戒指,再上去才是一块正四方形像是无数桔子皮拼合而成的脸膛。这男子,明白这是有身分的主顾了……"③ 不长的一段话中,人物的"眼光"从下到上,既写出了水保的威武,更写出了"丈夫"的自卑。这可算是对人物外貌较为细致清晰地叙述了,但这种清晰显然并非来自左翼小说那种主体对客体所做客观冷静的细察,相反,它更像古典小说那种借助具体人物眼光来透视一个东西的"化静为动"的方法。当然,这种极富动感的叙述,或许也与沈从文对"水"的特别感受有关。他说:"水和我的生命不可分,教育不可分,作品倾向不可分。"④ "我感情流动而不凝固,一派清波给

---

① 杨义:《中国现代小说史》(中),《杨义文存》第3卷,人民出版社1998年版,第612页。
② 同上书,第640页。
③ 沈从文:《丈夫》,《沈从文选集》第2卷,四川人民出版社1983年版,第319页。
④ 沈从文:《一个传奇的本事》,《沈从文选集》第1卷,四川人民出版社1983年版,第433页。

予我的影响实在不小。我幼小时候较美丽的生活，大部分都同水不能分离。我的学校可以说是在水边的。我认识美，学会思索，对我有极大的关系。"① 如果说左翼的静态描写是山，那沈从文的动态叙述就是水。

叙述语言之外，人物语言也很有东方化和本土化的神韵。《月下小景》讲述的是一些传奇故事，人物对话也显现出传说的味道："多少萤火虫还知道打了小小火炬游玩，你忙些什么？走到什么地方去？""一颗流星自有它来去的方向，我有我的去处。""宝贝应当收藏在宝库里，你应当收藏在爱你的那个人家里。""美的都用不着家：流星，落花，萤火，最会鸣叫的蓝头红嘴绿翅膀的王母鸟，也都没有家的。谁见过人蓄养凤凰呢？谁能束缚着月亮呢？""狮子应当有它的配偶，把你安顿到我家中去，神也十分同意！""神同意的人常常不同意。""我爸爸会答应我这件事，因为他爱我。"② 这里的对话，采用《诗经》式的比兴手法，弥漫着民歌那种古朴纯真的味道。时间上更为切近现代的小说中，人物的语言祛除了神性，却具有下层人民的率真和野趣。如《柏子》里面水手和船妓的对话："悖时的！我以为你到常德府被婊子尿冲你到洞庭湖底了！""老子把你舌子咬断！""我才要咬断你……""老子摇橹摇厌了，要推车。""推你妈！""柏子，我说你是一个牛。""我不这样，你就不信我在下头是怎么规矩！""你规矩！你赌咒你干净得可以进天王庙！""我赌咒，什么都不。""赌咒也只有你妈信你，我不信。""我问你，昨天有人来？""来你妈！别人早就等你，我掐手指算到日子，我还算到你这尸……"③ 这里的人物语言，粗俗却有情有义，既隐晦，又生动。没有对底层人民的十分熟悉，自然是写不出的。沈从文曾说，"我文字风格，假若还有值得注意处，那只因为我记得水上人言语太多了。"④ 他对方言土语的关注和小说化运用，与左翼的大众化要求甚为相合。我们知道，因为条件所限，左翼的大众化要求仅停留在理论的倡导上，创作中极少实现——真正的实现是解放区小说之中。就

---

① 沈从文：《从文自传·我读一本小书同时又读一本大书》，《沈从文选集》第1卷，四川人民出版社1983年版，第12页。
② 沈从文：《月下小景》，《沈从文选集》第3卷，四川人民出版社1983年版，第140—141页。
③ 沈从文：《柏子》，《沈从文选集》第2卷，四川人民出版社1983年版，第88—89页。
④ 沈从文：《废邮存底·我的写作与水的关系》，《沈从文选集》第5卷，四川人民出版社1983年版，第31页。

此而言，沈从文其实是做了左翼想做却未做到之事。

三　人性化与阶级化价值主题的差异

凌宇先生认为，沈从文小说现代都市生活和湘西乡村故事之间的对立，蕴含着多重文化编码，可做多方面的文化解读。这其中最首要也是最重要的编码，是"现代/传统"——准确点说是"现代病态文明/原始自然人性"的二元对立。在沈从文的笔下，都市是乡村的完成形态。今日的都市就是由昨日的乡村转变而来的。"湘西世界正在发生的，正是都市人生曾经历过的。作为'现代文明'扭曲人性的完成态，都市人生呈现的，正是一幅人性沦落的图景。"① 因此，他对都市生活的批判，对乡村生活的赞美，其实是对古朴自然人性的呼唤，对现代病态文明的疏离。有意思的是，除了现代/传统的对立编码外，沈从文小说都市与乡村生活的对立，似乎还表现出某种阶级化编码的意味。"作为一种整体，沈从文的全部创作显示出都市人生与乡村世界对立互参的叙事构型。从作品赋予人物的身份角度看，这一对立表现为都市上流社会（以达官显贵、绅士淑女、世家子弟、大学教授、机关职员等为对象）与乡村凡夫俗子（以农民、士兵、水手、妓女、童养媳等为对象）的道德形态与人格气质的分野。"② 在《绅士的太太》这部都市题材的小说里，叙述者开宗明义就说，"我是为你们高等人造一面镜子"。高等人和低等人，上流社会和下流社会的观念，都市上等人的堕落和乡村下等人的美好，似带有左翼小说那种有产者和无产者二元对立的阶级化倾向。但是不难看出，沈从文小说这种上流和下流，高等和低等的阶级对立，显然并非发生在同一空间，二者之间并不能像左翼小说那样能够构成一种压迫与被压迫、剥削与被剥削的关系，因而不是真正的阶级图画。而且，在真正的左翼阶级化小说中，城乡都是高度同质化的。它们都是阶级斗争的战场，都是阶级压迫的场所——城里是资本家压迫工人，乡村是地主压迫农民。不可能像沈从文小说这样：农村美好和谐，都市腐化堕落。

杨义指出："沈从文的人性选择有两条基本思路：扬卑贱而抑豪

---

① 凌宇：《沈从文小说的叙事模式及其文化意蕴》，《中国现代文学研究丛刊》1992年第4期。
② 同上。

绅；非都市而颂乡野。……倘若还须对他的基本思路做一补充，便是：疏政治而亲人性。"① 在沈从文小说中，这三条思路并非分立而是结合在一起的。他对都市豪绅的贬抑，对乡野卑贱的颂扬，都无关政治，不过是要书写人性。写都市豪绅人性的病态和堕落，写乡村卑贱人性的淳朴和美丽。这种城乡人性高下优劣的体验，直接源自他个人的城乡生活经历。他进城后在所谓高等人之间所受的遭遇，让他对现代知识分子/文明的虚伪与丑陋，有着切肤的体会。让他深感这些都市上等人，就人性之淳朴来说，还远远不如其所来自的乡村下等人。这在其纪实性的散文《记胡也频》中有着明确的流露："我们家乡所在的地方，一个学习历史的人会知道，那是'五溪蛮'所在的地方。这地方直到如今，也仍然为都会中生长的人看不上眼的。假若一种近于野兽淳厚的个性就是一种原始民族精力的储蓄，我们永远不大聪明，拙于打算，永远缺少一个都市中人的兴味同观念，我们也正不必以生长到这个朴野边僻地方为羞辱。"② 这种城不如乡、高不如低的人性体验，成为他整个小说叙事意义张力的基本来源。也因此，无论是都市还是乡村题材的小说，经常不自觉地流露出某种城乡对比、城不如乡的意味。如《萧萧》中："乡下的日子也如世界上一般日子，时时不同。世界上人把日子糟蹋，和萧萧一类人家把日子吝惜是同样的，各有所得，各属分定。许多城市中文明人，把一个夏天全消磨到软绸衣服、精美饮料以及种种好事情上面。萧萧的一家，因为一个夏天的劳作，却得了十多斤细麻，二三十担瓜。"③ 再如《如蕤》中，"都市中所流行的，只是为小小利益而出的造谣中伤，与为稍大利益而出的暗杀诱捕。恋爱则只是一群阉鸡似的男子，各处扮演着丑角喜剧"④。从这类城乡对比的叙述，明显可以看到叙述者对都市生活的不屑，对乡村生活的喜欢。

这种传统与现代对立、传统比现代更美好的人性观念，除了在城乡两大题材的对立中有所表现，在一些乡村小说的意象或结构设计上也可以看出。《萧萧》中，几次很有意味地写到有"女学生"从村边路过。

---

① 杨义：《中国现代小说史》（中），《杨义文存》第 2 卷，人民出版社 1998 年版，第 622 页。
② 沈从文：《记胡也频》，《沈从文文集》第 9 卷，湖南人民出版社 2013 年版，第 53 页。
③ 沈从文：《萧萧》，《沈从文选集》第 2 卷，四川人民出版社 1983 年版，第 247 页。
④ 沈从文：《如蕤》，《沈从文选集》第 2 卷，四川人民出版社 1983 年版，第 229 页。

相比萧萧所在的这个古老村庄,这些"女学生"自然是现代文明的象征。她们曾经诱发了萧萧对自由的向往,但最终带给她的却是灾难。当然,这个"现代"还仅仅是从古老的村边"路过",尚未真正进入到传统乡村之中。但即便只是路过,也引发了萧萧的灾难。这相当于在象征的意义上否定了现代文明。而在左翼小说中,这个外来的现代力量,常常充当拯救和救赎的角色。它们往往意味着革命者/先进的革命观念的化身,他们的到来会引发乡村的革命性变化。《边城》中,"现代"不是路过,而是介入到具体人物的命运纠葛之中。在"天宝—翠翠—傩送"的三角爱情中,"走马路"(传统)之外,出现了"走车路"(现代)的选择;在"翠翠—傩送—磨坊主女儿"三角爱情中,则有选择"渡船"(传统)还是"磨坊"(现代)的考量。换言之,从不同角度切分出的两个三角恋故事中,"现代"已成为重要的一极,侵入到人们的传统生活之中,并且引发了灾难。尽管最终结果充满不确定性,但故事人物和叙述者都倾向于"传统"("走马路"和"磨坊"),则是毫无疑问的。[①]《长河》中,现代文明不像《边城》中那样隐而不彰,它直接表现对乡村古朴生活的蛮横入侵。作者要考察的就是在外来文明的侵入中,古朴人性所面临的被异化的命运。简言之,这类小说最深层的二元对立,仍然是"传统自然/现代文明",是要赞美古朴人性,而批判现代文明。类似的题材和故事,若要左翼来处理,那就会转换为有产者和无产者的阶级对立。《萧萧》的故事会被处理成一个受尽折磨的底层妇女,在外来革命女性的启发下,勇敢反抗封建压迫并走向革命的故事。《边城》则会被处理成:无产阶级的翠翠一家如何受地主阶级的船总顺顺家的压迫,老船夫因逆来顺受不觉醒惨死,翠翠则在杨马兵等人的帮助下转变成革命者。但沈从文显然"不具备这样的政治意识",[②] 在他的笔下,阶级对立明显的两家,却是那么和谐,那么温情脉脉。

沈从文小说以人性为视角,以传统/现代的二元对立为轴线,崇传统而反现代的价值主题,与作为时代主流的左翼小说的革命化和阶级化

---

① 凌宇:《沈从文小说的叙事模式及其文化意蕴》,《中国现代文学研究丛刊》1992 年第 4 期。

② 钱理群等:《中国现代文学三十年》(修订本),北京大学出版社 1998 年版,第 214 页。

主题确实有很大差异。而即便与五四乡土小说相比，它也显得非常不同。如果说，它对左翼乡村革命叙事的阶级化主题是一种偏离，那它对五四乡土叙事的启蒙化主题则是一种倒转。人性及人性批判，显然也是五四乡土小说的核心话题之一，而且也是通过"传统（人性）/现代（人性）"的二元对立来达到的。虽然同样是传统和现代的对立，五四却将传统设置为需要抛弃的对象，因为它是压抑人性的，现代则被视为未来的出路，因为它是理想人性的实现地。这从五四经常设置的父子对立就可以看出。父一辈是老旧的，保守的，而子一辈则是自由的象征。最后不是子一辈被父辈传统压抑而死，就是子一辈脱离家庭，走向社会。而这样的故事，在《边城》《长河》中均发生了倒转。《边城》中至少有两对父子关系：一是老船夫与女儿及其孙女翠翠，年轻一代也要自由，但父辈却并不阻扰，而是充满温情地予以协助；二是船总顺顺与两个儿子之间，他们也非对抗关系，大佬的死亡，二佬的出走，均因爱情，却并非源自秉持保守观念的父辈之阻挠，恰恰相反，它源自现代文明的介入——五四启蒙叙事所呼唤和奔向的那种现代文明。而沈从文表现都市上流社会如何堕落的小说，则直接指向现代文明对人性的异化。这样，五四所呼唤、张扬、奔向的现代文明，在沈从文这里却变成了被批判的对象。而五四所批判的传统生活方式，现代文明尚未进入之前的那种生活方式，则成了理想人性要回归的地方。

值得注意的是，沈从文小说对五四启蒙主题的倒转，只是表面现象。从深层的现代性追求来看，它们其实是同一的。现代性，构成了晚清以来中国文化发展的核心追求。现代性的追求与建构，是一项指向未来的复杂工程。它在空间上有着多重层面和维度，如政治、经济、社会等，在时间上则有着不同的阶段和步骤。在此视野中，五四的启蒙主义叙事，主要着眼于现代性工程的启动阶段。这个时期的重要任务是从传统中挣脱出来，首要的任务是激起对传统的怨恨，批判并挣脱传统。至于未来，用简单的概念符号就可够勾勒，对之可能具有的负面作用，不必也不可能做细致的思考。因此，五四启蒙话语在本质上是一种时间话语，是一种从封建传统中挣脱走向现代文明的话语设计。而沈从文登上文坛并变得举足轻重的时代，中国文化现代性的追求与建构已经走到如何落实的阶段。也就是说，从传统中挣脱出来并走向现代文明，已经不是"问题"。问题在于如何建设这个新的"现代"，如何使这个新的现代真正具备理想人性的特质。而这其实也是沈从文在思考的问题，他说，"我只想造希腊小庙"，"这神庙供奉的是'人性'"①。沈从文的独特在于，因为早年闯荡都市时的创伤性经历，他把对现代理想人性的寻找，转向了对过去原始古朴生活的神化。他笔下那个田园牧歌般的湘西，未必就是现实湘西的真实反映，更多是一种面向未来的建构。换言之，过去的湘西，不过是一种载体，承载的其实是"民族品德的消失与重造"这一面向未来的现代性主题②，是以过去为载体而对未来做出的一种想象。事实上，沈从文所谓的过去与五四批判的过去，也并非一回事。他的过去是一种比五四所谓传统更为久远的前文明状态。而五四所言的传统，其实已是他所批判的现代文明的范畴。就此而言，沈从文小说并非对五四主题的完全倒转，并非复古，也并非反现代，而同样是中国现代性工程的有机组成部分。

　　从现代性追求来看，沈从文小说和左翼的革命叙事主题也有着某种程度的深层同一性。如果说五四启蒙主义提出的是一个现代性的目标，那左翼的共产主义革命，则是一种如何落实这一目标的方案。左翼之所以强调有产者和无产者的对抗，是为了动员更多的人投入现代性工程之中。就此而言，沈从文小说与左翼小说有着共同的使命，那就是着眼于现代性的进一步展开和落实。而在"过去/未来"的根本思维路径上，沈从文小说亦与左翼存在着非常相似之处。恩格斯在《家庭、私有制和国家的起源》中曾说："最卑下的利益——庸俗的贪欲、粗暴的情欲、卑下的物欲、对公共财产的自私自利的掠夺"，把"古老的没有阶级的氏族制度"引向了崩溃。"这种十分单纯质朴的氏族制度是一种多么美妙的制度呵！没有军队、宪兵和警察，没有贵族、国王、总督、地方官和法官，没有监狱，没有诉讼，而一切都是有条理的。一切问题，都由当事人自己解决，在大多数情况下，历来的习俗就把一切调整好了……凡与未被腐化的印第安人接触过的白种人，都称赞这种野蛮人的

---

① 沈从文：《习作选集代序》，《沈从文选集》第5卷，四川人民出版社1983年版，第228页。
② 沈从文：《长河·题记》，《沈从文选集》第5卷，四川人民出版社1983年版，第237页。

自尊心、公正、刚强和勇敢。"① 不难看到，马克思主义这种将美好放置在原始社会，并将后来的社会视为堕落的思维方式，其实也正是沈从文的思维方式。而且，即便在更深的面向未来的层次上，沈从文也与马克思主义的思维基本一致。马克思将人类历史勾勒为"原始社会（美好）—阶级社会（堕落）—共产主义社会（更为美好）"的过程，虽然人类现在堕落了，但未来却是可以更为美好的。如前所述，沈从文的目光也是投向未来而不是倒退复古的。他强调回顾湘西人人性的美好，是要为重造这个民族提供借鉴，终极目的还是面向未来。这与老子的复古，要回到小国寡民是完全不同的。

要而言之，沈从文小说在价值主题的建构上，是围绕着传统古朴人性与现代文明的二元对立展开的。左翼乡村革命叙事则建立在"有产者/无产者"的二元对立之上，五四乡村启蒙叙事则主要表现为"封建传统/现代人性"的二元对立。以此观之，沈从文的乡村牧歌叙事，确实是对左翼革命叙事的偏离，和对五四启蒙叙事的倒转。但若从更深更远的现代性角度来看，它在对左翼和五四的偏离与倒转中又表现出深层的同一。这三种乡村叙事的思想主题，不过是同一现代性追求的不同表现方式。五四着眼于现代性的启动阶段，沈从文小说与左翼则着眼于现代性目标的进一步展开与落实。而在总的目的上，三者都是为了民族的未来，都相信并希望明天会更好。

第二节　海派：非阶级化的都市书写
——20世纪30年代海派和左翼小说都市叙事比较

文学史上的海派，是一个比较复杂的概念。严格说来，它包括清末民初崛起于上海洋场，以鸳鸯蝴蝶派为代表的旧海派，也包括20世纪三四十年代由张资平、叶灵凤等人的家庭性爱小说，穆时英、刘呐鸥、

---

① ［德］恩格斯：《家庭、私有制和国家的起源》，《马克思恩格斯选集》第4卷，人民出版社1972年版，第92—94页。

施蛰存等人的新感觉派小说,以张爱玲、苏青、徐訏、无名氏甚至钱锺书[①]等人的新都市传奇小说构成的新海派,甚至还包括新时期以来王安忆、卫慧、棉棉等为代表的新新海派。本节所论为新海派(以下简称海派),其内部三种类型也即三代之间,也如左翼内部的革命罗曼蒂克小说、左联小说、七月小说一样,在叙事上既有一脉相承之处,也有各自的独特创新。与京派着力于乡村叙事不同,海派致力于都市图景的书写。它们不仅以描写都市生活为己任,而且以都市市民为理想读者,擅用中西结合、雅俗共赏的笔法,描写都市男女婚恋过程中的传奇故事,具有强烈的都市意识。但都市描写并非海派专利,三个阶段的左翼作家笔下亦有都市形象的呈现。例如蒋光慈的《少年漂泊者》《短裤党》《野祭》《冲出云围的月亮》,丁玲的《一九三〇年春上海》,茅盾的《子夜》,蒋纯祖的《财主底儿女们》等小说,都涉笔都市。而且,两派小说的都市叙事,其实都发源于五四创造社的浪漫主义小说。革命阵营的第一批作家,如鼓吹革命文学最力的郭沫若、成仿吾等,是五四创造社的主将。蒋光慈等太阳社作家,虽未加入过创造社,其革命加恋爱小说却是典型的创造社小说风格,明显受过后者的影响。海派小说的发端性人物张资平、叶灵凤,原来也是创造社中的人。《冲击期化石》《苔莉》《女娲氏之遗孽》等,就是他们创造社时期的名篇。换言之,海派与左翼小说的都市叙事,其实是同一树干上长出的两棵不同分枝。也因此,比较两派小说都市叙事的异同,既有利于把握20世纪三四十年代中国小说叙事发展的演变逻辑,也有利于理解革命化的时代氛围中非革命叙事的文体位置。

一 都市世俗生活与都市阶级斗争故事的分野

在小说所要讲述的故事对象上,系出同源的海派与左翼小说呈现出

---

① 钱锺书在《围城·序》中说:"在这本书里,我想写现代中国某一部分社会、某一类人物。写这类人,我没忘记他们是人类,只是人类,具有无毛两足动物的基本根性。"这也就是说,他是从人类——从无毛两足动物根性的角度来切入人生的,那么,这种根性是什么呢?自然是本能的欲望——世俗生活(生活、性爱、名位)的追逐。而对都市男女的世俗生活尤其是世俗情欲的表现,正是海派小说的基本特点,也是海派与左翼、京派小说叙事对象上的最大差异。钱锺书的几篇小说,在题材上也符合这个特点,因此将之归为海派是不错的。例如钱锺书的《纪念》与张资平的《苔莉》,所述故事均差不多,都是表弟爱上表嫂的故事,而且均有对暗恋心理过程的细致详尽的描绘。所不同者,一个采取女当事人也即表嫂曼倩的视角(钱锺书《纪念》),一个采取表弟谢克欧的视角(张资平《苔莉》)而已。

明显的世俗化与革命化（阶级斗争化）分野的特点。在五四创造社小说那里，潜隐着"时代性"和"个人性"两种因素，且相互间形成一种张力。如郁达夫的《沉沦》，把个人苦闷与国家贫弱硬拉上关系的做法，虽然在叙事有机性上可能是"瑕疵"，却是叙述者试图将个人性与时代性有机结合的表征。而创造社小说向左翼和海派的分途转化，在一定程度上其实就是向时代性和个人性的分途转化。这从茅盾1929年对表征并促成了张资平由创造社向海派过渡的小说《苔莉》的评价就可以看出：《苔莉》"纵使写得好，却可惜的是并没有带上时代的烙印……纯从恋爱描写这一点而言，这样的作品也不能说不是成功，然而在寻找代表'五四'的时代性条件下，便不能认为满意"①。张资平在因《苔莉》受到批判之后，也曾以"普罗文学"为号召，一连写了包括"革命加恋爱"类型的五六部长篇。② 但这些都不算是真正的革命加恋爱小说。因为它们只有恋爱，革命的影子非常模糊，而且并不指向左翼倡导的社会革命。"与其他新文学不同的是，恋爱悲剧并非导向对整个社会的仇视或悲观，造成她们不幸的根由既是社会的，也归之于与生俱来的生物本能；她们是漂流一族，在现代社会中找不到她们的家，抱着死一般强的欲念在海天之际呼号，或在无何有之乡漫无目的地漂流，或在人生旅社求得刹那间欲望的满足。"③ 时代性或社会性，既是五四小说的重要特征，也是左翼革命文学的基本要求。而张资平自觉摒弃小说的时代性，变为纯粹的恋爱的描写，或者说自觉偏离了"解放"的社会向度，而变为纯粹个人"性"的描绘。换句话说，左翼继承并放大了创造社小说中的时代性、社会性的一面，着力讲述重大时代变动中的阶级化人物故事。而张资平开启的海派则继承并扩展了创造社小说个人叙事、欲望叙事的一面，专写都市世俗男女的个人故事。这种差异在小说故事的各个层面，如人物功能模型、情节结构模式以及环境空间造型等方面，都有明显体现。

世俗化与革命化的分野，首先表现在人物形象及其承担的功能模型

---

① 茅盾：《读〈倪焕之〉》，《茅盾选集》第5卷，四川文艺出版社1985年版，第129页。
② 陈建华：《革命与形式——茅盾早期小说的现代性展开（1927—1930）》，复旦大学出版社2007年版，第71—72页。
③ 同上书，第74页。

上。与整个左翼小说人物的阶级化趋势一致，左翼都市小说中的人物不是都市的底层无产者，就是各种压迫人和剥削人的都市上层有产者；至于中间阶层的小有产者，仅剩下知识分子，而且主要以都市"过客"——流浪的革命文人的形象出现。在此意义上，海派小说关注的恰是左翼所不屑或忽视的那一群。他们既非都市底层工人，也非都市上层的大资产阶级，而是小资产阶级。比如没落的大户人家的子弟、上班族、小暴发户等。他们不是流浪都市的过客，而是定居都市的普通市民。他们有一定的钱财，又不是特别大富大贵。两派小说人物这种阶级身份的差异，使得他们的追求和行为动机也迥然不同。按照马斯洛的动机需求理论，左翼都市小说中的人物，不是追求最底层的生存与安全，就是最高层的集体归属与自我实现，而且二者还经常结合在一起。这使得左翼小说中的人物呈现为阶级化的革命男女的形象。在他们身上，虽然偶尔也有情欲故事，但情欲只是革命中的一种添加剂、调味剂，重点在于对其大我情怀或者说超我人格追求的强调。俗话说，"温饱思淫欲"，人在正常生存基本无虞的前提下，便不免做些人生安稳、精神艳遇的梦想。也因此，海派小说中的人物便无一例外地是以个人领域或者说私人化的情感、欲望、性爱、婚恋，也即马斯洛所谓中间层次的性与爱的需求为主。他们不是在谈婚论嫁、言情说性，就是在谈婚论嫁、言情说性的路上。例如张爱玲小说中的人物，找对象就像找工作一样地投入和专注。恰如《倾城之恋》里的徐太太所说，"找事，都是假的，还是找个人是真的"[①]。这使其与左翼小说中的革命男女形成鲜明对照，而显现出世俗男女的鲜明特征。

世俗男女，还是革命男女，构成了海派小说和左翼小说的重要差异。世俗男女，强调人生安稳的一面，革命男女，则强调人生飞扬的一面。后者是英雄，是人的彻底性的表现，前者是普通人，是人的不彻底性的流露。张爱玲就说："现在似乎是文学作品贫乏，理论也贫乏。我发现弄文学的人向来是注重人生飞扬的一面，而忽视人生安稳的一面。其实，后者正是前者的底子。又如，他们多是注重人生的斗争，而忽略和谐的一面。其实，人是为了要求和谐的一面才斗争的。强调人生飞扬的一面，多少有点超人的气质。超人是生在一个时代里的。而人生安稳

[①] 张爱玲：《倾城之恋》，《张爱玲文集》第2卷，安徽文艺出版社1992年版，第52页。

的一面则有着永恒的意味,虽然这种安稳常是不安全的,而且每隔多少时候就要破坏一次,但仍然是永恒的。它存在于一切时代。它是人的神性,也可以说是妇人性。"① 她还说:"时代是那么沉重,不容易那么就大彻大悟这些年来,人类到底也这么生活了下来,可见疯狂是疯狂,还是有分寸的。所以我的小说里,除了《金锁记》里的曹七巧,全是些不彻底的人物。他们不是英雄,他们可是这时代的广大的负荷者。因为他们虽然不彻底,但究竟是认真的。他们没有悲壮,只有苍凉。悲壮是一种完成,而苍凉则是一种启示。"② 这说明,对世俗男女形象的塑造,是海派小说家有意为之的。值得补充说明的是,海派小说对世俗男女情欲的强调,在其前身创造社小说里就已经存在。但二者在具体心理内容的描写上,存在微妙差异。创造社小说除了欲望,更多的是对欲望被破落社会与传统礼教所压抑的伤感情绪的表达;海派小说则在祛除社会大我维度之后,更为着重对本能欲望的揭秘式叙述。这种差异,其实是浪漫主义和现代主义心理内容的差异,一为理性主义主导下的情绪和情感,一为非理性主义主导下的本能和感觉。前者与其说是欲望叙事,不如说是情感叙事,属于社会学范畴,后者则是纯粹的欲望化叙事,属于心理尤其是现代心理学的范畴。

不同的主体身份,不同的客体目的,致使其行为方式和行动模式,也会不尽相同。也因此,海派小说和左翼都市小说的故事情节结构模式,也呈现出世俗化和革命化分野的特点。海派小说中的世俗男女,以婚恋情欲为目的,在情节结构上通常表现为个体"追求—失败"的模式。这种"追求—失败",可以是个人内心稍纵即逝的隐秘的情欲冲动与压抑,也可以是个人外在婚恋过程中千疮百孔的经历。在早期张资平等人的言情性爱小说里,这两种情形糅合在一起。而到新感觉派小说,则直接聚焦于个体内心情欲的追逐,大都书写某个都市世俗男女看到异性之后隐秘的内心欲望和性意识的流动与变化,讲述主人公一刹那的情欲失衡—追求—失望的心理过程。如施蛰存的《春阳》《梅雨之夕》《鸠摩罗什》,穆时英的《白金的女体塑像》《圣处女的感情》《某夫

---

① 张爱玲:《自己的文章》,《张爱玲文集》第 4 卷,安徽文艺出版社 1992 年版,第 172 页。

② 同上书,第 173 页。

人》等。到40年代张爱玲的都市传奇小说，这种内心化的追求—失败模式，被套上了外在婚恋故事的外衣。如张爱玲《倾城之恋》，从主角白流苏的角度来说，从一开始就处于婚恋情欲的缺失状态，因为丈夫不好，赌气回到娘家白公馆，兄嫂对她颇有微词，接下来就是试图改变这种状况，与范柳原的几次交往就是这样。最后，终于和范柳原结了婚，暂时生活在了一起。只是，这个貌似终于获得平衡或者成功的故事，骨子里却是不平衡的，或者说是失败的。这是一个反大团圆的大团圆结局。因为爱情的获得，以一场旷古未有的民族灾难为前提，并非出自对方的真心。它与其说是情欲愿望的真正达成，不如说是一种违背。恰如《沉香屑·第一炉香》里的葛薇龙，即便如愿嫁给了乔治，却是以自己做妓女为代价。这样的爱情，不要也罢。

相对来说，左翼都市小说的情节模式比较多样化，如流浪/成长模式、觉醒/反抗模式、二元冲突模式，双线甚至多线并进模式等。当然，也有"追求"模式的存在，如早期的革命罗曼蒂克小说，以及后来路翎的七月派小说等。但这些革命男女的追求虽然曲折，也可能千疮百孔，整个基调却是乐观的，向上的，隐约指向成功的，具有明显的大我的时代的气息，不像海派小说这么世俗。张爱玲自道："一般所说'时代的纪念碑'那样的作品，我是写不出来的，也不打算尝试，因为现在似乎还没有这样集中的客观题材。我甚至只是写些男女间的小事情，我的作品里没有战争，也没有革命。我以为人在恋爱的时候，是比在战争或革命的时候更素朴，也更放恣的。战争与革命，由于事件本身的性质，往往要求才智比要求感情的支持更迫切。而描写战争与革命的作品也往往失败在技术的成分大于艺术的成分。和恋爱的放恣相比，战争是被驱使的，而革命则有时候多少有点强迫自己。真的革命与革命的战争，在情调上我想应当和恋爱是近亲，和恋爱一样是放恣的渗透于人生的全面，而对于自己是和谐。"[①]

即便在环境空间上，海派与左翼小说也表现出明显的世俗化和革命化分野的特点。现代小说中的环境空间，大体可分为家庭空间和非家庭空间。家庭空间，本是私人空间的象征，具有个人化和私密化的特征。

[①] 张爱玲：《自己的文章》，《张爱玲文集》第4卷，安徽文艺出版社1992年版，第174页。

但在 20 世纪中国独特的社会历史语境中，它却既可以是私人化的个人情欲生活的容器或发生地，也可以是公共化的社会革命的策源地或交战场。也因此，家庭成为 20 世纪中国文学中一个非常值得关注的意象。如果说五四小说的家庭，具有私人化和公共化的双重色彩——以启蒙为视角，以个人故事的形式讲述一个关于时代和国家的大故事。那么，后五四时代的左翼和海派小说的家庭空间，则分别继承并放大了其私人性和公共性。海派小说中，家庭空间变成了纯粹的私人世俗生活的居所，是情欲化、私人化的环境空间。家庭、卧室、客厅，往往成为这类小说人物活动的主要天地，人们在这里进行的不是打牌、聚会，就是调情。而左翼革命小说中的家庭、炕上等私密空间，均成为公共化的空间，或者说变成了公共空间的延伸。如《子夜》中的家庭，简直是社会公共空间的投影，各种公众人物在这里出没，家庭成员在此处理的也基本上是公共事务。家庭中进行的，不再是私密化的人物活动，而是一些阶级斗争的准备等宏大事件。家庭内部的冲突和斗争，往往夹杂着强烈的阶级斗争的意味，茅盾《农村三部曲》、叶紫《丰收》等，父子间的冲突就是阶级观念的冲突。而"母亲"利用家庭作为掩护的场景，几乎成为一种原型，如丁玲的《母亲》和萧红的《生死场》等。此外，对阶级界限的僭越，也经常直接表现为对家庭空间的进入，如农民冲入地主家造反和地主侵入农民家捆人逼债等。

恰如左翼小说将原本私密化和世俗化的家庭空间做了公共化和革命化的改造，将之变成了社会公共空间的延伸一样，海派小说则将非家庭的社会公共空间做了私人化和世俗化的改造，使之变成了家庭、卧室等私密和世俗空间的延伸。这类小说往往大写商店、街道、咖啡馆、旅馆、舞厅、银行、医院、教堂、课堂、电影院、汽车或火车上、赛马场等公共场所，但讲述的却非公共事件，而是"陌生男女"在这些公共空间的某次近距离短时间的接触中，内心欲望的隐秘变化与潜在性意识的流动。如富孀对银行男营业员的幻想（如施蛰存《春阳》），医生对女病人的性冲动（穆时英《白金的女体塑像》）、舞厅里肉欲的气息（穆时英《上海的狐步舞》），课堂上男女生之间的想入非非（张爱玲《茉莉香片》）、大街上的艳遇（施蛰存《梅雨之夕》），教堂里圣女的非圣化情感（《圣处女的感情》），宾馆、酒店甚至火车上的调情与性交易（如穆时英《某夫人》），电影院里的邂逅（叶灵凤《落雁》）。此外，《鸠绿媚》《摩伽的试探》《落雁》等小说也是如此，但最典型的或许还是张爱玲小说《封锁》。虽然日本入侵等大的历史时代已然渗入个体的日常生活之中，但小说不写大时代视野中封锁的前因后果，而只是写这一封锁过程中，公交车上一男一女的世俗情欲心理。这就是海派小说，它们永远聚焦于人的情欲本能，或者说人的小我的内我的一面。即便是公共空间，完全可以从时代的、宏大的角度去书写表现的空间，也都尽量将其私人化和世俗化，变成私人化的欲望流动的场所。相比之下，左翼小说里的公共空间则是真正的公共空间。大街、广场、工厂等地方，所进行的全是为了阶级解放和民族解放而展开的非个人化活动。

在公共空间中，与素不相识的异性的近距离、短时间的亲密接触，是现代都市生活的重要特征。因为现代都市生活中，小资产阶级每天在公共空间中出没，会和无数陌生的异性擦肩而过，也会激起无数心灵震颤和微澜。因此，海派小说对公共空间这一私人性和世俗性的认识和表达，可说从一个特定角度上准确抓住了现代都市生活的特点。这在左翼小说普遍书写小说公共空间之公共性的时代氛围中，显得尤为难得。而从小说叙事空间的历史演变来看，越古典的小说，空间越大，越外向，越具有公共性，越现代的小说，空间越狭小，越内在化，越具有私密性。如神话传说，空间环境是整个宇宙，流浪汉和启蒙浪漫小说，空间环境主要是大自然。发展到现实主义，空间环境则变成了社会风物，而20世纪的现代/后现代主义，空间环境进一步由外在的社会风物转换为内在的人物心理空间。左翼都市小说对空间环境的公共性和社会性的表达，说明其主要是一种现实主义的空间书写类型。而海派小说对环境空间之心理性、私密性的呈示，则可视为由现实向现代主义过渡的表征。

二 现代主义与现实主义叙述风格的分化及流变

从共同的叙事源头延伸发展出来的左翼和海派小说，在叙述话语上，也有着由共同的浪漫主义分别向现实主义和现代主义转变分化的过程。第一代的左翼小说和海派小说，也即蒋光慈等人的革命罗曼蒂克小说和张资平等人的言情性爱小说，都还留有明显的浪漫主义印迹。我们知道，浪漫主义是创造社小说的主导叙述风格。它一般采取第一人称和第三人称限知叙事的方式，具有浓烈的抒情色彩和主观气质。左翼的革命罗曼蒂克小说，在人称和主观性上，其实与创造社小说并无不同。而张资平的言情性爱小说，亦以第一人称和第三人称限知叙事为主，而且其强烈的唯美主义色彩和感伤主义的情感基调，也与创造社小说一脉相承。但到第二代，左翼的左联小说开始直奔现实主义，而海派的新感觉小说则沿着浪漫主义的道路向现代主义改变。在左联小说尤其是社会剖析派小说那里，第一人称式的、具有浓厚主观抒情色彩的方式大都变成了第三人称全知全能的方式，显示出客观冷静的风格。这是因为这种主观色彩强烈的聚焦方式，并不适合书写左翼小说的主要人物无产阶级人物的心理。"一般地说，用第一人称写没有受过高深的教育的工农的大众，无论作者的认识是如何的正确，总不易把他们的性格如实地表现出来。"[①] 与此相反，海派的第二代新感觉派小说则仍然沿用并偏爱浪漫主义的第一人称和第三人称限知叙事的视角，而且对之做了不无现代主义色彩的改造。

第一人称和第三人称限知叙事，是具有强烈主观色彩的叙事方式。有论者指出："在现代小说史上总是那些偏向浪漫主义、现代主义的作家喜欢用第一人称等限制叙事方式。如创造社、浅草—沉钟社、新感觉派社团、流派的作家，这是由于浪漫主义尊崇个性主义，现代主义推崇主观性和非理性，在主观和客观的关系上，都是偏向主观一极的。对主观和个体的尊重，是导致限制叙事盛行的根本原因。"[②] 这里说到了"主观"化的两种方式，浪漫主义和现代主义。如果说创造社、浅草—沉钟社小说是浪漫主义的，那新感觉派小说则是现代主义的。两种主观在所指和具体内容上，并不完全相同。例如同样是对女性的渴望，郁达夫的《沉沦》和穆时英的《白金的女体塑像》，就有着微妙的不同。前者主要是欲望因为理性的压抑而引起的情绪，往往具有感伤的色彩，主观性集中表现为抒情性。后者则是欲望本身的流动及其引起的感官的感觉，具有心灵揭秘的效果，主观性集中表现为感官性。"在'新感觉派'的小说中，抒情性有了明显的淡化。这些小说在表现叙述者主观心理活动时，重视的主要不是人的情感活动内容，而是人的主观感觉、印象、幻觉以及潜意识层次的非理性活动。因此，'新感觉派'小说对人的心理活动的体验性传达，重点不是情感体验，而是'感觉'体

---

① 穆木天：《再谈写实的小说与第一人称写法》，参见吴福辉编《20世纪中国小说理论资料·第三卷》，北京大学出版社1997年版，第233页。
② 夏德勇：《中国现代小说文体与文化论》，中国广播电视出版社2005年版，第147页。

验。"① 从理性主导下的抒情性向非理性基础上的感觉化、感官性的位移,是新感觉派小说由浪漫主义向现代主义转变的重要体现。事实上,感觉既是日本现代主义小说派别日本新感觉派的核心词汇,也是西方现代派的主张。日本新感觉派代表作家曾说:"要使作者的生命活在物质之中,活在状态之中,最直接、最现实的联系电源就是感觉。"② 而"西方现代派本来就主张在感觉上'五官不分',托麦斯有这样的诗句:'我听到光的声响,我看到声音的光','我的舌头大叫,我的鼻子看到'。"③

作为海派第二代的中国新感觉派小说,以弗洛伊德等人的无意识理论为基础,广泛借鉴日本新感觉派小说感官化的叙述手法和西方现代派的通感化方式。也因此,在新感觉派小说中,有"古铜色的鸦片烟香味","黑色的太阳","saxophone 伸长了脖子,张着大嘴","大月亮红着脸蹒跚地走上跑马厅的大草原上来了"(《上海狐步舞》),"一个没有骨头的黑色的胸脯在眼珠子前面慢慢儿的膨胀着,两条绣带也跟着伸了个懒腰"(《白金的女体塑像》)等明显带有叙述者主观"感觉化"色彩的现代主义叙述。强调作家主观感觉对外在客观物事的投射,这与中国传统的移情有相同之处。但传统的移情重在"情"(好、恶、爱、憎等情感和喜、怒、哀、乐等情绪)的投射,而新感觉派重在"觉"(声、色、嗅、味、触、意—欲)的投射,可以说是"移觉"。新感觉派小说这类"淡化情感,强化感觉"的"着重点","不在于表现叙述者对于客观世界的情感反应,而在于表现一种无意识化的体验。在这种体验中,'物''我'之间失去了那种能够明确'自我'存在意义的理性的或感情的联系,达到一种'物'、'我'同化的境地。所以,'新感觉派'的这种写法,从艺术上看,实际上是通过将客观'主观化'的方式,达到将主观'客观化'效果的一种写法。在推动心理小说的艺术发展方面确实有另辟蹊径的意义"④。"移觉"的广泛存在,或者说客观的主观化与主观的客观化这一双向辩证运动,使得一切客观事物都显

---

① 季桂起:《中国小说体式的现代转型与流变》,山东大学出版社 2003 年版,第 181 页。
② 片冈铁兵:《告年轻的读者》,转引自严家炎《中国现代小说流派史》(增订本),长江文艺出版社 2009 年版,第 126 页。
③ 严家炎:《中国现代小说流派史》(增订本),长江文艺出版社 2009 年版,第 148 页。
④ 季桂起:《中国小说体式的现代转型与流变》,山东大学出版社 2003 年版,第 182 页。

出"变形"的特征。① 这与左翼第二代的左联小说那种客观主义的、科学化的风景描绘，形成强烈对照。"写实作家在言语上追求酷肖人物出身、经历、教养和性格的个性化，穆时英则不讲究这种个性化，而有意识营造言语的情绪化和感觉化。"② 这种现代主义式的"渗透融合"着"人的主观感觉、主观印象"的"客体"，"既不是外部现实的单纯模写和再现，也不是内心活动的细腻追踪和展示"，而是具有"强烈主观色彩的所谓'新现实'"③。

新感觉派小说的现代主义探索，还表现为强烈的电影画面感和意识流式的场景组合方式。有学者指出："当把人的主观感觉、主观印象以及潜意识的活动作为主要的叙事内容后，'新感觉派小说'同时也就抛开了一般小说（包括写实型心理小说）那种以外在事件线索引导情节的叙事结构。情节在这些小说中基本上完全内向化、主观化为心理情节。而且，同'五四'时期的主观体验型小说相比，'新感觉派'小说的'心理情节'具有更明显的、更强烈的非理性特征，结构方式上也比较充分地运用了西方现代派小说那种故意颠倒时、空关系和用'意识流'手法组合情节等技巧。"④ 严家炎则说："他们在借鉴电影的表现手段，吸取西方意识流手法，以及将诗歌中的叠句运用到小说中创造某种气氛等方面，也都是有特点的、有成就的。"⑤ 这些分析确为至论。具体而言，新感觉派小说的单个场景，具有强烈的电影画面感。例如穆时英的《白金的女体塑像》，共四节。第一、四节，均采取故事外第三人称的纯客观或者说外聚焦的定场叙事方式，叙述者不进入任何故事人物的内心，仅对其作外在言语、行为上的描绘，无内心状态的流动，具有明显的电影画面感，而且，叙述时间往往明显大于故事时间，使得每一个场景就像一个电影镜头。而在情节的进展或场景的转换中，则表现出意识流和蒙太奇的意味。如果说每一个时间点及其相对应的动作，就相当于一个电影镜头，那每个镜头间的逻辑主要不是事件性的、时间性

---

① 季桂起：《中国小说体式的现代转型与流变》，山东大学出版社2003年版，第182页。
② 夏德勇：《中国现代小说文体与文化论》，中国广播电视出版社2005年版，第160页。
③ 严家炎：《中国现代小说流派史》（增订本），长江文艺出版社2009年版，第144—145页。
④ 季桂起：《中国小说体式的现代转型与流变》，山东大学出版社2003年版，第183—184页。
⑤ 严家炎：《中国现代小说流派史》（增订本），长江文艺出版社2009年版，第149页。

的，而是心理性的、空间性的。而且，场景和场景之间的时空距离往往很大，场景与场景的转换之间又没有任何文字上的交代。这种叙述时间大大小于故事时间的方式，就使得整个叙事呈现出极强的跳跃性，而不是左翼第二阶段的左联小说那种严密的史诗、连贯性和完整性，显得快速和具有动感。这既是对都市生活快速节奏的敏锐捕捉和表达，也是现代主义叙事的重要特征。例如《上海的狐步舞》，就"有异常快速的节奏，电影镜头般跳跃的结构，在读者面前，展现出眼花缭乱的场面，以显示人物的半疯狂的精神状态，所有这些，都具有现代主义的特点"[①]。

但到海派第三代也即20世纪40年代张爱玲等人的都市传奇小说，叙述上的传统化色彩却逐渐浓厚了起来。如果说第一代向第二代的转变，是浪漫主义向现代主义的转变，那么第二代向第三代的变化，则是现代主义向传统古典主义的回归。这首先表现为传统全知叙事视角的大规模出现。在穆时英、刘呐鸥、施蛰存等人的新感觉派小说中，限知叙事占绝对主导地位。但到张爱玲、无名氏、徐訏、钱锺书等人的都市传奇小说中，全知叙事的成分已明显加重——当然这并不意味着限知叙事的彻底退出，限制叙事事实上是海派的基本特点之一。其次，是叙述者干预的普遍出现。在张爱玲、钱锺书、徐訏等人的小说中，心理描写的本能化色彩稍有减退，对人世沧桑、命运无常的感叹增多起来。叙述者在描写之余，通常会忍不住发出自己的声音。张爱玲小说的叙述者，就喜欢像传统小说叙述者那样摆出说书人的架子，并且以议论的方式进行叙述干预。当然，传统叙述者一般进行的是道德干预，而张氏叙述者发出的则是一些颇有存在主义意味的现代人生感慨，如人生的荒凉、荒诞和不可理喻，给人一种阅尽人间沧桑之感。《围城》等几篇钱氏小说，叙述者博学、机智、幽默、风趣，甚至有点尖酸、刻薄、饶舌。即便他寄居在主人公的身上，也明显让人觉得是他在议论。这和新感觉派小说的叙述者从不主动发言，几乎构成了两个极端。第三，曾经被淡化的故事情节又回来了，而且日益具有传统叙事的那种传奇性。在"新感觉派"小说时期，长篇几乎付诸阙如。因为他们那种不讲求故事情节的写法不适合长篇。如《上海的狐步舞》本是一个计划中的长篇，但未完成——其实也很难完成。因为这一旦拉长，就会成为乔伊斯《尤利西

---

① 严家炎：《中国现代小说流派史》（增订本），长江文艺出版社2009年版，第143页。

斯》式的无人问津的文学名著。这对以满足都市读者口味并以商业利润为重要考量的海派作家来说，风险实在是太大了。而张爱玲的小说，虽然基本上都是中短篇，但情节的曲折性和故事的奇异性已开始得到恢复，这从她将自己的小说集命名为《传奇》就可以看出。而徐訏、无名氏等人的许多小说，则重新回到长篇的规模，比起传统小说，其传奇性有过之而无不及。此外，小说的语言也越来越呈现出传统经典白话小说如《红楼梦》等的味道。有趣的是，回归传统也是此时左翼小说的崭新阶段——解放区小说的主要叙事特征，而左翼第三代也即七月派小说，则主要朝着新感觉派小说那种现代主义的方向在掘进。

正如左翼第三代七月派小说的现代主义，是革命现实主义名义下的现代主义，解放区小说叙事的传统化，是革命现实主义基础上的传统化，海派第三代都市传奇小说对传统的回归，也是现代主义底色上的回归。张爱玲曾说："我的作品，旧派的人看了觉得还轻松，可是嫌它不够舒服。新派的人看了觉得还有些意思，可是嫌它不够严肃。但我只能做到这样，而且自信也并非折衷派。我只求自己能够写得真实些。"① 所谓旧派觉得还轻松，或者新派嫌它不够严肃，其实就因为其小说的传统化味道：总是写些世俗男女的婚恋故事，既不像左翼写人的大我、超我、圣洁、道德的一面，也不像京派写人的纯粹、美好、单纯、自然的一面，《红楼梦》风格的语言，才子佳人的模式，大团圆的结局等。例如《沉香屑·第一炉香》《倾城之恋》《金锁记》等小说中的叙述语言、人物语言，都是《红楼梦》风格的。葛薇龙、乔治、白流苏、范柳原等主人公，也都有才子佳人的味道。而结局也遂人心愿，葛薇龙嫁给了乔治，白流苏与范柳原结婚了，曹七巧也分到了财产，符合传统/旧派大团圆故事的结局。但旧式风格的背后，表达的仍然是新式的内容。如葛薇龙姑妈看到葛薇龙上门寄居，由不悦转为接纳的心理，表面的叙述是旧式的，但内在的心理内容却是弗洛伊德式的。《金锁记》开篇曹七巧和众姑娌间的说话，颇具性压抑的味道，已非传统小说人物谈话的内容。至于才子往往转换成了"财子"，有钱却胸无点墨，没有传统才子那种穷愁潦倒、仍积极进取的道德光辉，佳人也失去了传统那种

---

① 张爱玲：《自己的文章》，《张爱玲文集》第 4 卷，安徽文艺出版社 1992 年版，第 175 页。

冰清玉洁、即便身在窑子也心灵高洁之感，而是相当地世俗化。与其说是才子佳人小说，不如说是打着才子佳人旗号的反才子佳人小说。而大团圆的结局也只是表面上的，事实上全是一些反大团圆的大团圆故事。如葛薇龙固然如愿嫁给了乔治，却他们的关系必须以出卖自身肉体的方式才能维系，好像感天动地，却让人不胜唏嘘。白流苏也如愿和范柳原结了婚，摆脱了白公馆里哥哥嫂嫂们的鄙视，但这种婚姻来得偶然而且没有实质内涵。一座城市的陷落才偶然成全的婚姻，不要也罢。曹七巧最终也分到了财产，生存是没有问题了，但性和爱的欲望、尊严自由等都没有了，因此最终走向了变态。简而言之，都市传奇小说传统化叙述风格的背后，仍然隐藏着强烈的现代主义生存体验。这也正是旧派嫌它不够舒服，新派又觉得它还有些意思的地方。

三　唯欲望化与去欲望化的价值主题分野

由五四创造社小说这一共同源头发展出来的海派和左翼小说，在叙事上逐渐分化并走向相互对立的道路。这种叙事上的分化与对立，不仅是故事的，叙述的，也是价值轴线和主题意向层面的。五四创造社小说主要围绕传统封建道德/现代个人自由的二元对立轴线展开，两者之间形成正面对抗并且激烈交锋，不是强调传统封建道德的反动及其造成的悲剧，就是描摹现代个人自由欲望的可贵及其不可遏抑。到左翼小说那里，这一基本的对立轴线仍然存在，但五四时代被贬抑的封建道德被替换为这一时期的无产阶级的大我的革命集体主义精神，并获得正面的意义，而五四时代张扬的现代个人自由欲望则被窄化为资产阶级的个人主义、享乐主义的愿望，并成为被贬抑的对象。左翼小说不是强调个体由个人主义向集体主义的迈进，——对个人主义的自觉放弃和对集体主义的自觉追求，就是整体性地表达集体主义对个人主义的战胜和压抑，或者集体主义内部各种大我性之间的冲突，如忠孝不能两全的矛盾。与左翼小说不同，海派小说将五四的现代个人自由仍视为值得肯定的正面力量，但将其进一步狭窄化为性与爱的欲望，并极力抖落其上附着的情感因素，而着力向非理性、无意识的层面掘进。五四式的传统封建道德则向现代俗常的社会身份伦理转变，这种外在俗常身份伦理，主要是一些超越历史、时代的基本道德底线，如叔嫂不能相爱，母子不能相恋等，既非传统儒家那种把人变成圣的圣人道德，也非现代阶级革命那种把人变成神的英雄主义，因此，它们既不是小说所要批判的对象，也非小说所要极力歌颂的东西。这样，海派小说的价值生产便主要围绕个人性爱欲望与外在俗常身份伦理的对立展开，并极力描绘这一对立造成的人性波动和人性异化。因此，就题旨而言，海派小说与其说是对社会伦理道德的批判，不如说是对性爱欲望的进一步张扬。如果说左翼是对阶级性的集体主义的颂歌，那海派则是对非理性的个人性爱欲望的赞美。只是也像左翼小说中的集体主义书写有一个逐渐发展演变的过程，海派小说中的欲望叙述在三代小说之间也有着不完全相同的面貌。

具体说来，海派第一代也即张资平、叶灵凤等人的言情性爱小说，主要是对性爱欲望的呼唤，它强调对任何压抑性道德的撤除，有为欲望进一步正名和开路的作用。在五四创造社时期，也是非常强调世俗欲望的合法性的，但在那个时期，世俗欲望本身不过是体现个人觉醒、批判社会的媒介。它们大都讲述世俗欲望被传统封建礼教和乱世家国破落等所压抑而造成的悲剧，带有浓厚的感伤色彩。换言之，叙述者背后"大我"的焦虑始终是存在的——这也是大部分创造社作家后来转向革命文学作家的原因。张资平的《约檀河之水》，便是典型的创造社小说的叙事风格：感伤的基调，情欲的抒发，女方的离去乃因为传统礼教要求的母命难违，带有明显的启蒙色彩。但1927年的《苔莉》，作为一个表弟爱上表嫂的乱伦故事，对社会启蒙色彩的抛弃却是明显的。在别的创造社作家逐渐抛弃个人欲望走向革命旅途的时候，张资平却仍继续张扬欲望本体的重要性，而且将之与大我的社会抱负完全对立起来：

——她的一生的幸福全操在自己的掌中了。她也像信仰上帝般的把她的一身付托我了。我不该使她陷于绝望，不该对她做个 Betrayer！我们可以离开 N 县，离开 T 省，离开祖国，把我们的天地扩大，到没有人知道我们的来历，没有人非难我们的结合，没有人妨害我们的恋爱的地方去！什么是爱乡！什么是爱国！什么是立身成名！什么是战死沙场！什么是马革裹尸！都是一片空话——听了令人肉麻的空话！结局于想利用这些空话来升官发财罢了！我还是抛弃这些梦想吧！我还是回到我们固有的满植着恋爱之花的园中去和她赤裸裸地臂搂着臂跳舞吧！再不要说那些爱乡爱国，显亲扬名的肉麻的空话了！再不要对社会作伪了！还是恢复我的真面目吧！恢复我的人类原有的纯朴的状态吧！苔莉，苔莉！我真心的爱你！

我诚恳的爱你！我盲目的爱你！除了你在这世界里我实在再无可爱的人！再无可以把我的灵魂相托的人！但是不知为什么缘故，我总不能伸张我的主张，不能表示出我的最内部的意思。苔莉，这完全是我们所处的社会的缺陷。望你原谅我的苦衷，也容恕我的罪过吧！①

以前是因为国家破落才导致了欲望的压抑，因此，必须要改变国家的破落现状，在骨子里是爱国主义的。但在这里，爱国爱乡却变成了欲望的对立面，欲望似乎比所谓爱国爱乡更为重要。对此，有论者指出，张资平的小说，"在表现女性的性解放方面，在新文学中比谁都走得更远。具体地说，其中分享了新文学的'整体性'的文化底蕴，在表现爱情的悲剧时，也把作为现代社会机制的'小家庭'送进了坟墓，同时也为'贤妻良母'的理想模式唱了挽歌。那些女性的爱欲的觉醒与痛苦追求，固然映衬出套在她们身上的旧社会枷锁，事实上更具颠覆意义的是表现了现代爱情及家庭伦理本身的破碎与脆弱"②。这种个人欲望比社会道德更为重要的个人主义甚至是享乐主义的世俗观念，成为海派小说的主题基调。甚至50年代张爱玲为向红色主流靠拢而写《色戒》时，也仍然无法摆脱这一传统。

如果说第一代的海派言情性爱小说是为欲望正名，那第二代的新感觉派小说则是对欲望的事象学揭秘。新感觉派小说也仍然延续着第一代言情性爱小说本我和超我对立的思路，施蛰存自己就曾说，"《鸠摩罗什》是写道和爱的冲突，《将军的头》却写种族和爱的冲突"③。值得指出的是，新感觉派小说中的超我，可能是作为市民必须遵守的伦常底线，如施蛰存的《梅雨之夕》《春阳》、穆时英《白金的女体塑像》等，也可能是某种带有神圣色彩的宗教要求，如穆时英《圣处女的情感》、施蛰存的《鸠摩罗什》等。但不管超我是何种情况，也不管本我和超我是如何地矛盾冲突，小说中的人物最终还是会以各种形式重新回

---

① 张资平：《苔莉》，《张资平小说精品》，中国文联出版社2000年版，第278—279页。
② 陈建华：《革命与形式——茅盾早期小说的现代性展开（1927—1930）》，复旦大学出版社2007年版，第74页。
③ 施蛰存：《〈将军的头〉自序》，《施蛰存文集·十年创作集》，华东师范大学出版社1996年版，第793页。

到超我的轨道，而非第一代小说那样完全抛弃了超我。尽管如此，新感觉派小说的核心题旨却不是要强调这种回归或者超我的归化力量，而是要表达超我压抑下本我的波动、抗争及其引起的心灵涟漪。这些小说往往从单一限知的角度，讲述在碰到某个"欲望诱饵"——如下班途中的美丽姑娘，银行年轻帅气的男职员，休息日去教堂晨祷时碰到的骑马男青年，给病人检查身体时赤裸的女性胴体等后，主人公本我欲望的被激活及其各种有意无意的表现。正是这个本我欲望的活跃过程及其引发的各种反应，才是新感觉派小说的强调重心和独特魅力所在。而这不是五四式的对传统文化和超我道德的批判，更非左翼小说式的对个人欲望的压抑和对革命集体主义的颂扬，而是对日常生活境遇中人内心深处弗洛伊德意义上的心灵秘密的揭示，具有普遍性的人性探索的意味。相对而言，它与同时期的京派小说更为接近。不过，同是对普遍人性的探索，京派主要是对理想人性及其可能的探寻，属于应然范畴，而新感觉派则是对人性本来面目及其存在状态的事象学揭秘，是本然范畴的事。

欲望不仅仅包括性爱，还包括生存、名位、尊严等更广泛的含义，欲望也不单单是纯粹的力比多冲动，同时还是一种社会现象。海派小说发展到第三代的都市传奇小说，被前两代海派小说逐渐心理化的欲望又重新被社会化了，它们将个体欲望和外在社会化的婚恋故事重新联系起来，并主要对欲望自身内部的矛盾冲突进行表现。例如张爱玲就将被前两代小说逐渐窄化为性爱的欲望，与其他本能欲望如生存、尊严/自由/个性等结合起来，并且将其重新放回婚恋这一社会语境中。她不像张资平、施蛰存等前两代海派作家那样，主要建构内心性欲与外在伦常身份之间的矛盾，如性爱欲望与叔嫂伦常、医生的职业道德，与圣处女的宗教规约、与富孀的伦理要求的冲突，而是着力表现本我欲望社会化后（生存欲望社会化后转化为对物质金钱的追逐，而性爱欲望则转化为对婚恋情色的渴望，优胜欲转化为对尊严、权势的获得或攫取），这些社会化的本能欲望之间的矛盾冲突。《沉香屑·第一炉香》中，葛薇龙的焦虑就是一种性爱与尊严之间的矛盾，她为了性爱——喜欢乔治，嫁给了乔治，但必须以牺牲尊严为代价——她得以卖身的方式来养活乔治。前者是女性个人自由独立意识的表现，但这种意识和目标的实现却必须以牺牲自己的自由和尊严——她不得不去做妓女——才能实现。这显然是两种欲望之间的冲突。《金锁记》中的曹七巧有着对生存、性爱、尊严三种欲望的追求，她因为生存，而牺牲了性爱，丧失了尊严；又因为性爱的缺失，让她变得更没有尊严，甚至走向精神上的变态；而尊严的丧失和精神的变态，又反过来威胁到了她正常而健康的生存。也就是说，三种正常的本能欲望之间构成尖锐的矛盾冲突，并且造成了主人公的悲剧。这是对人的多重本我欲望及其矛盾冲突复杂性的揭示，表现出这种复杂性，不失为现代中国小说史上最伟大的中篇小说之一。张爱玲小说对女人本我内部多种欲望追求及其矛盾冲突的书写，主要是围绕对"婚恋"的叙事展开的。也因此，其小说中的女人，找对象就像找工作一样认真，她们不是在谈对象，就是在谈对象的路上。而就结果而言，这些女人不是做稳了太太，就是想做太太而不得。

三代海派小说对内在欲望的强调，无论是早期言情性爱小说以为欲望正名的方式对保守道德甚至是道德底线的挑战，还是中期新感觉派小说对本我性爱欲望的事象学揭秘，抑或四十年代对多重欲望冲突及其所造成的生存困境的着力揭示，与左翼小说对人的外在超我性阶级革命道德的张扬和强调，恰成对比。内我和外我或者说本我和超我及其矛盾冲突，本是人作为存在的基本特点，也是古今中外文学描写的主要对象之一。只是不同的流派、作家，对这一存在的基本矛盾的叙述，重心各有不同而已。有些注重基本矛盾中内我或者说本我的一极，有些则注重外我的或者超我的一面，有些则二者兼顾以取得适当的平衡。在具体的价值取向上，有些偏向抑外扬内或者说抑德扬欲，有些偏向抑内扬外或者说扬德抑欲，有些则二者兼重。就此而言，海派小说和左翼小说思想主题的分野，其实就是内我和外我的分野，本我和超我的分野，就是扬德抑欲与扬欲抑德的分野。在人生矛盾的两极张力中，左翼和海派作家们由于社会处境、生存境遇、思想观念的不同，分别描写和表达了人性、人格中的不同方面。左翼倾向于"非我—外我"化的超我建构，而海派则倾向于"唯我—内我"化的欲望表述，前者是扬德抑欲，后者则是扬欲抑德。这本无所谓高下之分，因为二者合起来便是完美的人的整体，二者都是中国文化现代性追求过程中的重要内容，都无可厚非，而且可以相互补缺。但因为中国现代性追求的特殊语境，在当时甚至后来很长一段时间里，它们却被区分出了等级秩序。左翼小说因对人的外我性的书写，对超我性的集体主义人格的强调，而被认为是更为正确、更为代表前进方向的潮流，海派则因对本我欲望的关注而被批判为小资产阶级的个人主义，备遭批判甚至是打击和压抑。但就今天的眼光来看，它们其实共同构成了中国现代性追求的不同维度。正是这多面维度的存在，中国的现代性追求才更为完整也更为具有吸引力。

从文化思潮的角度来说，左翼对人的大我性、阶级性、集体性的强调，与理性主义的关系更为紧密，而海派小说对欲望及欲望内部各要素矛盾冲突尤其是欲望困境的叙述，则属于非理性的现代主义范畴。面对人生内外我或者本我和超我间的这一基本矛盾，在西方有理性主义和非理性主义两种解决方案或者说应对态度。理性主义认为这一矛盾可以解决，非理性主义认为这一矛盾无法解决。西方理性主义阶段的文学，包括启蒙/浪漫主义和现实/自然主义文学。不管文本中有多少对这一矛盾复杂性的展示，也不管主人公曾做过多少精神的挣扎，但矛盾始终能够得以解决，主人公或者叙述者身上始终洋溢着理性的乐观主义的声音——只要充分发挥和运用人的理性，这个失正的社会就可以重新变得美好。在西方文学叙事的谱系中，马克思主义和马克思主义的文学叙事（包括俄苏小说，甚至是中国的左翼文学）其实就属于这种理性主义的叙事。也因此，受马克思主义和俄苏文学影响而兴起的左翼小说叙事，自然也就体现出浓厚的理性主义精神，属于理性主义文化思潮的范畴。但19世纪末尤其是进入20世纪以后，西方却涌现出一股非理性主义的思潮。它在文学中的直接表现便是各种名目的现代主义文学的崛起，如唯美主义、达达主义、表现主义、象征主义、意识流小说等。在这类现代主义的小说中，人内心中的非理性的欲望的一面得到极大地凸显，外在的世界也变得不可理喻，人似乎再也无法有力地把握这个世界，显示出浓重的悲观主义和不可知主义的色彩。这种非理性主义是在理性主义之后产生的，是对西方文艺复兴之后几百年间的理性主义追求及其泛滥所导致的严重后果的警醒和纠偏。它与理性主义一样，都是人类文明的成果，都是值得学习和借鉴的。

中国的海派小说其实就是对西方现代主义的借鉴和学习。张资平对人类非理性欲望的欣赏式描写，就与西方唯美主义有相似之处。穆时英对现代都市人类精神状态的理解，也带有明显的非理性主义的味道，他曾在《公墓·自序》中说："在我们的社会里，有被生活压扁了的人，也有被生活挤出来的人，可是那些人并不一定，或是说，并不必然地要显出反抗、悲忿、仇恨之类的脸来；他们可以在悲哀的脸上戴了快乐的面具的。每一个人,除非他是毫无感觉的人,在心的深底里都蕴藏着一种寂寞感,一种没法排除的寂寞感。每一个人,都是部分地或全部地不能被人家了解的,而且是精神地隔绝了的。每一个人都能感觉到这些。生活的苦味越是尝得多,感觉越是灵敏的人,那种寂寞就越加深深地钻到骨髓里。"[1] 没法排遣的寂寞和精神的隔绝,不正是西方现代派对人类精神的体验之一吗?这种现代主义的苍凉主题,在张爱玲的许多小说中表现得更为明显。《倾城之恋》结尾对爱情的不确定性的表达,《沉香屑·第一炉香》对爱情虚无性的表达,《金锁记》对欲望困境的表达,显现出深深的苍凉意味,都透露出人生荒诞和不可理喻的非理性主义的一面。当然,海派小说中非理性主义观念的出现,除了文化影响和接受的因素之外,与上海这一现代大都市的片面发展也不无关系。上海自开埠至20世纪三四十年代,已发展成为欲望的天堂。各种酒吧、咖啡厅、歌舞厅、妓院等,欲望的符号无处不在。理性在这里似乎完全失去地位,人们似乎陷进欲望的旋涡中而无法自拔,在其中迷醉、沉沦、想解脱却又无能为力。正是这种都市情境的出现,才为海派小说的非理性主义的现代主义叙事提供了本土化的物质基础。

第三节 独立作家:革命图景下的
启蒙坚守与超越

——20世纪三四十年代民主主义作家小说叙事论

20世纪三四十年代,文坛版图呈现出左翼、京派、海派三足鼎立的格局,但另有一批成就卓著影响巨大的作家,如巴金、老舍、李劼人等,他们和从五四一路走过来的叶圣陶、郁达夫、许地山、王鲁彦等人一样,却无法嵌入这一基本格局之中。与左翼、京派、海派小说叙事对五四"以严肃的启蒙态度用白话来写人的文学"的启蒙叙事或放弃、或弱化或强化不同,他们在叙事立场上仍然延续着五四启蒙文学的传统,严肃的启蒙态度仍然存在,语言上如何化欧以创造自己的白话的努

---

[1] 穆时英:《〈公墓〉自序》,《穆时英小说全编》,学林出版社1997年版,第614—515页。

力也还在继续，人的文学的立场也依然清晰。身处三四十年代这一后启蒙时代，仍然保持着五四那种严肃的启蒙态度来写人的文学（与此相类似的作家还包括戏剧领域的曹禺、熊佛西和诗歌领域的臧克家），不啻为后启蒙时代的启蒙叙事者。但这些后启蒙时代的启蒙作家，特别是巴金、老舍、李劼人三人，却在新中国成立后很长一段时间的"新文学史"写作中被叙述成左翼作家的形象。王瑶《新文学史稿》所谓"鲁郭茅巴老曹"的座次排位，就是对巴金、老舍、曹禺左翼身份的建构。李劼人虽在整个 1978 年以前大陆出版的各大文学史中都处于"失踪"状态[①]，但 1979 年第四次文代会时，周扬在报告中说到 30 年代文艺的不朽成就时，仍然将他与左翼并列起来，指出："鲁迅的战斗杂文、散文和其他作品，茅盾的《子夜》等小说，叶绍钧的《倪焕之》，巴金的《家》，曹禺的《雷雨》，老舍的《骆驼祥子》，李劼人的《死水微澜》等，都是脍炙人口的作品。"[②] 直到八九十年代之交所谓"重写文学史"的思潮中，巴金、老舍、李劼人才在各大文学史中以独立作家或民主主义作家的名义被单独叙述，如钱理群的《中国现代文学三十年》就是如此。[③] 独立作家或民主主义作家们的"被左翼化"叙述，间接表明其小说确实具有与左翼革命小说的相同或相通之处。那从叙事角度而言，这些相同或相通之处，究竟体现在哪些地方？二者之间的区别又体现在何处呢？鉴于三位作家作品数量众多，本节仅论述他们的长篇小说。

一 启蒙主义故事结构模式的承继与革命化位移

在某种意义上，五四启蒙主义运动，其实是一个有关"家庭革命"的故事。这是因为五四所要批判的传统宗法伦理道德，就是以家庭为基本单位而建构起来的。而五四所要提倡的新道德，比如男女平权、婚恋自主、欲望自由、个性解放等，也大都可在家庭关系中得到体现。也因此，五四时期的文学中，家内故事成为一种普遍存在的现象。鲁迅的小说《狂人日记》《离婚》《孤独者》《伤逝》等，胡适的戏剧《终身大

[①] 阎浩岗：《中国现代小说研究概览》，河北大学出版社 2008 年版，第 292—296 页。
[②] 周扬：《继往开来，繁荣社会主义新时期的文艺》，《周扬文集》第 5 卷，人民文学出版社 1994 年版，第 163 页。
[③] 钱理群等：《中国现代文学三十年》（修订本），北京大学出版社 1998 年版第 241—247 页。

事》、欧阳予倩的戏剧《泼妇》，田汉的戏剧《获虎之夜》等，都是关于家庭内部的故事。这些故事，常常通过一种父子对立、男女对立的二元结构，将父辈或男性建构为传统、封建、落后、迷信的代表，子辈或女性则建构为自由、平等、独立、个性的体现，最终的结果，不是子辈或女性的充满悲剧意味的毁灭，便是子辈或女性充满光明意味的反抗与出走，从而表达出对传统的父为子纲、夫为妻纲等三纲五常观念的批判和思考。即便那些不直接描写家庭的故事，所批判的很大程度上也是基于家庭的传统宗法伦理道德。例如《阿Q正传》中的未庄，赵太爷们就处于一种家长的地位。赵太爷们与阿Q们也构成了一种对立，后者不过是前者的一个子民，未庄实质上不过是赵"家"的扩大而已。值得指出的是，《红楼梦》中也有类似父子两个世界的冲突与对抗。这使《红楼梦》具有了某些追求自由、张扬个性的现代意味。必须注意的是，《红楼梦》中的父子冲突和对抗，在规模上仅仅表现为贾宝玉一个人的行为，更多的年轻人表现出的是与老一代的认同，而五四文学中的这种对抗是普遍性的，是整整一代青年人的；就对抗的方式而言，贾宝玉并非积极的反抗而是消极的不合作，而五四文学中的人物则是积极主动地寻求对策；第三，贾宝玉们的消极不合作主要源于某种朦胧的审美疲劳，具有不自觉性，而五四文学中青年人的反抗主要源于个性意识的觉醒，是自觉为之的。简言之，《红楼梦》这部前现代的伟大小说，虽有某些现代的意味，却不是真正意义上的现代启蒙小说。

在五四启蒙思潮的雨露中成长起来，而在20世纪三四十年代登上小说界的民主主义作家，明显继承了五四文学的家庭故事模式。在他们的长篇小说中，家的故事占据了绝对主导的地位。巴金的《激流三部曲》，就是一个典型的五四式的家庭故事。在人物关系上，它建构了一个青年/老年的二元对立的世界。年老的一代以高老太爷及其儿子们为核心，封建、保守、堕落、虚伪；年轻的一代以觉慧为代表，有着对自由、个性、独立的追求，有鲜明的反抗意识。两个世界的对立和冲突，也即传统/现代之间的压迫与反压迫，成为整个《激流三部曲》情节发展的主要动力。最后则是传统封建家庭的崩解，年轻一代的走向更为广阔的社会大天地，洋溢着五四式的批判传统，张扬个性的启蒙主义精神。老舍的《离婚》也是一个有关"家"的故事。小说中，传统的父子关系反转了，如张大哥和张天真，传统的夫妻关系异化了，如老李和妻子。而老李对"诗意"的寻找，其实也是五四寻找真爱的叙事传统的延续。至于《四世同堂》，那更是一个有关家的故事。就父子关系而言，祁老爷类似于巴金《家》中的高老太爷，只是他没有高老太爷那么僵化和保守而已。李劼人的《死水微澜》，在某种意义上也仍然有着五四家庭故事的面影。蔡大嫂的故事，就是一个觉醒了的家庭"新女性"寻找真爱、寻求个性自由的故事。她和蔡傻子、罗歪嘴之间的三角关系，思考的其实是家庭夫妻关系究竟应该以什么为基础的问题，具有五四探索两性平等和何为理想爱情、家庭的色彩。

五四式的家内故事的普遍存在，表征着民主主义作家对五四启蒙思维的坚守或延续。但他们之所以能够在很长一段时间里被叙述成左翼作家，从纯粹故事的角度来看，则是因为这些作家的小说在基本的五四故事之中或之外，引入了一些可往左翼方向阐释的家外故事，与左翼构成了某种直接的互文关系。巴金《家》的主体是高家内部的故事，但觉慧们在家外社会空间中的活动作为小说的副线贯穿始终。老舍的《离婚》以老李和老张两个家庭为主要叙述对象，但同样写了两个家庭外部的故事，他们一起办公的"单位"中的故事。《骆驼祥子》的核心亦是一个家的故事，但被置入了更为广阔的非家庭空间中来观照。《四世同堂》也是一个家内故事和家外故事结合的例子，而且家外的故事更为繁复芜杂。李劼人的《死水微澜》《大波》《暴风雨前》，亦有对家外故事的极为广阔的书写，甚至有压倒家内故事的趋向。另有一些小说，如巴金的《灭亡》《新生》，家的故事被减低到最低程度，直接变成了家外故事的展开。正是这些家外故事，有着和左翼基本相似的情节逻辑和结构逻辑。就历时性的情节逻辑而言，这些家外故事带有早期革命罗曼蒂克小说广为采用，在后来的左联和七月小说中仍不时出现的那种"成长"模式的色彩。巴金早期的《灭亡》《新生》《爱情三部曲》，不仅有着与左翼革命加恋爱小说类似的革命和情感的纠葛，而且表现出因爱情受挫而逐渐变得更为革命、更为成熟的成长意味。成长往往意味着对旧我以及旧我所生存于其中的旧世界的背叛，《家》中的觉慧就是这样。小说以"觉慧的成长"为基本线索，写出了觉慧"成长"的各种因素，大哥的软弱、新思想的诱惑、鸣凤等的悲剧、老一辈的虚伪。而实际的社会运动的从事，使他最终背叛他所来自的家庭，他就像蒋光慈《咆哮了的土地》中的李杰一样，成长为一个走出家庭的叛逆青年。

李劼人《死水微澜》的女主人公由邓幺姑到蔡大嫂再到顾三奶奶身份的变化，同样可以看出"成长"小说的痕迹。蔡大嫂三个阶段或三种身份的变化中，价值观念也在相应地发生着微妙的转变。

就共时性的结构逻辑而言，民主主义作家们的小说也有着与左翼大体相同的二元对立模式，有意无意地带上了左翼小说那种阶级化革命的色彩。如果说巴金《家》中，家内故事的二元对立主要发生在父子之间，那家外故事则是上层社会和下层社会之间，觉慧所从事的其实就是某种反抗甚至推翻上层统治的革命活动。类似这种以反抗为宗旨的社会革命活动，在巴金早期几部小说如《灭亡》《新生》《爱情三部曲》中更为明显。到《寒夜》中，除了家内的婆媳对抗，社会领域内的上层政治的腐败与底层民生的艰难也构成了强烈的对比，汪文宣和曾树生们作为底层的小知识者，除了家庭关系的纠葛，更需忍受单位领导的调侃和调戏，从而表现出对有产者们腐化生活的批判以及整个社会腐败的痛恨。老舍的《离婚》中，老李们上班的地方，也有压榨故事的发生。事实上，这一职业场所内无赖们勾结领导打击同事的相互倾轧，直接构成了小说发展的另一线索。《骆驼祥子》中，动荡的社会，拉夫，革命者的活动，妓女，刘四车行的压榨等，无不指向一个左翼视角下的阶级分化的不公平的社会。而主人公的人生悲剧，也具有明显的阶级压迫的意涵，有人甚至把虎妞和祥子的关系概括为一种阶级性的"灾难"："这是一个资产者的丑女引诱与腐蚀（精神与肉体两方面的腐蚀）无产者的强男的悲剧。"[①]《四世同堂》通过一个家庭的兴衰来描写时代风云的转变，既与巴金《激流三部曲》在题材和思路上构成了互补，而且在将个人成长置于阶级革命与民族革命的大视野中予以观照的角度上，与左翼的《财主底儿女们》等小说构成了互文。至于李劼人的"大河三部曲"，故事发生在阶级革命尚未兴起的年代，但其全景式的社会剖析眼光，却与茅盾那种"左联"正格小说的气度相类似。

不管有多少相同，这类小说观察时代的角度以及革命的具体含义，与左翼还是有着非常明显的差异。巴金早期的《灭亡》《新生》《爱情三部曲》，与左翼太阳社作家蒋光慈等人的小说同属"革命加恋爱"模

[①] 朱栋霖、丁帆、朱晓进主编：《中国现代文学史（1917—1997）·上册》，高等教育出版社1999年版，第186页。

式，但蒋光慈小说中的革命是无产阶级革命，是马克思主义和共产主义性质的，而巴金小说中的革命则是无政府主义，革命者们是所谓"安那其主义者"。而且，在蒋光慈等人的小说中，无论主人公牺牲与否，对无产阶级革命的前景都有相当乐观的暗示。而巴金的小说中，革命仅仅是一个奔向家庭外部的指符，面影模糊，对于未来的革命前景，也给人难以逆料的印象。老舍《离婚》中的社会时代，亦非左翼小说中的阶级风云，而是所谓现代科层制中人与人的相互倾轧。李劼人的"大河三部曲"，时代或革命指向20世纪初从保路运动到辛亥革命这段时间四川社会生活的变迁，与左翼倡导的无产阶级斗争自然有着巨大差异。这说明民主主义作家们所抱持的革命理念和社会信念，是多元化的，与左翼小说家无一例外地无产阶级革命实有很大差异。至于老舍的《骆驼祥子》，虽然有着左翼小说那种不是表现无产者的痛苦和反抗，就是表现有产者的虚伪和反动的阶级化模式，祥子也确实是一个无产者的形象，而且还直接出现了革命者的身影，但它所描写的重心显然不仅仅是阶级化的社会，更包括"城市文明病"的叙述。[1] 抗战爆发后，民主主义作家小说中的时代开始与左翼革命小说大规模地趋同，均转向对民族危机下民族苦难和民族命运的书写。例如巴金的《寒夜》、老舍的《四世同堂》。但《寒夜》对人性困境的揭示，《四世同堂》对文化衰败的哀婉，却是正统的左翼小说所不能完全涵括的东西。

　　伴随着一个与左翼相同又不完全相同的家外故事的引入，民主主义作家们的小说创造了一种新的家里家外关系的叙述。这种叙述既超越了启蒙，也超越了革命，是对五四启蒙故事和左翼革命故事的双重超越。五四小说以家内故事为主，但家外空间却始终或隐或显地存在。值得注意的是，五四故事中的家里和家外，是有着十分明确的区别的。它们经常意味着两种完全不同的空间，家内空间是压抑、痛苦的、不自由的，就像一座牢笼或坟墓，而家外空间则是自由的、光明的、理想的。走出家庭，则意味着走出了黑暗，走向了光明。也因此，五四小说中的人物最终或在躯体或在精神上都会离家出走，大多数主人公最后的摔门而去，就是一种奔向家外的冲动，一种迈向个人自由的暗示。少数最终又

---

[1] 钱理群等：《中国现代文学三十年》（修订本），北京大学出版社1998年版，第193页。

重新回归家庭的如子君和爱姑,那不过是表征传统家内势力强大,并不影响家外空间光明性的实质内涵。也就是说,家里和家外构成一种相互异质的空间。这种将家内视为衰败、束缚、封建、传统的象征,而将家外或走出家庭视作自由、个人解放、个性自由的做法,显然是五四文学的一种现代性想象,是一种启蒙主义视角下的话语建构。与易卜生的《傀儡家庭》的影响不无关系。这种关系建构,在三四十年代的独立派作家身上最先也有体现,如巴金的《家》以高家内部的故事为主,但也写到了家外的故事,而且小说是以觉慧的离家出走——迈向个人自由和解放的象征结束。但是,即便在《家》中,家里与家外分别隐喻黑暗与光明的异质性思维也已开始松动。觉慧们在家外的社会空间领域的抗争,与他们在家内的反抗一样,均遭到了保守势力的镇压。这样,家里和家外,就其保守性和压抑性而言,其实具有某种同源共谋性。家内势力禁止青年走向社会——这不符合青年身份,社会势力也号召青年回家——这才符合青年身份。家里家外的同源共构性,在巴金的《寒夜》,老舍的《离婚》《骆驼祥子》《四世同堂》,李劼人的《死水微澜》中继续存在,而且表现得更为明显。汪文宣在家内痛苦,在家外同样难受,家内矛盾与社会整体性的矛盾交织在一起,同源共谋,互为因果。这种"家即社会、社会即家"的互文性,使得小说带上了某种复调对话、双重隐喻色彩。这在表象上似乎是对古典传统家族小说《金瓶梅》《红楼梦》传统的继承,实质上是对 20 世纪三四十年代中国社会急剧变动过程中民族和个人命运关系的重新思考,它超越了五四那种似乎只要走出家庭就一定能获得光明的启蒙主义话语的理想性和单纯性,显得更为深刻和辩证。

这种家里家外均在压抑性和保守性方面同源共构的看法,显然与左翼小说的思维更为接近。左翼小说以家外的阶级斗争故事为主,但并非没有家内故事。这些家内故事除极少数保留了五四故事的启蒙意味之外,更多地被赋予了革命化、阶级化的意义。在家庭内部,传统的父子对抗,往往被转变成阶级立场和阶级认同的对抗,如《咆哮了的土地》中,李杰之所以离家出走,是因为觉得父亲是地主阶级。茅盾《农村三部曲》中,多多头对老通宝们的反抗,也不是因为父亲们对自己的压制,而是父亲们阶级意识的不觉醒。家内的夫妻关系也阶级化了。夫妻的不同心,往往因为某方阶级立场的落后,而不是其他。如丁玲

《一九三〇年春上海（一）》中的玛丽，她之所以要走出家庭，不是因为男方看不起自己，而是因为她觉得男方沉浸在小资产阶级的生活中不能自拔。至于《母亲》这样的小说，家庭的每一个成员都变成了阶级的战士。即便如茅盾的《子夜》，家庭亲情关系也都成了阶级关系的投影，吴公馆里除了风花雪月，更有各个阶级人物的粉墨登场和阶级交锋的运筹帷幄。因此，左翼小说中的家内故事，事实上已被取消了，取而代之的是社会阶级。家里与家外，在阶级本质上是完全同构的。如前所述，民主主义作家们的小说在家里家外关系上也具有左翼小说式的同源共构的一面。但这种同源共构仅仅是思维方式上的，在具体的进入角度方面，民主主义作家们的小说仍然与左翼小说不同。在民主主义作家们的笔下，对家外故事压抑性和反动性的书写，或许源于社会性的阶级和民族视角，但家内故事的压抑却主要是人性和文化意义上的。巴金《寒夜》对儿子、婆媳三角关系伦理困境的描绘，具有超越具体社会和历史的普遍性的心理学意义。老舍《骆驼祥子》对祥子和虎妞夫妻关系的叙述，也有超越阶级的力比多的气息。而《离婚》和《四世同堂》里的父子冲突，夫妻矛盾，兄弟纠纷，也都具有文化学的意义。就此而言，正如它们源自五四又超越了五四一样，它们与左翼相似却又拉开了和左翼的距离，是对左翼的升华和超越。

二　启蒙性叙述话语方式的承继与革命化创新

与故事层面的革命化位移相适应，民主主义作家们的小说叙述也呈现出与左翼相近的风格，但又带有五四启蒙小说的许多痕迹。就叙事视角而言，他们的小说也与左翼一样，主要采用第三人称的全知叙事视角，但又并非完全左翼式的全知，而是经常留有五四式的第一人称和第三人称限制视角的味道。例如巴金《家》中的故事是作者亲历过的，带有某种自传的意味。但巴金没有采取自传常用的第一人称叙述视角，而是采取了第三人称全知全能的角度。这使得叙述者也就是隐含作者——真实巴金的代理者，可以像左翼主流小说中的那个社会科学家形象的叙述者一样，超然地从外面来打量这个"家"的世界，对其中的各色人物展开观照、解剖和分析，有利于从整体上揭示出《家》的必然命运。但与此同时，这个全知叙述者又并非左翼正统小说那么客观冷静，仍然保有五四式的浓厚的主观抒情性。这种主观抒情性，主要来源于对聚焦者（叙述者进入内心或者干脆与人物合体的故事人物）的精心选择。事实上,《家》虽然人物众多,聚焦者却主要集中在年轻一辈身上。小说中的高老太爷地位重要,但始终是以外在叙述的方式出现。叙述者从未进入过其内心,也从未从他的眼光来描绘过其他事物。这种客观化的方式,保持了高老太爷的神秘,也决定了高老太爷的抽象符号性。反之,叙述者经常进入年轻一代的内心世界,并以自言自语的方式,大段大段地袒露他们内心的想法。青春一辈对年老一代的强烈不满,对新生活的热烈向往,想反抗却无从反抗的悲苦,都通过叙述者与故事中青年人这种近距离甚至是零度距离的设置表达出来。赋予年轻者相对多的"话语权",让他们在文本中诉说自己心中的苦乐、悲欢,敞开一个被封闭了几千年的心扉,这种五四启蒙主义的叙事策略,使得《家》自始至终洋溢着青春的气息,并成为一首"青春的赞歌"。此外,叙述者还经常居高临下地直接发表一些具有启蒙主义意味的议论:

> 夜死了。黑暗统治着这所大公馆。点灯光死去时发出的凄惨的叫声还在空中荡漾,虽然声音很低,却是无所不在,连屋角里也似乎有极其低微的哭泣。欢乐的时期已经过去,现在是悲泣的时候了。人们躺下来,取下他们白天里戴的面具,结算这一天的总账。他们打开了自己的内心,打开了自己的"灵魂的一隅",那个隐秘的角落。他们悔恨、悲泣,为了这一天的浪费,为了这一天的损失,为了这一天的痛苦生活。自然,人们中间也有少数得意的人,可是他们已经满意地睡熟了。剩下那些不幸的人,失望的人在不温暖的被窝里悲泣自己的命运。无论是在白天或黑夜,世界都有两个不同的面目,为着两种不同的人而存在。①

这段话,显然不是任何人物的想法,而只能说是叙述者的议论。这种对人生的议论,对公馆黑暗的象征性提示,显示出叙述者的启蒙形象,他站在故事之外,具有某种悲天悯人的启蒙者气质。又如小说第27章,当觉民答应剑云的请求——如果剑云不幸早逝,将和琴一道到坟地上看他,剑云对此感激不已时,叙述者忍不住中断叙事,对剑云的凋零身世发出感喟:"这时候在广大的世界中,有许多的光明,很多的

---

① 巴金:《家》,人民文学出版社2000年版,第19页。

幸福，很多的爱。然后对于这个除了伯父的零落的家以外什么都被剥夺去了的谦虚的人，就只有这轻轻的一诺了。"此类评议，相当一部分是叙述者针对所观察和了解到的不公平之事，针对被损害者、弱小者的处境而发出的，流露出叙述者同情弱小的人道主义情怀。对作者巴金而言，不合理的社会制度从来都是他愤怒抨击的对象，"它（巴金的信念——作者注）使我更有勇气来宣告一个不合理的制度的死刑。我要向一个垂死的制度叫出我的 J'accuse（我控诉）是巴金反复阐明的创作宗旨。作者巴金强烈的主体创作情绪被有意识地转移到文本叙述者身上，因此，《家》中的叙述者又自信比故事中人物清醒和高明，往往保持一种居高临下的姿态，即便是对其所偏爱的主人公，态度有时也不免严峻的。此类解释性、评议性话语总属'非叙事性话语'。此类体现叙述者较强的主观情感和见识的非叙事性话语，因之真诚、坦白，给《家》文本的客观叙事注入了主观色彩，格外增强了小说的抒情色彩和特殊的艺术感染力"[1]。

　　巴金的《寒夜》更具创造性。表面看，这是第三人称的全知全能叙事方式，事实上却是第三人称限制叙事。因为它基本上只进入三个主要人物（汪文宣、汪母、汪妻曾树生）的内心世界，而且采取类似电影《公民凯恩》和《罗生门》那种轮番透视的方式——在相对较长的一段篇幅内先以某一个人物的视角为主，然后再转换到另一个人物身上从他的角度来看待同一事件。这使得三个人物内心深处欲望与道德的纠缠及其造成的痛苦，都得到了同等程度的观照，每个人物的价值倾向都得到了同等程度的同情的理解。因为叙述者与每个人物的距离都是平等接近的，三个人物的价值世界也就是同等重要，无法分出高下优劣。这是三个值得理解与同情的世界，彼此之间形成了一种对话与纠结，从而构成了一种复杂的价值场域。这无疑加强了小说的复杂性和叙述效果，也流露出五四那种既要追求自由，也要追求人格平等的五四启蒙主义味道。老舍的《离婚》以一种说话式的口吻，讲述一群在同一机关工作的同事在单位和家庭中发生的故事，似乎是对现代社会制度如何压抑人性的社会性批判。但小说不时以老李为主要聚焦人物，对其内心的"诗意"渴求及其破灭给予细腻的透视，仍然显示出五四那种追求爱情

---

[1] 黄长华：《浅议〈家〉的叙事策略》，《牡丹江大学学报》2009年第5期。

第五章　革命背景下的非左翼小说叙事 / 263

自由的一面。被刘再复称为现代文学史上"最精致、最完美","文学总价值完全超过《子夜》《骆驼祥子》《家》"的李劼人小说《死水微澜》,① 则几可视为一个象征,象征着民主主义作家们小说那种既有革命意味又有启蒙情调的混合型叙述风格。因为其主体部分采取的是第三人称全知的客观性叙事方式,而序幕中采取的则是故事内第一人称"我"的主观性视角。有学者指出:"小说主体部分相对客观的叙述态度是对序幕主观性叙述的超越与否定,它以对世情、人性的洞幽烛微为底里,在对邓幺姐与三个男人的故事因果分明的叙说中,力图展示人物的本真。在作者看来这是'抵进'人物真实之途。因此,从主观性叙述'突变'为客观性叙述的叙述策略,实际上蕴涵着作者叙述态度的选择,蕴涵着作者对真实叙述或曰叙述真实性的关切及其见解。"② 换言之,小说以五四的口吻进入故事,却以 30 年代的口吻讲述故事,同一小说,却夹杂着两个时代的叙述风格。

　　在小说叙述流程的编排上,民主主义作家的小说,也与左翼主流所喜用的史诗形态非常相近,而与京派的散文化、海派的电影化/蒙太奇化截然不同。首先,他们大都采取宏大的具有巨型篇幅的连续性小说组织模式,善于历史性地、全景式地描绘一个长时段的故事,以及其所处社会时代的历史变迁。这从茅盾左翼小说那种"三部曲"形式的被广泛采用就可看出。巴金有革命三部曲(《灭亡》《死去的太阳》《新生》),爱情三部曲(《雾》《雨》《电》),激流三部曲(《家》《春》《秋》),抗战三部曲等。老舍的《四世同堂》,也是三部。李劼人的《死水微澜》《暴风雨前》和《大波》作为三部"连续性历史长篇小说","以四川为背景,描写出自甲午战争到辛亥革命前后二十年间广阔的社会图画,具有宏伟的构架与深广度,被人称为是'大河小说'"③。具体到每一部小说而言,时间的持续感也是非常明显的,短则几个月,长则几年甚至几十年。巴金的《家》以"觉慧的成长"为基本线索,从其回家开始写起,至离家出走结束。主体故事虽然只有短短

---

① 刘再复:《百年诺贝尔文学奖和中国作家的缺席》,《北京文学》1999 年第 8 期。
② 徐德明:《中国现代小说叙事的诗学践行》,社会科学文献出版社 2008 年版,第 136 页。
③ 钱理群等:《中国现代文学三十年》(修订本),北京大学出版社 1998 年版,第 247 页。

几个月的时间，但通过补叙、插叙等手法勾勒出来的整个故事时间，却长达好多年。《寒夜》同样如此，主体的故事时间一年多，但深层故事的时间则是整个的抗战八年甚至更长。老舍的《骆驼祥子》则以祥子个人命运的起伏为主线，历时性地展现其进入都市后的命运。《四世同堂》则以一个城市家庭的命运，从一个侧面反映了整个抗战的过程。李劼人的《死水微澜》则以女主人公由邓幺姑到蔡大嫂再到顾三奶奶身份的变化，讲述了一个具有特立独行价值观念的女性大半生的故事。这种在时间中完整呈现一件事的来龙去脉，一个人半生或一生的命运起伏的做法，营造出一种时间的闭合感，显得精致完美。除了时间感的持续及其严谨完整之外，这类小说还非常强调空间的广阔性。它们往往在历时性的主要故事线索之上，再设置许多枝节，以增加小说表现社会的宽度和广度。例如率先肯定李劼人小说价值的郭沫若，就在 1937 年写的《中国左拉之待望》中说，《死水微澜》是"小说的近代史"，至少是"小说的近代《华阳国志》"①。

老舍曾说："每个有价值的小说一定含有一种哲学"，"结构的形成是根本含有哲学性的。"② 民主主义作家小说结构的长时段性、宽视野性，其实隐含着一种把握宏大历史的冲动，隐含着一种历史规律性、完整性的信念，是近代理性主义精神的文学化表现。在近代理性主义的观念中，不管这个现实世界的表象如何，背后总是有着内在的理性和规律，人们完全可以凭着自身理性发现并利用这种理性和规律。这种把握宏大历史走向，不无乐观主义的理性主义精神，在 19 世纪的西方达到顶峰。文学上的现实主义、自然主义、浪漫主义，哲学上的马克思主义、无政府主义等，其实都是这种理性精神的反映。这就不难理解，何以师法马克思主义与现实主义的中国左翼小说，与崇奉无政府主义和浪漫主义的巴金小说，钟情左拉和自然主义的李劼人小说，会有基本相同的史诗性叙述风貌了。尽管如此，民主主义作家的小说结构和左翼小说还是有着明显差别。仅就时间感的营造及其美学意味而言，二者就迥然不同。民主主义作家的小说，不管故事时间的跨度有多大，最终的结局

---

① 郭沫若：《中国左拉之待望》，载李晓虹选编《郭沫若散文》，内蒙古文化出版社 2006 年版，第 6 页。

② 老舍：《文学概论讲义》，《老舍文集》第 15 卷，人民文学出版社 1990 年版，第 155、147 页。

却无法让人产生一种正统左翼小说那种时间的不断向前绵延之感和喜剧性意味，相反，却是一种闭合乃至停滞感并不无悲剧的意味。例如巴金的《寒夜》，以三次"寻找—回家"的故事为基本构型。开头是丈夫在寒夜中寻找妻子，结尾则是妻子在寒夜中寻找丈夫。这种彼此在寒冷中寻找对方的设置，营造了一种时间的停滞感，象征着问题的周而复始、无从解决：在寒夜般的环境里，两个人注定了只能孤独。老舍小说《离婚》开头和结尾的设置，同样让人感觉到时间的停滞："《离婚》具有个人从无奈中勉强努力而终于彻底放弃的首尾环合的结构：开头叙述在'以婚治国'的张大哥的谋划诱导下，老李下乡把太太孩子接到城里来教育改造；第二十章结果老李辞去周围人羡慕的一等科员职位，带着太太孩子重回乡下。从老李由城入乡的生活范围的变化看，他终于逸出了张大哥平衡哲学的规制；但是从生活的实质内容看，老李正是被张大哥降服了——他不再'有意'离婚了。其间老李所作的对张大哥哲学的抗争终归无效，印证了老舍引述的叔本华对悲剧的阐释：'我们看到生活的大痛苦与风波，其结局是指示出一切人类的努力的虚幻。'"①这种悲剧意味，使其与左翼尤其是后来的解放区文学，不管经历多少困苦，都必然是大团圆的结局完全不同。如果说左翼小说是乐观主义的，这里则是存在主义的。

就叙述的语言风格而言，民主主义作家们的小说反倒更好地实现了左翼所倡导和强调的大众化和地方化。如本书前一章所述，大众化和地方化是左翼在文学语言上的核心理论主张之一，但在创作至少是小说的创作上却并未得到很好的落实。反观巴金、老舍、李劼人的小说，却比左翼小说来得更为大众和通俗。老舍的小说其实是解放区文学之前真正能够做到口头化和大众化的极少数作家之一。他的小说从不使用生僻字，而是2000多个常用汉字，而且多使用儿化音，带有明显的京片子风格，即便小学水平的人，也可看懂。如果说老舍的小说是京味，那李劼人的小说就是川味了。他小说中的人物，往往讲着一口四川口音的方言。出现了许多四川方言词汇，如"莫奈何""听墙脚""整倒住""展劲""弯酸""油大""旺几""默道""巴适""苏气""簌簌粮

---

① 徐德明：《中国现代小说叙事的诗学践行》，社会科学文献出版社2008年版，第205页。

户""牵藤火把""罄搥包袱""土老肥""苕果儿"等。这些词汇地方色彩很重,外地人不一定懂,于是开创了一种给方言作注释的方式。"整部历史长篇有注释二百多条,专为方言作注即占195条,大致可分为解意、溯源、明创、释谚、辨正、纠谬、途留等七个方面。"[①] 这种方法后来为解放区的小说所沿用,如周立波的某些小说就是如此。相对而言,巴金小说语言的地方化色彩要少一些。今天有人批评他的语言"学生腔"太浓,"毕生无啥长进"[②]。还有人批评他的语言"嫩":"我曾经将小说《家》中的一段话朗诵给我的学生听,结果学生们大笑不止,世界还有这样不堪入耳的文字?竟然还是经典作品。"[③] 指责半个多世纪前的语言太"嫩""学生腔",为今天学生所听不进"耳",多少有点不公平。但这也说明,巴金对语言有着不事雕琢,强调平淡朴实的一面。他当时写小说是有意要让青年学生去读的,而不是去听的。强调没有技巧,只求青年人看得进去,读得下去,这其实是一种明确的读者意识,为读者着想的观念。这也是其语言为何充满激情和青春气息的原因。简言之,其通俗化虽比不上老舍,地方化比不上李劼人,但其感染力却在几代青年中得到了印证。

三 价值主题的革命化以及对启蒙主义的承继与深化

家外故事的添加,是民主主义作家小说革命化的重要标志。但纯粹的家外故事,尚只是革命化位移的表面现象。真正让其靠向革命的,是隐含其中的价值主题。不难发现,这些小说有关家外故事的部分,不仅经常可以看见左翼小说式的"个人/集体","善良个人/黑暗社会","上层/下层"的二元价值轴线,而且在这些二元对立中,作者明显是站在个人立场批判社会、站在下层立场批判上层社会的,这与左翼所宣扬的价值主题显然非常接近。巴金早期的"革命"小说,便经常设置左翼式的小我和大我的对立,革命与恋爱的冲突。而在这些对立中,主人公都选择了大我,抛弃了小我。有论者指出,巴金小说中象征小我的爱情描写,甚至也不具有"情欲"的原汁,而与左翼叙事中的大我化的道德表达更为接近。"在高家花园里,只有爱情无法实现的痛苦,爱

[①] 张玉林:《民俗语言的艺术再创作——李劼人创作风格思考之一》,《成都大学学报》(社会科学版) 1988 年第 2 期。
[②] 庄周:《齐人物论》,湖南文艺出版社 2004 年版,第 158 页。
[③] 葛红兵:《为 20 世纪中国文学写一份悼词》,《芙蓉》1999 年第 6 期。

情被'父之法'摧残阻挠的痛苦，至于爱情本身的痛苦（嫉妒、猜疑、失常、兴奋、争吵），爱情实现之后的痛苦（'婚姻是爱情的坟墓'之类），则被一概掩入叙述的盲区。显然，非如此不足以保证爱情的纯洁性和战斗性。"①《寒夜》则将小我化的家庭和大我化的社会环境对立起来，表达出对腐朽社会的强烈批判。老舍的《骆驼祥子》和《四世同堂》也是如此。小说中，是颓败的社会环境而不是秉性恶劣的个体，造成了主人公们个人或家庭的悲剧。李劼人《死水微澜》对底层革命的赞颂，对洋教的鞭笞，亦与左翼小说有着相似的价值逻辑。

正如家外故事不过是家内故事基础上的添加，革命化的大我道德和社会批判也不过是这些小说思想主题的一个方面。它们价值调度的重心，更多地体现为对五四启蒙主义主题的继承。在西方的思想谱系中，所谓启蒙主要是启封建之蒙，具体而言就是强调人的世俗幸福、个性自由。世俗幸福是从道德与欲望的角度强调世俗欲望的合法性、合理性，个性自由是从个体与他人的角度强调个体的独立性和自主性。中国的五四新文化运动，受西方思想的启发而萌生。也因此，中国五四启蒙小说叙事在意蕴调度上往往有两条基本的意义轴线：一是道德与欲望的对立，二是个体与他人的对立。而且，个体、欲望往往被合二为一，并代表着"现代"，而道德则与他人等同，并象征着"传统"或"封建"。小说文本常常围绕着二者的尖锐对立展开，代表着"现代""个体""欲望"的主人公，最后不是冲破"道德""传统""封建"的藩篱摔门而去，就是在"道德""传统""封建"的桎梏中黯然神伤，从而暗示出反对传统，追求现代、自由的启蒙立场。不难看到，这类启蒙主义的价值轴线和思想主题，在民主主义作家们的小说中广泛存在。巴金就曾说："自从我执笔以来，我就没有停止过对敌人的攻击。我的敌人是什么？一切旧的传统观念，一切阻碍社会进化和人性发展的不合理的制度，一切摧残爱的势力，它们都是我的最大的敌人。我永远忠实地守住我的营垒，并没有作过片刻的妥协。"② 以爱为标准，对一切旧制度和旧观念的批判，正是典型的五四启蒙主义的价值观念。

---

① 黄子平：《命运三重奏：〈家〉与"家"与"家中人"》，载王晓明主编《二十世纪中国文学史论》（上卷），东方出版中心2003年版，第437页。
② 巴金：《写作生活底回顾》，《巴金作品新编》，人民文学出版社2011年版，第31页。

具体说来，巴金的《家》中便有两条五四式的启蒙主义价值轴线：一是自由（自主）/封建礼教，二是平等独立/封建等级制。代表这两条意义轴线的人物一方为青年人，另一方为老年人。青年人渴望自由自主，要自由恋爱（觉慧与鸣凤、觉民与琴、觉新与梅表姐）、进新式学堂（如特别是琴进学堂）、参加学生运动（如觉慧），青年人渴望民主平等，希望长幼平等（如觉慧对高老太爷的反抗及最终出走）、主奴平等（觉慧的喜欢鸣凤、不坐轿子等）、男女平等（琴等人要上学读书），却遭到了来自老一辈人物以封建礼教如八字不合、父母之命、主仆有别等观念的阻挠。李劼人的《死水微澜》，塑造了一个光彩照人的蔡大嫂的形象。"蔡大嫂（邓幺姑）这个女性人物，由普通的农家出身，为挣脱穷困命运而嫁到乡镇，她富幻想，知风情，爱上了男子汉气十足的袍哥罗歪嘴，且爱得泼辣大胆，显示出蔑视乡间礼教成规的生命活力。袍哥败于教会和官府的两面夹击，为了救丈夫、情人，她果断改嫁大粮户顾天成，表现出敢作敢为、不守成法又不甘心失掉浮华世界的复杂人格心理。"[①] 蔡大嫂对乡间礼教成规的蔑视，她的大胆，活力，她的敢作敢为，她的风情，泼辣，其实就是五四式的个人欲望合法性思想的表现，就是五四式的个性自由思想的继承与发展。而老舍对传统文化的批评，如《离婚》中对张大哥之类的文化哲学、文化态度的批评，无形中也承续着五四文化批判和国民劣根性批判的路子。

除了向左翼革命化主题的位移，以及对五四思想启蒙主题的承继，民主主义作家们的有些小说还在一定程度上既超越了革命，也超越了五四。这首先表现在对鲁迅式的"梦醒了，却无路可走"的启蒙困境的书写上。中国的五四新文化运动将人的个性解放、个人自由当作主要目标，而对人的世俗欲望有所忽略——仅仅限定在性爱、情欲之中，对物质欲望的张扬几乎付诸阙如。这与西方的现代性启蒙构成了明显的不同，西方的启蒙首先说的是物质欲望的满足，例如拉伯雷《巨人传》对吃的强调，启蒙思想家对"私有财产的神圣不可侵犯"的论述。换言之，在中国五四的启蒙语境里，与个人自由、个性解放构成价值对立的是封建专制，强调的是精神层面内部的紧张，而不是世俗欲望与个人

[①] 钱理群等：《中国现代文学三十年》（修订本），北京大学出版社1998年版，第247页。

精神解放之间的问题。这导致了五四式的启蒙主义的简单与天真：只要灵魂觉醒了，一切问题都可迎刃而解。只有鲁迅等极少数作家认识到了世俗生活与精神解放之间的悖论，从而发出了"人只有活着，爱才有所附丽"，"梦醒了，却无路可走"的深刻喟叹，才写出了魏连殳、吕纬甫等人因世俗物质欲望的逼迫，重新与旧营垒同流合污的困境。就此而言，巴金《寒夜》中的汪文宣、曾树生夫妇，作为受过现代教育的青年，空有一腔热情却报国无门，为世俗欲望所迫还不得不放弃个性尊严，因而时时体会人格撕裂的痛苦，其实也是对鲁迅提出的启蒙困境的继续探索。这个时候的叙述者，超越了《家》的乐观主义，而变成了一个冷静的对启蒙抱有怀疑态度的思想者。而老舍《离婚》中的老李，也是一个深受现代思想影响，想要寻找自由，追求生命诗意的人，却在张大哥为代表的传统文化及其所在机关为代表的现代科层制文化的包围中动弹不得，最后不得不放弃这一点微茫的追求，重新回到乡下——传统文化之中。

　　对革命和五四主题的超越，还表现为对普遍性的人性生存困境的思考。《寒夜》讲述的是一个家庭的悲剧。儿子在婆媳这两个女人永无止息的战争中生活，痛苦不已，最后儿子病死，妻离母散。两个女人的战争，夹杂着现实社会、文化观念、人性本能等多重因素。社会的因素，使得小说成为一个左翼式的社会批判的故事，文化观念的冲突，则使小说具有五四式的传统文化批判的味道。但小说的更为深刻和感人之处，却是因为它讲述了一个带有永恒意义的悲剧故事。王国维曾称赞《红楼梦》是"悲剧中的悲剧"，因为这种悲剧"由于剧中之人物之位置及关系而不得不然者；非必有蛇蝎之性质与意外之变故也，但由普通之人物、普通之境遇，逼之不得不如是；彼等明知其害，交施之而交受之，各加以力而各不任其咎。……彼示人生最大之不幸，非例外之事，而人生所固有故也"[①]。《寒夜》中的家庭悲剧，在一定程度上也有类于此。因为儿子—婆—媳这三角关系中的每一个人物，都不是具有"蛇蝎之性质"的"坏人"或"恶人"，而是"普通之人物"。婆婆认为儿子有病在身，儿媳却整天打扮得花枝招展在外应酬，不免对之心存芥蒂并形诸

[①] 王国维：《〈红楼梦〉评论》，《王国维文学论著三种》，商务印书馆2001年版，第14页。

颜色。儿媳因为丈夫工资不高，为养家糊口不得不强打精神在外工作，甚至忍受上司调戏，辛苦不说，却还要忍受婆婆的误解，自然不免心生厌恨。而夹在中间的儿子，一边是自己的母亲，一边是自己的媳妇，两边都想讨好，两边都不想责备，但越是这样，越是弄得两面都不是人，从而使得病情急遽恶化。每一个人物的出发点都是好的，每一个人物的处境都值得同情和理解，但最终却造成了悲剧。这种悲剧与时代无关，也与文化无关，只要人类存在，这种悲剧就可能存在。此外，小说中母亲对儿子的似乎有点变态的爱，以及曾树生看到汪文宣病魔缠身的身体时，那种想爱又不爱起来的双重态度，均具有直指弗洛伊德式的人性本能的力量。

　　老舍的《离婚》甚至还表现出对普遍性的荒诞处境和无奈心理的揭示。《离婚》以科员老李为追寻心中的那点"诗意"，准备离婚却离婚未果的故事为线索。小说除了从内心的诗意追求这个比较心理性的向度之外，还从另外两个向度展开：一是以张大哥为代表的传统文化的向度，一是以小赵为代表的现代科层制的向度。老李意识到，张大哥"这种敷衍目下的办法——虽然是善意的——似乎只能继续保持社会的黑暗，而使人人乐意生活在黑暗里；偶尔有点光明，人们还须都闭上眼睛，受不住呢"。这里，显然有着对张大哥所代表的北平传统文化的深刻反思。如果说以张大哥为代表的文化向度，具有某种"酱缸"文化的特质，最终扼杀了老李内心中的诗意追求。那么，以小赵为核心代表的现代科层制向度，则让老李及其同僚掉入了一种荒诞的处境之中。老李是财政所里唯一不拍小赵马屁的人，这引起小赵的怀疑，他肯定是有后台，否则怎么会不拍小赵的马屁呢？厌倦了关系而试图挣脱关系的人，却成为最有关系的怀疑，这是小说中的第一重荒诞。第二重荒诞在于，老李正因为不高兴，无事可做才早早去上班，却得到所长的重视，一个并不希冀得到重用的得到了重用，而那些想尽办法要与所长套近乎的人却没有得到，这使得小赵对老李的辱骂胎死腹中，也成为小赵等人认为老李有后台的重要证据。第三重荒诞，小赵要所长裁掉老李，向来百依百顺的所长却因晨星不明的谶语而执意要留老李，这更坚定了小赵等人认为老李有关系的看法。加缪说："一个哪怕可以用极不像样的理由解释的世界也是人们感到熟悉的世界。然而，一旦世界失去了幻想和光明，人就会觉得自己是陌路人。他就成为无依据的流放者，因为他被剥夺了对失去的家乡的记忆,而且失去了对未来世界的希望。这种人与生活之间的距离,演员和舞台之间的分离,真正构成荒诞感。"① 在老李看来,这世界就是这一个哪怕用极不像样的理由都无法解释的荒诞世界。

现代科层制的荒诞,让身处其中的人深感厌倦和无奈。在老李看来,财政所的大门,就像一张鲨鱼的嘴,凶险而无聊。"老李的世界变成了个破瓦盆,从半空中落下来,摔了个粉碎。'诗意'?世界上并没有这么个东西,静美、独立,什么也没有了。生命只是妥协,敷衍,和理想完全相反的鬼混。"② 老邱则感叹,"没意思!生命入了圈,和野鸟入了笼,一样的没意思。"③ 这种生命的无奈与无聊,显现出强烈的现代主义和存在主义的味道。尤奈斯库就说:"在这样一个现在看来是幻觉和虚假的世界里,一切历史都表明绝对无用,一切现实和语言都似乎失去了彼此之间的联系,解体了,崩溃了。世界使人感到沉重,宇宙在压榨着我。一道帷幕,或者说一道并不存在的墙矗立在我和世界之间;物质填满各个角落,充塞所有的空间,在它的重压之下,一切自由全都丧失;地平线迫近人的面前,世界变成了令人窒息的土牢。"④ 更为无奈和荒诞的是,"我不甘心作个小官僚,我不甘心作个好丈夫,可是不作这个作什么去呢?"⑤ 也就是说,一方面是对现存的制度和生活方式的普遍不满,一方面却是对这种生活方式和制度的全力以赴甚至是兴高采烈的投入和认同。人明知无法与别人真正沟通,人明知自己的痛苦处境,却还一本正经的、郑重其事的敷衍着、维持着一团和气的假象。对世界荒诞性和人生无奈性的这种认知和叙述,在 30 年代的中国文坛上是极少见的,甚至可以说是独一无二的。同时期的海派小说、曹禺戏剧和穆旦诗歌,虽有关于生存困境的现代主义体验,却从未上升到这种世

---

① [法]加谬:《西西弗的神话》,杜小真译,生活·读书·新知三联书店 1987 年版,第 6 页。
② 老舍:《离婚》,舒乙编:《老舍作品精典》(下),中国广播电视出版社 1998 年版,第 137 页。
③ 同上书,第 89 页。
④ [法]尤奈斯库:《戏剧经验谈》,转引自刘象愚主编《从现代主义到后现代主义》,高等教育出版社 2002 年版,第 176—177 页。
⑤ 老舍:《离婚》,舒乙编:《老舍作品精典》(下),中国广播电视出版社 1998 年版,第 89—90 页。

界本体性荒诞的高度。

　　总而言之，民主主义作家们的小说确实有着与左翼革命叙事相同或相通的地方。但这些相同，仅仅是小说文本中的一个"局部"或表面。除此之外，它们还有着更丰富和更广阔的内容。而这些内容，有些是对五四启蒙主义观念的继续和发展，有些则是对左翼革命和五四启蒙话语的双重超越。之所以能够如此，与民主主义作家们的独特出身和交游经历有关。首先，他们比鲁迅等五四先驱晚生一代，但又深受五四启蒙主义观念的影响。在巴金、老舍等人的自述中，都有五四如何让少年时代的他们倍感兴奋的描述。其次，他们成长和生活在一个革命风起云涌的时代，虽然大革命挫败时他们不是在学校，就是在国外留学，但现实革命却像五四思想启蒙一样对他们的身心产生了强烈的冲击。第三，他们基本上都是留学西洋而非东洋，对当时西方方兴未艾的现代主义文化有着比留学日本的人要深刻得多的体会。这种独特的代际位置和思想际遇，自然使他们的思想呈现出那个时代最为斑驳的色彩，使他们的小说呈现出中国现代小说所能达到的最为深刻的程度。

第六章　现代革命小说叙事模式的新创造

——毛泽东《讲话》与解放区小说叙事

1936年中共中央到达陕北后，延安迅速成为中国革命的圣地。随着抗战的全面爆发，更是出现了百万知识分子奔赴延安的壮观景象。此后十几年间，在中共的励精图治之下，延安及其他解放区的政治、经济和文化状况，呈现出与国统区迥然不同的面貌。毛泽东说："从亭子间到革命根据地，不但是经历了两种地区，而且是经历了两个历史时代。一个是大地主大资产阶级统治的半封建半殖民地社会，一个是无产阶级领导的革命的新民主主义的社会。"① 换言之，以延安为代表的解放区，与国统区不仅是同时存在的两个地区，更是在本质上更为进步的一个新的时代。在此新天新地新气象中，文学也自然呈现出了崭新的形态。尤其是1942年毛泽东《在延安文艺座谈会上的讲话》的发表，不仅为解放区文学的发展提供了根本指南，而且确立起一种与左翼叙事不尽相同的新的革命叙事模式。这属于鲁迅早就预言过的"革命胜利后的革命文学"，且属于"赞扬革命。称颂革命——讴歌革命"的类型。② 但问题的关键是，这种新的革命文学的类型究竟是如何确立并得以推广的？从叙事角度而言，这一问题可以转化为如下三个相关的话题：毛泽东的《讲话》中究竟隐含着哪些新的革命叙事模式的规范？这些规范对解放区小说叙事又产生了哪些具体影响？它们和左翼小说叙事之间，又是一种什么样的关系？

---

① 毛泽东：《在延安文艺座谈会上的讲话》，《毛泽东选集》第3卷，人民出版社1991年第2版，第876页。

② 鲁迅：《而已集·革命时代的文学》，《鲁迅全集》第3卷，人民文学出版社2005年版，第439页。

第一节　毛泽东文艺叙事思想述略
——以1942年《在延安文艺座谈会上的讲话》为中心

长期以来，有关毛泽东文艺思想的探讨，大都从外部视角切入。毛泽东主要是政治家、革命家，主要从文学与政治、文学与革命的关系来思考探讨文学。他的《在延安文艺座谈会上的讲话》（以下简称《讲话》），就"不同于纯粹的文艺论著"，所论问题"多属于所谓文艺的'外部关系'问题"，而对文艺内部"规律的细节讨论较少"[①]。但外部和内部是否就决然分离，毛泽东及其《讲话》是否就完全没有与文学内部构成及其规律有关的思想？显然未必。因为任何外部论述，要真正作用于作家，就必须能够管理统辖到内部的形式。否则就仅仅是一种论述，无法得到具体落实。当然，本书不拟系统论述毛泽东及其《讲话》的文学内部思想，而仅从叙事学角度对其予以重新阐发。

将毛泽东文艺思想与叙事学相结合，是一个看似奇怪却不无道理的尝试。一个重要的例证是，《讲话》发表之后，率先兴起的解放区文学便呈现出鲜明的"叙事化转向"的特征：叙事性文体，如小说、戏剧、叙事诗歌、叙事散文尤其是报告文学等，迅速得到了极大地发展；而非叙事性文体，如抒情诗、抒情散文等，则渐遭压抑乃至放逐。这种抒情见放而叙事勃兴的文艺格局，在1949—1976年"文化大革命"结束的新中国文坛中，亦因《讲话》的影响而继续存在。这至少间接表明，毛泽东的文艺思想，尤其是《讲话》中的许多原则，很大一部分是针对叙事文学的，甚至可看作是对叙事文学的应然性规定。在此意义上，毛泽东的《讲话》不啻为一部含有丰富叙事学思想的理论文献，一个发展革命叙事文艺的指导性论纲。

一　毛泽东的文艺故事思想：阶级化和斗争化

分析毛泽东的文艺叙事思想，可按叙事学将文本分成"故事"和

[①] 钱理群等：《中国现代文学三十年》（修订本），北京大学出版社1998年版，第353页。

"话语"的习惯做法①，首先分析其文艺故事思想。受马克思主义文学反映论的影响，毛泽东认为革命文艺的故事，主要来源于人民生活，"作为观念形态的文艺作品，都是一定的社会生活在人类头脑中的反映的产物。革命的文艺，则是人民生活在革命作家头脑中的反映的产物"②。但叙事学所谓故事不仅仅是来源问题，更是人物及其关系模式、情节及其序列组织、环境及其空间建构等结构功能问题。对此，毛泽东及其《讲话》显然没有太多纯文艺角度的直接论述。但我们完全可以把他有关现实革命逻辑的论述，转换为其关于文艺故事结构的思想。因为，在某种程度上，毛泽东对近现代以来中国社会性质和中国社会革命的阶级化解剖，其实就是对中国"人民生活"内在结构及其功能的分析。

受马克思主义社会形态和阶级斗争理论的影响，毛泽东将鸦片战争以来的中国社会描绘为"半殖民地半封建社会"，并按结构及其功能定位对其中的人物关系状况做了严格的二元对立式的划分：既有封建社会中农民/地主之间的压迫与反压迫，也有资本主义社会中工人/资本家（尤其是大资本家）的剥削与被剥削，更有殖民地社会中中国人民/帝国主义之间的侵略与反侵略。除了这种二元性的总体阶级结构划分，毛泽东还按财产状况以及革命性程度对各阶级内部进行了更为细致的区分——农民被区分成雇农、贫农、中农、富农，资产阶级则被细分成小资产阶级（含知识分子）、民族资本家、大资本家（往往与帝国主义有着千丝万缕的联系），且从革命策略的角度将其分成"我们""敌人"和"朋友"三大系列③：农民中的雇农、贫农、中农，以及工人构成了"我们"，地主和城市的大资本家则构成了天然的"敌人"；我们是被压迫和革命的同义语，敌人则是反动和压迫的代名词；二者之间的富农、民族资本家和小资产阶级尤其是知识分子，则构成了可以团结的"朋友"。这样，所谓阶级斗争或阶级革命，其实就是一个"我们"如何团结"朋友"反对和推翻"敌人"的故事。按照文学源于生活的反映论

---

① 申丹：《叙述学和小说文体学研究》，北京大学出版社 2004 年第 3 版，第 17—18 页。
② 毛泽东：《在延安文艺座谈会上的讲话》，《毛泽东选集》第 3 卷，人民出版社 1991 年第 2 版，第 860 页。
③ 毛泽东：《中国社会各阶级分析》，《毛泽东选集》第 1 卷，人民出版社 1991 年第 2 版，第 3—9 页。

原理，这一故事显然不仅是革命现实生活本身，更可以是革命文艺的直接内容。事实上，毛泽东及其《讲话》影响下的解放区文学，就是如此构成的：不是书写农村中农民阶级与地主阶级之间的斗争；就是书写城市中工人阶级与资本家阶级之间的斗争；抑或民族战争中中国人民与外国帝国主义之间的搏斗。当然，"我们"也有先进和落后之分，"朋友"则因兼具革命与动摇的"双重性"，既是要团结的对象，又不完全值得信赖。也因此，解放区文学中的"我们"，往往可按其觉醒程度区分出落后分子、觉醒者、最觉醒者——往往为党员几种类型，而"朋友"尤其是"知识分子"则常常显得颇为尴尬和暧昧。

但在马克思主义视野中，阶级革命不仅是共时性的两大阶级之间你死我活的矛盾冲突，更是历时性的艰难曲折的斗争过程。这里，显然存在"大""小"两套类似"三幕剧"的情节模式。首先，作为一个人类求解放的故事，马克思主义所论述的五种社会形态理论，在本质上无非就是一个从最初的平衡（原始社会）、到平衡被打破（奴隶、封建、资本主义三大阶级社会）、再重新获得平衡（共产主义社会）的"三幕剧"过程。在此大模式下，马克思重点讲述了从资本主义迈向共产主义的过程，这同样是一个"三幕剧"：先是无产者遭受资本家的压迫；然后是无产者觉醒并反抗资产阶级的统治；最后，无产阶级获得胜利，资产阶级归于消灭。受此影响，毛泽东对中国革命的论述，也表现出明显的三幕剧色彩：广大人民深受"三座大山"压迫；共产党兴起并领导大家反抗"三座大山"；"三座大山"被推翻，广大人民翻身做主人。就总体的敌我斗争模式而言，这构成了最基本的情节序列。但其中往往还伴随着另外两个序列："我们"内部先进与落后的斗争，人民内部"新我"和"旧我"的斗争。与毛泽东对人物及其阶级功能的认定一样，这种有关革命情节及其序列模式的思想，也必然会内在地转化为他有关革命文艺故事基本情节结构的构想：共产党未到，人民水深火热；发动起来，人民英勇反抗；几经反复，终于战胜敌人。不难发现，这一模式在解放区的经典小说如《小二黑结婚》《太阳照在桑干河上》《暴风骤雨》《吕梁英雄传》《新儿女英雄传》《保卫延安》《高干大》等中都有明显体现。

值得特别分析的是这一情节发展的结局，它总是喜剧性，大团圆式的。也就是说，在阶级斗争理论所描述的这个革命故事中，被统治阶级不管曾经遭受多么深刻的压迫和剥削，也不管要经过多少次艰难曲折的抗争，最终总是会取得胜利。但这种理论逻辑上的预设，与现实生活中的实际情况，并不总是能够完全重合。对此，毛泽东颇有意味地提出了"生活之美"和"艺术之美"的问题。他首先肯定现实生活"是最生动、最丰富、最基本的东西"，它"使一切文学艺术相形见绌"，是"一切文学艺术的取之不尽、用之不竭的唯一的源泉"。但马上又强调"文艺作品中反映出来的生活却可以而且应该比普通的实际生活更高，更强烈，更有集中性，更典型，更理想，因此就更带普遍性"[1]。这相当于说，当现实生活不像理论设想的那么美好时，要将现实中的不美好视为概率并不高的偶然性个案，或者最终结果尚未到来前的暂时性现象，而生活的本质或主流还是非常美好的，那个最终美好的结局也一定会到来的。这种所谓本质论、主流论、典型论，显然源自苏联的"社会主义现实主义"观念，也与后来"革命的现实主义与革命的浪漫主义相结合"的思想一致。不少学者认为，这固然"能使人民群众惊醒起来，感奋起来，推动人民群众走向团结和斗争，实行改造自己的环境"[2]，但也使文学丧失了批判现实的功能，变成了遮掩现实丑恶的遁词，变成了粉饰现实的颂歌。笔者以为，这不单是纯粹的粉饰现实以鼓舞革命斗志的政治功利主义问题，也是强烈的革命乐观主义信念的问题，它确实来自阶级斗争大故事情节序列构造的理论预设。

一个完整的故事，还有第三种要素：环境及其空间结构。马克思主义所设想的那个从资本主义迈向共产主义的"革命"故事，主要发生在"生产力高度发达"的资本主义国家，因此其环境空间主要是产业工人比较集中的城市，尤其是工厂、上层家庭以及两个阶级发生直接冲突的大街或广场上。即便俄国，虽然是"资本主义世界最薄弱的环节"，也仍以工人斗争最集中的城市空间为主。中国两半社会的性质，决定了中国革命只能采取"农村包围城市"的战略，因此革命的环境空间与西方不同，只能是以农村为主，城市为辅，即便是战争，也大多发生在农村。中国的革命故事，大都发生在农村，原因即在于此。当

---

[1] 毛泽东：《在延安文艺座谈会上的讲话》，《毛泽东选集》第3卷，人民出版社1991年第2版，第861页。

[2] 同上。

然，这个农村空间，既不是五四乡土小说所书写的那样是愚昧麻木的承载地，藏污纳垢的生死场，也不是京派乡土小说所叙述的那样是诗意栖居的代名词，理想人性的寄居地，它是以阶级斗争化的面貌出现的。围绕着物质财富尤其是土地资源的重新分配，它往往形成一种贫苦农民的田间地头、炕头，与地主的大宅、豪华的客厅等的对照式结构。地主对农民的压迫，农民对地主的反抗，经常直接表现为对空间环境的僭越——地主踏入农民家庭抢掠勒索，或者农民冲入地主大宅反攻清算。还有两个阶级正面交锋的地方：广场——这是召开群众大会的地方，在这里，无产阶级将实现对地主阶级的专政。

在中国，革命是什么？说到底，革命就是一个广大底层人民如何反抗阶级压迫以寻求解放和幸福，或者说一个旧中国如何走向独立、建立新中国的故事。关于这个故事，毛泽东有一整套论述，其中有人物及其关系结构，情节及其序列组织，环境及其空间构造的一系列规定。这些规定，构成了解放区及其以后很长一段时间里革命文艺故事的"总蓝本"。我们将会发现，毛泽东思想影响下的任何一个红色故事，不论它是何种题材，其结构中都会闪烁着这个"蓝本"的身影。

二 毛泽东的文艺叙述思想：民族化与民间化

有了故事，接下来的问题，就是叙述，或者说如何讲述这个故事。这包括视角/人称、流程编排、节奏、言语风格等许多方面。毛泽东不是专门的叙事学家，没有也不可能对诸如此类的具体问题进行直接而详尽的论述。他的文艺叙述思想，主要体现在有关文艺叙述所应采取的总体形态和审美风格的看法上：民族化和民间化。透过其有关"民族形式"问题、"继承与创造""普及与提高"等的论述，可以发现他在此一方面的思想不仅比较系统，而且相当稳定。

毋庸讳言，"民族形式"问题，最先是作为一个非文学命题提出的。在1938年《中国共产党在民族战争中的地位》一文中，毛泽东提出："马克思主义必须和我国的具体特点相结合并通过一定的民族形式才能实现。"[①] "洋八股必须废止，空洞抽象的调头必须少唱，教条主义必须休息，而代之以新鲜活泼的、为中国老百姓所喜闻乐见的中国作风

[①] 毛泽东：《中国共产党在民族战争中的地位》，《毛泽东选集》第2卷，人民出版社1991年第2版，第534页。

和中国气派。把国际主义的内容和民族形式分离起来,是一点也不懂国际主义的人们的做法,我们则要把二者紧密结合起来。"① 毛泽东在此所针对的,显然是思想政治领域唯西方是从的观念,具有鲜明的反教条主义意味。到 1940 年的《新民主主义论》中,他开始向更广泛的文化问题延伸,"中国文化应有自己的形式,这就是民族形式","它是我们这个民族的,带有我们民族的特性"②。这一论述,肯定地指出了文化自然也包括文学必须有自己的民族形式,但何为民族形式,其中心源泉是什么,却语焉不详。对此,文艺界展开了一场规模巨大、旷日持久的论争,并出现了"传统文学论""民间文学论""新文学论"三种论点,分别认为所谓民族形式就是传统文学形式,民间文学形式,或者新文学形式。③ 今天的学者,往往喜欢隔空评判哪种论点更为辩证,却很少辨析引发这场论争的毛泽东本人究竟持何种立场。④ 究其根源,一是毛泽东本意并非文学,而是政治,因此他虽然是这场论争的引发者,却并未直接参与并实质表态;二是即便在专论文艺问题的《讲话》中,似乎也绕开了这一问题,未对之做出直接而明确的回应。

笔者以为,《讲话》虽没直接论述民族形式问题,却有间接的强调和回应。这首先体现在其有关"继承与创造"的论述中:"我们必须继承一切优秀的文学艺术遗产,批判地吸收其中一切有益的东西,作为我们从此时此地的人民生活中的文学艺术原料创造作品时候的借鉴","我们决不可拒绝继承和借鉴古人和外国人,哪怕是封建阶级和资产阶级的东西。但是继承和借鉴决不可以变成替代自己的创造,这是决不能替代的"⑤。类似这种观点,毛泽东曾多次表达,后来更有"古为今用、洋为中用"的精练概括。仅看字面表述,这无疑相当辩证,但若结合当时语境,却不难推知,其重心显然是继承而不是创造,是古人而不是

---

① 毛泽东:《中国共产党在民族战争中的地位》,《毛泽东选集》第 3 卷,人民出版社 1991 年第 2 版,第 534 页。
② 毛泽东:《新民主主义论》,《毛泽东选集》第 2 卷,人民出版社 1991 年第 2 版,第 706—707 页。
③ 《文学运动史料选》第 4 册,上海教育出版社 1979 年版,第 382—508 页。
④ 钱理群等:《中国现代文学三十年》(修订本),北京大学出版社 1998 年版,第 357 页。
⑤ 毛泽东:《在延安文艺座谈会上的讲话》,《毛泽东选集》第 3 卷,人民出版社 1991 年第 2 版,第 860 页。

外国人。因为要不要创造,是已有共识而不需要讨论的问题,而要不要继承,却需要特别强调——苏联早期的无产阶级文化派,以及中国的革命文学论争,都出现过激烈否定继承而盲目创造的偏差;同样,要不要西方,也不是需要讨论的问题——马克思主义就来自西方,而要不要民族传统,却是需要加以强调的,因为自五四起传统就一直备遭压抑。这也就是说,毛泽东的最终目的固然是创造,但达至创造的手段,却是继承,而且是对民族传统的继承。因此,"继承与创造"的辩证论述下,其实是对民族化的强调,这与其"民族形式"问题的思想立场显然一脉相承。

如果说"继承与创造"的论述,是毛泽东文化民族化思想的另一种表达。那么,"普及与提高"的论述,则隐含着"民族形式"究竟是什么的具体答案。"普及工作和提高工作是不能截然分开的","我们的提高,是在普及基础上的提高;我们的普及,是在提高指导下的普及。"① 话语的表述仍然相当辩证,但重心也非常明白,那就是先普及,后提高:"第一步需要还不是'锦上添花',而是'雪中送炭'。所以在目前条件下,普及工作的任务更为迫切。轻视和忽视普及工作的态度是错误的。"② 既然文艺作品要以普及为主,那自然只能采用人民大众能够接受和喜欢的形式。众所周知,解放区的人民大众,文化水平普遍不高,他们能够接受和喜欢的形式,不可能是西方文学形式、新文学形式,而只能是传统文学形式和民间文学形式。当然,传统文学形式也非铁板一块,也有贵族/平民、高雅/通俗之分,如唐诗宋词、桐城派散文、文言小说,就是高雅的、贵族的,而话本和拟话本、评书弹词以及戏曲等,则是通俗的,人民大众能够接受和喜欢的显然是通俗的部分。在此意义上,在解放区强调普及,就必然是强调对民间形式和具有通俗意味的传统文学形式的利用。因此,毛泽东虽没直接说过民族形式问题的中心源泉是什么,却在普及与提高的论述中暗含了对此问题的答案。

民间形式和传统文学形式中的通俗部分,构成了毛泽东所谓民族形式的真正内涵。有时,他会将这些形式径直称为"旧形式":"对于过

---

① 毛泽东:《在延安文艺座谈会上的讲话》,《毛泽东选集》第3卷,人民出版社1991年第2版,第862页。
② 同上。

去时代的文艺形式,我们也并不拒绝利用,但这些旧形式到了我们手里,给了改造,加进了新内容,也就变成革命的为人民服务的东西了。"① 对这些"旧形式"也即民族化和民间化文艺形式的重视,从其有关文艺问题的大量评点中可以得到证明。如1937年毛泽东同丁玲谈话,认为可以"旧瓶新酒"②,1942年给延安平剧院题词"推陈出新",1947年谈到戏曲改革又说:"我们先从内容着手;形式目前不忙改,希望将来夺取大城市后,更多地改造旧戏。"③ 对地方性的民间文艺形式,他也相当重视,"在艺术工作方面,不但要有话剧,而且要有秦腔和秧歌。不但要有新秦腔、新秧歌,而且要利用旧戏班,利用在秧歌队总数中占百分之九十的旧秧歌队,逐步地加以改造"④。这一切说明,民族化的民间形式或带有民间维度的传统文学形式,构成了毛泽东文艺叙述思想的主要内容。这就是《讲话》影响下的解放区文学,为什么民间的歌谣、评书体、话本风格的文艺形态骤然兴盛的根本原因。

历史地来看,毛泽东民族化和民间化的文艺叙述思想,其实是对20世纪30年代左翼文艺大众化问题的继续和解决。我们知道,革命文学内含着一个天然的悖论:实际作者是广受西方文学影响的现代知识精英,而理想读者却是在传统文化氛围中长大的普罗大众。这意味着要将阶级的意欲用文学的方式传输给普罗大众并变成阶级实践,就必须采用一种大众能够接受、理解的文学形式。否则,不管文学内容如何革命,也起不到应有的作用。为此,左翼人士积极倡言大众化。但从文学史的实践来看,效果却很不理想。究其根源,是因为左翼文学固守的是作者本位的欧化/西方化的文学立场,不管其如何努力,它在根本上始终是欧化/西方化的,难以与普罗大众的实际欣赏水平对接。而当毛泽东从民族化、民间化角度来思考这一问题时,就站在了文学读者也即普罗大众的实际欣赏水平线上。这种读者本位的文学立场,便使读者看不懂的问题迎刃而解:大家都是这个民族的人,民族的传统文艺和民间文学形

---

① 毛泽东:《在延安文艺座谈会上的讲话》,《毛泽东选集》第3卷,人民出版社1991年版,第855页。
② 参见陈明:《西北战地服务团第一年纪实》,《新文学史料》1982年第2期。
③ 陈晋:《文人毛泽东》,上海人民出版社1997年版,第252页。
④ 毛泽东:《文化工作中的统一战线》,《毛泽东选集》第3卷,人民出版社1991年第2版,第1012页。

式，自然是他们真正喜闻乐见的。在此意义上，毛泽东提出的民族化和民间化，才算是真正找到了实现大众化的根本路径和方法。

三 毛泽东的意义调度思想：阶级性与歌颂性

任何文本都要表达一定的意义。这个意义既包括隐含在故事结构和叙述话语模式中的原型性含义，也包括隐含作者利用一切叙述方式所要强调、突出的思想主题。前者是作者无意识甚至是集体无意识的不自觉流露，它如何嵌入文本以及如何被文本所呈现，难以对之进行必须如此的人为规定。后者具有鲜明的个体意向性和主观可调控性，可按实际需求对其间的机制、方式、手法进行自觉设计，甚至是硬性规定。若把隐含作者综合利用各种手法进行意义设计、主题调控的过程，谓之为意义调度，那么，对意义调度过程中的机制、方式、手法进行一定的规定，往往就能保证生产出意义大体相同的作品。就此而言，我们不能忽略毛泽东有关文艺文本应如何进行意义调度的论述，否则，既无法完整理解毛泽东的文艺叙事思想，也无法理解《讲话》影响下的解放区文学何以呈现出基本相同的意义格局。

或隐或显地制约着文本意义取向的首要因素，是隐含作者的文学观念和文学态度——对"何为文学"和"文学何为"的根本看法和观点。在此问题上，毛泽东显然秉承了中国古代的"文以载道"说、清末民初梁启超等人的"文学改良"观，以至20世纪30年代左翼文学"革命工具论"的功利主义文学观，而且将之突出到更为明显的地步。他不仅明确要求"文艺为政治服务"，"为工农兵服务"，而且突出强调"政治标准第一，艺术标准第二"[1]，甚至还从"效果与动机"的角度，进行了更具可操作性的规定。与他一贯的风格类似，对效果与动机的论述虽然显得相当辩证，但暗含的重心却是对效果的强调："检验一个作家的主观愿望即其动机是否正确，是否善良，不是看他的宣言，而是看他的行为（主要是作品）在社会大众中产生的效果。社会实践及其效果是检验主观愿望或动机的标准。"[2] 这种以政治效果作为检验政治动机唯一标准的做法，使得作家写作时必须时刻考虑到隐含读者的存在，

---

[1] 毛泽东：《在延安文艺座谈会上的讲话》，《毛泽东选集》第3卷，人民出版社1991年第2版，第868—869页。

[2] 同上书，第868页。

考虑到作品对他们的教育意义和政治影响,从而不断调整规划自己的创作:"真正的好心,必须顾及效果,总结经验,研究方法,在创作上就叫做表现的手法。"① 从政治效果的预测出发,来选择改塑文学创作的方式,为政治功利主义观念的贯彻与落实提供了具体可行的方案,从而构成了毛泽东文本意义调度思想的首要原则。

但在文学文本中,如何才能保证政治效果的正确呢?列维斯特劳斯、格雷马斯等人都认为,文本的意义效果主要来自某种深层价值观念的"二元对立",它就像文本的意义生产轴线,只有围绕它,意义才能得以建构和显明。在此意义上,我们可以说毛泽东《讲话》中对人性/阶级性的着重论述,其实就是要为革命文艺确定一条最基本的价值轴线,以保证革命文艺的意义生产是在革命所需要的政治轨道上运行。历史地来看,毛泽东关于人性与阶级性的说法,显然是左翼话语的延续:"在现在世界上,一切文化或文学艺术都是属于一定的阶级,属于一定的政治路线的。为艺术的艺术,超阶级的艺术,和政治并行或相互独立的艺术,实际上是不存在的。"② 这种对阶级性的强调,对超阶级的普遍人性论的批评,显然与鲁迅等人一致,"文学不借人,也无以表示'性',一用人,而且还在阶级社会里,即断不能免掉所属的阶级性,无需加以'束缚',实乃出于必然"③。但毛泽东对于左翼话语,不仅有延续,更有改写。在鲁迅等人看来,普遍人性虽然受到批判,却是存在的:"在我自己,是以为若据性格情感等,都受'支配于经济'(也可以说根据经济组织或依存于经济组织)之说,则这些就一定都带着阶级性。但是,'都带',而非'只有'。"④ 也就是说,鲁迅对阶级性的强调,是以承认普遍人性的存在为前提的。而毛泽东则将其当作超阶级人性、抽象人性的同义语进行了彻底否定:"有没有人性这种东西?当然有的。但是只有具体的人性,没有抽象的人性。在阶级社会里就只有带着阶级性的人性,而没有什么超阶级的人性。我们主张无产阶级的人

---

① 毛泽东:《在延安文艺座谈会上的讲话》,《毛泽东选集》第3卷,人民出版社1991年第2版,第874页。
② 同上书,第865页。
③ 鲁迅:《二心集·硬译与文学的阶级性》,《鲁迅全集》第4卷,人民文学出版社2005年版,第208页。
④ 鲁迅:《三闲集·文学的阶级性》,《鲁迅全集》第4卷,人民文学出版社2005年版,第128页。

性，人民大众的人性，而地主阶级资产阶级则主张地主阶级资产阶级的人性，不过他们口头上不这样说，却说成为唯一的人性。有些小资产阶级知识分子所鼓吹的人性，也是脱离人民大众或者反对人民大众的，他们的所谓人性实质上不过是资产阶级的个人主义，因此在他们眼中，无产阶级的人性就不合于人性。"① 这里，作为与阶级性相对的普遍人性概念被取消了，剩下的所谓"具体的人性"，其实成了阶级性的代名词：无产阶级的人性就等于无产阶级的阶级性；资产阶级的人性则等于资产阶级的阶级性。

这样，经过毛泽东改写后的人性/阶级性话语，事实上演变成了无产阶级人性（阶级性）/资产阶级人性（阶级性）的严格对立。前者指向大我化的斗争、抗争、集体主义，后者表现为小我化的个人主义、个人欲望。这种价值轴线与毛泽东所强调的二元性人物关系结构模式相结合，就必然形成这样的意义格局：在整体的"我们"和"他们"的对立中着力突出二者之间阶级性的对抗与冲突，凸显我们的阶级性——大我的道德主义，强化他们的阶级性——小我的欲望化、残忍化、反动化；而在我们内部，则按照先进性的程度分别凸显其阶级性的强弱，如落后分子对应小我、积极分子对应从小我走向大我、先进分子则对应完全的大我。这种共时性的意义结构再和历时性的情节演变相结合，则表现为：我们和他们的斗争，其实就是小我和大我的斗争，就是两种人性或曰阶级性的斗争；我们内部三种人物的矛盾冲突，也是小我和大我的冲突。这样，整个文本的意义生产就始终围绕着阶级/革命在展开，而不可能溢出政治革命的轨道。

人性/阶级性的价值轴线，可保证文本的意义生产在政治的轨道上运行，却不能天然保证其政治上的正确和效果上的不出偏差。要想最大限度地保证政治上的正确，和效果上的不出偏差，仅有价值轴线的选定是不够的，还需要价值意向呈示机制的规约。毛泽东有关歌颂/暴露的讨论，正是这样的意向规约机制。歌颂与暴露，本是文艺史上两种常见的价值意向呈示机制，无所谓好坏、优劣。古往今来的伟大作品，有以歌颂见长的，也有以暴露出彩的。究竟是歌颂，还是暴露，究竟歌颂什

---

① 毛泽东：《在延安文艺座谈会上的讲话》，《毛泽东选集》第3卷，人民出版社1991年第2版，第870页。

么，暴露什么，完全取决于作者的价值态度和审美考量。但非常时期需要非常的措施，为保证革命文艺政治功效的正确，毛泽东不得不对歌颂什么、暴露什么，进行具体的规定。纵观毛泽东的大段论述，其要旨无非是：对"我们"或曰"自己人"要歌颂，对"敌人"要暴露，对"朋友"则视实际情况灵活决定。① 这种不是歌颂就是暴露的二元对立化的思维方式，无疑淡化了文艺作品价值内涵上本应有的复杂性、模糊性、暧昧性，但它却是保证意义调度始终正确的最具可操作性的方式。因为，在阶级性/人性的价值轴线已然确定的前提下，歌颂什么，暴露什么，已不言而喻：歌颂无产阶级的阶级性——大我的集体主义道德、敢于反抗不妥协的斗争精神，暴露资产阶级地主阶级的人性——虚伪、残忍、腐朽、虚伪反动就是剥削阶级的人性（至于小资产阶级的人性就是贪图享受、好逸恶劳、自我清高等）。明白了这一点，作家就能在人性与阶级性的对立中予以正确取舍，并通过主人公的设置、故事或人物命运的结局、叙述者的干预等叙事手段来传达或暗示，从而避免政治效果上的错误。

一个完全按照人性/阶级性的价值轴线组织意义，却在最终效果上犯了政治错误而广遭批判的例证是新中国成立初期的电影《武训传》。这部影片讲述的是清末一个名叫武训的人行乞兴学的故事。其意义建构显然也是围绕人性/阶级性组织起来的，但在歌颂与暴露的对象问题上，却出现了偏差。按照毛泽东划定的价值呈示逻辑，武训作为无产阶级的形象，自然是要歌颂的，但要歌颂的应该是其阶级性——为大众利益敢于反抗敢于斗争的精神，而不应是其所谓泯灭阶级界限的普遍的人类之爱。满清皇室作为地主阶级的代言人，是要暴露讽刺的对象，影片却赋予其正义主持者的形象。这就难怪毛泽东要对之进行批判了："《武训传》所提出的问题带有根本的性质。像武训那样的人，处在清朝末年中国人民反对外国侵略者和反对国内的封建统治者的伟大斗争的时代，根本不去触动封建经济基础及其上层建筑的一根毫毛，反而狂热地宣传封建文化，并为了取得自己所没有的宣传封建文化的地位，就对反动的封建统治者竭尽奴颜婢膝的能事，这种丑恶的行为，难道是我们所应当

---

① 毛泽东：《在延安文艺座谈会上的讲话》，《毛泽东选集》第3卷，人民出版社1991年第2版，第848—849页。

歌颂的吗？"① 这表明，《武训传》的问题，不在于没有按照人性/阶级性的轴线进行意义调度，而在于对歌颂什么暴露什么的价值意向呈示机制的把握出了问题。

从文学为政治服务、为工农兵服务的政治功利主义观出发，提出以效果规范动机的意义调度原则，到人性/阶级性的价值轴线的设定，以至歌颂/暴露这一价值意向呈示机制的规定，毛泽东及其《讲话》就这样为革命文艺文本的意义调度划定了基本的叙事准则。这些准则对此后的解放区文学、十七年文学、"文革"文学产生了深远影响。《讲话》之后革命文艺之所以在意义生产上具有高度的同质化，原因就在于这一意义调度思想的规范和不可逾越。

第二节 《讲话》对解放区小说叙事的形塑
——以丁玲的"转变"和赵树理的"发现"为例

毛泽东《讲话》包蕴着丰富的叙事学思想，它的许多准则，其实是对叙事文学的规范和要求。《讲话》发表后，它对解放区文学尤其是小说叙事产生了极为深远的影响。某种程度上甚至可以说，1942年后的解放区小说叙事，就是毛泽东《讲话》直接形塑的结果。但这种形塑究竟是如何完成的？或者说，作为一种宏观、抽象的理论论述，《讲话》如何介入并重新塑造了解放区小说叙事的版图？它在小说的故事结构、叙述话语、意义调度等层面，究竟留下了哪些具体的影响？它是否受到过作家们有意无意地抵制？若有，这些抵制在实际的小说叙事中又是如何体现的？这些显然都是值得深入探究，却尚未得到很好回答的问题。

一 丁玲等亭子间作家小说叙事模式的转变

现在普遍认为，1942年毛泽东《讲话》之前，延安已涌动着一股紧守批判立场，倡言人性、主张平等的"文艺新潮"。这股新潮的推动者，大都来自上海等大都市，故被称为"亭子间"作家。丁玲是这批

---

① 毛泽东：《应当重视电影〈武训传〉的讨论》，《毛泽东选集》第5卷，人民出版社1977年版，第46—47页。

作家中最早到达，也最为活跃的一位。她1936年来到延安，《讲话》前夕不仅写下了杂文《三八节有感》《我们需要杂文》，而且还写下了《夜》《我在霞村的时候》《在医院中》等小说——这也是这股新潮中仅有的几篇代表性小说。无论从哪个角度来看，这些小说与《讲话》所规定的叙事要求，都存有相当落差甚至是冲突。《夜》具有明显的弗洛伊德主义色彩，革命工作者身上隐隐体现的力比多冲动，尽管最后都在革命的规范下被控制住了，但其将人性和阶级性予以二元对立的运思模式，显然与《讲话》完全阶级化的要求不尽相同。《我在霞村的时候》采用第一人称叙事视角，其所隐含的知识分子式的居高临下的启蒙主义态度，也不符合《讲话》对歌颂农民的要求，因为在此视野中，农民都是愚昧的，而且延安似乎成为一个可以接纳妓女的地方。至于《在医院中》，知识分子"陆萍"就像一个摄像头，将医院中的所有病况进行了细致扫描，甚至会让人产生解放区是座医院、延安有病的隐喻式联想[1]，这与《讲话》对内要歌颂、对外才暴露的要求更是明显龃龉。

不难想见，《讲话》之后，丁玲的这几篇小说，会连同她的杂文一并受到批判。虽因自我的积极主动和毛泽东的特殊保护，丁玲很快就安然过关。但作为以小说名世的作家，如何才能写出符合《讲话》要求的小说，却让她陷入了长久的焦虑。相当长一段时间里，她没再涉足小说，而仅仅写了一些非小说的东西，如秧歌剧《万队长》，报告文学《田保霖》《袁广发》，传记作品《民间艺人李卜》等。1948年，她终于如愿推出长篇《太阳照在桑干河上》，并大获成功。这部根据作者亲身经历写成的土改小说，严格按照《讲话》倡导的叙事规则来写作，已迥然相异于《夜》《我在霞村的时候》《在医院中》等作品的叙事风格。

小说完全按照《讲话》所提示的"阶级斗争"的基本逻辑来组织结构故事。在横向的人物及其关系结构上，它采取严格的二元对立模式：一方是代表被压迫阶级的农民，如张裕民、程仁等；一方是代表压迫阶级的地主，如钱文贵、侯殿魁、李子俊、江世荣等；它们围绕土地和剥削，构成小说中两组基本的对立力量。在此大框架下，人物形象不

---

[1] 黄子平：《病的隐喻与文学生产——丁玲的〈在医院中〉及其他》，载王晓明主编《二十世纪中国文学史论·下卷》，东方出版中心2003年第2版，第65—77页。

仅按革命性和先进性程度,被分成光谱化的反动人物、未觉醒的落后分子、在觉醒的积极分子,以及最觉醒的党员农民等几大序列,而且按革命性与财产多少成反比例的阶级分析法推衍塑造,呈现出明显的模式化色彩,如"地主的贪婪、凶残、狡猾,不甘心退出历史舞台;富农既有地主的一些特点,但又有所不同;中农是动摇的,贫下中农、雇农是最革命的;在工作队成员中,知识分子容易犯错误,但能够在斗争中得到改造,有经验的革命干部体现了党的领导,是党的化身"[①]。纵向的情节结构,则以两个对立阶级之间的"斗争"为主线,穿插叙述正面内部先进和落后之间、新我和旧我之间的"小冲突",以一波未平、一波又起的波浪式态势逐步推进,直至最终农民战胜地主,先进战胜落后,新我战胜旧我。这种"大团圆"式的结局,不一定全是现实生活的真实写照,却非常符合《讲话》"更集中、更强烈、更典型"的要求。

叙述话语上,小说也极力响应《讲话》民族化和民间化的号召。这集中表现在叙事视角和叙事人称的改变上。与中国传统小说的第三人称全知叙事不同,以鲁迅为开端的中国现代白话小说,往往采用第一人称和第三人称限知叙事的方式。这类视角,因叙述者自身主体心灵世界的直接宣示和对人物灵魂的俯察式解剖,具有强烈的个性色彩和启蒙意味,是现代知识分子精英立场的形象体现。丁玲是从这种小说阵营中走过来的,深受此种叙事模式的影响。《夜》中的故事外叙述者,《我在霞村的时候》中的"我",以及《在医院中》的陆萍,都是这类具有独立思考能力且居高临下悲天悯人的知识分子形象。《讲话》之后,丁玲逐渐体会到,这类视角既不符合知识分子要虚心向农民学习的要求,也不符合要"普及"的标准,因此转而采取了传统式的第三人称全知叙事方式。她最大限度地淡化叙述者的个人形象和主观情绪,使得叙述者就像个说书人似的,可以对暖水屯上的每一个人物进行聚焦,而又不完全停留在其视角范围之内。这不仅成功降低了知识分子的精英气息,而且更符合中国农民的审美习惯。

从小说的主题设计和意义调度,同样可以看出《讲话》原则的强

[①] 黄曼君主编:《毛泽东文艺思想与中国文艺实践》,华中师范大学出版社2002年版,第186页。

力介入。一个最明显有力的例证是，丁玲对黑妮和程仁爱情故事的修改。手写稿中，黑妮原是地主钱文贵的女儿，而且是掌上明珠，却爱上了长工程仁。在此叙述中，黑妮就像莎菲一样，是敢于冲破传统礼教、大胆追求爱情的新式女性，这种具有明显女性主义意味的设计，显然不符合《讲话》有关人性/阶级性的调度要求。倘若发表，会让读者误以为爱情可以凌驾于阶级性之上，普遍人性完全可以填满阶级差异的鸿沟。考虑到可能会引发的这种社会效果，丁玲将黑妮改成了钱文贵的侄女，且因父死母嫁，寄居在钱文贵家里当女仆，经常遭到主人的打骂。这种处理，虽还保留了女主人公与地主血缘上的关系，却为她与长工程仁的爱情，提供了阶级合法性。因为女仆的地位，使她和长工站到了同一阶级起跑线上，他们的相爱，与其说是普遍的人性要求，不如说是阶级友谊的结果，或者说，正是因为相同的阶级地位和阶级感情，他们才相互爱上了。[1] 这种改动表明，以效果规范动机、以阶级性规约人性的《讲话》原则，已介入到作家的创作过程之中，并最终形塑了小说的样貌。

很难想象，没有《讲话》思想的强力介入，丁玲的小说叙事会发生如此巨大的转变。当然，也因为这种转变，丁玲获得了主流意识形态的接纳和肯定。但丁玲的转变显然并非个案，而是众多亭子间作家的一个缩影。其他作家，在《讲话》之后，也面临着与丁玲一样的问题：转变叙事风格以符合《讲话》要求。他们甚至也像丁玲一样，亦经历了被批判，然后沉寂并洗心革面的曲折历程。最终，他们也都如丁玲般写出了获主流意识形态认同的作品。如周立波的《暴风骤雨》、欧阳山的《高干大》、柳青的《种谷记》、草明的《原动力》和《火车头》，思基的《我的师傅》、韦君宜《三个朋友》、刘白羽的《无敌三勇士》、邵子南的《地雷阵》等。这些横跨土地改革、农业合作化、工业、军事、知识分子各领域题材的作品，都是自觉按照《讲话》要求写出来的成功之作，呈现出鲜明的《讲话》色彩——如故事组织的斗争化和阶级化，叙述风格的民族化和民间化，意义主题的颂歌化和大我化。此类小说的集中出现，标志着亭子间作家小说叙事模式的普遍转变，也标

---

[1] 程文超：《醒来以后的梦：二十世纪中国文学中的现代性问题》，中国社会科学出版社2009年版，第85—88页。

志着《讲话》对解放区小说叙事版图的再造。

二 赵树理等本土作家小说叙事模式的发现

毛泽东《讲话》对解放区小说叙事版图的再造，还表现为对以赵树理为代表的一批根据地作家小说叙事模式的发现与肯定。赵树理很早就在根据地从事文化活动，虽然青年时期也曾像丁玲们一样，深受五四启蒙文学的影响，但一场类似鲁迅"幻灯片事件"一样的创伤性体验，让他很快改变了立场，并从启蒙主义者"改塑"成了革命通俗作家。[①]因长期生活在农民中间，他对农民的思想、审美习惯，有着非常透彻地了解："他们每个人的环境、思想和那思想所支配的生活方式、前途打算，我无所不晓。当他们一个人刚要开口说话，我大体上能推测出他要说什么——有时候和他开玩笑，能预先替他说出或接他的后半句话。"[②]这恰如周扬所说："赵树理，他是一个新人，但是一个在创作、思想、生活各方面都有准备的作者，一位在成名之前已经相当成熟了的作家，一位具有新颖独创的大众风格的人民艺术家。"[③]但既然早有准备而且相当成熟，那为何要到1943年发表《小二黑结婚》才骤然被人发现呢？很大程度上是因为，此时文坛上似乎只有他的小说能较完美地契合《讲话》的叙事规则。

不难看出，《小二黑结婚》中的人物，不仅可以在总体上按阶级性分成两大阵营——如以金旺兴旺兄弟为首的地主恶霸和以小二黑等人为代表的农民，而且农民内部也可按先进性程度区分成落后、觉醒、最觉醒三个层次，落后分子如二诸葛、三仙姑，小二黑、小芹代表觉醒者，最觉醒的则是代表政权力量的公职人员。整个故事的框架，则建立在三个二元对立的斗争序列之上：一是农民和地主恶霸之间的斗争，这集中体现在以金旺兴旺兄弟为代表的地主恶霸阶级和小二黑小芹们的农民阶级之间，前者老奸巨猾，无法无天，后者善良正气；二是农民内部先进和落后之间的斗争，这体现在小二黑小芹和其父辈三仙姑和二诸葛之间，前者要自由，后者却封建传统；三是同一人物内部新我和旧我的斗

[①] 刘郁琪：《赵树理：一个启蒙主义者的角色改塑》，《赣南师范学院学报》2003年第6期。

[②] 赵树理：《赵树理文集》第4卷，中国工人出版社2000年版，第1669页。

[③] 周扬：《论赵树理的创作》，《周扬文集》第1卷，人民文学出版社1984年版，第486—487页。

争,这表现在小二黑小芹的性格发展中,从一开始的忍气吞声,秘密恋爱,到后来的公开反抗。这种人物及其关系、情节及其序列结构,无疑与《讲话》阶级化和斗争化的故事原则十分合拍。此外,小说的结局也是按《讲话》文艺要比生活"更典型、更强烈、更集中"的要求设置的。因为与现实生活中的故事原型——民兵队长与一漂亮村姑恋爱却被村长打死的悲剧性相比,它充满大团圆式的喜剧意味。

在故事的叙述方式上,小说也非常符合《讲话》的规定。它化静为动的景物和心理描写,以及三仙姑搽了粉的脸"有如驴粪蛋上下了霜"之类幽默而朴素的农民化语言,与《讲话》之民族化和民间化的要求是高度契合的。在流程形态的编排上,则采取了传统评书体式的全知性、连贯性、完整性的叙事方式。如小说开头的"刘家峧有两个神仙,邻近各村无人不晓:一个是前庄上的二诸葛,一个是后庄上的三仙姑",就与传统评书体小说中的"话说……"的叙述方式类似。再如第十二节《怎么到底》,在整个中心故事结束之后,还要对每个人物的结局做个交代,以做到小说叙事的完整性。对这类叙述方式的采用,赵树理是非常自觉的,"中国过去就有两套文艺,一套为知识分子所享受,另一套为人民大众所享受",并认为五四以来的新文学"欧化"太重,"门户之见"很深,"厌其做作太大","我写的东西,大部分是想写给农村中的识字人读,并且想通过他们介绍给不识字人听的,所以在写法上对传统的那一套照顾得多一些"。[①] 这就不仅与民族化和民间化的要求一致,而且与普及基础上的提高的观念也很相通了。

赵树理曾说:"我的作品,我常常叫它'问题小说'。……因为我写的小说,都是我下乡工作时在工作中碰到的问题,感到那个问题不解决会妨碍我们工作的进展,应该把它提出来。"[②] 这种"问题小说"观,与"文艺为政治服务,为工农兵服务"的功利主义意义调度原则,显然并无二致。赵树理之所以写《小二黑结婚》,主要就是为了解决现实工作中碰到的青年男女自由恋爱的问题。在此问题意识下,赵树理对爱情本身的人性内涵几乎没有着墨,而是将其放在阶级斗争和新旧观念冲突的双重矛盾中展开,并通过新政权的介入让其取得圆满成功的方式,

---

[①] 赵树理:《赵树理文集》第4卷,中国工人出版社2000年版,第1704页。
[②] 同上书,第1882页。

以彰显自由恋爱的合法性和革命政权的伟大性。因此,小说虽以恋爱为主线,所展示的却不是爱情的缠绵悱恻,而是革命的跌宕曲折,不是爱情的甜蜜美好,而是新政权的可歌可泣。歌颂之外,小说对暴露和讽刺尺度的把握,也相当精准。如对金旺兴旺兄弟等阶级敌人进行了无情地暴露,而对我们内部落后人物如三仙姑、二诸葛虽然讽刺,却是善意的,并没有进行敌我矛盾式的激烈批判,最后还交代了他们转变的前景。这种人性与阶级性的处理,歌颂与暴露的策略,自然非常符合《讲话》的相关要求。

若联系到《讲话》后亭子间作家因转型而造成的小说界的空白局面,就不难理解赵树理这种几乎完美体现了《讲话》要求的小说作品,会是多么地引人注目。如彭德怀就在看了手稿之后,做了"像这种从群众调查研究中写出来的通俗故事还不多见"的题词。①——这也是赵树理得以骤然成名的最直接原因。此后,他相继写出了《李有才板话》《地板》《李家庄的变迁》等作品,并获得评论家和主流意识形态的高度好评。郭沫若满怀激情地说:"我是完全被陶醉了。被那新颖、健康、朴素的内容与手法。这儿有新的天地,新的人物,新的感情,新的文化,谁读了,我相信都会感着兴趣的。"② 周扬则专门撰文《论赵树理的创作》,对其予以高度评价。1948年,陈荒煤更是将其概括为"赵树理方向"并得到中央认可。至此,一种新的符合《讲话》要求的小说叙事美学的样板被正式确立。

赵树理之后,一大批土生土长的根据地作家陆续"涌现"。如孙犁以及人称"西李马胡孙"的山药蛋派作家西戎、李束为、马峰、胡正、孙谦等。他们不是俯就而是真正从群众中出来的作家,文化水平也许并不高,但群众生活经验极为丰富。他们本来并没有打算要做职业作家,只是在《讲话》精神的感召下,在赵树理方向的启发下,才拿起笔搞起了小说创作,并写下了一系列脍炙人口的名作。如马峰、西戎的《吕梁英雄传》、柯蓝的《抗日英雄洋铁桶的故事》、孔厥、袁静的《新儿女英雄传》,孙犁的《荷花淀》《芦花荡》《铁木前传》《风云初记》

---

① 赵树理:《赵树理文集》第4卷,中国工人出版社2000年版,第2208页。
② 郭沫若:《读了〈李家庄的变迁〉》,《郭沫若文集》第13卷,人民文学出版社1961年版,第369页。

等。这批小说自觉按照《讲话》的要求展开叙事,广泛吸收和借鉴民族民间艺术,具有明显的中国作风中国气派,是老百姓真正喜闻乐见的作品。它们的出现,标志着《讲话》重塑解放区小说叙事版图的全面完成。

三 形塑的反抗与叙事裂缝的存在

毛泽东《讲话》所确立的叙事规则,既在宏观上改变了解放区小说叙事的总体版图,也在微观上规约了解放区小说叙事的具体风格。但作为一种自上而下、由外而内的意识形态性话语,它在形塑作家叙事的同时,也必然会遭遇作家个体意识的反抗。不同类型的作家,因为出身、经验、阅历、知识结构等差异,个体意识不尽相同,因而在反形塑的具体内容和表现方式上也会互有差异。就亭子间作家而言,它主要表现为知识分子精英立场的挥之不去和对新的叙事要求的不愿屈从。这些作家大都受过五四新文化运动和启蒙思想的深刻影响,具有浓厚的精英情结和个性意识,在《讲话》出示的宏大的集体目标的感召下,他们在意识层面确实放弃了自己的主体性,但在无意识深处,知识分子的主体性却始终存在,且以各种潜隐的方式,无声地抵抗甚至是裂解着《讲话》的叙事规则。丁玲的《太阳照在桑干河上》,便留有许多这类抵抗和裂解的痕迹。

这首先表现在对人物形象的非典型描绘上。受毛泽东及其《讲话》阶级化叙事思想的影响,解放区小说中的人物形象,往往呈现出这样的"典型"特征:一个人的革命性乃至其人性和道德水平,与其财产的多少也即阶级地位的高低恰成反比。作为自觉贯彻《讲话》精神的小说,《太阳照在桑干河上》在总体上自然也具有这些特征。但在具体细节中,却程度不同地表现出对这一模式的偏离。如作为最大敌人的地主钱文贵,就并非典型的地主形象,因为他的地并不多。若完全按财产多少来划分,他顶多就是富农。但小说还是依据现实原则将其处理成了暖水屯上最大的地主。富农顾涌,虽然地多,但并不反动,因为他的地,并非靠剥削得来,而是凭他的"血汗"和"命"换来的。而小说中两位最先进的农民,村支书张裕民和农会主席程仁,就财产而言当然都是最靠得住的阶级——农民中的贫雇农,但在思想道德上却并非向来先进,而是也有过"瑕疵":张裕民"在过去曾有一个短时期染有流氓习气",程仁则因对黑妮的爱情而在斗争钱文贵问题上有过个人的小算盘。这众多的非典型人物形象的出现，显然是作家主体个体意识的产物，它透露出的是作家主体作为知识分子对问题复杂性的思考，是某种精英立场和启蒙思维的无意识显现。

为与《讲话》民族化和民间化的要求靠拢，丁玲在叙述话语上做着去知识分子化的不懈努力。但不管她如何改变，其叙述话语的知识分子气质，却始终挥之不去。如侯殿魁主动送回红契后，对侯忠全心理状态的描写："他走后，这老两口子，互相望着，他们还怕是做梦，他们把地契翻过来翻过去，又追到门口去看，结果他们两个都笑了，笑到两个人都伤心了。侯忠全坐在院子的台阶上，一面揩着眼泪，一面回忆起他一生的艰苦的生活。他在沙漠地拉骆驼，风雪践踏着他，他踏着荒原，沙丘是无尽的，希望像黄昏的天际线一样，越走越模糊。他想着他的生病，他几乎死去，他以为死了还好些，可是又活了，活着是比死更难呵！慢慢他相信了因果，他把真理放在看不见的下世，他拿这个幻想安定了自己。可是，现在，下世已经成了现实，果报来得这样快呵！"拿到红契后的高兴，当然是农民式的，但"希望像黄昏的天际线一样，越走越模糊"，"他把真理放在看不见的下世，他拿这个幻想安定了自己"等，显然不是农民的口吻，而只能视为知识分子丁玲的声音。这种脱知识分子化的不彻底性，在"果树园闹腾起来了"关于晨曦的描写，以及其他更多的人物心理和叙述者的议论中，都有体现。这些不协调，表明丁玲对知识分子视角的放弃，虽然主动却并不彻底。

作为知识分子的作家主体意识的存在，还表现在小说主题设置上对知识分子问题的潜在辩护和女性意识的不自觉流露上。《讲话》之后，小说中的知识分子形象，大幅减少至几近绝迹的地步。即便偶有出现，也是命运多舛：不是完全反动，就是有缺点，甚至颇为幼稚。《太阳照在桑干河上》中的国文教员任国忠、工作组组长文采，就分别代表了这两类形象。但与通行的一味嘲讽或者漫画化的处理方式不同，小说对这两类知识分子都寄予了一定的同情。对任国忠这个土改工作的"破坏者"，"作者也没有把他划为敌人。而是由章品把他带去改造"。"对'一身透黑'的人，章品还是要教育、改造，可见章品对知识分子有着极大的宽容"。对文采，丁玲在写他"需要改造的同时，又下意识地为文采做些自己未必意识到的辩护"，"这就使作品在一个人物身上出现了两个声音，既批评，又辩护。尽管辩护是小心翼翼的，声音细小的，但在内心的分量并不轻"。对知识分子的这类同情、宽容和辩护,显然是作家主体知识分子意识的倔强显现。这种知识分子意识,在黑妮及其与程仁的爱情问题上也同样有所流露。在丁玲的笔下,黑妮俨然就是另外一个莎菲,她"是一位敢于自己给自己当家、自己给自己作主,敢于也有力量承担自己的选择,深明大义、坚韧不屈的女性。她的寻求个性解放之路并不比莎菲轻松,更不比莎菲逊色"①。这一切表明,作家主体的个人意识,并未随着《讲话》的自觉贯彻而彻底消失。

与亭子间作家倔强的知识分子意识相反,根据地作家习惯于从纯粹的民间立场,从真正的底层眼光出发。在某种意义上,民间世界的原生态和丰富性,是革命话语所难以完全覆盖的。与民间世界的根性关系,往往使他们与来自革命的政策话语相互龃龉。如赵树理的小说对底层农民复杂性的描绘,对基层政权组织瑕疵的刻画,就与《讲话》对内应以歌颂为主的要求,不完全合拍。1980年,周扬为《赵树理文集》写序时还说:"记得当时就有人说过,赵树理在作品中描绘了农村基层党组织的严重不纯,描绘了有些基层干部是混入党内的坏分子,是化装的地主恶霸。这是赵树理同志深入生活的发现,表现了一个作家的卓见和勇敢。而我的文章却没有着重指出这点,是一个不足之处。"②对此,有论者指出:"聪明而艺术敏感如周扬者当然不会'没有认识'到这点,这与其说是一种'检讨',不如说是一种措辞上的'修辞',既然当时就有人说过,那么就说明了问题的普遍性,何以周扬会在这篇重要的论文中会没有发现呢?事实应该是周扬在《论赵树理的创作》中将赵树理简单化了,方向化了……"③姑且不论周扬何以"简单化"赵树理的具体动机,这起码说明赵树理这种真正源自民间的创作,与政治革命话语的要求确实存在裂缝。此外,对民间传统的过于依赖,甚至某种民粹主义式的对西方艺术资源的抵制,也使他们的小说艺术形式只愿待在"普及"的层面上自给自足,而忽略对"提高"的要求。有些作品

---

① 程文超:《醒来以后的梦:二十世纪中国文学中的现代性问题》,中国社会科学出版社2009年版,第71—88页。
② 周扬:《赵树理文集·序》,《赵树理文集》第1卷,中国工人出版社2000年版,第1页。
③ 姚康康:《周扬〈论赵树理的创作〉与〈讲话的合与离〉》,《集宁师范学院学报》2011年第2期。

的传统色彩过于浓厚,甚至显得封建。它们常常将人民革命的领导者神化成不食人间烟火的侠义英雄,从而在根本上与马克思主义的人民史观构成了微妙的反讽。

第三节　解放区小说和左翼小说叙事之比较

相信谁也不会否认,解放区小说和左翼小说同属广义的革命小说范畴。一个通常的印象是:二者都是共产党影响之下出现的,解放区小说的许多作家原本就来自左翼小说阵营,因此,它们之间必然存在着诸多相同之处,或者说前者其实是对后者的继承;与此同时,解放区小说发生在共产党辖下的根据地,左翼小说则存在于国统区,历史条件和文化环境迥异,因此肯定存在着巨大的差异或者说断裂。这种既相同又相异、既继承又断裂的看法,是文学史批评中的滥调,无益于问题的深入探讨。因为问题的关键,不在于确认二者之间是否存有这种异同或者连续与断裂,而在于指出这些异同或者连续与断裂究竟体现在哪些方面,其各自的成分与相互的比例究竟是多少。这显然需要坐实于对小说文本各叙事层面的分析,而不能光靠空泛的印象式描述或者抽象的理论论述。

一　二元对立故事结构模式的由潜及显、由隐及明

就小说讲述的故事来说,解放区小说和左翼小说之间的相同之处是显而易见的。它们都较为自觉地围绕着阶级斗争来展开自己的故事,因而有着基本相同的故事内容:无产者的苦难和反抗、有产者的虚伪和反动。如左翼小说初起形态革命罗曼蒂克小说的发轫之作《少年漂泊者》,讲的就是无产者的苦难和反抗的故事。主人公作为一个孤儿,父母被地主逼死,一个人四处漂泊备受折磨,最后走上了革命的道路。萧红等东北作家群的小说,也是以书写底层无产者的苦难和反抗见长,《生死场》中尽是苦难,《八月的乡村》则以反抗为主。茅盾的《子夜》,作为左翼社会剖析小说的代表作,讲述的则是以吴荪甫为代表的有产者的虚伪和反动,当然也夹杂着无产者如工厂工人的反抗。张天翼等人的暴露讽刺小说,则主要是对有产者虚伪和反动的嘲讽,如著名的《华威先生》。路翎的体验现实主义小说,如《饥饿的郭素娥》和《财

主底儿女们》，则分别展示了底层的困苦和上层有产者荒淫的图画。至于解放区，无论是丁玲为代表的"亭子间"作家，还是以赵树理为代表的本土"根据地"作家，其小说也无一不是对这两个方面的书写。如二人最负盛名的《太阳照在桑干河上》和《小二黑结婚》，就既有程仁、张裕民，小二黑、小芹等无产者如何受苦和反抗的描述，也有对钱文贵、金旺兴旺兄弟等有产者如何虚伪和反动的叙述。

尽管故事内容相同，但在结构这些故事时，解放区小说和左翼小说却有着明显的差异。左翼小说在表达无产者的苦难、有产者的虚伪与反动时，往往仅着重于表达其中的一个方面。同一文本，要么主要表达无产者的苦难和反抗，要么主要表达有产者的虚伪和反动。前者占据了左翼小说的最大多数，最典型者如萧红的《生死场》，重心落脚在底层人民痛苦生活的呈现和反抗意识的觉醒上，至于压迫阶级的虚伪和反动，仅作为造成无产者痛苦和反抗的当然原因，以一种近乎缺席的方式存在；后者在数量上不多，有张天翼的《华威先生》和沙汀的《在其香居茶馆里》等，重心在揭示嘲讽上层社会的虚伪反动，无产者的苦难和反抗仅以一种外文本或者可预测后果的方式存在。同时呈现两个层面且让其发生直接对抗的很少，即便偶有作品会直接写到对抗，对抗本身也不会成为故事的重心。这以茅盾等人的社会剖析小说较为典型，如《子夜》中虽有资本家与工人的直接对立，但重心仍然在对吴荪甫等资本家形象的描绘。而解放区小说中，无产者和有产者这两个阶级间的二元对立或对抗，不仅直接构成了小说故事的内在结构，而且在根本上决定着故事情节的发展走向。如农村题材的小说，无一例外地表现为农民与地主之间的反复搏斗；而战争题材的小说中，则永远是我军和敌军之间一波三折的军事冲突。

随着对抗模式的凸显，人物及其关系结构开始呈现出明显的光谱化特征。左翼小说中，因对立模式的缺失，各种阶级的人物，无论是无产阶级包括党员，还是知识分子，甚至是有产者，都可以单独成为小说叙事的对象，甚至是视角人物，乃至文本的主人公。而解放区小说中，因对立模式的凸显和革命政治功利主义的需要，常常只有"我们"或者说无产者才可能变成主人公。当然，我们内部也并非铁板一块，各色人物往往按照其对基本阶级对立的态度而被分成先进分子——最坚决的我们；积极分子——比较坚决的我们；落后分子——不是很坚决的我们几种类型。而且，只有最坚决或比较坚决的人物才能占据文本一号主人公的位置。至于作为"他们"的地主或恶霸，往往沦为没有声音和心灵生活的人，仅作为一个纯粹"坏人"的能指符号而存在。这样，全部的人物就可以按其"先进性"程度，排列出一个由弱到强的人物光谱：坏人（地主恶霸）、落后分子、积极分子、先进分子，直至最先进的共产党员，而且形成了一个在所有人物中突出表现"我们"，在"我们"中又主要突出先进分子的人物关系模式。有学者精辟地指出，这种"依着时间顺序上的是否'先进'来构筑的""金字塔般的"人物"空间结构"，其实"隐含"了后来"文革"中所谓"三突出"原则（"在所有人物中突出正面人物、在所有正面人物中突出英雄人物、在所有英雄人物中突出主要英雄人物"）的"基本编码"方式。[1]

对比左翼和解放区小说的人物光谱，可以发现一个极为突出而且颇有意味的现象，那就是知识分子形象的退场。我们知道，在革命理论所叙述的那个无产阶级与压迫阶级之间的斗争中，知识分子属于小资产阶级行列，既不是"我们"，也非"敌人"，而是中间性质的"朋友"。他们既有奔向革命的一面，也有离心革命的一面，因此，既是革命要团结的对象，也是需要警惕的分子。[2] 左翼小说叙事中，往往强调他们革命、可以团结的一面。事实上，知识分子经过痛苦的思想斗争，脱离原有阶级奔向革命的故事，自始至终都是一种极为流行的模式。如蒋光慈《咆哮了的土地》中的李杰、柔石《二月》中的萧涧秋、茅盾《子夜》中的张素素、路翎《财主底儿女们》中的蒋纯祖等。而解放区的叙事中，知识分子则开始成为一个要警惕的对象，重点突出其离心革命因而需要防范的一面。这集中表现为两个方面：一是以知识分子为主人公的小说，已经少之又少，仅有思基的《我的师傅》、韦君宜的《三个朋友》等，而且讲的"是知识分子与工农结合过程中思想情感的变化，着重在与工农对比中，批判知识分子的思想弱点"[3]。这当中的逻辑预设不难明白：不改造就不可能获得革命的资格。第二个表现是，他们仅以配角的形象出现在其余题材的小说中，而且其特征和命运早已随其身

---

[1] 黄子平：《"灰阑"中的叙述》，上海文艺出版社2011年版，第27页。
[2] 参见毛泽东《中国社会各阶级分析》，《毛泽东选集》第1卷，人民出版社1991年版，第5—6页。
[3] 钱理群等：《中国现代文学三十年》，北京大学出版社1998年版，第405页。

份而确定：不是全坏，便是有缺点，甚至是颇为幼稚的。有论者指出，《太阳照在桑干河上》中的小学教员任国忠和工作组组长文采，便是这两类知识分子形象的典型，在他们身上，"隐含着一个知识分子改造的主题"，它和表面的"土地改革"故事一起分别构成了小说的"潜文本"和"显文本"，它意在告诫人们："知识分子应该到工农中去，在实际革命斗争中改造、提高自己，也只有到工农中去，在实际革命斗争中才能改造、提高自己"①。不难体会，在地主和无产阶级已构成强烈对立的情形下，作为中间阶层的知识分子不是接受无产阶级的领导，就是走向反动，不再具有独立的意义。

光谱化之外，人物的脸谱化、符号化倾向也明显增强了。通常说来，处于不同阶级地位的人，其穿着打扮的光鲜破烂，身体气色的红润清癯，以及言行举止的文雅粗豪，可能会有所不同，但外在的生理长相、内在的道德品质，却并不一定随着阶级的不同而有着明显的分野。以此观之，不难发现左翼小说中的人物塑造，基本上是从"常识"出发的。人物的衣着、气色、言行，与其经济基础基本一致——无产者大多衣着破烂、身体病瘦、举止粗豪，有产者则衣着光鲜、气色红润、行为"斯文"；人物的生理长相、内在品德，与其阶级地位也尚未呈现出绝对的正比例或反比例关系——有产者并不一定全坏，如吴荪甫的内心也有善良甚至温情的一面，无产者的内心也有彷徨，甚至"随时随地都潜伏着或扩展着几千年的精神奴役的创伤"②。而解放区的小说则完全不同，人物的生理长相、道德品质与其政治经济上的地位，开始按反比例关系呈现出明显的脸谱化特征：阶级成分越差（政治经济上越反动），道德人性上也必然越败坏，生理长相上也必然越丑陋；反之，阶级成分越好（政治经济上越是靠得住），道德上也就越无瑕疵，长相上也就越是英武漂亮。从读者角度观之，凡是长相"具有丑陋的兽性特征"的，如尖嘴猴腮，颧骨高耸，眼光狡黠等，那必是地主恶霸等反面人物无疑。③若是气宇轩昂，腰圆腿壮，双目有神，则绝对是英雄没

---

① 程文超：《醒来以后的梦：二十世纪中国文学中的现代性问题》，中国社会科学出版社2009年版，第73—77页。
② 胡风：《胡风全集》第3卷，湖北人民出版社1999年版，第189页。
③ 韩颖琦：《中国传统小说模式化的红色经典》，人民出版社2011年版，第204—205页。

错。这种特殊的红色"政治肖像学"和"政治心理图谱学",与中国戏曲的脸谱化叙事传统有关,但更与《讲话》有关人性/阶级性、歌颂/暴露的论述相连。

二 叙述话语由精英化转向民间化、大众化

解放区小说与左翼小说最为明显的差异,体现在叙述层面。如果说从左翼小说到解放区小说,故事层面深层次的断裂还遮蔽在表层的连续性之下而需要详加考辨的话,那么叙述话语层面的断裂则是一目了然的。从五四启蒙小说发展过来的左翼小说叙事,尽管在理论上一直强调大众化,却因骨子里那种挥之不去的"化大众"的作者本位的精英主义立场,在具体的小说叙事实践中——不论左翼小说内部的哪一类型,始终是知识分子化的,甚至还有越来越知识分子化的趋势。发展到后来路翎等人的七月派小说,甚至还"显出一种陀思妥耶夫斯基的气质","在某些方面带有了现代派"的色彩。[①] 连知识分子都难以卒读,遑论文化素质不高的工农读者。而解放区小说,则在《讲话》的强力介入下,呈现出真正的、鲜明的大众化和民族化风格。

这首先表现为视角调控的全知全能化/说书化。第三人称全知全能的说书人视角,是中国传统白话小说叙述话语的基本特点之一。传统白话小说源自民间的说书艺术,具有明显的"口述"色彩,即便后来的拟话本和章回小说,已是比较文人化的"案头"写作,"不直接诉诸听众",但是"潜在读者"及其接受程度,仍是"作者所必需优先考虑的",因此其叙述话语仍然是"投合市井读者趣味"的说书形式。[②] 如果说,现场的说书人要装得自己很"文人化"和"高雅化",那么拟话本的叙述者则要尽量保留说书人的"江湖性"和"通俗性"。这使得现代意义上的知识分子话语和声音,很难发展起来。但五四之后,受西方的强力影响,尤其是知识分子强烈的启蒙情结的驱动,五四新小说的叙述者开始逐渐摆脱传统说书人体式,而变成一种静思默想型的知识分子风格。如第一人称的引进,限知叙事的运用等。发展到左翼,不管主观上如何提倡大众化,其叙事视角的精英化和知识分子化与五四仍然一脉

[①] 钱理群等:《中国现代文学三十年》(修订本),北京大学出版社 1998 年版,第 390 页。

[②] 林岗:《口述与案头》,北京大学出版社 2011 年版,第 204 页。

相承。左翼小说，很多都是第一人称和第三人称限知视角写出来的。当然，左翼也有全知全能的第三人称视角，但叙述者那种居高临下的精英主义立场也始终挥之不去。在解放区，五四所引进的西方化的知识分子风格，开始被当作"有问题"的形式，加以修正甚至是抛弃，而曾经被遗忘甚至是需要摆脱的古典小说视角样式，则开始被重新激活，并得以广泛流行。

说书人视角的登场，使得小说叙述者变成"全知全能"的革命观察者，他"不但把握故事的开端、来龙去脉，更重要的是，他知道所有故事的终极结局"，这在表面上似乎使知识分子获得了革命战略家和革命领导人那种上帝般的"神"的能力[1]，提高了知识分子的地位，事实上不过是让个体性和精英化的现代知识分子匍匐在政策和政治的脚跟下，将其变回了讲述政策要求和政治意识形态的民间艺人。与此相应的结果是，小说叙述者可以将触角深入到每一个工农兵的心灵深处及其生活的每一个角落，却再也没有了五四和左翼时期那种居高临下的以启蒙或同情为基调的俯察式批判与解剖，而成为清一色的仰视与歌颂。从理论上来讲，应该有第一人称或第三人称限知视角的空间，只要那个"我"或者限知的对象是某个工农兵人物即可。但这种情形在解放区小说中几乎没有出现过。这是为什么呢？或许因为模仿农民的口吻，是要冒风险的，因为知识分子没有自信能够完全把握对象的语气、心态，稍一不慎便有可能会被批判为假冒群众，是对群众的不了解甚至是污蔑。叙述者的这种自我矮化和小心翼翼的姿态，在为数不多的几部以知识分子自身为写作对象的小说中更为明显。如韦君宜的《三个朋友》、思基的《我的师傅》，其叙述者已没有丝毫的身份优越感了，有的只是对自我小资产阶级思想意识的无情解剖，对农民阶级美好人性的赞颂，以及两相对比下的自惭形秽和无地自容。颇为有趣的是，这几篇小说破例采用了第一人称视角——似乎只有这种方式，才能将知识分子的阶级原罪感以及自觉接受改造的心路历程表达得更为深刻和感人肺腑。

视角的去精英化之外，流程编排的线性化和连贯化，也是解放区小说与左翼小说发生断裂的重要表征。左翼小说与五四小说一样，其流程形态采用的都是西方近代小说那种"横截面"体式。所谓横截面体，

---

[1] 黄子平：《"灰阑"中的叙述》，上海文艺出版社2011年版，第105页。

用胡适的话说就是截取"事实中最精彩的一段或一方面"以表现全体的做法,"譬如把大树的树身锯断,懂植物学的人看了树身的'横截面',数了树的'年轮',便可知道这树的年纪"①。尽管胡适说的是现代短篇小说的情形,但长篇同样如此。如被视为左翼最重要作品的《子夜》,虽长达几十万字,但主干故事的情节却相当简洁,无非是吴荪甫等人试图壮大民族企业却无果而终,历时仅短短两个来月。但小说在这一简单的中心情节之上,做了许多横向的扩充,从而大大增强了社会反映面,使得小说恍如一个截面,由此可以窥见 20 世纪 30 年代初整个中国社会的"全景"。这种源于西方的小说体式,与传统化民族化的《讲话》要求相龃龉,因此在解放区逐渐淡出,代之而起的是中国传统小说那种强调情节完整性和情节连贯性的"线性体"。这在解放区的"方向性"作家赵树理身上体现得最为明显。在他笔下,一个故事不仅有头有尾——人物开始怎么登场,最后结局如何,都交代得清清楚楚,而且中间的每一步发展,都是环环相扣的,没有丝毫的大幅度的空白与跳跃。即便要加快叙事速度,也主要采取"隔了两天""两礼拜过后""过了几天"等"缩写"而不是"省略"的形式,以保持"叙述的连贯性、清晰性和完整性"②。

解放区小说叙述迥异于左翼小说的另一体现是言语风格的转变。这在故事内人物言语的风格上体现得特别明显。我们知道,在以真实为生命的现实主义美学规范中,人物语言的性格化、身份化,是相当重要的。否则,会破坏小说的似真性效果。在此问题上,左翼小说经常面临指责。因为许多文化素养并不高的无产阶级,其语言和内心的思想活动却似乎比一般的知识分子还要文雅和高深,"譬如,在《倾跌》里,女主人公是一个小老妈,而作者却把她写成为一个诗人了:'我在闲着的三个月里,不绝地生出许多希望,和美丽的幻影,可是都一个个地跟大海里触着暗礁的船一样地沉到那阴森而苍郁的魔窟样的海底里'……恐怕不但一个女工说不出,想象不出,就是文科大学生也不一定人人能

---

① 胡适:《论短篇小说》,《新青年》1918 年 5 月第 4 卷第 5 号,载严家炎编《二十世纪中国小说理论资料》(第二卷),北京大学出版社 1997 年版,第 37 页。
② 白春香:《赵树理小说叙事研究》,中国社会科学出版社 2008 年版,第 53 页。

说出这一类有声有色的话语。"① 这与左翼小说家大都出身小资产阶级，对底层人民生活并不十分了解，而仅凭理念来向壁想象和虚构有关。而在要求不断"深入生活""必须到群众中去""必须长期地无条件地全心全意地到工农兵群众中去""与农民在思想情感上打成一片"的解放区②，知识分子作家与人民的这种隔膜已不复存在，从而使得写出真正底层人民的活的语言成为可能。事实上，解放区小说的人物语言，几乎全是地道的农民化口语和地域色彩浓厚的方言、土话。也就是说，左翼文学和解放区文学，尽管都强调表现底层人民的生活，但这些底层人民的话语，在左翼文学中却是非常精英化的，只有到了解放区文学，底层人民才开始真正说他们自己本来说的话。

解放区小说言语风格的变化，还表现为叙述者语言的可说化和可听化。如果说故事人物语言的口语化和方言化，是因为要符合农民的"真实"生活，那么，叙述者语言的可说化和可听化，则既是通俗化和普及化的必然要求，也是前述叙事视角"说书化"的必然产物。我们说中国传统说书场景中的说书人，在本质上是赚取钱财的商业艺人，而不是典型的知识分子，他们始终面临着强烈的修辞动机——那就是如何把故事讲得让每个听众明白、高兴，以便下次再来听讲，赚取更多的听讲费。这种强烈的读者本位意识，使得说书艺术的叙述者语言不得不具有强烈的可听性和可说性。而解放区小说作者的修辞处境，在某种程度上与传统说书人具有一致性。因为以效果规范动机、普及是第一位的意识形态要求，使得解放区小说作者不得不把让农民真正听得懂和看得懂作为第一要务。在此前提下，解放区小说不得不走向传统说书化的道路。也因此，在叙述者语言中，出现大量可听可说的"化静为动的风景描写""化静为动的心理叙述"，出现大量"只见……""他想道……"等诸如此类的路标性印记，其实是颇为顺理成章的。如赵树理小说的叙述语言，便"吸取传统评书式小说的手法，把描写情境融化在叙述故事中"，"少有静止的景物和心理描写"，"明白如话"，"琅

---

① 穆木天：《谈写实的小说与第一人称写法》，《申报·自由谈》1933年12月29日，载吴福辉编《二十世纪中国小说理论资料》（第三卷），北京大学出版社1997年版，第221页。
② 毛泽东：《在延安文艺座谈会上的讲话》，《毛泽东选集》第3卷，人民出版社1991年版，第859—860、851页。

琅上口"①。

解放区小说和左翼小说作为在时间上前后相连的两个革命文学段落，虽都以马列主义的文艺理论为指导，但在叙述话语上却形成了明显的断裂。如果说以精英化为特点的左翼文学，在叙述话语风格上的主要资源来自19世纪的批判现实主义和20世纪的俄苏社会主义现实主义，那么以通俗化为要务的解放区小说则主要源自中国传统的章回话本小说以及民间的说唱艺术。

三　意义调度的单一化、明朗化、乐观化

至于文本的意义调度，解放区小说和左翼小说的区别显然不像叙述层面那么泾渭分明，而是呈现出与故事层面相类似的同中有异、异中有同的复杂格局。毋庸置疑，以人性/阶级性或者说小我/大我、本我/超我为核心价值轴线，进行政治功利主义的意义叙事，是左翼小说和解放区小说意义建构的共同原则。但在此大原则下，二者的意义生产和价值建构方式，却发生了许多细微的变化。

我们说文本意义的产生，主要是由文本深层的价值轴线决定的。一个文本中隐含的价值轴线越多，其意义生产往往就越是复杂。相对而言，左翼小说中的价值轴线是比较多元化的，其意蕴主题也呈现出相对复杂的状态。如左翼最负盛名的小说《子夜》，除了最为核心的阶级化故事——吴荪甫作为民族资本家与买办资产阶级、与封建地主、与工人之间的恩怨斗争，还有一个反对封建张扬个性自由的五四故事。小说中的吴荪甫作为家长，显然也是传统封建专制的象征，而四小姐、张素素等年轻人，则是个性自由的代名词。"年轻一代"如四小姐、七少爷、林佩珊们，想自由恋爱、想个性自由，却受到了来自"老一代"吴荪甫们的反对和干涉。二者之间构成的紧张关系，表达的就是摆脱专制限制、走向自由的主题。类似这种围绕"传统专制/个性自由"的价值轴线而展开的五四故事，在许多左翼小说中是普遍存在的。且不说蒋光慈革命加恋爱的革命罗曼蒂克小说，即便其余几种类型如柔石的《为奴隶的母亲》（对女性地位和尊严的思考）、张天翼的《包氏父子》（对国民性的批判）等，东北作家群如萧红等人的小说，路翎的《财主底

---

① 钱理群等：《中国现代文学三十年》（修订本），北京大学出版社1998年版，第374页。

儿女们》，均是如此。这使得左翼小说不仅具有张扬革命、宣传革命的政治意涵，而且具有了五四式的思想启蒙功能。在此意义上，左翼小说并非其自称的都是单纯的"革命的传声筒""政治的留声机"。

但到解放区小说，尤其是1942年的《讲话》之后，价值轴线的设置却呈现出明显的单一化状态。几乎所有的故事，都是围绕着"人性/阶级性"而展开的，这就使得左翼小说那种意蕴内涵的多样性和复杂性消失了，转变得前所未有地单纯和明了。赵树理的《小二黑结婚》，也许是极少数的几个例外之一。它在人性/阶级性的价值轴线之外，还保留着"封建迷信/个性自由"的轴线。追求自由恋爱的小二黑、小芹无疑构成了个性自由的一极，而"抬手动脚都要论一论阴阳八卦"的二诸葛、喜欢顶着红布装神弄鬼实则好逸恶劳的三仙姑则构成了封建迷信的另一极。这样，小二黑们的反抗，就不仅仅是一个在家庭外部反抗阶级压迫的故事，而且也是一个在家庭内部反抗封建专制的故事。正因为这种价值轴线的多元性导致的价值主题的多义性，使得赵树理的小说不尽符合解放区政治意识形态的要求，并拉开了与大部分解放区小说的距离。尽管他曾被推举到解放区文学方向性作家的高度[①]，但在后来日益纯粹化的革命叙事氛围中，却会因此复杂化思维而屡遭批判和挫折。

当然，解放区小说意义调度的单一性，不仅仅表现在价值轴线的单一化上面，更表现在同一人物——当然是主要人物价值态度的单纯性上。同样是人性/阶级性的价值轴线，左翼小说中的人物，无论正反，往往同时分有人性和阶级性这两种价值属性。虽然左翼小说主要和最终的目的是要张扬阶级性，但人性尚非全然需要摆脱和绝对否定的撒旦。即便是代表阶级性的正面主人公，他们身上也闪动着人性欲望的影子。如丁玲的《一九三〇年春上海（一）》中的美琳，柔石的《为奴隶的母亲》中的母亲，茅盾《子夜》中的吴荪甫，路翎《财主底儿女们》中的蒋纯祖，面对人性的诱惑，他们也有动摇、挣扎、徘徊，甚至是痛苦、彷徨、犹疑和精神分裂。左翼叙事的魅力，很大程度上就在于写出了人物这种在人性/阶级性之间的缠绕纠结、在小我/大我之间的徘徊挣扎，以及从人性转向阶级性、从小我走向大我过程中的艰难与痛苦。这

[①] 陈荒煤：《向赵树理方向迈进》，《陈荒煤文集》第4卷，中国电影出版社2013年版，第31—35页。

表明，在左翼小说中，人性尚未完全成为一个面目可憎的"坏"的符号，阶级性也并非是完全游离于人性之外的空洞抽象的存在物，隐含作者所采取的并非简单的非此即彼的绝对化观念，而是相对比较模糊、复杂和暧昧的价值策略。

面对人性/阶级性的价值轴线，解放区小说的价值态度要单纯、明朗得多。与左翼小说让人物同时分有人性和阶级性不同，解放区小说中的人物往往是分别分有这两种性质的。正面人物或者说"我们"站在阶级性一边，成为阶级性的代言人；反面人物或者说"敌人"则站在人性一边，成为人性意识的垄断者，享有性意识的特权。[1] 他们之间的立场泾渭分明，彼此水火不容，最后则是清一色的阶级性战胜了人性。这种场域布控所呈示出来的价值观念显然是简单化的：人性与阶级性处于彼此对立的两端，绝对不可调和，要人性就必然影响阶级性，要阶级性就必然影响人性。这种观念下的故事人物，因缺少人性与阶级性之间的复杂牵扯，因而变成了纯粹概念化的符号。稍微复杂也更为有趣一些的，或许是那些处于中间状态的所谓落后人物，以及处于成长过程中因而不免有点幼稚的干部。在他们身上，尚保留着少许人性/阶级性之间的纠葛。如《小二黑结婚》中的三仙姑，虽然上了年纪，却好色爱俏；《李有才板话》中的小元，有了点权力，就飘飘然沉浸于权力的美好中；《太阳照在桑干河上》中的程仁，因为黑妮的关系，在斗争钱文贵时有过一点"人性化"的犹疑。尽管小说对他们身上的这点纠葛，采取的是贬抑嘲讽的态度，并没有基本的同情和理解，但毕竟让人看到了人性和阶级性相互缠绕的一面，因而更为真实感人，也更让人印象深刻。

解放区小说与左翼小说在小说意义调度上的另一差异在于，前者的情感基调是乐观的，后者则是低沉的，前者清一色地呈现为喜剧，后者则基本上属于悲剧。这在二者的苦难叙事中，体现得尤为明显。毫无疑问，左翼与解放区小说，都会书写苦难，但对比可以发现，解放区小说叙事中虽有苦难，却没有痛苦——人们的生活虽然充满苦难，但主体精神却是去痛苦化的，或者说苦难很少引起主人公精神上的痛苦情绪。小说重在从阶级论角度书写苦难的前因后果，是阶级压迫导致了苦难的发

---

[1] 黄子平：《"灰澜"中的叙述》，上海文艺出版社2011年版，第86页。

生，因此，它引向的不是对苦难本身痛苦情绪的体认，而是对阶级敌人的仇恨。相比而言，左翼叙事中则既有苦难，又有痛苦——苦难是在主人公不无痛苦的情感基调中得以呈现的。小说的重心在苦难及其痛苦感本身，他希望激起读者对痛苦的同情，而不是前因后果的推论。它希望通过对苦难和痛苦本身的渲染，通过读者对人物内心情感的认同，而不是单纯的概念和线性的逻辑因果关系的演绎，来达到激起人们革命斗志的目的。

面对苦难，人们必然会走向反抗。但左翼叙事中虽有反抗却无胜利，而解放区叙事中，反抗却无一例外地会导向胜利——尽管中途也会有暂时的挫折，但最终的胜利却是必然的。这也就是说，左翼叙事中的苦难往往是根本性的，普遍性的，有时甚至是无从摆脱的，无产者虽然在反抗，但苦难的处境却稳如泰山般很难撼动。这种故事的结局，固然充满了悲观的色彩，但不是悲观主义。左翼小说之所以这样做，并非要表明反抗的虚无和没有用处，而是要借此宣示苦难的深重，以及改变苦难处境的任重而道远。而解放区文学中，无产者的苦难，不似左翼那样永恒，而是完全变成了一种"阶段性现象"——它仅仅是革命兴起以前的历史处境，一旦革命起来，苦难即会消失。这种大团圆式的喜剧化结局，与毛泽东对文学应该比生活"更集中、更强烈、更典型"的论述有关。但从实际效果来看，它确实是可以鼓舞人心的。尤其是对文化素质相对不高的解放区群众来说，这比左翼式的悲剧性结局，确实更能起到激起革命激情、鼓舞必胜信念的意识形态效果。

从历史的角度来说，解放区小说这种大团圆的、乐观主义的意义调度，究竟是对左翼叙事更高层面的超越，还是下坡路式的降低，或许谁也没法说清楚。或许有人会质疑这种乐观主义的廉价性，但其实大可不必。任何文学都是时代的产物，只要契合了时代的需求，也许成不了文学经典，但起码可以成为文学史上经典。恰如胡适的《尝试集》，无论当时现在，都没有人认为它有很高的审美价值，但它的文学史价值，却任谁也无法否认。

结　语

1949年7月，来自解放区、国统区、沦陷区的三支文艺大军，在北平会师，召开第一次全国文艺工作者代表大会。会上，除了周恩来的"政治报告"和郭沫若的"总报告"外，茅盾、周扬分别代表国统区和解放区做了题为《在反动派压迫下斗争和发展的革命文艺》《新的人民的文艺》的报告。从报告的顺序、题目及其具体内容可以看出，未来的新中国文艺在择取历史资源时的轻重等级：解放区文学范式将占据绝对强势地位，国统区左翼文学范式其次，非左翼文学范式则敬陪末座。同年10月，中华人民共和国成立，包括现代小说在内的中国新文学随同历史一起进入一个新时代。在这个新时代中，作为现代小说群落中诸多动向之一或者说中国现代小说众多可能性中之一种的解放区小说被视为现代小说的正统向全国规模铺开，并成为此后三十年间中国大陆主导性的小说模式。至此，本书所谓崛起于五四且曾经包含多种思潮、流派、类型和范式的中国现代小说，也就正式落下了帷幕。

三十余年间的中国现代小说，其内部各思潮、流派、类型及范式之间的兴替演变，有着内在的谱系逻辑，构成了一个相对完整的叙事系统。鲁迅小说崛起于五四"问题小说"的腹部，并迅速超越了"问题小说"的局限，而成为五四启蒙叙事的典范与高峰。五四退潮期出现的人生派和浪漫派，同样渊源于"问题小说"的阵营，并分别分享了鲁迅小说叙事中写实和抒情的两种风格和主题，构成了两种相辅相成的五四启蒙小说叙事模式。"问题小说"还孕育着五四古典派小说的萌芽。这派小说是对五四启蒙叙事模式的补充，也在一定程度上表现出对启蒙叙事的疏离。20世纪20年代中期尤其是1927年大革命失败后，五四浪漫派和人生派这两种典型的启蒙小说，逐渐向左翼革命小说的叙事范式转变。而左翼革命小说叙事，也应和着革命风云的变幻不断调整，从早期的革命罗曼蒂克模式，到茅盾等人的社会剖析类型，以及张天翼等人的暴露讽刺和萧红等人的抗战流亡范式，再到七月小说的体验现实主义模式，不断调整和变化。它们相互之间有联系，也有差异。左翼小说叙事不断创新并成为时代主潮的同时，某些作家在五四浪漫派小说欲望叙事的基础上发展出一个"新海派"的传统，并经历了早期性爱叙事、新感觉派叙事再到新都市传奇叙事的代际更迭。原本涓涓细流的五四古典派小说，则被沈从文等人延展成所谓"京派"。而五四人生派中，亦衍生出独立作家的民主主义叙事类型。这些非左翼小说，在革命叙事的维度上与左翼小说并非完全异质，而是构成了互补和对话的关系。抗战爆发后在延安等地崛起的解放区小说，深受毛泽东《讲话》影响，在叙事渊源上是对左翼革命小说叙事模式的继承、重写与改造。

中国现代小说叙事的演变，本质上是对中国现代社会历史变迁和中国文化现代性追求的文学反映。鸦片战争以后，中国逐渐形成了以个人解放和民族自强为主要目标的现代性追求。而启蒙和革命，则成为实现现代性目标的两个主要方案或手段。但中国现代性的复杂之处在于，不同的时期，因为历史环境的变迁，不同的党派，因为利益诉求的分殊，不同的人，因为出身、交游、受教育水平的差异，对现代性的两个目的、两种手段谁更具优先性的认识，或者说应该先追求哪一项，先应采取哪种方案的理解，往往不尽相同。相对来说，五四时期更侧重思想启蒙，认为没有一个普遍的全民性的思想启蒙运动，中国不可能走向强大，而在现代性的两个目标上则更强调个人解放的一面，认为先有个人解放，才会有民族自强。这便是五四时期的小说尤其是鲁迅的小说，非常强调个人主义，并可以归结为启蒙主义叙事的原因。但即便同样是强调启蒙，同样是强调人的解放，也有着对所要的解放的人的维度的不同认识。有些侧重内在欲望的合法性，有些侧重外在行为的自主性，有些则强调内外和谐、灵肉一致、人己合一。而五四退潮期产生和流行的所谓"人生派""浪漫派""古典派"小说，其实就是对同一启蒙问题的这三种不同回答的叙事性表现。

20世纪20年代中期尤其是1927年以后，社会主流逐渐由启蒙转向革命，强调没有民族自强的集体主义革命，所谓个人解放的启蒙不过是一种不堪一击的美好想象。鲁迅就曾说："一首诗吓不走孙传芳，一炮就把孙传芳轰走了。"[①] 这是小说领域左翼革命小说叙事勃兴并迅速成为时代主潮的原因。但即便是革命阵营内部，也有对个人解放和民族自强、个人主义和集体主义，人性和阶级性等之关系及其比例的不同认识。也因此，左翼小说内部的叙事模式也在不断变迁和超越。此外，强调民族自强维度的革命虽然成为时代主潮，但强调个人层面的启蒙主义主张也并非完全不存在。只不过因为时代不同，往往弱化了启蒙的色彩，而仅仅关注到个人的层面。三四十年代所谓"京派""海派"和"独立作家小说"，便属于此类情形。这三派小说，分别注目于美好的理想人性的建构，人的内在欲望的书写，以及人所受的各种外在束缚及由此造成的生存困境。也因此，这些小说不大去关注和描述重大的历史时代风云，即便或隐或显地出现一些革命的面影，在具体的叙事中也往往是去革命化的。就此而言，它们与左翼革命小说叙事确实不同。但从现代性的角度来看，它们与其说是革命叙事的对立面，不如说是革命叙事的补充和对话性力量。因为它们与左翼革命小说一样，都属于中国现代性追求的文学反映，都可归为中国小说的现代性叙事。

除了因应中国现代社会历史的变动和对现代性的追求，中国现代小说也充分吸取了中国古典和西方小说两个方面的叙事资源。鲁迅小说作为一个庞杂的叙事现象，几乎综合融会了中国古典文言和白话小说叙事的两大传统，例如中国古典文言小说叙事风格的简练，西方自文艺复兴以来的人文主义、浪漫主义、现实主义、象征主义、现代主义乃至西方后来才出现的后现代主义叙事现象，在鲁迅小说中都有体现。五四后从"问题小说"到人生派、浪漫派、古典派的分野，则似乎是用十年的时间将西方文艺复兴至20世纪前四五百年间的文学演变共时性地复制和演绎了一遍。此后的左翼革命文学，则师法苏俄，并广泛借鉴和汲取世界其他国家马克思主义文学的成果和养分。同样隶属左翼，深受胡风影响的七月派小说还显现出向西方现代主义借鉴的特征。当然，海派小说对西方现代主义尤其是弗洛伊德主义的借鉴更为明显。西方之外，传统小说叙事的影响亦广泛存在，例如五四古典派小说和后来的京派，就与中国古典文化接上了线。左翼革命阵营中的革命罗曼蒂克小说，也有明

[①] 鲁迅：《而已集·革命时代的文学》，《鲁迅全集》第3卷，人民文学出版社2005年版，第442页。

显的中国古典小说"才子佳人"的模式。而解放区的小说，则在民族形式和普及为主的倡导中，大规模地回归中国古典的民间叙事传统。这一切表明，在中国现代小说的叙事建构中，古典和西方都是不可或缺的在场性因素。只是在各个作家、思潮、流派或者说类型中，汲取的成分、比例各有不同。中国现代小说充分吸取中外叙事资源，并对之进行现代化和本土化的改造，从而形成了中国现代小说开放又自成一体的叙事风格。

中国现代小说叙事的意义，放在更长的历史时段中，会看得更清楚。虽说1949年后的中国当代大陆小说叙事，在很长一段时间之内，都是延安文学模式占据主导地位。但左翼小说内部尤其是20世纪40年代崛起的七月派小说人性叙事的传统，仍然内在地参与着新中国前三十年小说叙事版图的建构。例如新中国成立初期路翎的《洼地上的战役》，"双百"时代的"干预"文学，尽管只是"昙花一现"，随即便被归入"异端"的范畴而予以肃清，但毕竟作为一种小说的脉络或隐或显地存在过。"文革"爆发后，这个从更长的时间来看其实是源自五四的叙事传统，逐渐演变成为"地下文学"或"手抄本小说"的一部分，并在新时期以后以伤痕、反思和改革小说的姿态复出并跃居为主导性的小说叙事范式。现代小说中那种颇具古典意味的"京派"小说叙事，也以"寻根""文化"小说的形式重新归来。海派小说的人性欲望叙事，曾在"文革"时期的地下小说中被继承甚至泛滥成灾，并成为20世纪90年代后"个人化"叙事和"身体写作"的重要源头。就此而言，中国现代小说多样化叙事其实并未随着1949年的来临而终结，它们以各种形式或隐或现、或快或慢地参与和建构着中国当代尤其是新时期以后的小说叙事格局，也必将对未来中国小说叙事的发展版图，继续产生长久而深远的影响。

后　记

　　对小说叙事感兴趣，最先源于对自己知识结构的一种焦虑和规划。我本科学的是历史，硕士学的是文艺理论。几年的专业训练之后，发现自己讲起文学史的背景或线索往往头头是道，说起文学理论的流派、观点甚至与之相关的哲学问题也可以滔滔不绝，却无法真正进入任何一个具体的文本，对其做出完整、细致和像样的解释。一个不能有效解读文学文本的人，有可能真正步入文学的堂奥吗？我被这样的惶恐和焦虑纠缠着，于是觉得有必要再换一次专业了，这是我考博士时没有继续选择文艺学而是改考中国现当代文学的原因。当时报的是中山大学，记得录取确定之后，首次拜见导师程文超教授，他问为何要考中国现当代文学，我便如实交代了自己的惶恐和焦虑。程老师听后颇为满意，还打趣道：文艺学近乎于哲学，从历史到文艺学，再到现当代，那就是文史哲相结合了。程老师其时正在主持一项名为《中国当代小说叙事演变史》的课题，因病情加重，让学生分担了一些任务。我入门之后也有幸进入团队，负责第九章"先锋叙事"的撰写。在程老师和郭冰茹师姐的指导下，我恶补了许多叙事学的理论和知识，并试图将之和先锋小说的叙事实践结合起来。这一训练，极大地增强了我从形式角度解读和阐释小说文本的能力，也由此开启了对叙事学和小说叙事分析持续不衰的兴趣。

　　2007年博士毕业到湖南科技大学工作，从事中国现当代文学的教学和科研，经常在课堂上有意识地借鉴叙事学的相关理论和方法对现当代小说进行分析。2010年申报湖南省社科基金，本想从叙事角度系统研究中国现当代小说的发展演变。但鉴于当代部分已有程文超的《中国当代小说叙事演变史》，近代部分则有陈平原的《中国小说叙事模式的转变》，独缺现代部分，遂以《中国现代小说叙事演变论》为题申报，并顺利获批立项。本书即是此一课题的结项成果，但从最终完成的内容来看，与其说是"叙事演变论"，不如说是"叙事史论"。尽管我极力依照现代小说现象、思潮和流派出现的本来顺序和兴替逻辑设置章节，并试图在具体小说文本各叙事层面的分析中纳入纵向的历时性演变的视角，但演变线索、轨迹的勾勒有余，演变机制和规律的概括提炼不足，致使本书个案解读或者说范例分析的色彩较为浓烈。而且，对1927年后"三四十年代小说"的分析，明显偏重于"革命"或者说是以革命叙事的阐释为中心的。现代通俗小说叙事传统因与革命无关完全没有涉及，京派、海派和民主主义作家的小说被放在与革命叙事比较的背景下展开，解放区小说则当成是左翼革命叙事的最新阶段或形态予以介绍。

这明显偏离了原来的设计，个中原因，或许是我对现代中国革命文学文化现象的浓厚兴趣。记得本科读历史的时候，就对中国近现代史尤其是革命史感兴趣，甚至有过要考革命史或党史专业研究生的冲动。虽然后来考的是文艺学，但硕士论文以1956年的《文艺报》为对象，对之进行知识考察和话语分析，仍属革命文化的范畴。这说明，一个人的兴趣和知识储备，会如何不经意间左右甚或改变我们的研究路向。此外，虽然有过文史哲相结合的梦想，本书却未能将其实现于万一。它更偏重于文本内部各叙事层面特征的分析，而何以如此的社会历史和思想文化动因的阐释却相对较少。这不是知识储备不够，而是融会贯通的功夫还不到火候。不同的知识和理论背景，就像不同门派的武功招式，高手才可以综融贯通，运用自如，非我等初出道的江湖小辈可轻易做到。

一本书的写作恰如一个孩子的诞生，虽有对孩子的美好期待而充满喜悦，但其间的痛苦和难受，却非个中人不能体会。从课题立项到现在，一晃就快六年了。近六年来，除了繁重的教学任务外，我还如穆旦所言"荡在尘网里"，又"害怕把丝弄断"，身兼了数个所谓主任和秘书，每天做着各种与学术并不相关的事情，忙碌却并不充实。每到夜深人静，也会困惑和无奈于自己的道路选择。在江湖进退的这种矛盾纠结之中，本书的完成时间，则一而再，再而三地推迟。更让人纠结和惭愧的是，这本书的写作，挤占了太多本应和家人一起的时光。课题获批并启动的时候，儿子不到一岁，而现在，已六岁半了。在儿子的成长中，我形式上始终在场，实质上却有许多方面是缺席的。家里家外的大部分事务，都是妻子一个人在操劳。因少人帮手，我又忙于所谓"事业"，致使妻子没能好好休养，产后身体一直未能恢复，迄今还得经常吃药。每当闻到厨房里飘出的中药气息，愧疚之感便会油然而生。

平时没能尽心照顾妻子和儿子，而每到寒暑假，我又以做课题写书的名义，将她们母子俩打发回老家。多少次，一个人闷坐家中，于酷热或寒冷中冥思苦想，儿子突然打来电话，奶声奶气地问我，要什么时候才回去接他和妈妈回湘潭自己的家。听到儿子的电话，很多次都想放弃，不要再写什么劳什子的书了，陪伴家人才是最重要的，但妻子总是鼓励和支持我把它完成。写作过程中不断后悔的另一件事是，作为省级课题，几篇文章就可以结题，我却傻乎乎地选择了一本书。更傻的是，我同年还以和现代小说完全无关的香港武侠电影为选题，获得一个教育部项目，也是著作结题。几年来，这两个完全不同领域的两本书的写作，简直像两座大山一样压得我喘不过气。为何要同时进行两本书的写作，为何不以论文的形式结题？在这个聪明人的世界里，我觉得自己简直笨到了极点！教学，科研，俗务，家庭，俨然不同方向的力，每天就这样拉扯、撕裂着我，有如万箭穿心。所幸"爱好"不多，应酬少了大半，要不本书的完成将更加遥遥无期。

感谢暨南大学苏桂宁教授的慷慨赐序。苏老师是我的硕士研究生导师，不仅外表帅气、学识渊博，而且人格高尚，是当下高校中少数颜值、学问和道德三者皆美的老师。我是在研一第一学期结束后转到苏老师门下的。原来的导师邵宏老师要调走，我和另一同门罗绮卫顿成"难兄难妹"，必须"另找高明"。在邵老师的"指点"下，我们找到苏老师，他以其一贯的博大宽容接纳了我们，且并未因为我们后入门而嫌弃，而是一视同仁，甚至更为关照。苏老师有个习惯，正常的上课之外，还会给门下学生"开小灶"，两周一次。我喜欢这样的形式，不仅学到了知识，磨砺了思维，还拉近了和老师的距离。苏老师的和蔼和平易近人，简直超出我们的想象。也因此，每有不懂之处，生性胆怯的我竟也敢于随时去问老师了。而不管我的问题多么幼稚，苏老师总是耐心解答。后来到中山大学读博，也常就学术问题乃至人生规划方面的困惑向他请教，他也总是悉心回答。参加工作后，每有见面的机会，苏老师都会对我教诲如初。记得有年在河南小浪底开学术会议，师生巧遇，我们便在房间里畅聊了一个上午。去年底他来湖南出差，我去看他，又在湖南大学的集贤宾馆里长谈了整整一个下午。他把他为人为学的经验和秘诀倾囊相授，并对我寄予诸多期许。有师如此，作为学生，我除了庆幸，便是以老师作为标杆，不断砥砺前行。当然，老师的道德文章，或许是我一辈子都无法企及的，但恰如孔子所说，"虽不能至，心向往之"。

感谢湖南科技大学人文学院和社科处的领导们，他们是我工作中的上级，年龄上的兄长，生活中的朋友。他们对我个人的教学、科研，乃至世俗层面的大小事情，给予了全面和有力的关心与帮助。没有他们的关怀和支持，我肯定会经历更多的曲折。感谢中国语言文学省级重点学科，为我们青年教师的学术成长提供了良好的平台。感谢学校的出版资助，虽然数额不大，但对我等生活拮据的大学"青椒"来说，恰如雨露甘泽。感谢湘潭大学的王杰群教授和湖南大学的章罗生教授，他们在本书写作过程中提出了许多宝贵意见，虽因学识限制，不能将之一一落实，但开启了我未来继续努力的方向。感谢听我讲过中国现代文学课程的学生，本书中的许多看法是在与他们交流、互动中产生的，他们是本书真正意义上的第一批读者。感谢《江汉论坛》《湖南科技大学学报》《城市学刊》等杂志，本书的部分章节尤其是第六章的内容，在这些杂志上发表过。感谢它们为一个学术道路上的蹒跚学步者提供的难得的学步机会。

开始写后记的时候，窗外下着瓢泼大雨；而后记写完的此刻，却是阳光灿烂。这也是我此刻心情的写照，舒坦、清朗和明媚。这不是我对本书的内容有多么满意，而是人生长途中的这一站终于过去，不管怎样，可以暂时下车呼吸一下久违的新鲜空气了。当然，人生的路还很长，学术的探索更是漫无止境，稍事休息之后，我还得继续出发。

刘郁琪
2016 年 5 月 31 日